Edie Calie

KEIN EINTRITT
FÜR ERLEUCHTETE

EDITION ROTER DRACHE

1. Auflage September 2019

edition@roterdrache.org; www.roterdrache.org

Titelbild: shutterstock_1063585205
Buch, - und Umschlaggestaltung: Sabrina Schmidt
Lektorat: Stephan Herbst
Gesamtherstellung: Wonka Druck, Deutschland

ISBN 978-3-946425-85-4

TEIL 1

1

Jakob

Franziska betritt strahlend meine Wohnung. Sie strahlt nicht im übertragenen Sinne, sondern wörtlich! Instinktiv wende ich mich von ihr ab.

»Schalte bitte das Licht aus, Baby!«

Sie umarmt mich stürmisch. »Hallo Schatzi! Gratuliere, Herr Magister!« Sie lässt mich los, als ich nicht zurückdrücke.

»Was hast du denn?«

»Das Licht!«

»Welches Licht?«

»Bitte schalte es aus, es blendet!«

»Es ist kein Licht an!«

»Du! An dir! Du strahlst!«

»Falls du den neuen Conditioner meinst, der – «

»Nicht deine Haare, dein Körper!«

Mir ist klar, dass ich in den letzten Wochen einige Trends verpasst habe, während ich mich mit Gesetzestexten und juristischen Fachbüchern herumgeschlagen habe, aber dieser ist nicht zu übersehen.

Mit zusammengekniffenen Augen taste ich nach den LED-Lämpchen, die in ihrer Kleidung eingenäht sind. Ich finde keine und stelle fest: Ihre nackten Arme strahlen ebenfalls! Es sind keine LEDs! Es ist tatsächlich sie, ihre Haut!

Die sie umgebende Lichtschicht ist circa drei Zentimeter dick und strahlt sogar durch BH, ihr weißes Tanktop und die enge blaue Jeanshose.

Ich nehme meine Hände von ihr. »Was ist denn passiert? Komm erstmal richtig rein und setz dich, Baby. Magst du was trinken? Wasser? Kaffee?«

Ohne eine Antwort abzuwarten, gehe ich durchs Wohnzimmer rechts in die Küche und überprüfe, ob ich durch die Umarmung etwas von der Strahlung abbekommen habe. Ich höre, wie sie die Wohnungstür schließt und in ihren High Heels zum Sofa geht. *Klack klack klack*, das beruhigende Geräusch einer Frau im Haus. Einer möglicherweise verseuchten Frau! Ich muss unbedingt Abstand zu ihr halten! Hoffentlich macht das weiß-pink-blaue Licht nicht den hellgrauen Stoff der Couch kaputt.

»Was hast du denn, Schatzi?« , fragt sie erneut. »Ist die Prüfung nicht gut gelaufen? Du hast geschrieben, dass – «

»Nein, nein, alles bestens!«

Ich würde sie gerne genauer ansehen, aber sie blendet zu sehr. Wie hält sie selbst das aus? Vorerst bin ich froh, dass der Bartresen als Sicherheitsabstand zwischen uns ist. »Wie war denn dein Tag, Baby? Was hast du heute gemacht?«

Sie erzählt von ihrem Seminar, während ich mir Zeit lasse, zwei Tassen und Untersetzer aus dem Schrank zu nehmen, die Kaffeemaschine einzuschalten, die richtige Kapsel auszuwählen, vorsichtig einzulegen, die erste Tasse unter den Kaffeeauslauf zu stellen und den Startknopf zu drücken. Ich verfolge jeden Arbeitsschritt so genau, als führte ich ihn zum ersten Mal aus.

» – und dann war ich mit Mama auf der Mariahilfer Straße und hab das perfekte Kleid für deine Sponsion gefunden. Sie ist zwar erst in ein paar Monaten, aber ich musste einfach zuschlagen. Es hat nur – «

Das ist es! Eine allergische Reaktion!

» – und ist bordeaux, eng, Off-Shoulder mit kurzen Ärmeln.«

»Hast du Fotos?«

Ich schnappe mir die erste Tasse, stelle die zweite in die Maschine, drücke auf den Knopf und eile zu ihr hinüber.

Sie zückt ihr Handy, wischt zum besten Foto und hält es mir stolz unter die Nase. »Sexy und trotzdem classy, findest du nicht?«

»Aha! Siehst du? Da hast du noch nicht gestrahlt! Hast du danach noch andere anprobiert?«

Ich nehme ihr das Telefon aus der Hand und scrolle durch die Selfies, die sie in den Garderoben gemacht hat.

»He! Was soll das? Gefällt's dir etwa nicht?«

»Kein Licht! Auf keinem Foto! Aber es muss doch – «

»Gib mir sofort mein Handy zurück, Jakob!«

Sie reißt es mir aus der Hand. Sie nennt mich Jakob, ein Zeichen, dass sie wütend ist.

»Ich finde es fabelhaft!«, sagt sie.

»Aber siehst du es denn nicht?« Meine Stimme klingt weinerlicher, als mir recht ist. Reiß dich zusammen, Jakob!

»Was? Was soll ich sehen?«

»Das Licht!«

»Welches Licht? Ich sehe meinen wildgewordenen Freund, der jetzt schon mein Handy kontrolliert. Wir haben uns so lange nicht gesehen! Ich komme extra her und will mit dir auf deine Prüfung anstoßen und du – Du siehst mich nicht mal an, wenn ich mit dir rede!«

Sie deutet an zu gehen.

»Nein, nicht! Bitte, geh nicht! Ich habe extra Champagner gekauft.«

Sie seufzt und setzt sich wieder.

Ich will, dass sie bleibt! Ich will, dass sie geht! Mein Kopf schmerzt wie nach zu schnell gegessener Eiscreme. Ich muss rausfinden, was mit ihr nicht stimmt! In dem Zustand kann ich sie nicht draußen herumlaufen lassen.

Ich hole die zweite Tasse Kaffee aus der Küche. Auf dem Rückweg fällt mir ein, was meinen Kopf entlasten würde. Ich stelle die Tasse samt Untersetzer auf den Glastisch und haste ins Schlafzimmer.

Freundin

Er setzt sich ernsthaft eine Sonnenbrille in der Wohnung auf? Wie unhöflich! Mir reicht's!

»Du benimmst dich heute unmöglich!«

Ich dachte, er freut sich, mich wiederzusehen, und lässt sich für heute Abend was Besonderes einfallen, aber stattdessen – So ein Theater hab ich nicht nötig! Ich fahre!

Mit Betteln lasse ich mich sicher nicht davon abhalten. Diese Verzweiflung ist erbärmlich! Jetzt schreckt er sogar zurück, weil ich ihn berühre. Dann darf er nicht im Weg stehen, wenn ich nicht mal mehr an ihn anstreifen darf! Ich lege jetzt einen Abgang hin, der sich gewaschen hat. Tür auf!

»Schäm dich, mich so zu behandeln, Jakob!«

Und Tür zu!

Peng.

Er hätte wenigstens ernsthaft versuchen können, mich aufzuhalten! Fuß in die Tür stellen statt zu jammern. Das ist so was von unsexy! Ich hoffe für ihn, dass er mir hinterherläuft, bis ich bei der U-Bahn-Station bin, sonst kann er was erleben. Das Lernen ist schuld! Ich hab ihm gesagt, dass er es nicht übertreiben soll. Permanent allein über den Büchern sitzen, macht einen automatisch zu einem unsozialen Psycho. Aber dass er sogar seine Manieren vergisst! So behandelt man keine Frau! Ich war wochenlang verständnisvoll. Als wäre es für mich leicht gewesen, ständig ohne ihn fortzugehen. Wozu habe ich denn einen Freund, wenn ich nichts mit ihm unternehmen kann? Es hat sicher bereits das Gerücht die Runde gemacht, dass wir uns getrennt haben, so lange hat man uns nicht mehr zusammen gesehen. Aber mein Befinden ist ihm vollkommen egal! Immer nur Er Er Er.

Unfassbar, er ist immer noch nicht in Sicht! Die nächste U-Bahn kommt in zwei Minuten. Ich lasse sie fahren und warte auf die danach. Er hat noch genau acht Minuten, um angelaufen zu kommen, und wehe, er nutzt die Zeit nicht, dann –

Ich ruf Mama an, um mich abzuregen. Sie wird glauben, ich mache Witze, dabei haben wir heute erst das Kleid für seine Sponsion gekauft.

»Hallo Mama? Ich bin‘s. Du glaubst nicht, was Jakob gerade gemacht hat!«

Jakob

Nach ein paar Minuten klingen die Schmerzen ab und mein Gehirn fängt wieder an zu funktionieren. Ich hätte sie aufhalten sollen! Ich hätte normal mit ihr reden sollen, darüber, was sie sieht und was ich sehe!

Ich habe es verbockt! Ich muss mich entschuldigen, am besten, sofort. Aber nicht per Nachricht, persönlich!

Ich nehme die Flasche Champagner aus dem Kühlschrank. Sie braucht mit den Öffis 48 Minuten, bis sie zu Hause ist. Ich brauche mit dem Auto 25 Minuten zu ihr. Genug Zeit, um an der Tankstelle anzuhalten und Blumen zu besorgen. In romantischen Komödien laufen die Männer den Frauen auch ständig mit Alkohol und Grünzeug hinterher. Darauf steht sie doch so! Hoffentlich verzeiht sie mir. Ich will einfach einen schönen Abend verbringen, ohne Licht!

Bevor ich die Wohnung verlasse, checke ich sämtliche Nachrichtenseiten, um sicherzugehen, dass kein Chemieunfall vorgefallen ist.

Nichts! Weder auf Facebook noch auf Twitter sind Berichte über strahlende Menschen. Noch ist kein Foto von Franziska in der U-Bahn viral gegangen, obwohl sie bereits vor einer halben Stunde gegangen ist.

Ich überprüfe noch mal, ob ich alles habe, was ich brauche: Schlüssel, Geldbörse, Handy, Champagner. Auf geht's!

Nachbar

Da hat schon wieder jemand seinen Müll hingeworfen. Der Mistkübel ist gleich da drüben und trotzdem liegen hier immer Papierln herum. Sicher von den Kindern gegenüber. Zu meiner Zeit hätten wir uns das nicht getraut! Wir hatten noch Respekt vor der Frau Lehrerin und die hat geschaut, dass wir nicht in der Pause auf die andere Straßenseite laufen und dort unseren Müll vor die Tür werfen.

»Na komm, Wurli. Komm! Jetzt haben wir eh eine große Runde gedreht.«

Das Haustor hat man früher auch leichter aufsperren können. Da schreib ich der Hausverwaltung mal wieder einen Brief, dass sie das beheben sollen.

»Grüß Gott! Jössas, vor mir brauchen's nicht erschrecken.«

Der Cerny Bub, so ein Braver.

So was, kriegt zur Begrüßung fast nicht die Zähne auseinander. Hat sich wohl ordentlich geschreckt, dass ich in dem Moment reinkomme. Der Wurli auch.

»Schon gut, Wurli. Aus! Komm! Schönen Abend, der werte Herr!«

Er hat's aber eilig. Ich muss mich eh auch ranhalten, die *Zeit im Bild* fängt gleich an, nicht dass der Wurli und ich wieder den Anfang versäumen.

Jakob

Ich laufe ein paar Schritte zum nächsten Haustor und bleibe keuchend stehen. Das darf nicht wahr sein! Herrn Hauser umgibt genau das gleiche Licht wie Franziska. Das Teeniepärchen, das Händchen haltend an der Volksschule gegenüber vorbeischlendert, ebenso! Und die Frau, die mit ihrem Nissan Micra gerade in die Kopernikusgasse biegt, auch!

Eins zu eins das gleiche Strahlen wie bei Franziska! Es fühlt sich an, als würde mir jemand ein Messer in die Stirn rammen. Ich gehe zu meiner Haustür zurück, schließe sie wieder auf, stürme an Herrn Hauser vorbei die Treppen nach oben und zurück in meine sicheren vier Wände.

Mein Herz pumpt so schnell, dass es kurz davor ist, die schützenden Rippen zu durchschlagen. Ich keuche, um Luft in meine Lungen zu kriegen. Mir wird schwarz vor Augen, Psyche oder Körper, zumindest eines von beiden ist kurz davor aufzugeben.

War es so damals in Tschernobyl? Sieht es so aus, wenn Menschen verstrahlt sind? Zumindest ist Franziska nicht die Einzige, meine Freundin kein Freak. Aber wenn alle strahlen, vielleicht ich auch, ohne es zu wissen.

Ich gehe ins Bad, drehe das Wasser in der Dusche auf, ziehe mich aus und stelle mich unter das heiße Wasser. Es gibt eine logische Erklärung dafür! Nuklearkatastrophe ist natürlich Blödsinn, aber als Kind habe ich mir das immer so vorgestellt, wenn von Verstrahlung die Rede war.

Ich schrubbe gründlich meine Haut und erschrecke über den bläulichen Schimmer auf meinen Armen. Zum Glück handelt es sich nur um zu viel Duschgel, das sich ohne Probleme abwaschen lässt.

Fünf strahlende Menschen habe ich bislang gesehen, kein sonderlich großes Sample, um allgemeingültige Aussagen zu treffen. Was verbindet sie miteinander, abgesehen von dem weiß-pink-blauen Licht? Nichts, außer – Ich habe sie gesehen! Ich! Liegt es an mir? Vielleicht strahlen sie gar nicht, sondern mit meinen Augen stimmt etwas nicht. Das würde auch erklären, warum Franziska es nicht sieht.

Ich bin fertig mit Duschen und will ihr sofort von meiner Erkenntnis berichten. Ich rufe sie an, sie hebt nicht ab. Ich schicke ihr eine Nachricht:

»Es tut mir so leid baby. *Herzemoji*. Ich glaube ich bin krank. Mit meinen augen stimmt was nicht. *Trauriger Smiley*. Zu viel stress in letzter zeit. Muss mich mal ausschlafen. Bitte sei mir nicht böse. *Smiley mit Herzaugen*. Wir holen das feiern nach. Versprochen! Ich liebe dich! *Herzemoji Herzemoji Herzemoji Smiley mit Kussmund*«

Was nun? Ich bin erschöpft und aufgebracht zugleich. Schlaf klingt verlockend, aber ich weiß, dass ich kein Auge zumachen werde. Ein

Problem, das ich seit Wochen habe – außerdem ist es noch viel zu früh. Also setze ich mich an den Laptop im Arbeitszimmer und recherchiere, was im Wesentlichen daraus besteht, verschiedene Begriffe, die mit Strahlen, Licht und Menschen zu tun haben, in die Suchmaschine zu tippen.

Freundin

Zwei Stunden ohne Antwort sollten ihm eine Lektion sein.

»du brauchst nicht glauben, dass ich dir einfach so verzeihe. *Wütender Smiley*. du hast mich total gedemütigt. und wieso krank? du hast komplett gesund gewirkt.«

Er kann froh sein, dass ich überhaupt antworte! Soll ich meinen Beziehungsstatus auf »es ist kompliziert« setzen, damit er versteht, wie ernst es mir ist? Hm. Nein, damit warte ich noch ein bisschen, ich bin schließlich keine 15 mehr, sondern 22.

Piep piep.

Es ist ja wohl das Mindeste, dass er sich entschuldigt und es wiedergutmacht! Er schreibt, er leidet vielleicht an Konjunktivitis. Aha, Entzündung der Bindehaut, davon habe ich noch nie gehört. Laut Google ist es das oder Okzipitallappen-Epilepsie. Laut Google sind wir alle todkrank! Er sollte lieber zum Arzt gehen, statt einer Suchmaschine zu glauben. Bei Epilepsie kann er sich aber gleich eine neue Freundin suchen! Ich bleibe sicher nicht mit einem Epileptiker zusammen, der so einen komischen Helm trägt und jederzeit unkontrolliert zu zucken anfangen kann. Hatte er etwa einen Anfall? Am besten, er lässt sich so schnell wie möglich untersuchen.

Eine Nachricht schreibe ich noch und dann schau ich die Serie weiter. Ich schicke ein Herzemoji mit, für den Fall, dass er wirklich krank ist. Aber nur einen, er soll nicht glauben, dass ich nicht mehr sauer bin!

Jakob

Gegen drei Uhr nachts wird mir bewusst, dass das Frühstück meine letzte Mahlzeit war. Ich sollte etwas essen, mein Magen knurrt seit Stunden. Wie immer erhellt das Licht der Stadt das Wohnzimmer und die Küche, aber diese Nacht hat es eine seltsam andere Qualität. Farben huschen über die Wände, als würden draußen zahlreiche Fernseher laufen. Ich schalte die Deckenspots ein und streiche mir in der Küche eine dicke Schicht Nutella auf ein Toastbrot. Eine zweite Toastscheibe klatsche ich drauf und gehe mit dem Sandwich auf die Dachterrasse.

Die Luft ist nach wie vor stickig, eine der ersten warmen Sommernächte, von denen ich drinnen bei ganzjährig konstanten 21 °C nichts mitbekomme. Franziska beschwert sich ständig, dass es bei mir so kalt ist. Als könnte ich was dafür, dass sie permanent friert. Ich stütze meine Ellbogen auf den weißen Stehtisch und beiße ins Brot. Die Aussicht würde ihr jetzt auch gefallen. Wir könnten hier draußen den Champagner genießen und kuscheln.

Ein Lichtschleier hüllt die Häuser in Weichzeichner. Die rauschenden Wellen der Autos auf der Linken Wienzeile branden, je nach Grünphase, auf und ab. In sie mischt sich das Grölen einer Gruppe Betrunkener.

Ich gehe zum Glasgeländer, das mal wieder geputzt werden muss. Woher kommen diese Abdrücke? Ich werde Yusuf eine Notiz schreiben, damit er beim nächsten Mal nicht vergisst, sie abzuwischen. Ich sehe runter auf die Straße, wo sich die Gruppe als zwei Personen entpuppt. Zwei junge Männer, ungefähr mein Alter, die wie Werbereklamen strahlen. Selbst vier Stockwerke entfernt blenden sie mich – Altbaustockwerke wohlgemerkt! Ich bin zu erschöpft, um mich über Menschen, die im Dunkeln leuchten, zu wundern. Was habe ich anderes erwartet?

Das bedeutet neue Suchbegriffe. Ich tausche die grelle Nacht wieder gegen den grellen Bildschirm. Die Zeit und Müdigkeit verleihen meinen Gedanken einen poetischen Touch. Ich suche nach Phosphoreszenz und Fluoreszenz, stoße auf leuchtende Katzenaugen, Glühwürmchen und gezüchtete Schafe. Allerdings strahlen die Schafe gelb und nicht weiß-pink-blau. Außerdem müsste die menschliche DNA dafür manipuliert werden, und das geht nicht von einer Sekunde auf die andere. Konjunktivitis ist laut Netdoktor nach wie vor am plausibelsten.

Mein Kopf wird schwerer und kippt Richtung Tastatur. Ich gehe besser ins Bett, bevor ich auf dem Schreibtisch einschlafe. Mit letzter Kraft ziehe ich meine beige Chinohose aus. Das dunkelblaue T-Shirt und die Boxershorts lasse ich an. Der Schlaf wird mich von meinen Gedanken erlösen, hoffentlich länger als drei Stunden am Stück.

Freundin

»wie geht's deinen augen? besser? *Bangende-Katze-Emoji*«

Gesehen um 7:13.

Warum antwortet er nicht?

»*Fragezeichenemoji Fragezeichenemoji Fragezeichenemoji*«

Gesehen um 7:17.

So viel zu seiner Entschuldigung gestern! Heute antwortet er nicht mal mehr!

Jakob

Franziskas Nachrichten, die ich noch im Halbschlaf lese, zwingen mich zur Konfrontation mit der Realität. Trotzdem verweile ich – Schrödingers Katze gleich – noch kurz unter der Bettdecke, im Zwischenstadium des Nichtwissens. Vielleicht geht es auch bei mir um Leben und Tod. Etwas widerwillig verlasse ich mein Versteck. Ich kann sie unmöglich länger warten lassen.

Barfuß, noch im Schlafgewand, gehe ich auf die Dachterrasse, meine Hände flehend zu Fäusten geballt. Ich bin nicht gläubig und trotzdem bete ich, dass es vorbei ist.

Ich hole tief Luft und beuge den Kopf mit geschlossenen Augen nach unten Richtung Straße. Ich öffne sie und ein Mann, der einen Kinderwagen schiebt, verursacht sofort den stechenden Schmerz in meiner Stirn. Nicht er, sondern die Lichthülle, die ihn umgibt. Selbst unter dem Verdeck des Kinderwagens strahlt es hervor, obwohl ich das Baby von hier oben nicht erkennen kann. Die beiden machen dem Sonnenlicht Konkurrenz, eine Leistung, wenn es nicht so unangenehm wäre.

Bist du jetzt zufrieden, Baby?

Es ist nicht Franziskas Schuld, aber ich hätte noch ein bisschen mehr Zeit der Ahnungslosigkeit gebraucht. Es wäre so schön, wenn sie jetzt bei mir wäre und wir einfach im Bett lägen. Sie würde mich halten und streicheln, obwohl das als Mann meine Aufgabe ist. Tränen steigen in meine Augen, ein weiteres Indiz für Konjunktivitis.

Ich schreibe ihr, dass ich später zum Arzt gehe. Der Therapievorschlag von Wikipedia ist Schonung. Ich denke einfach nicht daran, dass es etwas anderes sein könnte, Epilepsie zum Beispiel. Ich überlege nicht, wie sich mein Leben dadurch komplett ändern würde und ob ich unter den Umständen in zwei Wochen mein Volontariat in der Kanzlei beginnen kann. Nein, nein, nein!

Ich schone mich jetzt, bis die Ordination von Dr. Nowatschok öffnet.

Freundin

Wenn das nicht nach Gönnung aussieht: Liegestuhl, Wasser im Hintergrund, Detox-Smoothie in der Hand. Man könnte glauben, ich sitze am Meer. Wenn der Donaukanal nur etwas blauer wäre! Schnell das Selfie posten, damit Jakob nicht glaubt, dass ich wegen ihm traurig bin.

»#livingthegoodlife«

Ich habe auch ohne ihn Spaß! Zum Glück hat Jana Zeit, im Seminar könnte ich mich jetzt unmöglich konzentrieren. In solchen Fällen bin ich froh, eine Mitbewohnerin zu haben. Ob ich wie geplant im Herbst bei Jakob einziehe, muss ich mir noch mal gründlich überlegen, wenn er sich so seltsam verhält. Und falls er tatsächlich krank ist, ziehe ich nicht ein, um ihn zu pflegen.

»Prost! Auf uns Frauen! Wir brauchen keine Männer!«

Zumindest jetzt gerade nicht!

»Um 14 Uhr geht er zum Arzt. Er hat eingesehen, dass es besser ist, direkt zum Augenarzt zu gehen anstatt erst zum Hausarzt. Der würde ihn eh gleich überweisen! ...

Er meinte, dass er so schnell keinen Termin bei einem Augenarzt kriegt. Dabei ist ja wohl klar, dass es ein Notfall ist! ‚Sonst musst du halt zu einem Privatarzt gehen', habe ich gesagt. Macht er jetzt auch!«

Ich muss mit dem Liegestuhl weiter in den Schatten rücken. Die Sommersprossen kann ich nicht verhindern, aber einen Sonnenbrand. Das Mädel da drüben sollte sich auch besser eincremen. Streifenfreie Bräunung kann sie in diesem Sommer vergessen!

»Ich glaube ihm schon, dass was nicht stimmt.«

Wusste ich doch, dass Jana ihn nicht mag.

»Du hättest sehen sollen, was er für ein Theater gemacht hat! ...

Keine Ahnung, ich warte jetzt mal ab, was der Arzt sagt. Ich hab nur keine Lust, seine Mutter zu spielen, weißt du, was ich meine? ...

Immerhin ist er fünf Jahre älter. Er ist alt genug! Ich werde ihn sicher nicht bemuttern. Er hat mich auch die letzten Wochen vernachlässigt. Er hat nicht mal was zu dem Sponsionskleid gesagt!«

Er hätte mir zumindest ein Kompliment machen können, bevor er mir einfach das Handy wegnimmt. So wie der heiße Typ vom Wochenende. Vielleicht hätte ich ihn nicht sofort abblitzen lassen sollen. Mal sehen, ob er Samstag wieder dort ist. Wenn sich Jakob nicht zusammenreißt, warum sollte ich das tun?

Jakob

Ich biege von der Gumpendorfer Straße in die Stiegengasse, die Augen unter der Sonnenbrille direkt vor mir auf den Boden gerichtet. Trotzdem blenden mich alle Leute, die in mein Sichtfeld treten. Hätte ich bloß eine Schmerztablette geschluckt, bevor ich mich auf den Weg gemacht habe.

Ich wurde bereits von zwei Leuten angerempelt, die auf ihr Smartphone starrten. Wissen sie denn nicht, dass das blaue Licht des Screens Gift für das Auge ist? Zumindest stand das in einem der Artikel, die ich in der Nacht gelesen habe.

Wie soll ich der Ärztin das Strahlen nur erklären? Der Versuch mit dem Foto war komplett sinnlos, schließlich ist die Linse der Kamera, im Gegensatz zu der meiner Augen, vollkommen in Ordnung.

Um in die Stiftgasse zu kommen, will ich den Weg durch den Raimundhof über die Mariahilfer Straße nehmen. Dort sind zwar sicher viele Menschen, aber es ist der schnellste Weg! Im Raimundhof, der mehrere Stiegenhäuser und Innenhöfe miteinander verbindet, muss ich den Kopf heben, um zu sehen, wohin ich trete und um in der engen Passage nichts umzuwerfen. Gleich geschafft, gleich geschafft, gleich –

Ich springe nach rechts an die Wand, um mich zu verstecken!

Ein Reflex! Ich klebe an der Mauer, noch bevor ich verstanden habe, warum. Ist da – Habe ich – Steht da –

Ich beuge meinen Oberkörper nach links, um zu prüfen, ob meine Augen mir nicht erneut einen Streich spielen. Tatsächlich, im nächsten Hof ist eine junge Frau, die nicht leuchtet! Ich habe richtig gesehen! Sie steht da! Genauer gesagt ist sie gerade dabei, zwei Sonnenschirme aufzuspannen. Ich gehe wieder in Deckung. Was sagt mir das jetzt?

Ich sehe noch mal nach und beobachte sie vorsichtig bei der Arbeit. Sie soll mich nicht sehen. Nicht bevor ich mir im Klaren bin – worüber auch immer.

Optisch ist sie weniger eine Frau als ein Frau gewordener Papagei. Ihre kurzen Haare sind knallrot, fast pink, und schlagen sich mit dem Rotton ihres überdimensionierten Brillengestells, über dem Stirnfransen hängen. Das enge orange Tanktop betont jede ihrer Speckrollen, genauso wie der blaue Minirock ihre stämmigen Beine. Die sind noch dazu in eine grüne Strumpfhose gepresst! Sie hebt ihre schwabbeligen Oberarme und – Iiih, wie ekelhaft. Sie hat allen Ernstes lange Achselhaare, in der gleichen Farbe wie die Haare auf dem Kopf.

Ich schüttle mich und ziehe den Kopf wieder ein.

Was unterscheidet sie von anderen Menschen, abgesehen von grauslicher Körperbehaarung und einem fehlenden Gespür für Farbkombinationen? Ihre Geschmacklosigkeit blendet mich, aber das ist nichts im Vergleich zu dem Licht, das alle anderen umgibt. Ich muss rausfinden, was sie besonders macht.

Ich muss rausfinden – Wo ist sie hin?

2

Toni

Noch vier Stunden bis Ladenschluss. Hoffentlich bleibt's am Nachmittag so ruhig wie am Vormittag. Und hoffentlich kommt die Alte mit'm Krebsleiden nicht wieder. Ich weiß nicht, wie oft ich der noch sagen soll, dass die auf ihren Arzt hören soll, statt an den Scheiß zu glauben! Wirft ihr ganzes Geld für Aura-Essenzen zum Fenster raus, die nur aus Wasser, Alkohol und Öl bestehen. Wenn so'n Gepansche Krebs heilen würde, würden die uns hier die Bude einrennen. Wie deutlich soll ich der das noch zu verstehen geben? Wenn Thorsten das mitkriegt, bin ich meinen Job los. Ist immerhin gute Kundschaft. Aber ihm kaut die auch nicht jeden zweiten Tag ,n Ohr ab und palavert ohne Ende über ihre Krankengeschichte. Nee, auf die hab ich heute echt keinen Bock!

Ich geh ma´ nach hinten, um –

Dinge dinge ding.

Gleich zwei auf einmal.

»Hallo! Kann ich helfen?«

Der Typ ist einer von uns! Gehört der zu der Frau dazu? Sieht nicht so aus. Hab ich den schon mal gesehen? Nee, so'nen dürren Lulatsch mit abstehenden Ohren hätte ich mir gemerkt. Junge, Junge, iss mal ,nen Bissen, fällst ja fast vom Fleisch! So jung und sieht trotzdem schon aus wie'n Paradespießer. Kaum zu glauben, dass der –

Ich muss der Frau zuhören! Was hat die gesagt? Ach so, die redet von Kraftsteinen.

»Wir haben beides: Energiesteine und Energieschmuck. Ist's für'n konkretes Anliegen oder Problem? Oder generell als Schutz?«

Jakob

Der Gestank in dem Geschäft ist kaum auszuhalten. Es kostete mich Überwindung, überhaupt einzutreten. Normalerweise würde ich keinen Fuß in so einen Esoladen setzen. In all den Jahren ist mir nicht mal aufgefallen, dass es hier einen gibt. Wenn Franziska in diesem einen Billig-Einrichtungsgeschäft nur in die Nähe der Räucherstäbchenabteilung kommt, halte ich schon immer die Luft an – und die sind noch verpackt.

Zum Glück trat vor mir eine Kundin ein, an die ich mich heften konnte.

Und was mache ich jetzt? Ich stehe in dem kleinen Laden, der bis zur Decke mit Krempel vollgestopft ist, und bin überfordert. Es gibt Regale voll mit Büchern, ein Kleiderständer mit clowneskem Gewand, das aussieht, als würde es schrecklich kratzen, komische regenbogenfarbene Scheiben, die von der Decke hängen, Sitzhocker, über die man stolpert, sobald man mehr als vier Schritte in eine Richtung macht, und eine Steinschale, aus der es verdächtig qualmt. Daher kommt also der Geruch von nassem Hund gemischt mit verfaulten Eiern! Entspricht das überhaupt den Brandschutzbestimmungen?

Ich nehme wahllos ein Buch aus dem Regal, mit dem ich mir frische Luft zufächle.

Der Papagei ist Deutsche, soviel ist seit dem »Hallo« schon klar. Bewahrt sie das vor dem Licht? Andererseits bin ich auch Halb-Deutscher, müsste ich dann nicht auch zur Hälfte strahlen? Wobei, vielleicht leuchte ich wirklich und kann es nur an mir nicht sehen. Wenn mit meinen Augen was nicht stimmen würde, müsste sie auch strahlen, aber dann –

»Hi, kann ich dir helfen?«

Ich drehe mich um. Der Papagei steht vor mir und grinst mich breit an. Ihre großen Brillengläser sind wie Kussmünder geformt – lächerlich! Der schwarze Ring, der aus ihrer Nase hervorschaut, lässt ihr rundes Gesicht noch bulliger aussehen und ihre Riesenbrüste springen mich an, obwohl sie nach unten hängen.

»Ähm, danke, ich habe schon gefunden, was ich gesucht habe.«

Sie legt ihren Kopf schief, um den Titel des Buches zu lesen.

»Hm, ja, das ist ganz okay, aber ich zeig dir noch'n besseres.«

Sie streicht mit dem rechten Zeigefinger über die Buchrücken, um das richtige Exemplar zu finden. Sie ist größer, als ich von Weitem geschätzt habe. Sie geht mir bis zum Kinn, also in etwa 1,70 m. Überraschenderweise riecht sie nicht nach Schweiß, obwohl sie aussieht wie eine, die stinkt, erst recht mit diesen Iiih-Haaren. Ich verstehe nicht, warum sie sich so verunstaltet. Sie wird im gleichen Alter sein wie ich, in dem sollten solche optischen Experimente beendet sein. Aber manche brauchen scheinbar etwas länger.

»Hier! Das ist besser für Männer geeignet.«

»Die weibliche Urkraft zum Leben erwecken« lautet der Titel von dem Buch, das sie mir in die Hand drückt und das mir ein Fragezeichen ins Gesicht zeichnet. Hä? Ich vergleiche es mit dem Buch in meiner Hand: »Göttinnenbuch. Für mehr weibliche Spiritualität im Alltag«.

Das Fragezeichen verwandelt sich in Schamesröte. O Gott!

»Das ist ein Geschenk«, stammle ich. »Für, ähm – meine Mutter.«

Toni

Sozialer Umgang ist nicht so sein Ding, fängt sogar an zu schwitzen. Der denkt bestimmt, ich glaub dem nicht, dass er das Buch für seine Mutter will. Aber selbst wenn nicht, ist doch nix dabei. Es schadet keinem Mann, sich mit seiner weiblichen Seite auseinanderzusetzen!

Der muss sie aber gern haben, wenn der gleich beide nimmt, ohne vorher durchzublättern. Oder sie ist ihm scheißegal.

»Macht 62,10 € bitte. ...

Mit Kreditkarte? Gerne!«

Platinum American Express, nicht schlecht, der muss echt Kohle haben – oder seine Familie.

»Haste vielleicht Bock, am Abend bisschen über das Thema zu quatschen? Sagen wir, halb sieben vor der Tür?« Werd mal rausfinden, wie viel der weiß und ob der'n Kandidat ist.

»Cool, dann bis später. Tschüss!«

Junge, Junge, komplett verängstigt. Na, mal sehen, wie das wird, nach dem ersten Bier taut der hoffentlich auf.

Jakob

Ich gehe automatisch in die Richtung, aus der ich gekommen bin. Ich will so schnell wie möglich zurück nach Hause.

Warum habe ich zugestimmt, den Papagei zu treffen? Sieht sie das Strahlen auch und will mit mir darüber reden? O Gott, hat sie etwa mit mir geflirtet? Habe ich ihr Signale gesendet? Hat sie mir überhaupt ihren Namen gesagt? Was mache ich, wenn sie Mitglied in einer Sekte ist und mich mit Esogeschwafel zutextet?

Ich nehme zwei Stufen auf einmal nach unten, passe meinen Schritt den Gedanken an, laufe fast.

Ich muss nicht hingehen! Ich habe die Wahl! Ich habe mich zu nichts verpflichtet! Sie ist ein Freak! Ich kann sie versetzen und sehe sie nie wieder! Diesmal bin ich derjenige, der einen Passanten anrempelt.

»Entschuldigung!« Dieses Licht macht mich wahnsinnig!

Ich habe keine Wahl! Ich muss zu dem Treffen gehen! Das ist mein einziger Anhaltspunkt. Ich muss rausfinden, was der Papagei sieht und über das Licht weiß!

Freundin

Piep Piep.

Okay, laut Augenärztin stimmt wirklich etwas nicht und er muss zu weiteren Untersuchungen. In der Zwischenzeit soll er sich ausruhen und seine Augen möglichst wenig benutzen. Wie soll das funktionieren? Soll er den ganzen Tag schlafen?

Habe ich gestern überreagiert? Aber wenn er so tut, als wäre es meine Schuld.

»*Blauer Smiley, der sich schockiert die Hände an die Wangen hält* armer schatzi. magst du am abend zu mir kommen? bin am nachmittag super busy, aber chillen am abend geht *Aufgeschlagenes-Buch-Emoji* lieb dich! *Herzemoji Herzemoji Herzemoji*«

Ich sollte zwar wirklich lernen, aber wenn mich Jakob braucht. Warum muss Rezeptions – und Wirkungsforschung so schwierig sein? Ich merke mir die Theorien einfach nicht. Hätte ich mir das nur nicht bis zum letzten Semester aufgehoben. Oder ich schreib die Prüfung Anfang nächstes Semester statt nächste Woche. In den Ferien konzentriere ich mich zwar auf die Bachelor-Arbeit, aber dafür muss ich nichts auswendig lernen. Wirklich ärgerlich, dass Jakob ausgerechnet die letzten Wochen keine Zeit für mich hatte. In den nächsten Monaten bin ich mit der Arbeit beschäftigt. Das wird ein stressiger Sommer!

Piep Piep.

Was? Er soll Menschen aus dem Weg gehen?

»Warum das denn? *Sehr trauriger Smiley*«

Dann lerne ich eben am Abend. Schade.

Toni

Kasse ist abgerechnet, Safe verschlossen, Räucherung aus, Licht abgedreht. Hab ich noch was vergessen? Nee! Na, dann nichts wie raus hier.

Dinge dinge ding.

Da steht der schon.

»Hi! Wartest du schon lange?«

Keine Angst, ich beiß schon nicht! Kein Fan von Umarmungen.

»Perfekt! Ach so, ich hab mich ja noch gar nicht vorgestellt. Hi, ich bin Toni!«

Sein Händedruck ist fester als gedacht. Jakob. Merk dir den Namen! Jakob, Jakob, Jakob.

»Haste Bock aufs Einhorn? Ist hier gleich um die Ecke.«

Wie süß, hat der echt die Bücher in der Tüte mit. Der denkt hoffentlich nicht, dass ich mit ihm über weibliche Spiritualität rede. Ich hab schließlich Feierabend!

»Boah, ich sag dir, ich freu mich jetzt echt auf'n richtig schönes kaltes Bier. Ich dachte schon, der Tag hört nie auf. Junge, Junge, der Nachmittag hat sich gezogen ohne Ende. Hier oben übrigens, weiß nicht, ob dir das schon mal aufgefallen ist, da beim Eingang, wo steht ‚Willkommen im Raimundhof', steht »Freiwilliger Durchgang« über dem goldenen Hirsch. Find ich immer witzig. Wenn ich zur Arbeit geh, sag ich mir immer: »Toni, du gehst da freiwillig hin!« Ich geh zwar nicht durch, sondern rein, aber ist ja auch egal. Ist zum Glück nicht jeder Tag so wie heute. Am Vormittag ging's noch, wenig Leute, ganz entspannt, aber am Nachmittag – kurz nachdem du gegangen bist. Als wär'n Mangel an Räucherkohle und Buddhafiguren in der Stadt ausgebrochen. Kannste mir glauben. Da vorne ist die Kneipe. Warst du schon mal im Einhorn? ...

Ist meine Stammkneipe, wie‘n zweites Wohnzimmer.«

Jakob

Um unangenehme Stille muss ich mir erstmal keine Sorgen machen. Seit der stürmischen Umarmung tut sie so, als würden wir uns gut kennen. Wer umarmt zuerst und schüttelt dann die Hand und stellt sich vor? Unkonventionell wäre für sie eine euphemistische Bezeichnung. Je näher wir dem Einhorn kommen, umso sicherer bin ich, dass sie das Lokal meint, in dem ich vor Jahren mal mit Simon gelandet bin. Erst waren wir im Kino und danach wollten wir noch was trinken gehen. Das Lokal, in das wir normalerweise gehen, hatte geschlossen, also haben wir nach einer Alternative gesucht und das Einhorn gefunden.

Es war schrecklich! Wir wurden wie Affen im Zoo angegafft, wahrscheinlich weil wir die Einzigen mit sauberer, nicht zerrissener Kleidung waren. Es war dermaßen verraucht, dass uns nach zwei Minuten die Augen brannten, und es dauerte eine Ewigkeit, bis wir herausfanden, welcher der Typen, die dort abhingen, dafür bezahlt wurde, uns Getränke zu bringen. Statt Cognac brachte er uns billigen Rotwein und auf unsere Beanstandung sagte er: »Ist doch wurscht, an Rausch kriegt‘s davon auch!«

Tatsächlich! Genau die Spelunke. Passt zum Papagei! Wie war ihr Name noch mal? Toni! Ist das nicht ein Männername?

In dem dunklen Loch stehen Zeit und Luft still. Der abgestandene Rauch ist noch derselbe wie damals. Genauso wie die seltsamen Gestalten, deren Strahlen das Innere erhellt. Nur der Kellner strahlt nicht. Toni beschreit ihn über die laute Gitarrenmusik hinweg mit »Hi Tiger!«

Sie übersteigt rechts neben der Bar ein kniehohes Absperrseil und geht die Wendeltreppe nach unten. Ich folge. Im Untergeschoss ist es menschenleer schummrig. Ich nehme meine Sonnenbrille ab und bin froh, dass die Musik nur oben dröhnt.

Toni lässt sich im hintersten Winkel auf einer abgewetzten schwarzen Ledereckbank nieder. Ich hänge das Plastiksackerl mit den Büchern über die Lehne des Holzstuhls gegenüber von ihr und setze mich.

»Hier könn‘ wir in Ruhe quatschen. Tiger passt auf, dass keine Erleuchteten runterkommen! Boah, hier ist‘s echt angenehm, nicht so ‚ne Affenhitze wie im Shop.«

Erleuchtete? Meint sie damit die strahlenden Menschen? Aber sie redet schon weiter und ich verpasse die Chance nachzuhaken. Währenddessen zieht sie ein Päckchen Zigaretten hervor, bietet mir eine an, »Nein danke, ich rauche nicht!«, zündet sich eine an und vernebelt die Luft. Haben die hier schon mal was von Nichtraucherschutz gehört? Im Moment ist mir allerdings der Gestank der Zigarette lieber als der Geruch vom *Lichter des Lebens*, der noch an ihr klebt. Es passt zu dem Ort, an dem mich ohnehin alles abstößt. Der Putz fällt von den beigen Wänden, was auch die zwei selbstgemalten Bilder nicht verdecken, die gruselige Fratzen in bunten Farben zeigen. Die dunkelbraune Einrichtung ist heruntergekommen und mit eingeritzten Botschaften übersät. Den klebrigen Tisch zieren halb abgerissene Aufkleber, ich lasse meine Hände lieber auf den Oberschenkeln liegen.

Der Kellner kommt und stellt zwei Gläser Bier vor uns. Toni nimmt eines, trinkt hastig und knallt es auf den Tisch, als wäre sie beim Oktoberfest.

Ich habe keine Bier bestellt! Ich mag kein Bier!

»Entschuldigung, könnte ich bitte ein Glas Leitungswasser haben?«, frage ich. Allein die muskulöse Statur des Kellners ist angsteinflößend, erst recht mit der Glatze und der riesigen Narbe auf der linken Kopfhälfte. Auf seinem schwarzen T-Shirt steht »Ich wollte früher immer was mit Tieren machen. Deshalb grille ich heute so gerne.«, was auf ein simples Gemüt schließen lässt. Nur die quadratische Brille passt nicht dazu und gibt ihm einen pseudointellektuellen Touch. Er sieht aus, als war er früherer Türsteher im Rotlichtgewerbe und nach einer gröberen Auseinandersetzung, die ihn mit einem asymmetrischen Kopf zurückgelassen hat, mittlerweile geläuterter Postbeamter vielleicht.

Tiger

Leitungswasser will er. Meinetwegen. Neues Frischfleisch von Toni. Wo hat sie den nur her? Na, mal schauen. Die Würstel müssen aus dem Wasser! Spülmaschine einschalten! Genialer Song. Lief vorhin schon mal. Muss nachher die Playlist wechseln. Heinzi winkt. Erst die Würstel für Tisch Vier. Heinzi muss warten.

Toni

»Jetzt erzähl du mal was von dir! Ich quassle in einer Tour. Was machste so? Wie alt biste? Hobbys?«

Mein lieber Scholli, erst 27 und so altbacken angezogen? Er hatte seine letzte Jus-Prüfung? Jus ist Jura, oder?

»Du bist Anwalt?«

Das wär auch zu schön gewesen!

»Wie lange brauchste denn noch?«

Der hat die Uni fertig und braucht noch fünf Jahre? Was machen die denn so lange? Verstehe, Gerichtspraxis, Praxis in ‚ner Kanzlei und Anwaltsprüfung. Das dauert fünf Jahre? So'n Mist! Aber immerhin angehender Anwalt, ist schon mal'n Anfang.

»Willste aber schon noch machen die fünf Jahre, oder? Oder lieber Richter?«

Rechtsanwalt, perfekt! Die anderen werden mich dafür lieben! Tiger guckt ihn an, als ob er ihm am liebsten beim Armdrücken den Arm auskugeln würde. Will ihm mit'nem bösen Blick ‚n bisschen Angst machen. Verscheuch mir den Kerl nicht! Aber ja, soll er auch seinen Spaß haben. Nett, dass er noch mal runterkommt und Jakob das Wasser bringt.

Warum trinkt der das Bier nicht? Hat er Angst, dass sich seine Zunge davon löst, oder was? Der wird immer unruhiger, redet wohl nicht so gern über sich und sein Studium. Na gut, jetzt, wo Tiger wieder weg ist, wollen wir mal zur Sache kommen. Noch'n Schluck Bier, Zigarette ausdrücken und:

»Also? Jetzt mal raus mit der Sprache: Warum haste dich umgebracht?«

Jakob

»Sexueller Missbrauch? Liebeskummer? Depression? Posttraumatische – «

»Warum was?«, frage ich. Ich habe mich verhört!

»Warum du dich umgebracht hast?! Ist jemand gestorben? Scheidungskind?«

»Nein! Also ja, aber nein!« Wovon redet sie?

»Drogensucht? Bisschen zu viel schnief schnief?«

»Bitte? Ich nehme keine Drogen! Was soll das?«

»Sorry, wusste nicht, dass du da'n Geheimnis draus machst. Ich will ja nur wissen, warum du dich umgebracht hast.«

Sie nimmt ihre Unterarme vom Tisch, lehnt sich zurück und bläst Rauch zu mir rüber. Ich verstehe kein Wort.

»Nicht?«, fragt sie nach. »Aber dir ist schon klar, dass du dich umgebracht hast, ne?«

Ich bewege unsicher den Kopf von links nach rechts. Umgebracht? Hat das Wort noch eine andere Bedeutung?

»Selbstmord? Freitod? Suizid? Harakiri? Nenn es, wie du willst.« Sie lacht.

»Junge, Junge, du hast ja echt keinen blassen Schimmer. O Mann, wie krass!«

Sie bemüht sich, ihr Dauergrinsen, das ihre Pausbacken hochdrückt und verhindert, dass die lächerlichen Kussmund-Gläser fest auf der Nase sitzen, zu einem ernsten Gesichtsausdruck zu formen. »Okay, sorry. Ich weiß, dass es erstmal'n Schock ist. Fangen wir am Anfang an. Was glaubst du, warum die Menschen leuchten? Du siehst es, oder? Also ich nicht und Tiger nicht und du nicht, aber – «

»Ich nicht?«

»Nee, du nicht!« Sie macht eine kurze Denkpause. »Jakob, du hast dich selbst umgebracht! Und seitdem leuchten alle, alle außer wir Selbstmörder. Ich hab mich auch umgebracht, Tiger auch.«

Ich lache, über den Schwachsinn, den sie da redet und ihre Stimme, die klingt, als würde eine Mutter ihrem Kind möglichst sanft erklären, warum man bei der Straßenüberquerung aufpassen muss.

Noch nie habe ich so einen Unsinn gehört! Das übertrumpft selbst alle absurden Verschwörungstheorien!

»Ich? Mich umgebracht?«, pruste ich. »Na klar! Dass ich da noch nicht selbst drauf gekommen bin! Danke für diese Offenbarung!«

Ich stehe auf. Das höre ich mir nicht länger an! »Und warum bin ich dann nicht tot? Bin ich Jesus, oder was? Was bist du dann? Ein Engel?«

»Glaubste mir nicht?«

»Nee, glaub ich nicht!«, äffe ich sie nach.

Ich nehme einen Zehn-Euro-Schein aus der Geldbörse und werfe ihn auf den Tisch. »Hier! Für das Bier, das ich nicht wollte und nicht angerührt habe. Die Bücher kannst du auch behalten.« Ich mache einen dramatischen Abgang, wie ich ihn von Franziska kenne.

»Du weißt ja, wo du mich findest!«, ruft sie mir nach.

»Ja, im Zoo!«

Ich sehe zu, dass ich nach Hause komme, was zum Glück nur ein paar Straßen entfernt ist. Und dafür habe ich den Arzttermin sausen lassen! Wie bescheuert! Habe ich ernsthaft gedacht, eine Esotussi aus dem *Lichter des Lebens* würde mir helfen? So wie sie aussieht, kann sie sich nicht mal selbst helfen. Selbstmord, so ein Blödsinn. Genauso gut hätte sie mir sagen können, dass mich nachts kleine grüne Männchen entführen! Ich bin so unglaublich dumm! Dass ich mich überhaupt mit ihr getroffen habe, ich schäme mich richtig dafür. Den Papagei sehe ich garantiert nie wieder!

3

Chef des *Lichter des Lebens*

Wo habe ich nur die Zungenreiniger hingelegt? Eigentlich müssten sie bei den Malas sein. Genau, da ist die Netikanne, da die Malas und die Zungenreiniger? Ach da! Wie hat sie das Universum dahin gebracht? Kommt heute nicht die Lieferung mit den neuen Yoga-Matten?

»Antonia? Wann kommen heute die Professional-Harmony-Matten?«

Hört mich nicht im Lager. Ich darf nicht vergessen, die kleinen Buddhas nachzubestellen, vor allem die mit Teelicht, die –

Dinge dinge ding.

»Guten Tag.«

Ui je. Da sieht man auf den ersten Blick: sämtliche Chakren verstopft und komplett unausgeglichene Aura.

»Willkommen! Sie können sich gerne in Ruhe umsehen. Oder suchen Sie etwas Bestimmtes?«

Komisch, kommt rein, steht einfach stumm da und bewegt sich nicht.

»Entschuldigen Sie? Kann ich Ihnen helfen? Hallo?«

Zum Glück kommt Antonia, vielleicht möchte er von einer Frau beraten werden. Sie kennt ihn?

»Ja, natürlich, geh kurz mit ihm nach draußen und mach Pause!«

Dinge dinge ding.

Hier drin zerstört er nur die ganze Schwingung, da kauft die Kundschaft tagelang weniger. Am besten, ich versprühe sofort etwas von der Michael-Engel-Essenz im Raum, um die negative Energie auszugleichen. Würde ihm auch helfen! Antonia wird ihm bestimmt das Richtige empfehlen.

Toni

O Mann, der sieht aus wie'n Zombie!

»Komm mit! So, hier durch diese Tür. In dem Treppenhaus mach ich immer Pause! Thorsten will nicht, dass ich vorm Geschäft steh und die Energiepfade der Kunden mit Nikotin verunreinige. So'n Scheiß, oder? Aber der glaubt das echt! Da, setz dich hin!«

Sagt kein Ton, komplett im Schockzustand. Was ist denn passiert? Wenigstens macht er alles, was ich ihm sage.

»Warte hier! Ich komm gleich wieder!«

Jakob

Toni kehrt mit einem Glas Wasser zurück. Sie gibt es mir in die Hand und ich trinke.

»Wäh!«

Es ist kein Wasser! Es ist Wodka!

Sie lacht. »Weckt dich auf!« Tut es!

Ich sehe mich um. Wie bin ich in dieses enge Stiegenhaus gekommen? Und warum sitze ich mit meiner hellgrauen Stoffhose auf der dreckigen Stufe? Meine Erinnerung ist nicht weg, aber vernebelt. So wie der Aufgang auf Grund des Rauches den Toni ausbläst.

»Sind deine Brillengläser wirklich blumenförmig?« Habe ich das laut gedacht?

»Oh, Schneewittchen lebt! Guten Morgen! Ja! Gefällt dir nicht?«

Ich trinke den restlichen Schluck Wodka und schüttle den Kopf.

»Du bist ja nur neidisch!«

Was muss man sagen, damit ihr das Grinsen vergeht?

»Also verunreinigst du jetzt meine Energiepfade?«

»Welche Energie?«

Sie hat Recht!

»Was ist los, Jakob?«

Das frage ich mich auch. »Ich will nicht mehr. Ich will, dass es aufhört.«

»Was denn?«

»Alles!« In meiner Stimme liegt keine Verzweiflung, keine Sehnsucht, nichts, was auf Gefühle jeglicher Art schließen lässt. Ich will einfach nur, dass es vorbei ist. Nie endender Schlaf, in Frieden ruhen. Ich habe keine Kraft mehr.

»Okay!«, sagt sie.

Wir starren wortlos in dieselbe Richtung, Toni raucht und klopft gelegentlich die Asche auf einen kleinen Teller, der auf dem Fensterrahmen steht. Wer hätte gedacht, dass sie so lange den Mund halten kann. Sie drückt den Stummel aus.

»Komm, wir gehen!«

Ich frage nicht, wohin, ich folge. Sie sagt etwas zu ihrem Chef, holt ihren Rucksack – ein Plüscheinhorn mit zwei rosa Schnüren – und geht los Richtung U-Bahn – Station. Ich bleibe dicht hinter ihr, den Blick auf ihre regenbogenfarbenen Converse geheftet. In der U-Bahn schließe ich die Augen, ich ertrage das Strahlen nicht. Wir steigen in den Bus. Ich achte nicht darauf, wo wir sind. Entweder Toni ist die ganze Zeit über still oder ihr Reden fügt sich nahtlos in das Rauschen in meinem Kopf, das aber von dem stechenden Kopfschmerz in den Hintergrund gedrängt wird.

Wir steigen aus und gehen an einer Mauer entlang. Durch einen Eingang betreten wir das Gebiet dahinter. Links und rechts vom Schotterweg ist Wiese, unterbrochen von Mauern, die zu langen Häusern gehören. Schließlich folge ich ihr ein paar Stufen in ein Gebäude, dessen Bodenfliesen schwarz und weiß sind. Sie wechselt Worte mit einem Mann, mein Blick bleibt auf ihren Schuhen, die Schmerzen lassen gerade nach, sie sollen nicht wieder anfangen. Unsere Schritte hallen, während wir eine Treppe hinaufgehen, eigentlich hallen nur meine Slipper. Im zweiten Stock setzen wir uns auf eine alte Holzbank und warten.

Patient

»Heute back ich, morgen brau ich, übermorgen hol ich der Königin ihr Kind!«

Obacht, Menschen!

»Griaß Ihna!«

Noch mal gut gegangen.

»Heute back ich, morgen brau ich, übermorgen hol ich der Königin ihr Kind. Heute back, morgen brau ich der Königin ihr Kind. Heute back ich die Brauen vom Kind. Heute – «

Jakob

Ich höre, wie sich eine Tür öffnet und eine hohe Männerstimme meinen Namen ruft. Ich blicke in seine Richtung.

»Das ist Dr. Pille«, sagt Toni erfreut und springt auf. Ich erhebe mich ebenfalls. Zusammen gehen wir über den Schachbrettfliesenboden zum Ende des Ganges auf ihn zu. Ich bin ein Bauernopfer! Das war‘s!

Obwohl wir näherkommen, wird Dr. Pille nicht größer. Er leuchtet nicht. Sein weißes Haar reicht bis zu den Schultern, obwohl direkt oben auf dem Kopf ein riesiger kahler Kreis mit den letzten verbliebenen kämpft. Seine altmodische, aber stilvolle Kleidung ist ein wohltuender Anblick im Vergleich zu Tonis Zirkusaufzug. Unter seinem dunkelbraunen, grünstichigen Anzug trägt er ein weißes Hemd und eine beige Samtweste. Vom Knopf der Weste zur Tasche hängt eine kleine Goldkette, die zu einer Taschenuhr gehört. Ein extravagantes Detail, das zu dem Monokel passt, das vor seinem linken Auge klemmt.

Wir begrüßen einander, Toni und ich folgen ihm in sein Büro, zu dem größten Schreibtisch, den ich je gesehen habe. Beim Gehen fliegen seine Haare wie Federn hinter seinem Kopf her. Er nimmt auf der einen Seite des massiven Holztisches – der mit Errichtung des Hauses in diesen Raum gebaut werden musste, anders kann ich mir nicht erklären, wie der hier reinkam – in einem braun-orangen Ohrensessel Platz. Die Rückenlehne überragt ihn bei weitem. Uns bietet er die zwei kleineren, dazu passenden Sessel auf der anderen Tischseite an.

»Nun denn, wo drückt uns denn der Schuh?«, fragt er und Toni beginnt sofort zu erzählen. Ich höre zu, aber denke nicht mit. Stattdessen betrachte ich den Raum. Er sieht aus wie eine Kanzlei. Dunkle schwere Möbel, die bis an die Decke ragen, die gut vier Meter hoch ist. Unzählige Bücher, antike Dekoration, ein alter Stehglobus in der Ecke. Befinde ich mir hier bei einem Vorstellungsgespräch? Dr. Pille sieht mich prüfend an, Toni ebenfalls. Habe ich was verpasst?

Warum muss ich ausgerechnet jetzt an Rumpelstilzchen denken? Ich räuspere mich verunsichert.

Er befreit mich aus der Verlegenheit. »Vielen Dank, Fräulein Antonia, darf ich uns bitten, draußen Platz zu nehmen, damit ich mit dem Herren unter vier Augen kommunizieren kann?«

»Klar!«

Toni heißt Antonia? Sie umarmt mich und verlässt das Büro. Dr. Pilles Blick macht mir Angst! Er ist ernst, nicht unsympathisch, aber undurchschaubar. Er greift in eine Schublade rechts neben sich und zieht etwas hervor. Ich schlucke.

Dr. Pille

»Nun denn, wollen wir uns mal an die Dokumentation der Daten machen. Name?«

Jakob Tschärni.

»Alter?«

Siebenundzwanzig. Das Aussehen ließe auf mehr Jahre schließen.

»Wir nähern uns der Saturnrückkehr, hochinteressant. Geburtsort?«

Wien.

»Beruf?«

Student –

»Wir sind nicht Student?«

Wir können uns nicht entscheiden, welchen Beruf wir haben.

»Nun denn, schreibe ich Student. Familienstand?«

Alleinstehend.

»Eltern?«

Wolfgang Tschärni und Andrea Kruse.

»Hochinteressant. Geschieden? ...

Seit wann?«

Zwölftes Lebensjahr, ich notiere »unaufgearbeitet«, für alle Fälle.

»Verschuldensgrund?«

Intra muros.

»Wen machen wir verantwortlich, Mutter oder Vater?«

Definitiv unaufgearbeitet!

»Ausgeschlossen! Verfügen wir! ...

Vater, selbstredend. Bei jungen Männern für gewöhnlich der Vater. Denken wir nur an all die Philosophen, Literaten, Künstler. Nicht auszudenken, würde die innere Fehde mit der Vaterfigur nicht mit dem Außen der Welt geteilt werden. Die Reibung ist eine regelrechte Notwendigkeit für die Hervorbringung glanzvoller Ergüsse. Andernfalls lebten wir an einem gar tristen Ort. Geschwister?«

Nicht vorhanden.

»Wie halten wir es mit Süchten? Alkohol, Tabletten?«

Nein.

»Anorexia Nervosa? ...

Magersucht! ...

Zweifellos? Nach äußeren Kriterien läge die Annahme nahe, dass – ...

Nun denn, wie wir meinen. Wie sieht es mit psychischen Erkrankungen in der Familie aus?«

Keine.

»Suizide? ...

Mütterlicher – oder väterlicherseits? ...

Mütterlicher, hochinteressant! Und wie definieren wir psychische Erkrankungen, wenn wir Suizid nicht hinzuzählen?«

Freitod, Oheim.

»Aktuelles Schlafverhalten?«

Problematisch.

»Ein oder durch?«

Beides.

»Antriebs- und Lustlosigkeit stehen uns ins Gesicht geschrieben! Besondere Ängste?«

Keine.

»Panikattacken? ...

Junger Mann, wir haben Panikattacken ohne Ängste? Nun denn, wir werden dem auf den Grund gehen.«

Wie vermutet: Vauteriol-Schock!

»Die Beurteilung ist eindeutig: Wir leiden an einer Depression! Vorerst kann ich keine eindeutige Diagnose stellen, ob es sich um eine depressive Episode oder Störung handelt. An unseren Überlebenstrieb zu appellieren wird unzureichend sein, wiewohl eine zusätzliche Gesprächstherapie eine nicht zu unterschätzende und unterstützende Behandlungsmöglichkeit darstellt. Ich gebe uns ein Präparat gegen die Insomnie-Beschwerden mit. Davon nehmen wir vor der Nachtruhe eine, obschon wir nicht vergessen dürfen, dass es sich nicht um ein Wundermittel handelt und wir sorgfältig die beigelegte Patienteninformation studieren müssen. Die vollständige Wirkungsentfaltung kann mehrere Tage in Anspruch nehmen. Morgen nach dem Aufstehen kommen wir wieder! Ich empfehle mich!«

Jakob

Ist das das Zeichen, dass ich gehen soll? Dr. Pille nimmt ein dickes Buch aus der gleichen Schublade, aus der er erst das Notizbuch und dann die Tablettenpackung genommen hat, schlägt es auf und beginnt zu lesen. Seltsamer Mann! Ich nehme die Schachtel, sage leise «*Danke, a*uf Wiederschauen«, und verlasse den Raum.

»Ist Pille nicht der Hammer?«, fragt Toni.

Ich bleibe die Antwort schuldig.

»Und? Was hat er gesagt?«

»Depression.«

»Mach dir nix draus! Das wird schon wieder.« Erneut umarmt sie mich, als wären wir befreundet. »Hat er dir was zum Schlucken gegeben?«

Ich zeige ihr die Packung, die sich ungewöhnlich leicht anfühlt.

»Tryptizebo! Cool, die hab ich auch ‚ne Zeit genommen, sind super zum Pennen.« Ich halte nichts von Psychopharmaka, aber momentan bin ich nur noch ausführendes Objekt statt handelndes Subjekt.

»Ich bring dich erstmal nach Hause. Wo wohnst du denn?«

Ich will nicht, dass sie mich nach Hause bringt. Ich will nicht, dass sie denkt, dass ich von ihr abhängig bin oder sie mag. Aber ich habe keine Ahnung, wo wir sind, und will nicht allein sein. »Siebter Bezirk. Nähe Pilgramgasse.«

»Wir brauchen noch'nen Supermarkt. Du hast sicher nichts zu beißen im Haus, oder? Ich koch uns was Leckeres.«

Im Nutellaglas ist noch was drin, im Kühlschrank ist Licht.

Wir lassen das große Gebäude hinter uns. Im Freien kneife ich sofort wieder die Augen zusammen und konzentriere mich auf Tonis Converse, denen ich bis in den Bus folge.

Fahrgast

»Was willst du denn? ...

Nein, jetzt fahren wir erst mit dem Bus und dann mit der Schnellbahn!«

Bis wir zu Hause sind, ist es 13 Uhr. Dann koche ich gleich und –

»Sieben Stationen fahren wir, so wie wir hergefahren sind.«

Die Psychoärztin hat gesagt, es ist gut, wenn er Fragen stellt, und ich soll alle beantworten.

»Ja, genau, sieben!«

Aber sie muss sich nicht den ganzen Tag anhören: Mama hier, Mama da.

»Das ist der Zaun, der die Menschen davon abhält wegzulaufen.«

Nicht alle, wenn man sich die Gestalten hier anschaut. Dass es die Behandlung für ihn nicht woanders gibt.

»Ja, manche müssen aber auch hierbleiben, die nicht so brav sind wie du.«

Schön wär's, wenn er mal brav wäre.

»Das weiß ich nicht, was die gemacht haben. Manche Menschen sind ganz schlimm krank, weißt du? Die müssen dann im Krankenhaus bleiben. ...

Man kann auch im Kopf krank sein.«

So wie du!

»Otto-Wagner-Spital. ...

Ja, so heißt das Krankenhaus. ...

Ein psychiatrisches Krankenhaus ist das. Und der Hügel, auf dem die Kirche steht, heißt Baumgartner Höhe.«

O nein, er sieht die Frau an! Bitte sag nichts über ihre Haare, bitte!

»Ja, die Frau hat lustige Haare, nicht wahr?«

Bitte lass mich im Erdboden versinken. Dass Kinder einen dauernd in peinliche Situationen bringen. Jedes Mal!

»Ich weiß nicht, ob sie auch im Krankenhaus war.«

So wie sie ausschaut, bestimmt. Und der Große daneben auch, sieht aus, als ob er gleich anfängt zu heulen. Jetzt starr die beiden nicht so an!

Jakob

Wir steigen in die U6. War ich wirklich in der Klapse? Das ist die einzige Frage, die ich mir stelle. Ich suche nach Anhaltspunkten, die dafür sprechen, aber finde nur welche dagegen.

Noch mal: Dr. Pille ist ein Arzt, aber doch nicht so ein Arzt, oder? Sein Büro hat überhaupt nicht ausgesehen wie eine Praxis, keine medizinischen Geräte, keine Liege, nichts. Vielleicht arbeitet er dort und ist der einzige Arzt, den Toni kennt, und deswegen sind wir zu ihm gefahren. Nicht, weil er Psychiater ist. Wahrscheinlich hatte er gerade Pause und hat uns in seinem Privatbüro empfangen, Patienten dürfen dort bestimmt nicht hinein.

Wir steigen bei der Längenfeldgasse in die U4. Fahren wir nicht gerade einen kompletten Umweg? Mit dem 13A wären wir schneller. Egal. Wir steigen bei der Station aus, die ich ihr genannt habe, und Toni steuert auf den ersten Supermarkt zu, den sie sieht.

Ich bezweifle, dass sie eine gute Köchin ist, aber sie besteht darauf, was zu essen zu machen. Ich gebe ihr meine Geldbörse und warte neben dem Eingang, wo ich das Werbeplakat ansehe, bis sie mir von hinten auf die Schulter tippt.

»Fertig!«

Beim Anblick des Einkaufswagens könnte man meinen, es stehe eine Hungersnot bevor. Das ganze Zeug füllt meinen Vorrat, wie vom Zivilschutzplan empfohlen, vorausgesetzt man zählt Cola und Bier als Wasser. Ich frage mich, was sie damit kochen will. Das meiste ist schon fertig, der Rest muss lediglich erwärmt werden.

Ist überhaupt noch Geld übrig?

»Was guckst‘n so? Ganz normales Toni-Rundum-sorglos-Paket.«

Wie selbstverständlich schiebt sie den Wagen aus dem Geschäft. Ich protestiere nicht, wir können das unmöglich zu zweit tragen.

Toni

Seine Bude ist der Hammer! So was gibt‘s sonst nur in Filmen, nicht in echt!

»Hier wohnste ganz allein? Sieht aus wie die Wohnung von Bruce Wayne oder James Bond oder so.«

Alles vom Feinsten und so sauber! ,n bisschen farblos für meinen Geschmack, aber das ist ja modern und für'nen Mann – Nee, oder? ,ne Dachterrasse? O mein Gott!

»Die Aussicht ist der Wahnsinn!«

Er packt schon das Essen aus.

»Warte, ich helf dir!«

Er sollte sich lieber aufs Ohr hauen!

»Hast du die Wohnung selbst eingerichtet? ...

Innenarchitekt, nicht schlecht. Kein Wunder, dass du Depressionen kriegst, so luxuriös, wie du wohnst. Da muss man sich die Probleme schon selber machen, was? Armer reicher Junge! Also, was soll ich kochen? Pizza? Nudeln? Gulasch? Du bist kein Vegetarier, oder? Ich hab jetzt alles in der Fleischversion genommen. ...

Ich kenn gar keine Vegetarier. Ins Geschäft kommen oft welche, auch so Veganer, die dann fragen: »Ist die Räucherung vegan?«

Am liebsten würde ich dann sagen: »Nee, das ist Rinderzunge, die bietet besonders viel Schutz vor bösen Geistern«, aber die finden das sicher nicht so lustig. Willst du auch'n Bier?«

Ich bring da jetzt ein System rein. Schokoladiges hier auf diese Seite, Gummiartiges hier, Kekse und Kuchen zur Schokolade dazu, die Dosen auf der Seite zusammen mit den Sugo-Gläsern. Knabberzeug zu den Dosen, Cornflakes und Schokoflocken neben den Brotkasten, Bier und Cola in den Kühlschrank.

»Du hast Champagner im Kühlschrank? Krass!«

Pudding und Joghurt hat er schon eingeräumt.

»Wo sind die Spaghetti? ...

Im Schrank, super. Ich hab Bock auf Pizza, ist das okay für dich? ... Salami oder Thunfisch? ...

Ach so, die Mikrowellengerichte müssen auch noch in den Kühlschrank. Wie kannst du mit so ,nem kleinen Kühlschrank leben? Da passt ja nix rein! Die Pizza müssen wir sowieso verdrücken, weil das Gefrierfach ist so klein, mit zwei 3er-Packs ist das Teil schon voll. Die Pommes hab ich hinten als Erstes reingestopft, das ging gerade noch so. Wenn's dir egal ist, mach ich die Salami. Parmesan hab ich auch mitgenommen, den streu ich dann rüber, wenn sie fertig sind. Meine

Spezialität! Hast du eigentlich auch'n Fernseher oder war der Innenarchitekt Anti-Flatscreen eingestellt?«

Jakob

»Kommt deine Mutter noch zu Besuch?«, fragt Toni, als sie mein gemachtes Bett sieht. Langsam glaube ich, sie lebt unter einer Brücke. So außergewöhnlich, wie sie tut, ist meine Wohnung auch wieder nicht. Der Großteil der Einrichtung ist schließlich schon acht Jahre alt! Und dafür, dass Wolfgang meine ganze Jugend über abwesend war, finde ich es nicht übertrieben, eine Wohnung zur Matura zu bekommen. Er kann sich's leisten!

Ich fahre den Fernseher aus dem schmalen Schrank am Bettende aus. Toni quietscht und springt aufs Bett – sehr papageiartig. Sie schüttelt die Kissen auf, stopft sie sich ins Kreuz und macht es sich bequem. Sie hat keinerlei Berührungsängste und fühlt sich wie zu Hause. Während sie durch die Kanäle zappt, hole ich die Pizza aus dem Ofen.

»Vergiss nicht den Käse!«, ruft sie. Das bezeichnet sie ernsthaft als Kochen?

Sie wählt eine Zombieserie. Kaum zu glauben, dass sie so was Blutrünstiges tagsüber im Fernsehen zeigen. Laut Toni besitze ich ein Spezialpaket, bei dem das dabei ist. Ich habe keine Ahnung, wann ich das Ding das letzte Mal eingeschalten habe.

Sie bröselt erst mit Pizza, dann mit Keksen und schließlich mit Chips mein Bett voll.

»Ich find's echt gemütlich hier! Du kannst ruhig öfter die Nerven schmeißen.«

»Das sieht dein Chef bestimmt anders.« Und ich auch!

»Nö, Thorsten ist echt in Ordnung – für'n Erleuchteten versteht sich. Sonst würde ich den Job nicht machen. Boah, ist das ekelig! Guck mal, wie die Gedärme rauslaufen!«

Ich bin froh, dass sie nicht näher auf das Thema mit dem Licht eingeht. Sonst erwähnt sie wieder abstruse Theorien, von denen ich gerade wirklich nichts hören will. Gut, dass sie da ist. Gut, dass irgendjemand da ist und ich nicht allein sein muss. Wie erkläre ich das Franziska?

Toni

Die Idee, zum Telefonieren ins Wohnzimmer zu gehen, war zwar gut, aber man hört trotzdem jedes Wort, das er sagt.

Baby? Das hat er gerade echt gesagt! Und es klang nicht mal ironisch!

»Na, wie geht's Baby? Ich wusste gar nicht, dass du ‚ne Freundin hast.«

Kein Grund, rot zu werden! Nee, oder? Sagt er gerade ernsthaft – Versucht er, mir grad ‚ne Abfuhr zu erteilen?

»Hoffnungen? Junge, Junge, na, du hast ja'n Selbstbewusstsein! Nee, nee, du bist echt nicht mein Fall!« Als würde ich auf so'nen Spießer stehen. Er ist viel zu jung für mich!

»Außerdem würde ich jedem in die Fresse hauen, der mich Baby nennt! Kosenamen sind meistens schlimm, aber Baby ist mit Abstand der schlimmste. Fühlste dich da nicht irgendwie pädophil?«

Jetzt wird er erst recht rot. So schlimm war's jetzt auch wieder nicht!

»Schon okay, mach dir nix draus! Mein Herz ist übrigens vergeben, da hat keiner ‚ne Chance. Willste jetzt'n Bier?«

Uups, ich hab sein schönes Bett vollgekrümelt!

»O sorry, das wusste ich nicht! Dir schmeckt gar keins? Es gibt ja so viele verschiedene Marken und Sorten! ...

Tut mir leid. Hätte ich lieber Wein oder Champagner kaufen sollen, ne? Wobei, mit den Tabletten von Pille solltest du sowieso keinen Alk trinken, fällt mir grad ein!«

Jakob

In der Tablettenpackung befindet sich genau eine Tablette und obwohl in der Beilage steht, dass die nicht sofort ab der ersten Einnahme wirkt, schlafe ich so tief und fest wie seit Monaten nicht mehr.

Es ist kurz nach 10 Uhr, als ich auf der Gästecouch im Arbeitszimmer aufwache. Die Tür zum Schlafzimmer steht offen, Toni ist nicht mehr da, dafür hat sie als Andenken einen kopfgroßen pinken Fleck auf meinem Kissen hinterlassen. Zwischen der Szene, in der sich das Zombiebaby zur Geburt den Weg durch den Bauch der Mutter ins Freie frisst, und der, in der der Hubschrauber, der für die Überlebenden die letzte Hoffnung war, ins Meer stürzt, ist sie eingeschlafen. Auf dem

Pizzakarton in der Küche hat sie ihre Telefonnummer, zusammen mit ihrem Namen, den sie mit einem Sternchen als i-Punkt schreibt, hinterlassen.

»Nach dem Aufstehen« hat Dr. Pille gesagt. Ist es überhaupt notwendig, ihn wiederzusehen? Nach der Nacht fühle ich mich wie neugeboren! Vielleicht ist wieder alles in Ordnung? Andererseits habe ich keine Tabletten fürs Wochenende, sollte es wieder schlechter werden. Er wird schon gewusst haben, warum er mir nur eine mitgibt.

Der Weg zum Otto-Wagner-Spital ist schrecklich. Das Strahlen ist keineswegs besser! Hört das denn nie auf? Ich bin auf dem Weg in die Klapse! Ein Cerny auf dem Weg in die Klapse! Wenn mich jemand sieht, bin ich geliefert. Das macht doch sofort die Runde und zerstört meine Reputation! Franziska kriegt einen Anfall, wenn sie das mitkriegt – und Wolfgang erst!

Ohne Tonis Bestimmtheit habe ich keine Ahnung, in welchem Haus wir gestern waren. Alle sehen gleich aus! Ich irre umher, frage mich durch. Die Leute müssen denken, ich wäre durchgedreht. Nicht nur, weil ich mich auf dem Gelände eines psychiatrischen Krankenhauses befinde, sondern weil ich es nicht ertrage, sie anzusehen.

Dr. Pille

»Na, junger Mann, wir sind aber spät dran! Treten wir ein, wir müssen uns kurz halten.«

Es ist bereits nach zwölf, eine wesentliche Verzögerung erlaube ich mir unmöglich! Indes, heute sehen wir zumindest lebendig aus und erinnern weniger als gestern an einen Untoten.

»Haben wir nicht gesagt, wir leiden unter Schlafstörungen? ...

Nun denn, prächtig. Selbstredend freut mich, das zu hören.«

Freitag, Samstag, Sonntag-3 Tabletten sind notwendig!

»Bitte sehr, eine neue Packung Tryptizebo! Während dem Ende der Woche notieren wir alle Fragen und Themen, die wir besprechen wollen. Die Tabletten nehmen wir wie gehabt und wir sehen einander am Tag des Mondes der kommenden Kalenderwoche!«

Wir haben wohl nicht zugehört! Mein Aufstehen und der Griff nach der Tasche sollten einwandfrei als Zeichen der Eile gedeutet werden können.

»Eine ganz hervorragende Frage! Notieren wir sie! Ich empfehle mich!«

Freundin

Vielleicht lässt sich Jakob noch überreden mitzugehen. Ansonsten habe ich nichts dagegen, wenn der heiße Typ von letzter Woche wieder da ist. In dem Kleid werden mir beide nicht widerstehen können, das wirkt immer! Wehe, Jakob verhält sich wieder seltsam!

»Hallo Schatzi! ...

Oh, danke!«

Gleich ein Kompliment, fängt schon mal gut an. Aber er trägt schon wieder diese Sonnenbrille! Ich weiß, dass der Arzt gesagt hat, dass er die aufsetzen soll, aber das sieht so behindert aus!

»Wie geht es deinen Augen? Besser? ...

Noch immer nicht? Wann warst du beim Augenarzt, Mittwoch, oder? ...

Dann nimmst du schon vier Tage diese Medikamente. Muss das nicht langsam besser werden?«

Was war denn das für ein Quacksalber? Aha, warum steht denn hier –

»Was ist denn mit diesem Einkaufswagen? ...

Aha ...

Und warum liegt das Essen auf der Arbeitsplatte statt im Schrank? Seit wann isst du so etwas überhaupt?«

Es ist verboten, den Einkaufswagen mit nach Hause zu nehmen! Blockieren nicht normalerweise die Räder, wenn man das versucht?

Für jetzt? Will er mich mästen? Das besteht nur aus Fett und Zucker, so etwas esse ich auf keinen Fall!

»Hätte nicht eine Packung gereicht?«

Ich esse sicher keine Chips vor dem Fortgehen, die blähen viel zu sehr auf. Glaubt er, es damit wiedergutzumachen? Ich hätte mit Schmuck gerechnet. Und was das mit dem Einkaufswagen soll –

Warum liegt hier ein knallrotes Haar? Das ist eindeutig nicht von mir! Hat er heimlich Besuch gehabt? Von wegen »ich liege krank im Bett«!

»Kannst du mir das erklären? Das ist eindeutig weder von mir noch von dir! Und ich glaube kaum, dass du einen Mann mit roten Haaren kennst!«

Auf die Erklärung bin ich gespannt!

»Deine Putzfrau?! Und das soll ich dir glauben? Was ist denn mit Yusuf? ...

Hast du dich bei ihm angesteckt? Und die neue Putzfrau hat knallrote Haare? ...

Kommt die jetzt öfter?«

Die schaue ich mir das nächste Mal an!

»Ich bin nicht eifersüchtig!«

Es sei denn, ich habe einen Grund! Er ist selbst schuld, wenn er mich so vernachlässigt!

»Kommst du heut mit ins Ys? Bitte! Die anderen fragen auch schon nach dir und es ist ewig her, dass wir alle zusammen gefeiert haben.«

Die blöden Augen! Warum kann er wegen Augenproblemen nicht fortgehen? Er sieht überhaupt nicht krank aus!

»Nein, ich bin nicht böse. Nur ein bisschen enttäuscht. Bekommst du heute noch Besuch von deiner Putzfrau? ...

Ich weiß, war nur ein Scherz.«

4

Jakob

Ich habe zwei Fragen an Dr. Pille: Warum strahlen alle Menschen? Und was kann ich dagegen tun?

Das war's. Ich will keine Kindheitserinnerungen wälzen, Persönliches ausbreiten oder in meinem Unterbewusstsein wühlen, nur wissen, was hier vor sich geht. Die Tabletten haben mich jede Nacht durchschlafen lassen, aber das Licht ist dadurch nicht weniger geworden.

»Nun denn, hatten wir ein annehmliches Ende der Woche?«, fragt er, als ich ihm wieder gegenübersitze. Vor ihm auf dem Schreibtisch liegt aufgeschlagen das abgewetzte Ledernotizbuch, in das er beim ersten Besuch meine Daten eingetragen hat. Er schreibt das heutige Datum und verwendet dafür erneut den Stift, der wie eine Mischung aus Textmarker und Kugelschreiber aussieht. Die Flüssigkeit, die durch die durchsichtige Hülle sichtbar ist, entspricht exakt jenem Licht der Menschen und blendet – wenn auch nicht ganz so stark. Er schreibt so dünn wie ein Kuli. Wenn ich nicht sehen würde, dass der Mann mir gegenüber damit schreibt und seine Handschrift nicht so altertümlich erwachsen aussehen würde, könnte man meinen, nur ein Kind verwendet so einen Stift, um Geburtstagseinladungen zu schreiben.

»War ganz okay«, antworte ich.

»So unerträglich?«

Wie schließt er darauf?

»Ja! Ich musste meine Freundin wegen dem verdammten Licht anlügen! Ich hasse es zu lügen. Noch dazu hatte ich die ganze Zeit über Schmerzen, als sie da war. Ich dachte, ich muss mich jeden Moment übergeben! So wie damals, als ich mit meinen Eltern im Urlaub war. Ich war acht oder neun und habe zu lange in der Sonne gespielt und hatte dann einen Sonnenstich und – So hat sich das angefühlt, als Franziska – so heißt meine Freundin – bei mir war. Als wäre mein Kopf nur Brei. Ich weiß nicht, was ich tun soll. Das Strahlen hört einfach nicht auf und ich will wissen, woher es kommt und – Die Tabletten lassen mich wenigstens schlafen, aber der Rest. In einer Woche beginnt mein Volontariat, wie soll ich es in der Kanzlei aushalten, wenn ich nicht mal eine Person ertrage und – «

Ich breche ab. So viel wollte ich gar nicht erzählen! Dr. Pille wartet, aber ich füge nichts mehr hinzu.

»Nun denn, das Volontariat – «

»Das beginnt nächsten Montag. Bis dahin muss das Strahlen unbedingt weg sein, sonst – «

»Sonst können wir die Stelle nicht antreten.«

»Das ist ausgeschlossen! Ich muss dorthin!«

»Wenn Zwang involviert ist, handelt es sich fürwahr um kein Volontariat.«

Worauf will er hinaus?

»Ist es nicht eben das Charakteristikum eines Volontariats, dass es dem Zweck der Erweiterung von praktischen Kenntnissen und Fähigkeiten dient, ohne Arbeitspflicht und ohne Entgeltanspruch?«

»Theoretisch, aber – Das geht nicht!«

»Warum nicht?«

»Die Kanzlei Gutmann ist eine der renommiertesten Kanzleien Wiens! Da kommt man nicht so einfach rein. Wolfgang – «

»So, so, der Herr Vater.«

Ich seufze. »Er hat mir die Stelle verschafft.« Wolfgangs rundes Gesicht blitzt kurz vor meinem inneren Auge auf. Seine faltige Stirn kräuselt sich in der Mitte vor Wut. »Es ist ausgeschlossen, dass ich – «

»Warum haben wir uns ursprünglich für das Studium der Rechtswissenschaften entschieden?«

»Ich wollte immer Anwalt werden. Schon als kleiner Bub.«

»Warum?«

»Weil es mein Traum war.«

»Warum?«

»Weil es ein schöner Beruf ist.«

»Warum?«

»Weil man Menschen hilft.«

»Warum noch?«

»Weil mir Gerechtigkeit immer am Herzen lag.«

»Warum?«

»Weil das fair ist.«

»Warum?«

»Weil Wolfgang auch Anwalt ist und – «

»Warum noch?«

»Weil ich wollte, dass wir etwas teilen und er mich ernst nimmt!« Verdammt! »Also, ich meine, damals dachte ich, dass – «

»Es existiert keine Notwendigkeit zu relativieren. Dass wir uns Bestätigung vom Erzeuger wünschen, ist keineswegs eine Besonderheit, vielmehr ein nachvollziehbares, menschliches Bedürfnis.«

Das ist lächerlich! Ich bin ein 27-jähriger Mann mit Depressionen, der sich danach sehnt, von Papa ernstgenommen zu werden?

»Nicht selten entsteht eine Diskrepanz zwischen dem eigenen Willen und den Vorstellungen der Eltern.«

»Aber ich wollte das wirklich von mir aus!«

»Selbstredend, selbstredend! Ich stelle dies nicht in Abrede, ich möchte nur darauf hinweisen, dass der Abnabelungsprozess weit über die Pubertät hinausgeht und die zugrundeliegenden, verborgenen Handlungsmotive – «

»Wolfgang hat sich früh genug von mir abgenabelt, keine Sorge. Nur weil wir zufällig denselben Beruf gewählt haben – Man muss nicht immer in alles etwas reininterpretieren.«

Dr. Pille lehnt sich zurück, faltet die Hände vor seinem Brustkorb ineinander und blickt mich an. Sein Gesichtsausdruck ist neutral und trotzdem gehört er zu jenen Menschen, die selbst dann ein wenig verschmitzt dreinblicken. Vielleicht liegt es an seinem Monokel. Glaubt er mir nicht? Erwartet er noch eine Aussage von mir? Ich habe nichts mehr zu sagen!

Immer wieder blicke ich kurz runter zum Tisch, weil ich seinem Blick nicht standhalten kann. Wenn ich wieder aufsehe, starrt er nach wie vor in meine Richtung. Sekunden werden zu Minuten, ehe er ganz langsam und ohne seine Augen von mir abzuwenden mit der rechten Hand in die Schublade greift, um eine neue Tablettenpackung zwischen uns auf den Tisch zu legen.

»Nun denn!«, sagt er so laut, dass ich kurz zusammenzucke. »Wir sehen uns morgen, ich empfehle mich!«

Keine meiner Fragen wurde beantwortet und jetzt ist es zu spät. Morgen soll ich schon wiederkommen? Hoffentlich erfahre ich dann mehr! Ich nehme die Schachtel, verabschiede mich und verlasse sein Büro.

Toni

Scheiße, mein Schädel bringt mich um! Hab ich noch ,ne Aspro eingesteckt? Zum Glück nur noch ,ne Stunde, bis mich Thorsten ablöst.

Dinge dinge ding.

»Hallo! Kann ich helfen?«

Zum Glück. Ich geh kurz gucken, ob ich ,ne Aspro in der Tasche hab. Die Tussi wird bestimmt nichts mitgehen lassen. Beim nächsten Mal lass ich mich von Chris nicht wieder überreden! Am letzten Tag ist‘s einfach bescheuert, noch mal so Gas zu geben. Montag der körperliche Kater, Dienstag und Mittwoch der psychische, Donnerstag geht‘s grad wieder und Freitag geht‘s schon wieder los. Ach, zur Hölle, das sag ich jede Woche. Scheiß Selbstmitleid!

In der Tasche herrscht das pure Chaos. Schlüssel, Buch, Portemonnaie – Mist! Vielleicht in dem Fach?

»Ich komm sofort!«

Nee, hier auch nicht. In jede Tasche müssen Schmerztabletten! In jede! Das gehört zur Grundversorgung! Mist!

»tschuldigung, musste kurz im Lager was checken!«

Die eine Minute hätte die echt noch warten können.

»Pilgerbücher? Wie meinen Sie das? Übers Pilgern generell oder spezielle Wege? ...

Nee, so was hab ich nicht.«

Da muss die zum Thalia gehen oder auf Amazon gucken!

»Das Einzige, was ich hab, ist unter ,Christliche Meditation und Spiritualität‘. Hier, so was: Der innere Jakobsweg oder Selig die Barmherzigen, das sind so Bibelsprüche, über die man auf der Wanderung nachdenken kann, aber so richtige Pilgertagebücher führen wir nicht. Gucken Sie vielleicht mal auf der Mariahilfer Straße in einem dieser großen Buchgeschäfte, die müssten so was haben.«

O nee, erzähl mir jetzt nicht alle Details! Ich hab der doch schon gesagt, dass ich nicht helfen kann. Ja, schön, dass dein Enkelkind vorhat, den Jakobsweg zu gehen. Wie alt ist der denn bitte? Früher hat man sich als junger Mensch auf Malle beim Saufen selbst gefunden, nicht in stinkigen Herbergen in Spanien. Wobei, das trifft auf Malle genauso zu!

Apropos Jakobsweg, hab ich Jakob eigentlich zurückgeschrieben? Nee, mach ich später noch. Mal fragen, wie's dem geht. Ob Pille schon mit ihm geredet hat? Wahrscheinlich nicht, wir waren erst am Donnerstag bei ihm. Diesen Freitag wird's noch nicht soweit sein. Kommt drauf an, wie stabil seine Psyche mittlerweile ist, aber eigentlich – Ist die Frage, ob er überhaupt –

»Ja, wie gesagt, am besten oben bei der Station Zieglergasse, da ist gleich der große Thalia. ...

Genau! Schönen Tag noch. Tschüss!«

Dr. Pille

»Junger Mann, ich habe bereits auf uns gewartet. Bitte, treten wir ein! Treten wir ein!«

Wichtige Tage stehen uns bevor. Heute, am Tag des Mercurius, die Revelation, morgen ist Tag der Reflexion, übermorgen Tag der Revision. Ein gar lustiges Spiel.

»Nun denn, setzen wir uns! Setzen wir uns! Wir haben einiges zu besprechen. Nachdem wir uns in den letzten zwei Tagen dem Erörtern der Hintergründe gewidmet haben, wird es höchste Zeit, unsere Fragen zu beantworten. Gehe ich recht in der Annahme, diese beziehen sich auf Vauteriol?«

So, so, der Begriff ist uns unbekannt.

»V a u t e r i o l! Gewissermaßen der Elefant im Raum, wenn wir uns einen kleinen Scherz erlauben. Abgeleitet von ‚ultraviolett'. Jener Wellenlänge, die kürzer ist als gemeinhin für Menschen wahrnehmbares Licht. In der Regel, denn freilich bestätigt erst die Ausnahme selbige, wie wir schmerzhaft feststellen mussten. Vauteriol bezeichnet jenes Licht, welches die Erleuchteten, für uns sehr wohl sichtbar, ausstrahlen. Es liegt keine Erkrankung unsererseits vor, soweit kann ich uns beruhigen, wiewohl es inkurabel ist.«

Mir dünkt, es fällt ihm heute schwer zu folgen.

»Inkurabel, ganz recht. Wir werden damit leben müssen! Was uns zu der Frage nach der Herkunft beziehungsweise nach dem Auslöser bringt, der diese nicht umkehrbare Konstellation verursacht hat. Welches konkrete Ereignis hat dazu geführt, dass die Erleuchteten erstmalig als erleuchtet wahrgenommen wurden?«

Das wäre der Punkt, an dem wir zu reden beginnen.

»Nun?«

Scheinbar sind wir heute überhaupt nicht bei der Sache. Dabei möge man meinen, jetzt, wo es um die essentiellen Dinge geht –

»Nun denn, fangen wir von vorne an. Welche war die erste erleuchtete Person, die uns unter die Augen getreten ist?«

Franziska.

»Die Lebensgefährtin, ganz recht. Und was ist vorgefallen, unmittelbar bevor wir sie gesehen haben?«

Wir waren allein zu Hause.

»Und was haben wir allein zu Hause gemacht? ...

Wir erinnern uns nicht? Und was haben wir gemacht, bevor wir allein zu Hause waren, woran wir uns nicht erinnern können? ...

Haben auf der Universität Menschen geleuchtet?«

Nein, selbstredend.

»Das heißt, wir stimmen überein, dass ein Ereignis vorgefallen sein muss in der Zeit, in der wir allein zu Hause waren. In der Zeit, an die wir uns nicht erinnern können, bevor wir die Lebensgefährtin getroffen haben. Sehe ich das richtig? ...

Sehr gut. Und was könnte das unserer Meinung nach sein? Eine Begebenheit von solch immenser Bedeutung, regelrecht traumatischen Ausmaßes, die unwiderrufliche Auswirkungen zur Folge hat. In einer Zeit, in der – wie ich hinzufügen möchte – wir an Depressionen litten. Nun?«

Unser Bewusstsein wehrt sich mehr gegen die Einsicht des Unvermeidlichen, als ich für möglich gehalten hätte.

»Nun denn, nähern wir uns der Schlange vom anderen Ende. Als wir letzte Woche zum ersten Mal mit Fräulein Antonia hier aufgetaucht sind, befanden wir uns außer Frage in einem Schockzustand, würden wir mir soweit zustimmen? ...

Sehr gut. Welche Situation ist diesem vorangegangen? ...

Was ist das Letzte, woran wir uns erinnern? Möglicherweise erhielten wir eine neue Information, die uns bislang unbekannt war?«

Nicht? Ich weiß, dass dies nicht stimmt. Sein Zensor funktioniert einwandfrei.

»Fräulein Antonia hat mir damals gesagt, dass es am Vorabend ein Treffen gegeben hat, bei dem wir erbost davongestürmt sind. Was wurde bei diesem besprochen?«

Von wegen absurde Theorie! Wenigstens sind wir schlussendlich beim Kern der Sache angelangt.

»Junger Mann, es ist nicht unüblich, dass unser Unbewusstsein uns schützt, wenn wir mit Nachrichten konfrontiert werden, die unser Ist – und Weltverständnis erschüttern! In unserem Fall ist es besonders tragisch, da die, als einzig möglicher Ausweg gefundene, Lösung in Wirklichkeit gar keine ist und uns überhaupt erst in die Situation gebracht hat.«

Jakob

Dr. Pille steht von seinem viel zu hohen Sessel auf, geht zum Bücherregal und steigt zwei Sprossen auf einer kleinen Holzleiter nach oben, um einen dicken Wälzer aus dem Regal zu ziehen. Er ist so schwer, dass er beide Hände braucht und aufpassen muss, nicht rückwärts nach hinten zu fallen.

Was will er mir gerade sagen?

Tonis Wahn bezüglich Selbstmord hat mir gereicht! Noch mal will ich so einen Unsinn nicht hören!

Das Buch, das er auf den Tisch knallt, ist mindestens 1500 Seiten stark und in DIN A4 - Größe. Der Einband ähnelt dem des Notizbuches, abgegriffen und alt, aber nicht antik. Er schiebt es in meine Richtung, wie er es sonst immer mit den Tryptizebo-Tabletten macht. Der Titel verkündet in leuchtender Schrift: »Quantensuizid. Ein Blick auf die Quantenmechanik, Viele-Welten-Interpretation, und Theorie der Parallelwelten im Hinblick auf das empirisch überprüfbare Phänomen des multiplen Suizids«, verfasst von Dr. April Lindeher.

Die Schrift sieht aus, als käme sie direkt aus seinem seltsamen Stift.

»Ebenfalls Vauteriol«, errät er meine Gedanken. »Für Erleuchtete komplett unsichtbar. Wir haben es geschafft, die Substanz zu extrahieren, um eine beliebige Menge davon herzustellen. Für Erleuchtete handelt es sich um ein blanko Exemplar. Möglicherweise das größte Notizbuch, das sie je zu Gesicht bekommen.«

»Darf ich?«

»Selbstredend!«

Vorsichtig schlage ich es auf. Ein leicht modriger Geruch steigt mir in die Nase. Die Seiten sind gelblich und fein säuberlich mit Hand beschrieben – das gesamte Buch! Ich blättere ein wenig, kehre zum Inhaltsverzeichnis am Anfang zurück und überfliege es. Theorien, Kapitel über Nils Bohr, John Archibald Wheeler, Hugh Everett, Bryce DeWitt und andere namhafte Physiker. Die späteren Kapitel behandeln bekannte physikalische Experimente, die mit Suizid verknüpft werden. Der letzte Teil untersucht Quantensuizid und dessen konkreten Einfluss auf die physikalischen Realitäten.

»Was wollen Sie mir damit sagen? Dass man sich nicht umbringen kann?«

»Nein, keineswegs! Man wird nur nicht sterben!«

»Pf! Blödsinn!«

Ich klappe das Buch zu. Jemand hatte eindeutig zu viel Zeit, um sich so einen Schwachsinn auszudenken!

»Übrigens, eine amüsante Anekdote am Rande: die Tochter von Hugh Everett, dem Begründer der Viele-Welten-Theorie, hat ebenfalls Suizid begangen, allerdings weit nach dem Tod ihres Vaters in den 90er Jahren.«

»Ich dachte, man stirbt nicht, wenn man sich umbringt.«

»Man kann seinem Leben in diesem Universum ein Ende bereiten, wird allerdings in einem anderen wieder aufwachen!«

»Also lebt Stefan Zweig noch?«

»Stefan Zweig? Wieso? Haben wir ihn gesehen? Wenn wir Menschen sehen, die in etwa 140 Jahre alt und seit Jahrzehnten tot sind, kommt zur Diagnose ‚Depression‘ unter Umständen noch etwas hinzu.«

»Nein, mir ist auf die Schnelle niemand anderer eingefallen, der Selbstmord begangen hat. Aber zum Beispiel mein Onkel Karli. Laut Ihrer Theorie lebt er noch. Das wird meine Mutter aber freuen!«

Ich glaube kein Wort!

»Objektiv lebt er nicht mehr, für uns und unsere Frau Mutter ist er aus dem Leben geschieden, aus dieser Welt hinausgegangen. Subjektiv lebt er eventuell noch. Das kommt darauf an, ob er nicht mittlerweile einer natürlichen Ursache erlegen ist: Unfall, Krebs, Herzinfarkt. Wobei, wer weiß, was in diesem konkreten Falle eintritt? Womöglich verändert sich das Farbspektrum, aber damit begeben wir uns in den Bereich der Spekulation.«

»Wohl eher in den Bereich der Fantasie.«

»Bei natürlichen Todesursachen? Wie gesagt, ich werde mich nicht zu allgemein gültigen Aussagen, den Tod betreffend, hinreißen lassen, das ist nicht meine Expertise. Mein Augenmerk gilt einzig den Erleuchteten, den Exitus sowie der Schnittmenge des Quantensuizids.«

»Exitus?«.

» ‚Exitus' für Ausgang, Ende, Ziel. Vom lateinischen ‚exire', was so viel bedeutet wie hinaus – , weggehen. Im deutschen Sprachgebrauch häufiger verwendet für Tod, Sterben. Für uns konkret eine Beschreibung für all jene, die hinausgegangen sind, fortan Vauteriol wahrnehmen und nicht länger den Erleuchteten angehören.«

»Also bin ich ein Exitus?«

Ich versuche, seiner Theorie zumindest theoretisch zu folgen, wenn ich sie schon praktisch ablehne.

»Ganz recht.«

»Und Sie auch? Und Toni und der Kellner im Café Einhorn – «

» – und alle anderen nicht Leuchtenden.«

»Weil wir uns umgebracht haben?«

»Ganz recht.«

»Woran wir uns nicht erinnern.«

»Da liegen wir falsch! Beim ersten Mal schützt uns das Unbewusstsein noch. Beim zweiten Mal dringen bereits Erinnerungen ins Bewusstsein, die sich relativ zügig wieder verflüchtigen, wie eine Seifenblase, die eben noch deutlich sichtbar vor uns tanzt, ehe sie zerplatzt. Beim dritten Mal – «

»Sie würden mir also allen Ernstes empfehlen, Selbstmord zu begehen?«

»Selbstredend! Natürlich nicht offiziell, ich bin ein respektabler Psychiater. Wo denken wir hin?«

»Aber Sie hätten kein Problem damit, wenn ich hier hinausspaziere und mich vor den nächsten Zug werfe.«

»Offiziell selbstredend schon! Wiewohl auch inoffiziell die Möglichkeit bestünde, dass wir einander nicht wiedersehen.«

»Aha! Ich dachte, Selbstmord ist unmöglich.«

»Einander«, betont er. »Bleiben wir bei dem Beispiel: Wir begehen im Anschluss an dieses Gespräch Schienensuizid und wachen in einer Parallelwelt auf. Diese unterscheidet sich nur dadurch von dieser Realität, dass wir nicht tot sind. Morgen kehren wir hierher zurück, was bedeutet, dass an meiner Stelle meine Wenigkeit aus der Parallelwelt sitzt. Wir beide werden einander nicht mehr begegnen. Freilich für uns wird das keinen Unterschied machen.«

Kann er nicht einfach »du«

oder »Sie« sagen? Diese seltsame Ausdrucksform macht alles noch umständlicher!

»Also ändert sich durch meinen Selbstmord nur für Sie etwas.«

»Ganz recht. Freilich, das moralische Dilemma wird so nicht eliminiert, sondern nur verlagert.«

»Das verstehe ich nicht.«

»Es existiert die Realität, in der unsere Eltern um uns trauern und sich fragen, was sie falsch gemacht haben, dass dem Sohnemann nach Abschluss seines Studiums der Lebenswille abhandengekommen ist. Identifizierung des Toten, Beerdigung, Leichenschmaus, das ganze Programm.«

»Na-na-na-na-nein!«

Ich sehe Wolfgang, meine Mutter und Franziska weinend in meiner Wohnung. »Das ist ausgeschlossen! So etwas würde ich nie tun! Nie!«

Er lehnt sich wieder zurück, faltet die Hände vor der Brust und sieht mich an. Dieselbe Geste, die mich vorgestern so verunsichert und unser Gespräch beendet hat.

»Wirklich nicht!«, füge ich hinzu. »Ich war schlecht drauf, mag sein. Das ist doch normal! Jeder hat mal einen schlechten Tag! Deswegen tut man sich nicht gleich etwas an. Wie sollte ich das überhaupt machen? Die Decke meiner Wohnung würde mein Gewicht nie tragen, ich habe keine Tabletten im Haus, Pulsadern wäre viel zu schmerzhaft und meine Wohnung ist nicht hoch genug oben, um – «

Stationäre Patientin des Otto-Wagner-Spitals

Der holde Knabe verlässt hetzend die finstere Höhle des bösen Drachen. Er rollt den schweren Stein zurück vor den Eingang, sodass das Monstrum ihm nicht folgen kann. Ein tapferer Held, der es schafft, den Drachen zu bezwingen! Jetzt wird er die Prinzessin befreien, die bereits sehnsüchtig auf seine Ankunft wartet!

»Hier bin ich, tapferer Held! Oh, wie lange habe ich von diesem Moment geträumt!«

Die Königstochter blendet ihn mit ihrer Schönheit. Er dreht sich weg, taumelt, stürzt fast zu Boden. Der Kampf hat viel von ihm abverlangt. Ausgezehrt, am Ende seiner Kräfte, möchte er der Prinzessin seine Liebe gestehen, doch aus seinem Mund strömt eine übel riechende Flüssigkeit. O nein, die Fäulnis des Ungeheuers hat ihn vergiftet! Ein zweiter Schwall ergießt sich über den glänzenden Kachelboden des Tanzsaals. Zahlreiche Stunden verbrachte sie bereits damit, genau hier in Einsamkeit ihren Hochzeitstanz einzustudieren.

»Halte durch, o du mein Retter! Du darfst nicht dem Gift des Drachens erliegen! Du bist so kurz davor, die Prinzessin zu befreien. Auf dass auch du bald zum Prinzen gekrönt wirst!«

Passantin

Wäh! Bist du deppert, der stinkt. Und das schon von der Weiten. Geh ich lieber schnell vorbei. Hoffentlich fährt der nicht auch mit'm 48A. Muss ich schauen, dass der weit genug von mir weg steht, sonst halt ich das nicht aus. Es ist noch so früh! Wie kann man sich am Vormittag schon so ansaufen, dass man sich übergibt? Vor allem so nah bei einem Krankenhaus! Dass da keiner drauf schaut! Normal müssten's so jemanden gleich reinnehmen und auf Entzug setzen, oder? Na, vielleicht war er eh drin und hat's nicht mehr ausgehalten. Aber dann können's ihn nicht einfach gehen lassen.

Man sieht's ihm gar nicht so an. Vorn auf seinem Hemd ist ein kleiner Fleck und der glasige Blick ist zu Boden gerichtet, aber sonst

– Wenn er sein Leben in den Griff kriegen würde – Optisch dürfte das kein Problem sein, ordentliche Kleidung trägt er. Müsst sich halt einen Job suchen, aber so jung, wie er ist, dürfte das nun wirklich kein Problem sein. Wenn er will, natürlich! Ohne Wollen geht nichts.

Passant

»Wie bitte? ...

Da drüben? ...

Auf dem Plakat? ...

Unter dem Plakat! Nein, sehe ich nicht. ...

Nein, wirklich nicht! Was soll da sein? ...

Ein Einhorn? Wirklich? Auf der Häuserwand? ...

Ein echtes? ...

Ein gemaltes, interessant. Nein, sehe ich trotzdem nicht.«

Was immer er sich eingeworfen hat, davon hätte ich auch gern was.

»Es leuchtet auch? Das muss aber ein tolles Einhorn sein.«

Wie krass, so was passiert einem auch nur in Wien. Kann froh sein, dass ich kein Zivilpolizist bin.

»Nein, nein, keine Sorge, ich glaub dir schon, dass du das wirklich siehst!«

Er sieht gar nicht wie ein Hippie aus, aber er riecht wie einer.

»Ist das das erste Mal, dass du tripst? Pass bloß auf mit dem Verkehr, das kann total in die Hose gehen. ...

Tripen! LSD. Nicht? ...

Ja, schon klar. ...

Passt schon! Ich glaub dir, dass du mit Drogen nichts am Hut hast.«

Das waren noch Zeiten! Mit Nelli am Ozora-Festival vor drei Jahren. Herrlich! Vier Tage lang nur drauf sein, tanzen und –

»Nein, wirklich, kein Ding, alles okay. Mach's gut!«

Ich muss unbedingt mit Nelli reden, dass wir uns mal wieder ein schönes Wochenende machen. Ihre Eltern können auch mal auf Noah aufpassen! Nur weil wir jetzt Eltern sind, müssen wir nicht auf Zweisamkeit und Partys verzichten!

Jakob

Hier oben auf meiner Dachterrasse liegt mir zwar nicht die Stadt, aber zumindest die Straße zu Füßen. Es ist hell, nicht nur wegen der Menschen, sondern weil die Sonne Stunden vom Untergang entfernt ist. Anders als ich. Ich nehme einen weiteren Schluck Bier. Es schmeckt ekelhaft, passend zu meiner Stimmung. Drei Aspirin und die Tryptizebo habe ich bereits intus. Ich warte auf den übermannenden Schlaf, der mich von hier fortträgt an einen Ort, der mich wieder an mein Leben erinnert. An das Leben, das ich einst hatte oder von dem ich zumindest geträumt habe – als ich noch träumte.

Ich sehe es vor mir, mein Dasein in der Vergangenheit, das die Vorstellung an die Zukunft bestimmte. Im Moment zerquetschen mich beide. Eingeklemmt zwischen Vergangenheit und Zukunft erkämpfe ich mir den Weg nach draußen, um nicht länger eingesperrt zu sein. Wegen der Kohlensäure steigt mir der Schaum beim Trinken hoch in die Nase, meine Zunge schmeckt das bittere Getreide, der Alkohol wärmt mich. Oder ist es die Luft? Aus wie viel Prozent Luft besteht ein Mensch? Ab wie viel Prozent könnte er fliegen?

5

Assistent von Dr. Pille

Da kommt Herr Cerny, pünktlich wie immer.

»Guten Morgen!«

Nein, halt!

»Moment! Verzeihung? ...

Entschuldigen Sie?«

Warum bleibt er nicht stehen?

»Stopp, warten Sie!«

Puh, ich sollte dringend an meiner Kondition arbeiten! Ein paar Stufen und ich keuche schon!

»Entschuldigen Sie, der Herr Oberarzt Dr. Pille benötigt ihre Krankenversicherungskarte! ...

Ja, die e-card! ...

Ich weiß, aber er hat mich ausdrücklich angewiesen, sie heute von Ihnen zu nehmen. ...

Das können Sie gerne mit dem Herrn Oberarzt persönlich besprechen, ich folge lediglich den Anweisungen.«

Wie stellt er sich das vor? Wir können schließlich nicht jeden gratis behandeln. Wir müssen immer mehr Einsparungsmaßnahmen umsetzen! Wenn die Patienten wüssten, was hier alles –

»Dankeschön.«

Tut gar nicht weh! Macht sich wohl Sorgen, dass er ab sofort bei seiner Versicherung als Patient eines psychiatrischen Krankenhauses registriert ist.

Dr. Pille

»Junger Mann, wie schön, uns zu sehen! Welch Glück, dass wir uns nach wie vor in derselben Welt befinden, wobei ich natürlich nicht ausschließen kann, dass wir uns gestern noch in einer anderen befunden haben und in diese hier gesprungen sind.«

Der Terminus macht uns offenbar nervös.

»Selbstredend, natürlich nicht! Ich wollte keineswegs implizieren, dass wir unsere gestrige Drohung in die Tat umgesetzt haben.«

Bingo.

»Bei ‚springen' handelt es sich nebenbei bemerkt um eine exitusgebräuchliche Bezeichnung für den Übergang von der einen in die andere Realität, unabhängig von der Methodik. Nun denn, gehe ich recht in der Annahme, dass wir unsere Zweifel übersprungen haben? ...

Wegen der e-card? Kein Grund zur Beunruhigung, für uns persönlich entstehen keinerlei Kosten. Die Not- und Erstversorgung ist selbstredend gratis, anschließend ist es nicht unüblich, der Krankenversicherung die Behandlung in Rechnung zu stellen. Bei Erleuchteten verlange ich die Karte in der Regel ab dem zweiten Besuch, denn die Wahrscheinlichkeit, dass sie tatsächlich den Freitod wählen, liegt bei 0,015 %, gerechnet auf die Gesamtbevölkerung. In einer Anstalt wie dieser, in der wir uns momentan befinden, ist sie eventuell etwas höher. Bei Exitus, die mich aufsuchen, liegt dieser Wert hingegen bei 82,9 % – eine zugegebenermaßen grobe Schätzung meinerseits. Wir haben bestimmt Verständnis, dass ich erst sichergehen will, dass wir keinen Schienensuizid begehen, wie das letzte Mal angekündigt, bevor ich die Karte nehme. Andernfalls gäbe es zumindest in einer Realität in Bälde unangenehme Fragen von Seiten der Autoritäten, warum so viele, die meine Hilfe in Anspruch genommen haben, anschließend ihrem Leben ein Ende bereitet haben. Eine Realität, in der ich mich nur ungern befinden möchte, wenn wir verstehen, was ich meine. ...

Garantie gibt es selbstredend keine, aber nachdem wir gestern offenbar einen Sprung gewagt haben – ...

Nein, natürlich haben wir nicht!«

Behaupten wir zumindest.

»Selbstredend glaube ich uns! Nun denn, ich würde uns in nächster Zeit inständig bitten, von einem weiteren Sprung Abstand zu nehmen – zumindest allein. Weiters benötige ich die e-card für die Krankschreibung, die ich gedenke auszustellen.«

Wo habe ich nur den Block mit den Arbeitsunfähigkeitsbescheinigungen? Hier!

»Für die Volontariatsstelle! Wenn ich mich recht entsinne, beginnt diese am Tag des Mondes, nicht wahr? Wir gedenken hoffentlich nicht, diese anzutreten? Darüber haben wir uns längst ausführlich verständigt! Selbstredend wird die Diagnose nicht – ...

Haben wir nicht? Nun denn, ich rate dringend davon ab. Aus medizinischer Sicht kann ich einem Versuch, Experiment, oder wie auch immer wir es betiteln wollen, nichts abgewinnen! Ich schlage vor, wir bezeichnen die offizielle Diagnose als »Burnout«, sodass – ...

Es ist erstaunlich, wie wir uns an die alte Welt klammern, derer wir längst entsprungen sind! Ein Sprung, der wohl kaum notwendig gewesen wäre, wenn wir mit unserer aktuellen Situation zufrieden gewesen wären!«

Der forschere Ton ist anscheinend notwendig, keine Seltenheit bei Klienten mit Vaterkonflikten.

Nun denn, fülle ich die Bescheinigung aus.

»Selbstredend dient dieses Formular nicht zur offiziellen Vorlage! Heutzutage muss alles digital übermittelt werden, ein Übel, wenn man Vertreter meiner Zeit fragt. Beim Schalter im Erdgeschoss wird man sich um die korrekte Durchführung kümmern, damit keinerlei Missverständnisse auftreten. Wir sehen einander nicht morgen, sondern erst am Tag des Mondes wieder!«

Heute ist definitiv der passende Zeitpunkt für die Einladung. Eventuell ein Quäntchen früh, aber das wird sich weisen.

»In der Schachtel befinden sich genug Tabletten, um das Wochenende über versorgt zu sein, zusätzlich möchte ich uns noch etwas mitgeben. Etwas von großer Wichtigkeit, das absolutes Stillschweigen voraussetzt. Haben wir verstanden? ...

Absolute Geheimhaltung! ...

Nun denn, bitte sehr. Ich empfehle mich.«

Jakob

Ich verlasse Dr. Pilles Büro, diesmal ohne mich zu übergeben. Der Gang ist menschenleer, weshalb ich vorsichtig die Lasche des babyblauen Kuverts auftrenne. Ich ziehe ein weißes Blatt Papier in Form eines Einhornkopfes aus dem Umschlag, auf dem mit dieser komischen Farbe -Vauteriol heißt sie, oder? – geschrieben steht: »U-Bahn-Aufgang Künstlerhaus, Freitag 12 Uhr. Folge den Einhörnern!«

Freitag, 12 Uhr? Der morgige Freitag? Ist das der Grund, warum ich morgen nicht herkommen soll? Schritte ertönen von der Treppe, ich lasse Umschlag und Zettel schnell in der Hosentasche verschwinden und hoffe, dass es sich nicht um die Verrückte vom Vortag handelt, die etwas von Drachen, Prinz und Prinzessin faselte. Nein, es ist eine erleuchtete Putzfrau, die meinem Blick ebenso ausweicht wie ich ihrem. Wahrscheinlich hält sie mich für psychisch gestört. Warum sonst sollte ich mich hier aufhalten? Wenn ich ihr sage, dass ich nicht durchgedreht bin, wirke ich noch verrückter. Ich gehe nach unten und verlasse das Jugendstilgebäude, ohne die handgeschriebene Krankschreibung von Dr. Pille am Schalter in eine gültige umwandeln zu lassen. Ich bin noch nicht bereit, das Volontariat abzusagen beziehungsweise mich den Auswirkungen zu stellen, die eine Absage zur Folge hätte.

Freundin

»Was genau hat denn der Arzt gesagt, Schatzi? ...

Und deswegen sollst du nicht arbeiten können? Er hat wohl keine Ahnung, was für eine Riesenchance das für dich ist! Der Name Gutmann in deinem Lebenslauf öffnet dir in Zukunft jede Tür. Das kannst du unmöglich wegen einer lächerlichen Augenentzündung aufs Spiel setzen!«

Es ist schlimm genug, dass wir uns nicht sehen können, aber die Karriere wegwerfen, kommt gar nicht in Frage!

»Du nimmst Tropfen und Tabletten dagegen, die werden ja wohl bis Montag wirken! Es ist über eine Woche her, dass das angefangen hat. Ich dachte, am Wochenende unternehmen wir was zusammen! Ich habe WIRK abgeschlossen und – ...

WIRK! ...

Meine Prüfung? Rezeptions- und Wirkungsforschung! Du weißt schon, das Fach, das ich bis zum Schluss hinausgeschoben habe! Ich habe dir doch gestern geschrieben, wie die Prüfung gelaufen ist! ...

Hörst du mir überhaupt noch zu? Du hast wohl nur noch Augen für deine rothaarige Putzfrau. ...

War nur ein Scherz! ...

Das will ich auch hoffen, dass ich die einzige rothaarige Frau in deinem Leben bin! Ich sag dir aber gleich, dass ich meine nie so knallig färbe. Ich werde sie überhaupt nicht färben! Du fehlst mir einfach! ...

Hast du mit Wolfgang geredet? ...

Wegen deinen Augen! ...

Finde ich auch! Du kannst das unmöglich absagen! Ich muss jetzt aufhören, Schatz, ich schreib dir später. ...

Ich dich auch. Ciao!«

Jakob

»Unmöglich!«, hallt es in meinem Kopf. Immer wenn das Wort leiser wird und sich Zweifel daran aus den Ecken wagen, dröhnt es wieder lauter: UNMÖGLICH! Ich habe keine Wahl bezüglich des Volontariats.

Bis Montag sind es noch drei Tage und wer weiß, was mich morgen erwartet. Ist Dr. Pille Teil einer Exitus-Sekte? Glaube ich überhaupt dieses ganze Gefasel von wegen Quantensuizid? Online finde ich zwar etwas über das physikalische Experiment, aber es handelt sich lediglich um ein theoretisches. So wie niemand nachweisen kann, dass Schrödingers Katze gleichzeitig tot und lebendig ist, kann auch niemand beweisen, dass sich wirklich eine Parallelwelt abspaltet, wenn man freiwillig aus dem Leben scheidet. Hugh Everetts Tochter hat tatsächlich Suizid begangen, so viel stimmt. Über Vauteriol habe ich kein Wort gefunden. Es gibt Menschen, die Vauterol heißen, aber nichts mit i. Vielleicht habe ich Dr. Pille aber gestern auch falsch verstanden. Vielleicht bin ich ihm auf den Leim gegangen, vielleicht –

Ich weiß nicht, was ich glauben soll. Glaube ich dem Bild, das gestern kurz vor meinen Augen aufflackerte, als ich von der Dachterrasse runter auf die Straße starrte und mich ein Stück weiter als gewöhnlich vorlehnte? Glaube ich dem Gefühl, das ich nur für den Bruchteil einer Sekunde hatte, dass ich weiß, wie es sich anfühlt zu fallen? Aber wissen nicht alle, wie sich das anfühlt? Sind wir nicht alle schon unzählige Male in unseren Träumen gefallen und erleichtert aufgeschreckt, weil es sich nur um einen Traum handelte? Glaube ich dem Oberarzt eines psychiatrischen Krankenhauses? Glaube ich – überhaupt?

Das Künstlerhaus befindet sich beim Karlsplatz, unter dem drei U-Bahn-Linien fahren. Was hat es mit den Einhörnern auf sich? Ist damit das Café Einhorn gemeint? Das ist nur eine U-Bahn-Station vom Karlsplatz, aber zu Fuß sicher 15 Minuten vom Künstlerhaus entfernt. Wie passt das zusammen? Weiß Toni darüber Bescheid? Mit Sicherheit! Immerhin hat sie mich zu dem Arzt geschleppt, sie stecken bestimmt unter einer Decke. Ich darf ihr zwar nichts sagen, aber was, wenn sie mir von sich aus was erzählt? Gut möglich, so viel, wie sie redet.

Gast/Alkoholiker/typischer Wiener

»Ge´, jetzt sei nicht so, Tiger! Gib ihm noch ein Schnapserl und ein Bier! Er vertragt das eh, keine Sorge!«

Was der immer für einen Aufstand macht. Er gibt eh immer nach. Soll er uns gleich geben, was wir wollen.

»Schau, ich zahl‘s dir eh, ich hab genug Geld mit.«

Wo hab ich denn den Zwanziger hin? Ge´ Seppl, jetzt halt den Mund! Sonst merkt der gleich, dassd keinen geraden Satz mehr rausbringst und komplett paniert bist.

»Ja, passt eh! Der Tiger gibt uns eh noch was, ge´? Jetzt sei ruhig, er tut ja eh schon!«

Na bravo, jetzt lässt er uns einfach sitzen und redet erst mit‘m aufgeblasenen Gockel. Wie hat der sich denn hierher verirrt?

»He! Warum darf der nach unten gehen? Vorher sind auch schon zwei runtergegangen, hab ich genau gesehen. Dauernd verschwinden Leute nach unten! Ich wette, da ist eine Party, und du willst uns nur nicht unten haben. Genierst dich wohl für uns, was? Dabei sind wir deine besten Kunden, und Freunde sind wir auch seit Ewigkeiten!«

Toni

»Hi! Was machst‘n du hier?«

Hab ich ‚ne Nachricht übersehen?

»Das ist ja ‚ne Überraschung. ...

Quatsch, du störst gar nicht! Jakob, das ist Chris, der tollste Mann der Welt! ...

Chris, das ist Jakob. Du erinnerst dich? Ich hab dir am Wochenende von ihm erzählt! Jakob ist derjenige, mit dem ich letzte Woche zu Pille gefahren bin. Der Anwalt! ...

Na, dann halt angehender Anwalt, ist doch alles dasselbe! Komm, setz dich und erzähl, was dich herbringt. ...

Nee, echt? Einfach so? Wie geht's dir denn? Wirken die Tryptizebo?«

Sieht aus, als ob Chris ihn einschüchtert, oder bilde ich mir das nur ein? Seit ich bei ihm zu Hause war, haben wir uns nicht mehr gesehen, so gut kenn ich ihn nicht.

»Das mit dem Schlaf klingt schon mal super! Es tut mir übrigens echt leid wegen deiner Bettwäsche neulich. ...

Na, der Fleck von meinen Haaren. Ich hatte echt'n schlechtes Gewissen, aber ich bin voll weggepennt und es war schon sechs Uhr, als ich aufgewacht bin, und ich musste noch zu Hause duschen und – Ich hätte dir das sonst natürlich gewaschen. ...

Nee, echt, ich hätte dran denken sollen, dass meine Haare alles vollsauen, bei meinen eigenen Sachen ist das egal, aber – «

Gut, dass er nicht sauer ist. Rot färbt besonders fies ab, bei Türkis war das nicht so'n Problem.

Jakob

Da ich Yusuf vorübergehend freigegeben habe, hat noch niemand meine Wäsche gewaschen. Demnach habe ich keine Ahnung, ob die Flecken rausgehen, aber ich sage ihr lieber nicht, dass ich nicht weiß, wie man eine Waschmaschine bedient. Sie hält mich sowieso schon für reich und verwöhnt. Warum schaut mich Chris so prüfend an?

Er ist hoffentlich nicht eifersüchtig, weil Toni bei mir übernachtet hat. Wobei, eifersüchtig sieht er nicht gerade aus. Er ist bestimmt kein eifersüchtiger Typ. Normalerweise bin ich das auch nicht, aber wenn Franziska bei einem fremden Mann schlafen würde – Ob Toni eine eifersüchtige Frau ist? Bei so einem Mann wahrscheinlich mit gutem Grund. So wie Chris aussieht, stehen sicher alle Frauen auf ihn!

Super Statur, durchtrainiert, aber nicht zu muskulös, Tattoos auf den Armen, graues T-Shirt, lässige Jeans, Dreitagebart, füllige Locken, die über die Schultern reichen – ungefähr die gleiche Länge wie Franziskas, vielleicht einen Tick kürzer – und seine braunen Augen sind die schönsten, die ich bei einem Mann je gesehen habe. Wären, wenn er mich damit nicht so mustern würde.

Wie alt ist er? Sicher um einiges älter als Toni, bestimmt Mitte, Ende 30. Um die Augen zeichnen sich ein paar Fältchen ab und aus der dunklen Mähne blitzen ein paar graue Haare hervor. Gehört die schwarze Ray Ban auf dem Tisch ihm? Wahrscheinlich ist er kurzsichtig. Was findet so ein attraktiver Mann ausgerechnet an Toni? Na ja, manche stehen wohl drauf, wenn sie etwas mehr zum Anfassen haben. Aber auch ihr Stil, das passt gar nicht zusammen! Er sieht viel zu gepflegt und gut für sie aus!

Was hat Toni ihm über mich erzählt? Die Situation ist etwas peinlich. Er denkt bestimmt, ich bin ein totaler Versager, weil ich es nötig hatte, bei einer wildfremden Frau aufzutauchen, und mit meinem Leben nicht mehr klar kam.

»Hat Pille schon mit dir geredet?«, fragt Toni. Das ist eine Falle! Sie weiß von dem Umschlag, ich darf mir auf keinen Fall was anmerken lassen.

»Nein, ich denke nicht. Worüber denn?«

»Sag bloß, er hat dir noch nicht das Buch gezeigt.«

»Welches Buch?«

»Das fette! Das von Dr. April Lindeher?«

»Ach so, das Buch. Ja, hat er.«

»Und? Checkst du es jetzt?«

»Hä?« Was soll ich checken? Was versucht sie, aus mir herauszukitzeln?

»Quantensuizid? Was ich dir auch schon gesagt hab!«

Sind Chris‘ Mundwinkel gerade leicht nach oben gewandert? Lacht er mich aus?

»Ach so, das. Ja, ist alles klar, wir haben darüber geredet und – mhm, kenn mich aus.« So verkrampft und betont locker war ich das letzte Mal beim ersten Date mit Franziska. Was ist denn nur los? Jetzt denkt Chris endgültig, dass ich ein Loser bin.

Chris

Jedes Mal diskutieren die Besoffenen oben mit Tiger, ob er sie runterlässt. Every time! Truly hilarious. Café Einhorn, Theaterstück, bitte treten Sie näher. 1. Akt: betrunkene Erleuchtete bemerken, dass Menschen in den Keller gehen, was sie nicht dürfen. 2. Akt: trial and error. Sie versuchen, über die Absperrung zu klettern, ohne die Stiege hinunterzufallen. 3. Akt: Tiger verhindert den Versuch, discussion and debating. 4. Akt: Tiger lenkt sie mit Alkohol ab. 5. Akt: alcohol blackout, memory loss. Danach beißt sich die Katze in den Rücken und alles beginnt von vorne. Sie stecken gerade im vierten Akt, zumindest klirren Gläser. I love this place!

Oh, oh, was hat Toni gesagt? Ich habe überhaupt nicht zugehört. War bestimmt nichts Wichtiges.

»Wollt ihr auch noch was trinken? Tiger ist gerade beschäftigt und kann nicht runterkommen. Ich hole was. ...

Alright, beer for you, my dear. And for you? ...

Wasser? Sonst nichts? ...

Good Boy!«

Toni

Danke, dass du raufgehst!«

Vielleicht krieg ich aus Jakob mehr raus, wenn wir allein sind.

»Chris und ich? Puh, das ist ‘ne lange Geschichte!«

Eigentlich hab ich ‘ne Menge Fragen, aber ich liebe es, die Story zu erzählen!

»Ich warn dich, sie ist echt lang. ...

Ich fang am besten ganz vorne an. Ähem, also: Ich bin in West-Berlin aufgewachsen. Meine Eltern hatten nicht geplant, noch’n Kind zu kriegen, aber haben’s nicht übers Herz gebracht, mich abzutreiben. Ich hab oft gedacht, dass das besser gewesen wäre. Also für sie, nicht für mich, ich hab echt keinen Todeswunsch mehr. ‘n bisschen Hoffnung war auch dabei, dass diesmal endlich’n Sohn auf die Welt kommt, mein Vadder hat sich das immer gewünscht. Tja, stattdessen kam die vierte Tochter. Man glaubt immer, früher war’s normal, viele Kinder zu haben, auf der anderen Seite der Mauer vielleicht und in gewissen Kreisen auch bei uns, aber nicht in den Kreisen, in denen meine Eltern verkehrten. Vier waren zu viel! Auf einmal waren wir für alle die Karnickelfamilie, sozialer Abstieg, das ganze Drumherum. Die Wohnung war zu klein, wir haben nicht mehr ins Auto gepasst, ich war einfach für alle zu viel. Ich war auch echt nicht so'n leichtes Kind, war permanent schlimm und brauchte Aufmerksamkeit. Meine Eltern waren komplett überfordert. Immer hieß es nur: ‚*S*chrei nicht so laut!', ‚*D*as darfst du nicht sagen!', ‚*M*ach dies nicht!', ‚*M*ach das nicht!' Bla! Bla! Bla! Boah, ich krieg heut noch'n Anfall, wenn mir jemand sagt, was ich nicht sagen darf. Da krieg ich so'nen Hals, echt. Ich hatte von Anfang an 'n Problem mit Autorität. Hab ich heute noch, wenn ich sie nicht habe. Als Kind hatte ich schon Selbstmordgedanken. In Wirklichkeit wollte ich meinen Eltern nur'nen Riesenschrecken einjagen. Keine Ahnung, wie ich's das erste Mal gemacht hab. Ich glaub, mit Pulsadern aufschneiden in der Badewanne, wie man das aus Filmen kennt, wo das immer so scheiß romantisch dargestellt wird. Ich kann mich nicht wirklich dran erinnern, nur an so kurze Flashs, und selbst bei denen weiß ich nicht, ob sie echt sind oder Fantasie. Ich hab das dann später noch mal gemacht und ich sag dir, das hat echt nix Romantisches. Scheiß Schmerzen, dauert echt lange, voll die Überwindung und die Sauerei ist unmöglich. Kann's echt nicht empfehlen! Auf jeden Fall haben auf einmal alle geleuchtet, was krass verwirrend war. Und niemand hat mir geglaubt! Die dachten alle, ich spinne und tu nur so, als ob. Das waren echt'n paar bekackte Jahre! Das Leuchten wurde auch nicht weniger und ich musste permanent die Augen zusammenkneifen. Tagsüber ging's noch, aber nachts in Clubs – Aber zu Hause hocken kam auch nicht in Frage. Es war nicht so, dass ich niemanden gesehen hab, der oder die wie ich war und auch nicht leuchtete, aber entweder hab ich mich nicht getraut, die anzuquatschen, oder die wussten auch nicht Bescheid, was abgeht. Jede und jeder Exitus hat versucht, so gut es geht über die Runden zu kommen, da war nix mit Gemeinschaft oder so was. 'n paar waren so auf Stoff die ganze Zeit, da war ich mir gar nicht sicher, ob die wirklich dasselbe Leuchten sehen wie ich. Und dann hab ich Pete kennengelernt. Da war ich so 17, knapp 18. Er war einfach der Geilste für mich: Gitarrist in 'ner Punkband, dunkle Augenringe, so 'ne Fuck-you-Attitüde. Und auch Exitus, das war natürlich das Beste. Er hatte den vollen Durchblick, warum, was, wie, alles. Er hat sogar Songs drüber geschrieben, hat nur keiner gecheckt. Alle dachten, er ist auf irgendwas drauf oder so. Er war auch'n scheiß Junkie - Suizid-Junkie. Der Rausch hat ihm einfach den ultimativen Kick gegeben. Von ihm weiß ich, woher das Leuchten kommt. Das hat er mir erzählt. Krass, oder? Über drei Jahre hatte ich keinen Schimmer! Du kannst echt froh sein – Er ist fast jeden Tag gesprungen und hat mich auch mitgenommen. Das war romantisch! Aber – ...

Nee, nicht mit nach Wien, das kam erst später. In die Parallelwelt! Wenn sich mehrere Exitus gleichzeitig umbringen, landen alle in derselben Realität. Das geht aber nur bei Exitus, weil man gleichlang zum Sterben braucht. Beim ersten Mal dauert's länger, da kämpft das Unterbewusstsein noch mehr oder so. Deswegen kann man auch keinen Erleuchteten davon erzählen. ...

Nee, das klappt nicht. Mal angenommen, du würdest Baby sagen, was abgeht, und sie überreden, sich mit dir um zu Ecke zu bringen, dann wachst du in 'ner Welt auf, in der sie tot ist und sie in einer, in der du tot bist. Zumindest in den Fällen, von denen ich weiß. ...

Nachspringen? Wie meinste das? ...

Nee, das geht nicht! Romeo und Julia wären beide mausetot füreinander. 'n Schnitzel wird ja auch nicht wieder lebendig, wenn du's fütterst. Vielleicht'n blödes Beispiel. ...

Na ja, auf jeden Fall – Oh, danke fürs Bier! Du bist der Beste! Ist oben viel los?«

Dann nutz ich gleich die Pause, um mir eine anzuzünden. Die Packung ist schon fast leer.

»Ich erzähl Jakob gerade, wie wir uns kennengelernt haben. ...

He! Ich hab ihn gewarnt! Ich bin grad bei Pete. So'n Arschloch, echt! Am Anfang war noch alles dufte, super glücklich verliebt, Händchen haltend von Hausdächern fliegen, das ganz Programm. Aber dann hab ich rausgefunden, dass der Idiot auch ohne mich springt. Ich war echt stinksauer, weil das wie russisches Roulette ist. Also für mich! Weil es dann nur eine Frage der Zeit ist, bis er in 'ner anderen Parallelwelt landet. Was echt scheiße war, weil ich ihn über alles geliebt hab! Deswegen bin ich auch nach Wien gekommen! Er hatte hier'nen Gig in der Arena und ich wusste, dass er vor jeder Show springt. Ich wollte unbedingt dabei sein und – Ich kam zu spät. Ich bin rein in den Backstage-Raum und er hing da, mit 'ner scheiß Nadel im Arm. Er war kein Fixer, aber an dem Tag wollte er den Rockstartod schlechthin. Arschloch, echt.«

Chris

Sie ist noch immer down, wenn sie davon erzählt. Poor Toni!

Toni

»Die Band hat mich verantwortlich gemacht. Haben mich voll angebrüllt, dass ich ihm das Zeug besorgt hätte und so'n Scheiß! Dabei hab ich ihn gefunden und – Ich hätte überhaupt nicht gewusst, wo man so was her – «

Chris

»Ich hab damals in der Arena hinter der Bar gearbeitet. Shitty job, let me tell you. Das war noch, bevor ich hier gekellnert hab, und selbst das ist eine Ewigkeit her. Ich hab dafür gesorgt, dass das Publikum in der Halle nichts mitbekommt, which was quite easy. Petes Band war nur Vorband, niemand stört sich daran, wenn die spontan ausfällt, im Gegenteil. Als ich Backstage ging, war überall Rettung, Polizei, the whole shebang. Und die Burschen von der Band sind fast auf Toni losgegangen, obwohl sie nichts dafür konnte! Sie war selbst total am Boden zerstört! Fucking drunk crazies.«

Toni

»Die konnten mich noch nie leiden! Ich war echt froh, dass Chris mir geholfen hat und mich weggebracht hat. Mein Held!«

Chris

»Who knows what they would have done to you. Du warst so gelb hinter der Nase.«

Toni

»Ich war volljährig! Und wenn schon, war ich grün hinter den Ohren. Ich bin kurz vorher 18 geworden, aber immerhin. Meine Kundinnen und Kunden würden sagen, es war Schicksal, dass wir uns über den Weg gerannt sind.«

Chris

»I don't believe this shit. Aber ich glaube an Zusammenhalt. Gerade wir Exitus müssen zusammenhalten und einander helfen.«

Toni

»Und du kamst auch gerade aus einer scheiß Beziehung und hattest Platz in deiner Wohnung für mich.«

Chris

«Ich hab sie erstmal eine Zeit durchgefüttert und ihr ein Dach über dem Kopf gespendet. How generous of me. Ha, ha.«

Toni

»Bis ich'nen Job gefunden hab und rausgefunden hab, was ich machen will. Nach Berlin wollte ich nicht mehr zurück. Keinen blassen Schimmer, was die Jungs zu Hause für Scheiße über mich rumerzählt haben. Nee, nee, darauf hatte ich echt keinen Bock. Außerdem hat mir Chris – «

Oops!

»Ach egal.«

Das war knapp, fast hätte ich mich verquatscht. Nach vier Bier muss ich aufpassen, was ich rede.

»Was hast du denn in nächster Zeit so vor? Was Bestimmtes?«

»Eigentlich nicht. Mir fällt langsam die Decke auf den Kopf, aber unter Menschen halte ich es nicht aus – unter Erleuchteten.« Das erste Mal, dass ich dieses Wort verwende. Es fühlt sich komisch an, es auszusprechen. Als würde ich es damit als wahr anerkennen.

»Montag beginnt mein Volontariat. Ich weiß noch nicht genau, wie ich das anstellen soll.«

»Volontariat? Wo?«, fragt Chris.

»In einer Anwaltskanzlei. Das war schon länger ausgemacht, Riesenchance und so.«

»Bf, scheiß drauf!«, sagt Toni. »Du klingst echt nicht so, als ob du da scharf drauf wärst. Und mit dem Leuchten, wie willst du das aushalten?«

»Bei euch geht es doch auch! Ich reiß mich einfach zusammen. Du hast im Geschäft jeden Tag mit Erleuchteten zu tun, Tiger hier auch und ich wette, du auch – oder hattest es zumindest früher.«

»Das ist was anderes. Es wird besser – liveable – aber, wenn es nicht das ist, was du wirklich willst – You are still young. Es folgen noch so viele Riesenchancen!«

Es tut gut, das von Chris zu hören.

»Ja, echt, du bist noch krass jung – «

»Als ob du so viel älter bist als ich!«

Ich sehe Toni noch mal prüfend an. Die heutige blaue Herzchenbrille und die schrillen Farben mögen sie vielleicht ein wenig jünger aussehen lassen als sie ist, aber ich schätze sie auf maximal –

»Ich bin 35!«

»Was? Unmöglich!«

»Jep. Falls du dich fragst, Chris ist 44.«

Ich bekomme meinen Mund nicht mehr zu. Wie kann das sein? Altern Exitus langsamer? »Ernsthaft?«

»Yes!«

»Also glaub uns alten Säcken! Was hat'n Pille gesagt?«

»Er wollte mich krankschreiben.«

»Na, dann isses ja schon beschlossene Sache!«

»Mal sehen, wie das Wochenende wird. Vielleicht wird es ja spontan besser.« Ist die Frage, was schlimmer ist: das Leuchten oder die Überwindung, Gutmann und damit auch Wolfgang abzusagen? Und hat Chris nicht gerade gesagt, dass es besser wird?

6

Jakob

Es stinkt erbärmlich nach Urin und ungewaschenen Sportsocken. Der unterirdische Teil des Karlsplatzes wurde großteils renoviert, damit die Drogensüchtigen und Obdachlosen hier nicht mehr rumhängen und das subjektive Sicherheitsgefühl der Touristen und Einheimischen gestärkt wird. Bis in diesen Gang sind die Sanierungsarbeiten nicht vorgedrungen. Aber es gibt nur diesen einen Künstlerhaus-Aufgang! Wer um alles in der Welt will sich ausgerechnet hier treffen?

11:45 Uhr. Ich nutze den Zeitvorsprung, um mich mit dem Ort vertraut zu machen und auf das einzustellen, was mich erwartet. Wie stellt man sich auf etwas ein, von dem man nichts weiß? Mir reicht eine Minute Vertrautheit, länger halte ich den Gestank nicht aus!

Ich gehe die Treppen hinauf zum Eingang des Stadtkinos, das sich im Gebäude des Künstlerhauses befindet, und warte, ob sich ein Exitus nähert. »U-Bahn-Aufgang« ist eine etwas vage Bezeichnung. Es gibt drei U-Bahnen mit etlichen Aufgängen, keiner führt direkt hierher. Man muss erst durch andere Gänge, um schließlich in den zu kommen, in dem das Künstlerhaus angeschrieben steht und in dem die Wände mit Graffiti – oder soll das Kunst sein? – beschmiert sind und in der Ecke zusammengeknüllte Zeitungen und Zigarettenstummel liegen. Am Ende führt eine Treppe zum Stadtkino-Eingang.

Drei Minuten vor 12, noch immer ist niemand in Sicht – zumindest keine Exitus. In dem Café vor dem Stadtkino sitzen junge Erleuchtete, es sieht wirklich gemütlich aus. Ich wusste gar nicht, dass hier so ein nettes Kaffeehaus ist. Ich fantasiere mich und Franziska hier beim sonntäglichen Frühstück, so wie wir es früher oft auswärts genossen haben. Franziska! Ich schreibe ihr lieber, damit zumindest eine Person weiß, wo ich mich aufhalte – zu meiner eigenen Sicherheit.

»Hallo baby, ich hab um 12 einen termin beim künstlerhaus, treffen mit gutmann wegen montag. *Smiley, der die Augen verdreht.* Würde lieber noch meine augen ausruhen oder dich sehen! *Trauriger Smiley.* Wünsch dir einen schönen Tag. Lieb dich! *Herzemoji Herzemoji Herzemoji Smiley mit Kussmund*«

Die Glocken der Karlskirche ertönen weit weg und läuten die Mittagszeit ein. Ich ziehe den Zettel hervor und lese erneut, was draufsteht: »U-Bahn-Aufgang Künstlerhaus, Freitag 12 Uhr. Folge den Einhörnern!« Biegt Toni jetzt im Einhornkostüm um die Ecke? Oder Chris? Ich wette, Chris ist selbst im lächerlichsten Kostüm charismatisch und gut aussehend!

Nichts passiert, ich werde unruhig und gehe die Treppe hinab, zurück in den Gang. Keine Nachricht, kein Anruf, keine Einhörner. Nur ein Werbeplakat der Spanischen Hofreitschule an der Wand gegenüber des krakeligen Graffitis. Auf dem sind Pferde! Moment, nein, das sind keine Pferde. Ein Witzbold hat den zwei Lipizzaner-Pferden je ein Horn auf die Stirn gemalt – in Vauteriol! Das heißt, Erleuchtete können das nicht sehen! Wenn das kein Zeichen ist?!

»Folge den Einhörnern!«, aber wohin? Sie blicken beide nach links zu einer schäbigen alten Tür. »Betriebsraum 1.232, Zugang N-2« steht oben rechts und ein Schild verkündet »Unbefugten Zutritt verboten«, zusammen mit einem roten durchgestrichenen Kreis, durch den ein Mann mit offenem Mund, markanten Augenbrauen, aber ohne Augen, seine schwarze Hand steckt. Auf der Hand ist in Vauteriol ein kleiner Einhornkopf, der die gleiche Form hat wie das Papier, das mich hierher gelockt hat. Bin ich zum Eintritt befugt? Ich gehe ein paar Mal auf und ab und überprüfe, ob eine Überwachungskamera auf die Tür gerichtet ist. Normalerweise wird im U-Bahn-Bereich jede Kleinigkeit aufgezeichnet. Ich gehe sicher, dass niemand kommt und mich sieht, überprüfe noch mal, ob Toni mir eine Nachricht geschrieben hat, atme mehrmals tief ein und aus, hoffe inständig, dass die Tür verschlossen ist und drücke dann endlich die Klinke nach unten. Sie ist offen!

Ich drücke sie ganz hinunter und anschließend die Tür ganz auf, sehe mich noch mal um und schlüpfe schnell in den Raum dahinter. Eine Putzkammer! Eine ganz normale dunkle Putzkammer mit Putzutensilien. Dass ich sehen kann, wo der Besen und der Eimer stehen, verdanke ich der weiß-pink-blauen Lichterkette auf dem Boden, wobei ein paar Abschnitte nicht mehr funktionieren. Vauteriol! Hell genug, um Umrisse zu erkennen, zu dunkel, um zu blenden. Vielleicht doch keine normale Putzkammer.

Geradeaus befindet sich eine weitere Tür, auf der die Aufschrift »Eintritt nur für Mitarbeiter« mit Vauteriol durch ein »Innen« ergänzt wurde. Darunter ist ein weiterer Einhornkopf. Ich weiß, was ich zu tun habe. Die Neugier übertrumpft die Zweifel und die Angst, hier nicht heil wieder rauszukommen. Ich öffne die zweite Tür und betrete ein Stiegenhaus. Ich fasse nach dem Handlauf des Geländers, der sich wie Gummi anfühlt, um mich abzustützen, denn der Anblick überwältigt mich. Die Treppen und die Form des Stiegenhauses erinnern an einen alten Gemeindebau – oder zumindest an meine Vorstellung davon –, aber die Wände sind von oben bis unten in Vauteriol bemalt. Ich befinde mich ganz oben, man kann nur nach unten gehen, was ich auch tue, während ich mir die Zeichnungen näher betrachte. Anfänglich sind sie einfach und primitiv, erinnern an Höhlenmalereien, aber je weiter ich nach unten steige, umso komplexer werden sie. Sie erzählen eine Geschichte von Einhörnern, einem Planeten – vermutlich der Erde – und Pyramiden. Ich verstehe nicht ganz, worum es geht, aber bin von den unterschiedlichen Kunststilen beeindruckt, die mühelos ineinanderfließen und ausdrucksstarke Bilder zeigen. Wie schön Vauteriol aussehen kann! Das ist wahre Kunst, kein Vergleich zu dem stümperhaften Geschmiere oben im Gang!

Wie viele Stockwerke bin ich wohl schon runtergestiegen? Bislang habe ich keine weitere Tür gesehen, aber wenn ich beim Geländer nach unten blicke, sehe ich, dass ich mich dem Ende nähere. Die Zeichnungen sind jetzt abstrakt und abgedreht, fast unheimlich. Sie erinnern mich an Picasso, der versucht, wie psychedelische Hippies zu malen, aber nur eine Farbe zur Verfügung hat, die gleichzeitig wie drei Farben aussieht.

Am Fuße der Treppe befindet sich noch eine Tür, deren ganze Breite ein großer Einhornkopf ziert. Darüber steht in großen Lettern: »KEIN EINTRITT FÜR ERLEUCHTETE!«

In dem Moment, als ich den Türknopf ergreife, surrt das Schloss wie bei einer Gegensprechanlage. Ich atme tief ein und öffne die Tür.

Eine gute Idee, denn der Anblick dahinter raubt mir den Atem!

7

Madam Strawinsky

Schon wieder neue Gast. Schon wieder männliche. Brauchen mehr Frauen! Wenigstens junge Mann, das gut.

»Willkommen in Re'em! Ich bin Madam Strawinsky, zuständig für Anmeldung, Abmeldung, Fragen, Information. Als Erste brauchst du Name! ...

Nicht Jakob, andere Name. Name, die keiner kennt. Für Anonymität! Egal welche. ...

Viktor, gut.«

V i –

»Mit C oder K?«

k t o r. Gute Name, nicht immer lustige Name.

»Dann Telefon ausschalten und geben. Nicht Flugzeug, ganz aus.«

Fast alle Fächer frei, stecke es in diese, Nummer 23.

»Hier Nummer für Fach mit Telefon. Beim Gehen kriegst du Telefon zurück. In Re'em keine Empfang: keine Handy, keine Internet. Hier Informationen eintragen! Alle Felder Pflicht und nicht auslassen. ...

Keine Sorge, alles streng geheim, geben nicht weiter diese.«

Die Jungen in Internet geben alles an, was Seite wissen will. Hier fragen immer, warum wir brauchen Name von Eltern, Sozialmedia, Adresse und Beruf. Dabei ist nur für Notfall.

»Als Nächste brauchen Unterschrift auf Abmachung. Re'em ist absolute Geheimnis, nichts aufschreiben darüber, keine Fotos, keine Video. Draußen nicht reden, nicht unter Menschen, nicht Telefon. ...

Gut. Hier Gastgeschenke. Notizbuch, Plan von Stadt, Vauteriol-Stift, Information. Diese Schild mit Namen immer tragen, wenn zu Besuch. Schon in Treppengang anstecken, sonst nicht reinkommen. Diese Stift, der einzige, den nehmen für aufschreiben, verstanden? Andere Stifte hier nicht erlaubt! Haben wir Kugelschreiber dabei? ...

Gut! Brauchen wir Führung? ...

Gut, Bitch wird übernehmen! Falls Fragen haben, einfach zu mir kommen. Re'em schließen pünktlich Sonntag, 23:59 Ur! Viel Spaß!«

Viktor

»Was ist das für ein Ort, Toni?«

»Bitch Please!«

»Was?«

»Mein Name!«

»Dein Name ist – ?«

»Jep! Bitch Please! Aber es reicht, wenn du Bitch sagst.«

»Ich soll dich ernsthaft Bitch nennen? Warum trägst du kein Namensschild?«

»Seh ich aus wie'n Gast?«

Die riesige Halle erschlägt mich fast mit ihrer Größe. Sie ist größer als die Stadthalle, als jede Halle, in der ich je war! Wie kann so was geheim bleiben? Obwohl wir unter der Erde sind, sieht es aus, als ob die Decke aus einem Glasdach besteht, das von jugendstilgrünen Stahlträgern gestützt wird und durch das die Sonne hineinscheint.

»Was ist das hier? Ein geheimer Klub für Exitus?«

»Club? Pf, von wegen, haste ma auf die Karte geguckt? Eher 'ne ganze Stadt! 'n Club haben wir hier auch, dahinten im rechten Teil: Ponyhof. Haben wir vor'n paar Jahren umbenannt, da war grad dieser Spruch angesagt: ‚Das Leben ist kein Ponyhof', weißte noch? Wir fanden das damals alle furchtbar lustig zu sagen, ‚das Leben ist im Ponyhof' und dann dort Party zu machen. Na ja, könnten wir uns auch mal wieder was anderes einfallen lassen.«

Ich falte den Plan auseinander, den Madam Strawinsky mir gegeben hat.

»Ist der von Hand gemalt?«

»Alles hier! Sie arbeiten schon länger an 'ner Teriol-Druckerpatrone. Es gab auch Versuche mit Schreibmaschinen, aber die Schriftart fanden alle hässlich. Und die Druckerpatrone ist in erster Linie 'n Sicherheitsrisiko, denn um was auszudrucken, muss man es am Computer schreiben und damit kann man nicht mehr garantieren, dass es keinen Erleuchteten in die Hände fällt. Sie müssten eigentlich Teriol-Bildschirme bauen oder ganze Computer. Ich bin mir sicher, jemand versucht das grad, aber bis dahin – «

»Teriol? Ist das so wie Vauteriol?«

»Abkürzung.« Sie widmet sich dem Plan. »Also guck ma, wir sind hier! Das ist der Eingang, das ist die Hütte, in der Madam Strawinsky sitzt. Die ist übrigens immer da. Das alles ist die Halle, hier gibt's Geschäfte, Sitzgelegenheiten, da drüben sind Büros, Verwaltung und so'n Zeug. In der Mitte ist die Ur, dahinten links der Park, geradeaus ist die Bühne und rechts hinten sind Fitnessstudio, Spielecke und Ateliers. Die zeig ich dir als Erstes!«

Es gibt einen Park? Wie groß ist das Areal bitte? Wir gehen langsam los. Der gesamte mittlere Teil der Halle ist durch ein kleines Podest höher gestellt. Auf ihm stehen unterschiedliche Tische, Stühle, Sessel, Liegestühle und Sofas, die mit Palmen und Pflanzen abgetrennt gemütliche Chill-Out-Zonen bilden. Zwischen einigen Palmen sind sogar Hängematten gespannt.

»Es ist ganz leicht, sich hier zurechtzufinden, es kommt nur drauf an, auf was du Bock hast. Im rechten Teil ist alles, was Lärm macht: Ponyhof, Werkstätten, Proberäume, Spielecke, Fitnessstudio, Shops und so. Links ist alles, was ruhig ist: der Großteil besteht aus Kantine, wobei es dort nicht wirklich leise zugeht, aber ansonsten: Museum, Bibliothek, Kino, Kaffeehaus, Hotelzimmer – «

»Hotelzimmer?«

»Falls man sich mal aufs Ohr hauen will, während man hier ist.«

»Wie lange kann man hier bleiben?«

»Bis Sonntag. Grundsätzlich ist Re'em von Freitag, 14 Ur bis Sonntag, 23:59 Ur geöffnet. Deswegen ist's grad so leer. Nur neue Gäste und Leute, die'nen Job haben, kommen früher.«

»Was ist dein Job?«

»Dir alles zu zeigen!«

»Warum sind wir dann nicht zusammengekommen?«

»Weil's 'n Minimum an Intelligenz und Eiern verlangt hierherzufinden. Du glaubst nicht, wie viele es nicht checken oder sich nicht trauen. Junge, Junge, da sind echt schon gute Leute dran gescheitert. Tja, was soll's. Das hier ist übrigens so 'ne Art Teriol-Fanshop.«

Wir bleiben vor einem Geschäft mit Glasfront stehen, durch die ich Unmengen an unterschiedlichen Produkten sehe.

»Da drin gibt's echt nichts, was es nicht gibt: T-Shirts, Handtücher, Zahnbürsten, Stoffteddys, Kondome, alles! Und alles mit Teriol drauf. Meist mit'nem Einhorn oder Sprüchen, quasi 'n Erkennungszeichen für draußen. Und daneben ist gleich das Brillengeschäft.«

Erst jetzt fällt mir auf, dass ich To – ich meine Bitch, zum ersten Mal ohne lächerliches Gestell auf der Nase sehe. Deswegen sieht sie heute so anders aus! Ich dachte, es liegt an dem Ort.

»Kaufst du da deine ausgefallenen Brillen?«

Sie nickt. »Mhm! Das sind aber besondere! Schutzbrillen!«

»Wovor?«

»Teriol! Die Gläser filtern das Licht, du kannst das Leuchten nach wie vor sehen, aber es blendet nicht mehr so. Was glaubste, wie ich das überleb, den ganzen Tag unter Erleuchteten zu sein?«

»Es gibt Brillen dagegen?«

Ich gehe zum Eingang und presse meine Nase an die Glastür, um besser zu sehen. Innen gibt es Hunderte, wenn nicht Tausende unterschiedliche Modelle, mindestens fünf Meter hoch bis an die Decke. Das Geschäft ist riesig! Das ist die schönste Nachricht seit langem. Ich muss unbedingt eine haben! Das ist die Lösung! Ich kann endlich Franziska wiedersehen, ich kann Montag mein Volontariat beginnen, ich kann wieder ungestört im Supermarkt einkaufen, ich kann wieder normal leben.«

»Das hat Adam übrigens gemeint, als er gesagt hat, dass das Leuchten lebbar wird.«

»Adam?«

»Chris«, flüstert sie.

»Chris heißt Adam?«

»Pssst! Wir verwenden hier keine echten Namen, nur bürgerliche! Adam ist Punkt Punkt Punkts bürgerlicher Name. Also auch wenn du hier Prominente oder Politiker oder so siehst, frag sie erst, wie sie heißen, bevor du sie mit Namen ansprichst. Wir holen dir später 'ne Brille, keine Angst, ist noch genug Zeit.«

Ich bin so glücklich, ich könnte weinen. Selbst wenn ich mit der Unterschrift am Eingang meine Seele verkauft habe, eine dieser Brillen wird es wert sein. Wir gehen weiter.

»'ne Zeitlang gab's sogar Kontaktlinsen, aber die haben sich als alltagsuntauglich erwiesen. Das Glas hat keinen Sauerstoff durchgelassen und die Augen komplett ausgetrocknet. Wenn man keine Sehhilfe braucht, kann man die mal für 'ne Stunde nehmen, länger wird's dann aber echt unangenehm. Hier den Gang rein geht's eben zum rechten Teil.«

»Ist das da das *Fleckweg*-Logo?«

»Ja! *Fleckweg* ist komplett in Exitus-Hand.«

»Was? Eine Waschsalonkette?«

»Klar, Mann! Wir brauchen den Schweiß der Erleuchteten, um Teriol zu gewinnen. Ich weiß, klingt ekelhaft, aber man riecht das nicht! Wirklich nicht! Die Filiale hier unten bringt zwar nichts für die Teriol-Gewinnung, aber falls du was zum Waschen hast – Ach ja, was ich dir noch zeigen wollte, bevor wir ins Atelier gehen – «

Wir befinden uns außen rechts, auf dem halben Weg zur Bühne. Das Podest in der Mitte ist für einen ungefähr zehn Meter breiten Gang unterbrochen, der rechts von mir in den rechten Teil führt und auf der anderen Seite, wie ich sehen kann, in den linken Teil. Genau in der Mitte, also von überall gut sichtbar, steht ein hoher Ständer mit einer klassischen Wiener Würfeluhr, auf die Bitch zugeht. Das Ziffernblatt ist jeweils – wenig klassisch – mit einem Einhorn hinterlegt und die Zeiger stehen auf 13:27 Uhr.

»Die Uhr geht falsch!«, sage ich. So spät ist es nicht!

»Das ist die Ur! Die geht nie falsch!«

Bitch

»An der Ur orientiert sich alles! Normale Armbanduhren kannste hier drin vergessen. Bürgerinnen und Bürger haben Armbanduren – ohne H! – , die synchronisiert sind, die kannste also jederzeit fragen, wie spät es ist. Oder du guckst auf die Ur. Zeit ist hier sowieso relativ. Die Urzeit ändert sich ständig und hat nichts mit der Uhrzeit von oben zu tun. Manchmal glaubt man, man hat noch Stunden und dann guckt man auf die Ur und ist fast zu spät dran. Und manchmal ist man schon total gehetzt und hat dann auf einmal wieder alle Zeit der Welt. ...

Nee, wieso unpraktisch? Man gewöhnt sich da schnell dran. Wirste sehen, hier sind alle super relaxt deswegen. Weil, wenn sich ständig alles ändert, ist Zeit wieder der variable Faktor, der er von Natur aus ist. Genauso wie Raum. Apropos Raum – «

Die Ateliers wird er lieben. Wer die nicht liebt, hat kein Herz!

»Ich zeig dir meinen Lieblingsplatz in Re'em. ...

Warum Re'em so heißt, guckste dir am besten im Museum an, ich will nicht spoilern. Aber nimm Adam mit, der steht total aufs Museum! Das ist echt cool! Nicht wie man Museen normalerweise kennt, in denen man nur mit den Augen gucken darf. Bei uns darf man alles angrapschen! Du kannst hier übrigens prinzipiell alles machen, es gibt echt wenig, was verboten ist. Also das, was du unterschrieben hast, logisch. Man darf auf keinen Fall die Freiheiten einer anderen Person einschränken! Dazu gehören Belästigungen jeglicher Art, körperliche und psychische Gewalt, Rassismus, Sexismus und dergleichen. Da wird auch echt penibel drauf geachtet. Wenn dich hier was stört, sofort den Mund aufmachen und handeln, egal ob's dich selbst oder andere betrifft. Hier passen alle aufeinander auf. Was die Einrichtung und so Zeug betrifft, gibt's keine Regeln. Die meisten wollen es schön haben, aber wenn dir danach ist, was kaputt zu machen, und du das brauchst, dann tu dir keinen Zwang an. In der Regel repariert's danach jemand. Ob der dich dann so lieb hat, ist 'ne andere Frage! So, da sind wir, et voilà! Hier verbring ich echt die meiste Zeit.«

Ich weiß noch, als ich das erste Mal die Ateliers betreten habe. Ich war so begeistert!

»Wir haben vier Stockwerke. Es kommen und gehen immer mal wieder Leute, die hier Arbeitsplätze haben, aber der harte Kern ist meistens da. Die stell ich dir noch alle vor. Adam und Herkules kennste schon. Wobei Herkules keine Kunst macht, der hängt hier nur auf einem der Sofas ab, wenn er nicht gerade in der Muckibude pumpt. Die sind total bequem, probier's mal aus! ...

Herkules? Der Kellner vom Einhorn! ...

Herkules ist sein bürgerlicher Name. Setz dich! Ach so, Rauchverbot gibt's übrigens nicht. Beim Essen oder so nimmt man Rücksicht, aber es gibt keine Regel dafür. Es gibt echt wenig Regeln. Am Wochenende sollen alle 'ne gute Zeit haben und zumindest hier machen können, was sie wollen. ...

Ich würde hier auch gern die ganze Zeit sein, aber die Öffnungszeiten machen echt Sinn! Zu Beginn, vor etlichen Jahren, hatte Re'em immer offen, das hab ich aber nicht mehr erlebt. Das Problem war, dass die Leute dann nicht mehr oben leben wollten und nur noch hier unten waren. Dann bricht das ganze System zusammen. Es gibt nicht genug

Platz, dass hier alle dauerhaft leben, und das Ganze muss auch irgendwie bezahlt werden. Deswegen wurden die Öffnungszeiten eingeführt. Mir fällt's auch oft schwer zu gehen, aber so ist man gezwungen, auch da draußen in der Realität zurechtzukommen. Ich meine, hier gibt's echt durchgedrehte Menschen. Richtige Verrückte, dagegen bin ich gar nichts! Kannste dir vielleicht denken, dass sich ungewöhnliche Leute umbringen, und die brauchen schon so was wie Erdung oder keine Ahnung, einfach 'ne Form von ausgleichender Realität. Sonst kriegt man da oben irgendwann Probleme.«

Viktor

»Aber wie finanziert sich das alles?«
Sie hat von sich aus das Thema Geld angeschnitten. Wusste ich's doch, eine Sekte! Es war nur eine Frage der Zeit, bis sie Geld fordern.

»Spenden! Keine Sorge, du bist nicht wegen deiner Kohle hier! Ich hab auch keine und komm jede Woche. In Re'em spielt es keine Rolle, wer du oben bist, nur, wer du hier sein willst.«

»Ich mag, wie ich oben bin! Meistens zumindest.«

Wir sind gegenüber voneinander auf abgewetzten braunen Sofas. Während ich normal sitze, liegt sie förmlich in den Kissen, wodurch ihr viel zu enges, froschgrünes Kleid mit pinken Flamingos hochgerutscht ist und die Orangenhaut ihrer stämmigen Schenkel offenbart.

»Wirklich?«, fragt sie und zieht an ihrer Zigarette. »Und weil du es so magst, haste dich umgebracht? Entspann dich, Junge! Du wirst noch Augen machen, was es hier für Möglichkeiten gibt. Haste Hunger?«

»Ich weiß nicht.«

»Du weißt nicht, ob du Hunger hast?«

Mein Bauch ist leer, aber ich esse selten zu Mittag.

»Na, vielleicht weißte es ja, wenn du die Kantine siehst. Die ist der Hammer!«

Bitch springt vom Sofa auf, kurz blitzt ihre blaue Unterhose hervor. Ich fürchte mich ein wenig, die Menschen kennenzulernen, die sie als verrückt bezeichnet. Wir gehen wieder durch den Eingang, der uns zurück in die Halle führt, nicht durch die Tür neben der Couch und dem Waschbecken. Dafür passieren wir erneut den Arbeitsplatz, der mit Bildern, Skulpturen und Fotos von männlichen und weiblichen primären Geschlechtsteilen übersät ist.

»Haste auch 'ne kreative Ader?«, fragt sie.

»Ich glaube nicht.«

»Das wirste schon rausfinden.«

So sieht sie auf keinen Fall aus!

»Hier gleich neben den Ateliers ist die Spielecke. Schrecklichster Ort – für mich zumindest.«

Die Tür ist ebenfalls ausgehängt. Im Vorbeigehen sehe ich innen eine Tischtennisplatte, ein Trampolin und Klettergriffe an der Wand. Super! Definitiv mehr nach meinem Geschmack als ein Haufen Penisse und Vaginen.

»Wie kann all das geheim bleiben? Hier passen ja Hunderte Menschen rein.«

»Am Wochenende circa 8000, je nachdem, mal mehr, mal weniger. Das ist kein Ding, wir haben überall Leute sitzen: in der Stadtregierung, bei der Polizei, Rettung, Telefonseelsorge, Zeitung, Fernsehen, quer durch die Bank. Die Medien halten sowieso die Klappe, wenn's um Selbstmord geht, wegen dem Werther-Effekt. Gibt's auch Studien, dass Berichte über Suizide Menschen, die mit dem Gedanken spielen, dazu animieren, das auch zu tun. So wie damals Goethes *Die Leiden des jungen Werther.*«

Das Buch habe ich in der Schule gelesen, war gar nicht so schlecht. Dafür finde ich die Vorstellung gruselig, wie viele strategische Posten mit Exitus besetzt sein müssen, damit niemand auf Re'em stößt. Fast wie Scientology, unheimlich. Wir gehen in der Mitte der Halle durch den Gang an der Ur vorbei.

Bitch deutet nach rechts: »Auf der Bühne dahinten gibt's häufig Aufführungen, Filme, Konzerte, Wettbewerbe – «

»Wettbewerbe?«

»Ja, Wettessen, Tanzmarathons, Kostümbewerbe, das Übliche eben.« Sie dreht sich wieder nach vorne. »Die Kantine ist direkt geradeaus!«

Wir folgen dem Gang in den linken Teil von Re'em und gehen am Park vorbei, den ich schon von Weitem gesehen habe. Der Park erstreckt sich über die gesamte Hälfte der linken Hallenseite, vom Gang bis vor zur Wand, an der auch die Bühne steht. Es gibt Wiesen, Bäume, Büsche, die in Einhornform gestutzt sind, und große Blumenbeete. Wie schön! Die für den Stadtpark verantwortlichen Stadtgärtner würde bei diesem Anblick vor Neid erblassen!

Twinkle

Hui! Ist das herrlich!

»Ah! Mon dieu! Verzeihung!«

Schnell weiter. Fabelhaft, wenn so wenig los ist, einfach himmlisch! Da sitzt Bitch! Was macht sie denn schon so früh hier? Und – oh là là, wer ist denn dieser gut aussehende Leckerbissen?

»Bonjour mon amour! ...

Wie ich sehe, bist du heute nicht alleine. Ich fürchte, wir zwei Hübschen wurden einander noch nicht vorgestellt! Bitch, möchtest du das nicht übernehmen?«

So ein attraktiver Mann! Diese blau-grauen Augen und so schön groß.

»Enchanté! Twinkle, freut mich.«

Viktor, welch schöner Name. Wie passend! Wie männlich!

»Und was heckt ihr momentan Schmutziges aus? ...

Wie langweilig und profan. Trinkt ihr ein Gläschen mit mir? ...

Schade. Wollt ihr sofort weiter? Dabei würde Prosecco hervorragend zur Pasta schmecken. Oder vielleicht ein Gläschen Champagner? ...

Na gut, man kann niemand zu seinem Glück zwingen. Wir sehen uns später. Viel Spaß auf dem Rundgang. Dann fahre ich mal weiter! Au revoir!«

Koch

Der Neue sollte lieber aufpassen, sonst ist der ganz schnell wieder draußen. So schnell kann er gar nicht schauen, da steht er wieder oben vor der Tür. Twinkle als tuntig zu bezeichnen! So was geht gar nicht! Vorsicht, Gast, hier hören die Leute zu und achten darauf, was du sagst! Oder bist etwa homophob? Bitch sagt ihm eh schon, dass Diskriminierung hier nichts verloren hat, sie richtet ihm schon die Wadln viere! Bisschen Zeit kriegt er, um sich hier einzufinden. Ob das was wird?

Das mit der Bezahlung hat er ja auch schon nicht verstanden. Wie lange haben sie darüber geredet? Sicher 15 Minuten. Wie oft muss man hören, dass das freiwillig beim Ausgang passiert, um das zu verstehen? Wir brauchen hier kein Geld! Was bist du denn für ein Kapitalist? Ich bin wirklich gespannt, was aus dem wird. Das schau ich mir auf jeden Fall ganz genau an. Zumindest ist er jung, das können wir gebrauchen! Wir sind genug alte Leute. Obwohl »jung« ist in Re'em bald a mal wer unter 50. Die Jungen heutzutage sind einfach feiger. Na gut, zu meiner Zeit gab's mehr junge Menschen, aber wir hatten halt auch nicht so viel. Die Erziehung war auch um einiges härter. Da gab's noch Ohrfeigen und Tracht Prügel. Heut kriegst sofort den Brief vom Anwalt, wenn's ein Kind nur schief anschaust. Ist eh gut, dass sich das geändert hat, aber die Gründe, warum man sich umbringt, sind mittlerweile andere. Oder sie trauen sich wirklich nicht mehr. Durch die Technik haben's ja auch mehr Möglichkeiten zur Ablenkung und Realitätsflucht. Im Internet kann man auch Freunde haben, wenn man die wirklichen nicht mehr mag. Na jo, hat sich halt alles – Was stinkt denn da so? O nein, die Pizza!

NO-BODY

Es war 3 Uhr morgens, als im Schutz der Dunkelheit jemand versuchte, unbemerkt das Haus zu verlassen. »He, das ist doch Jesus!«, schrie einer der Anhänger, die mittlerweile Tag und Nacht vor seiner Unterkunft campierten. Innerhalb weniger Sekunden waren alle auf den Beinen. Erwischt!

Jesus war das Ganze gar nicht –

Was? Wer stört? Ich raune als Antwort, damit sie mich in Ruhe lassen

»Mhh! Öhcho öhcho.« Kaum die Stimmbänder gekitzelt, fängt der Husten wieder an. »Öhcho öhcho!«

Genau, Bitch, erkläre ihm alles ganz ausführlich, beeilt euch bloß nicht! Ich freue mich immer, beim Lesen eines Klassikers unterbrochen zu werden!

»Öhcho öhcho!«

Wo war ich?

Jesus war das Ganze gar nicht recht. Er wollte weg, und das –

Könnt ihr bitte leiser sein! Das ist eine Bibliothek und keine Spielhalle!

– und das möglichst schnell. Er hatte sie nicht darum gebeten, so viel Aufheben um seine Person zu veranstalten.

Ich werde hier auch bald Aufheben veranstalten, wenn sie nicht still sind!

»Shhh! Öhcho öcho!«

Unbedingt, nehmt meinen Husten als Vorwand, auch Lärm zu machen, als ob ich –

»Öhcho öhcho!«

Dass sich Bitch überhaupt hierher traut! Na endlich! Ja, ja, Nimmerwiedersehen. Macht bloß die Tür richtig zu!

Er wollte nicht in Talk Shows gehen, hatte keine Lust, mit Journalisten zu reden, oder einfachen Bürgern immer wieder dieselben dämlichen Fragen zu beantworten. Sie verstanden ohnehin nicht, wovon er redete, auch wenn sie ihn mit noch so großen Augen anstarrten.

VIKTOR

»Wer war das denn?«

»no-body!«

»Nobody? So heißt – «

»Sie!«

»Sie?«

»no-body ist 'ne Transfrau. Im männlichen Körper geboren, lebt aber seit'n paar Jahren als Frau. Sie ist eine von den Altvorderen.«

Der Husten klang ganz und gar nicht weiblich, bei den dicken Rauchschwaden aber auch kein Wunder. Erst dieser komische Twinkle mit dem lächerlichen, französischen Fake-Akzent, der oben ohne auf einem Tretroller durch die Gegend fährt, und jetzt das.

»Wie gesagt, in Re'em kann jeder und jede sein, wie er oder sie will! Man schreibt sie übrigens klein und mit Bindestrich, also n o Bindestrich b o d y.«

»Wie ein Bindestrich sieht sie nicht gerade aus, eher wie ein Punkt.« Bitch grinst. »Sie wäre gerne 'n Ausrufezeichen.«

»Wären wir das nicht alle gern?«

»Haste auch recht. Ich komm mit no-body nicht so klar, aber das hat andere Gründe. Wir laufen uns relativ selten über'n Weg, weil sie immer in der Bibliothek hockt. Das soll dich aber nicht davon abhalten, hier wieder herzukommen.«

Wird es garantiert nicht! Ich muss an diesen Ort zurück! Ich hielt den Lesesaal der Hauptuni für beeindruckend, aber diese Bibliothek ist wahrlich bezaubernd. So verwinkelt, prachtvoll und gleichzeitig heimelig. Am liebsten würde ich sofort die Regale durchstöbern. Wenn mir die Nudeln nur nicht so schwer im Magen liegen würden. Später.

Adam

»There you are! Hey you! Willkommen in Re'em! Ich hab euch gesucht, Twinkle hat mir gesagt, dass er euch in der Kantine gesehen hat. In der Regel kommt die Bibliothek als Nächstes auf der Tour. Was steht auf deinem Schild? Viktor? ...

Great! Gratuliere, dass du es geschafft hast. Was easy, right? Was habt ihr bisher angeschaut? ...

Yes, it's huge! ... Es dauert, bis man alle Ecken kennt. Die Stadt verändert sich ständig. Everything flows. ...

My dear, hast du jetzt nicht Bandprobe? Es ist 16 Ur! ...

Es sind drei Frauen. Sie bezeichnen es als Alternative Rock. In Wirklichkeit ist es Riot Grrrl Punk. Loud angy chicks music. Nothing you want to hear, believe me. ...

Sorry, aber die bisherigen Songs eignen sich nicht für funktionierende Ohren. ...

Ich lass mich gern von den neuen überraschen. ...

I love you, too, my dear. Was haltet ihr von Folgendem: du gehst zur Bandprobe und Viktor und ich setzen die Tour fort. Wart ihr schon im Museum? ...

Perfect! You gonna love it! My happy place.«

Viktor

Die Gänge füllen sich mit Menschen, immer mehr kommen uns entgegen. Manche grüßen freundlich, andere beachten uns gar nicht. Ich fühle mich wie in einem kuriosen Film. Der Altersdurchschnitt liegt bei Ende 50. Einige kleiden sich wie Teenager, andere tragen absurde Kostüme oder haben Körperteile entblößt. Ein alter Mann schiebt mit wackeligem Schritt einen anderen, der im Rollstuhl sitzt. Beide tragen dreieckige Hüte, Augenklappen sowie je einen Säbel in der Hand. Sind das scharfe Klingen?

»Arrgh! Platz da, sonst kentern wir!«

Sie bewegen sich langsam, in Zeitlupentempo, voran.

»Wo geht's denn hin?«, fragt Adam.

»Zum Schatz!«, zischt der im Rollstuhl Sitzende. »Halt! Kamerad, die beiden sehen aus, als könnten sie einen Schluck vertragen.«

Sie halten an und der Stehende zieht einen Flachmann mit einem Totenkopf aus seiner zerrissenen Weste. Seine Hand zittert, als er die Flasche zum Mund führt. Er nimmt einen kräftigen Schluck, gibt sie seinem Kameraden, der ebenfalls trinkt, sie an Adam weiterreicht, der sie mir gibt. Adam soll nicht glauben, dass ich keinen Spaß vertrage.

Rum! Ich schüttle mich. Wir lachen gemeinsam drüber, ich gebe dem ersten den Flachmann zurück, der ihn wieder einsteckt.

»Im Schweinsgalopp!«, ruft der Pirat im Rollstuhl und reißt seinen Säbel in die Höhe.

Wir gehen, sie schleichen weiter.

Auf einmal ertönt eine schrille Trillerpfeife und eine Polizistin ruft: »Sofort stehenbleiben!«

»Meint sie uns?«, frage ich Adam, der mit den Achseln zuckt. Sie läuft an uns vorbei zu den zwei Piraten.

»Was haben die falsch gemacht?«

»Nothing and everything!«

»Aber die Polizistin!«

Adam zuckt wieder mit den Achseln. »Vielleicht will sie auch Rum.«

»Aber – «

Frau in Einhornverkleidung

»Willkommen im Museum von Re'em! Hier findest du alles über die Geschichte von Re'em, alle uns bekannten Selbstmordarten sowie Selbstmordparaphernalien aller Art. Berühmt wäre dieses Museum, sofern es berühmt sein dürfte, für unsere großzügige Sammlung von Selbstmördern und –innen, die du im ganzen Museum verteilt siehst. Hier zum Beispiel, ein besonders schönes Exemplar: Sexsklave Frank. Wie du siehst, handelt es sich um die Darstellung von aufgeschnittenen

Pulsadern, aus denen, durch eine gefinkelte Konstruktion, kontinuierlich Kunstblut fließt. Der Schnitt verläuft, wie es sich gehört, längs der Pulsader, nicht quer, wie in Filmen häufig dargestellt. Das Exemplar daneben, Princess Serena, mit farblosem Gesicht und Schlinge um den Kopf, zeigt das Ergebnis eines Autoerotik-Suizids, Masturbation in Kombination mit Erhängen. Wenn du so freundlich wärst und auf den Knopf dort drückst. ...

Dankeschön! Wie du hörst, das Geräusch einer Kettensäge. Passend zu Mammon, den du hier dargestellt sieht, dessen Körper mit einer Kettensäge selbstständig durchtrennt wurde. Die anderen Suizidarten-Exponate kannst du dir in Ruhe nachher ansehen, die Beschreibungen am Boden erläutern jeweils die dargestellte Methode sowie einige Sicherheitshinweise. Folge mir zu diesem wunderschönen großen Holzkreuz. Es handelt sich hierbei nur im übertragenen Sinne um ein religiöses Symbol, wie an den eingeschlagenen Nägeln erkennbar ist. Hier ist es die Aufgabe der Besucher, die Tradition der Gneiß-Folterung fortzuführen. Bitte schlage mit Hilfe des Hammers und der Nägel, die unterhalb liegen, einen Nagel ins Holz. ...

Dankeschön! Universitätsprofessor Dr. Gneiß hat Re'em vor circa 28 Jahren eröffnet – äh, Verzeihung, ich meine natürlich wiederentdeckt. Er pflegte zu sagen, dass er Re'em nie dauerhaft verlassen würde, andernfalls solle seine Seele für immer Qualen erleiden. Universitätsprofessor DDr. Gneiß erlag vor fünf Jahren, vier Monaten und drei Tagen einem kurzen schweren Krebsleiden. Mit diesem Kreuz kommen wir seinem Wunsch nach, indem jeder Nagel eine weitere Seelenqual symbolisiert, die ihn erreicht, wo immer er sich momentan aufhält. ...

Nachdem das erledigt ist, möchte ich deine Aufmerksamkeit auf dieses Comic lenken. Es erzählt die Gründungsgeschichte von Re'em, die ebenso im Eingangsbereich abgebildet ist und somit das Erste ist, was Besucher und –innen über diese Stadt erfahren. Die Abbildung draußen vermisst allerdings historische Akkuratesse. Ich erlaube mir, die Geschichte kurz zu umreißen: An der Stelle, an der sich heute Re'em befindet, stand einst die höchste Pyramide Europas. Diese wurde unter Anleitung der Götter gebaut und ihnen gewidmet. Wie du siehst, entspricht die Erscheinung der Götter ziemlich genau den Wesen, die als Einhörner bekannt sind beziehungsweise von der modernen Gesellschaft verleugnet werden. Die Menschen benannten die Pyramide nach den Göttern und erhielten von ihnen im Gegenzug Unsterblichkeit, zusammen mit dem Mut des freien Willens. Im Mittelalter, nicht umsonst als finster bezeichnet, wurden Spitze und Wände der Pyramide komplett zerstört. Dennoch wird bis heute jedes Jahr am 8. August an die denkwürdige Zusammenarbeit zwischen Göttern und Menschen erinnert und es gilt, den Mut zum freien Willen zu demonstrieren. Ein Zeugnis davon steht nirgendwo Geringeres als in dem meistverkauften Buch der Welt. Wenn ich dein Interesse auf dieses besonders schöne, antike Exemplar lenken darf. Ein wertvolles Geschenk der Österreichischen Nationalbibliothek beziehungsweise eines Angestellten dort. Ich zitiere kurz: »Psalm 22:21: Hilf mir aus dem Rachen des Löwen und errette mich von den Einhörnern!«

Eine andere Stelle liest sich wie folgt: »4. Buch Moses, Kapitel 23, Psalm 22: Gott hat sie aus Ägypten geführt; seine Freudigkeit ist wie eines Einhorns.«

Die katholische Kirche, wie du dir sicherlich vorstellen kannst, waren und sind keine Freunde der Götter. Im hebräischen Original ist von »Re'em« die Rede, woraus sich der heutige Name der Stadt ableitet. In späteren Übersetzungen wurden die Einhörner zu Ochsen gemacht, um alle Hinweise auf die Einhorngötter zu verleugnen. An insgesamt acht Bibelstellen wird von Einhörnern berichtet, sie sind mit Eselsohren gekennzeichnet. Wo ich gerade von Stellen rede, an dieser Stelle beende ich die kurze überblicksartige Führung und wünsche dir viel Spaß, die restlichen Anschauungsobjekte selbst auszukundschaften.«

Adam

»He is my favorite: Georgio Giardino, Erhängen. Looks great, doesn't he? ...

Nimm das Seil! Und jetzt zieh! ...

Isn't it awesome? Vor allem das Geräusch dazu. Als würde wirklich sein Genick brechen. Dass die das so real hinbekommen haben. Da werde ich wieder zum Kind. Makes me happy every time!«

Ihn nicht? Warum ist er so reserviert? Wobei er generell zurückhaltend wirkt. Das treiben wir ihm noch aus.

«Is everything alright? ...

Makaber? Well – Ich weiß gar nicht, was ich darauf sagen soll. I guess, that's the point? Es ist lustig gemeint, wie eine Geisterbahn, in der man vergessen hat, das Licht auszumachen, und sieht, wie der Mechanismus ausgelöst wird und die Pappfigur nach vorne schnellt und boing. Verstehst du? ...

Well, you aren't really dead. Wenn man sich umbringt, stirbt man nur für die anderen, nicht für sich, so no harm's done. Man macht ein funny face oder gar kein face and that's it. Vielleicht gefällt dir die Geschichte von Re'em mehr? Oder die Bibelstellen?«

I don't get it. Wie kann man nicht vom Museum begeistert sein?

»Magst du lieber was anderes machen?«

Puppi

»So, Puppi, das kommt jetzt drauf! Du musst das ganze Bild treffen, nicht nur oben. Nimm viel Schwung! Puh, der Kübel ist schwer. Noch ein bisschen weiter rüber. So und – «

Platsch.

»Aaaah! O nein, o nein, o nein, o nein! Böse Puppi! Schlimme Puppi! Dumme Puppi!«

Viktor

Ein Mädchen kommt auf mich zugelaufen und wischt hektisch auf meinem grauen Hemd. Sie verteilt das übel riechende braune Zeug, mit dem sie mich angeschüttet hat, auf meinem gesamten Oberkörper und reibt es tief ins Gewebe des Stoffs. Adam amüsiert sich prächtig: »Super Timing, Puppi!«

»Schlimme Puppi! Böse Puppi!«

Meine reflexartige Wut wandelt sich in Belustigung. »Ist nicht so schlimm! Lass!«

Sie hört nicht auf, es tut schon fast weh, so fest reibt sie mit ihren Hän – Sie hat keine Hände! Sie schrubbt mit ihren bloßen Unterarmen beziehungsweise mit den Stümpfen, wo eigentlich Hände sein sollten. Überrascht gehe ich einen Schritt zurück. »Lass!« rufe ich lauter als ich will.

Sie schreckt zurück.

»Immer macht Puppi alles falsch! Puppi böse! Puppi schlechter Mensch!«

Sie ist den Tränen nahe.

»Nein, du bist kein schlechter Mensch!«

Adam lacht noch immer, ich sehe ihn hilfesuchend an. Er beruhigt sich und will Puppi an den Schultern anfassen, entscheidet sich aber kurz, bevor er sie berührt, mit einem angewiderten Gesichtsausdruck dagegen. «Don't worry! Come on, let's go inside. Zeigst du mir dein neues Meisterwerk?«

Ich bleibe allein in der Halle vor dem Eingang der Ateliers und betrachte das Debakel auf meinem Hemd. Eine Mischung aus Gelb- und Brauntönen, die widerlich stinken. Ein Gestank, der mir bekannt vorkommt. Wäh!

Vorsichtig steige ich über die Spritzer auf dem Boden, um meine Schuhe nicht auch noch vollzusauen, gehe den beiden nach und warte noch immer darauf, dass mir jemand sagt, was ich jetzt tun soll. Adam bemerkt meine Unsicherheit. »Taufe bestanden, Good Boy!«

»Werden hier alle so willkommen geheißen?«

»Mit Scheiße? Nur die Besten! Frisches T-Shirt?«

»Bitte!«

Ein Wunder, dass nur mein Hemd was abgekommen hat.

»Du hast da übrigens auch was im Gesicht!«

Mir ist schlecht! Adam deutet mit dem Kopf Richtung Waschbecken. Puppi kniet vor einer riesigen Leinwand, auf der Bilder von Prominenten kleben, die über und über mit Fäkalien beschmiert sind. Sie sieht wirklich aus wie eine Puppe! Sie ist klein und zart und trägt einen viel zu großen, weißen, dreckigen Malerkittel über ihrer schwarzen Leggings. Ihre blonden langen Haaren sind zu einem geflochtenen Zopf gebunden, der unter einem selbstgebastelten Zeitungspapierhütchen hervorschaut. Sie ist entzückend. Sie ist der Teufel!

Im Spiegel über dem Waschbecken sehe ich, dass sich auf meiner Stirn und rechten Wange ebenfalls braune Kleckse befinden. Ich spüle sie mit Wasser ab, aber diese Fäulnis – In meinem Mund mischt sich Magensaft mit Carbonara-Sauce.

Adam redet in ruhiger Stimme auf Puppi ein, er klingt wie ein liebevoller Vater. Ist Puppi seine Tochter?

Ich ekele mich so vor mir selbst und muss dringend das Hemd ausziehen, allerdings trage ich im Sommer kein T-Shirt darunter und – Ich wäre gerne cool und ruhig, aber je mehr mir bewusst wird, dass gerade ein ganzer Eimer mit Exkrementen in meine Richtung geflogen ist, die nun auf einer Leinwand, dem Boden und meinem Hemd verteilt sind, umso größer wird das Bedürfnis, laut zu schreien, mich sofort nackt auszuziehen und schnell wegzulaufen.

»Brauchst du ein frisches T-Shirt? ...

Den Gang runter ist *Fleckweg*. Go ahead, I'll follow in a minute«, sagt Adam, ehe er sich wieder Puppi zuwendet.

Herkules

Rechte Masche, rechte Masche, linke Masche. Rechte Masche, rechte Masche, linke Masche. Rechte –

Der Wassertrinker hat's auch geschafft!

»Willkommen in Re'em! ...

Stricken! Schal wird bis zur Parade fertig!«

Er stinkt! Ist das Kot auf seinem Hemd? Ziert sich, sich auszuziehen. Daran erkennt man Neue!

»Meine Hose! Ist in vier Minuten fertig. Die Maschine da ist leer. Waschpulver gibt's da drüben. Die Filiale oben ist mit Bedienung, hier unten ist *Fleckweg*-Selbstbedienung.«

Er weiß nicht, wie man Wäsche wäscht. Muttersöhnchen.

»Hemd hier rein. Klappe zu. Pulver in das Fach füllen. ...

40° Feinwäsche. Start drücken. Warten. ...

Ungefähr 90 Minuten, ohne Trocknen!«

Wenn es ein Designerhemd ist, ist es in 90 Minuten ruiniert. Aber frei von Kot.

Adam

»Is everything alright? Du siehst aus wie ein begossener Windhund. ...

Don't worry, hier sind ständig alle nackt oder halbnackt. Well, not everybody, aber – Hast du Twinkle schon kennengelernt? Seinen Adoniskörper würde ich komplett verhüllt gar nicht erkennen. In meinem Spind habe ich noch Kleidung. Der ist unten im Keller, eine Etage tiefer. Da kannst du auch deine restlichen Sachen lassen. ...

Klar, Duschen gibt es dort auch, no problem. Wir müssen nur bis zur Parade fertig sein und brauchen genug Zeit, um uns aufzustylen ...

Herkules, see you later? ...

Great! Come on, Good Boy. Let's go! ...

Du musst dich nicht für die Parade hübsch machen, aber ich würde es dringend empfehlen. ...

Bitch didn't tell you? ...

Die Parade ist super. Don't worry, nicht makaber – super wie das Museum, sondern nur super. Jeden Freitag um 18 Ur. Vorher gehen wir uns im Leihladen eindecken. Und irgendjemand muss Puppi beim Fertigmachen behilflich sein, sonst ist sie die ganze Nacht todtraurig. Bitch kümmert sich bestimmt darum. ...

Me? Puppis Vater? Heavens no! Wie kommst du denn darauf?«

Welch absurde Vorstellung. Würde das rein rechnerisch überhaupt gehen? Knapp. Bei der Geburt wäre ich 15 gewesen, also Zeugung mit 14.

»Sie ist nicht so jung, wie sie aussieht. Don't mistake her, sie ist eine erwachsene Frau! ...

O no no no no! Das Mindestalter für Re'em ist 18! Es gibt kaum Exitus hier, die minderjährige Kinder haben und schon gar nicht Kinder, die auch Exitus sind. By the way, hinter der Wand hier befindet sich der Ponyhof. Der gesamte linke Bereich. Da gehen wir später noch rein. In der Regel feiern wir nach der Parade da drin weiter. Hinter der Tür auf der rechten Seite probt Bitchs Band gerade. Es gibt mehrere Proberäume. Eigentlich spielt Puppi auch in der Band. Hm, hatte wohl keine Lust heute. ...

Drums. ...

Und? Nobody is stopping her in Re'em! Sie spielt trotzdem Schlagzeug!«

Warum sollten fehlende Hände sie davon abhalten?

»Es gibt nur zwei Treppenhäuser, das vom Eingang and this one. Unten ist die Umkleide, die Treppe nach oben ist nur für den Notfall und ausgewählte Altvordere. ...

Long Story. Wie viele es gibt, darf ich Gästen nicht sagen, aber es gibt nicht mehr viele.«

Urgh, wer übertreibt denn schon wieder mit seinem widerlichen Axe-Spray? Jesus Christ! Weniger ist weniger!

»Wie du siehst, sind die Umkleiden relativ nobel. Sie wurden erst vor ein paar Monaten renoviert. Right now it's busy, weil sich alle für die Parade vorbereiten. Hey you! ...

You look amazing! Ist die Kopfbedeckung neu? ...

Looks heavy!«

Bitch

»Echt? Krass! Und wie hat Viktor reagiert? ...

War er nicht böse? ...

Zu geschockt wahrscheinlich. Das hätte ich gerne gesehen! Dagegen war die Bandprobe richtig langweilig. Ich hätte mir schon gedacht, dass er nach so 'ner Aktion echt stinkig ist. Haha, gleich im doppelten Sinne. ...

Nee, Puppi, das war ja keine Absicht. Boah, es stinkt hier aber auch krass. Haben wir was, was wir versprühen können? 'n Raumspray, paar Duftkerzen oder so'n Zeug? ...

Gute Idee, Gundel, haste was zum Ausräuchern da? ...

Gras auch nicht? ...

Wobei, ich will heute auch nicht schon vor der Parade voll benebelt sein. So lange ich 'ne Zigarette im Mund hab, geht's noch, aber wenn die aus ist. Puppi, Schatz, willste dir nicht auch eine anstecken? Rauchen für bessere Luft? ...

Nee, war nur Spaß! Nimm das nicht so ernst! ...

Gundel, du hast unseren Neuzugang ja noch gar nicht kennengelernt. ...

Ja, ja, warte ab. Aber er ist Anwalt, wie geil ist das denn? Hat sich mal wieder klasse ergeben. ...

Nee, hab ich nicht gewusst, als ich vorgeschlagen hab, mich mit ihm zu treffen. Aber auschecken kann bei niemandem schaden.«

Jetzt nur noch Puppis Zopf neu flechten und die Schleife festziehen.

»So, fertig! Dreh dich mal! Na bitte, siehst aus wie neu. Soll ich dich auch gleich für die Parade schminken? ...

Wir warten noch, bis Adam wieder da ist, und gehen dann alle zusammen zum Leihladen. Aber du hast dein tolles Kostüm ja schon an. Was willste denn noch dazu haben? ...

'n Laserschwert? Cool! Da sollte Adam aber schnell kommen, damit wir uns das bald holen können. Laserschwerter sind beliebt und meistens schnell vergriffen. Ich glaub, ich wähl heute 'n Hut. ...

Was mit Planeten, passend zu meinem Weltraumkleid. Ist schick, ne? ...

Warte, bis du es im Dunkeln siehst! Mit welcher Farbe soll ich dir denn die Sterne aufmalen? Blau? ...

Einen Stern in Orange. Kommt sofort.«

Gut, dass sich Puppi wieder beruhigt hat. So viel Aufregung. Armer Viktor, kriegt gleich 'ne Ladung Scheiße ab, wenn er herkommt. 'n Stück weit symptomatisch für diesen Ort. Irgendwie ist's ja auch'n Scheißhaus.

»He, Leute, was haltet ihr davon, wenn wir die Ateliers in Scheißhaus umbenennen?«

Viktor

Ich öffne gerade vom Gang aus die Tür, als ich höre, wie Bitch die Frage stellt.

»Extra wegen mir? Das wär doch nicht notwendig!«, sage ich.

»Viktor!« Puppi springt auf mich zu und schlingt ihre Arme fest um mich. »Viktor böse auf Puppi?«

»Nein! Was hast du denn da Hübsches an?«

Sie trägt ein gelbes Plüschkostüm mit einem grünem Hut, von dem spitze Stängel nach oben ragen. Eine Ananas! Auf ihrer Wange prangt ein neonoranger Stern und sie strahlt übers ganze Gesicht. »Du siehst wirklich entzückend aus!«

»Typisch!«, tönt es vom anderen Ende des Raumes. »Eine Frau wird wieder mal dafür gelobt, wie sie aussieht, nicht für das, was sie leistet. Zu deiner Information, Puppi ist eine wunderbare Künstlerin, nicht nur ein Püppchen, das schön anzusehen ist.«

»Viktor, das ist Gundel! Ich wusste, dass ihr euch blendend verstehen werdet!«, sagt Bitch.

Gundel sitzt am Arbeitsplatz neben dem Eingang zur Halle, gleich neben Puppis Werk – wie erträgt sie das nur? – , den Blick auf Schwarz-Weiß-Fotografien gerichtet, die vor ihr ausgebreitet auf dem Tisch liegen. Die Frau mit den Geschlechtsorganen! Obwohl sie mit dem Rücken zu mir sitzt, würde ich ihr am liebsten ebenfalls sagen, wie schön sie ist, aber das kommt wahrscheinlich nicht gut an. Puppi ist ebenfalls irritiert.

»Ich wollte nur – «, sage ich.

»Du wolltest nur deine Rolle als Mann stärken und deine Position beweisen. Aber du bist auch nur ein Opfer der sozial indoktrinierten Genderkonstruktionen.«

Sie steht auf und kommt zu mir rüber. Ihre Bewegungen sind fließend und sexy, sie trägt hohe Schuhe, mit denen sie so groß ist wie ich, und ein rotes enges Kleid, das kurz und tief ausgeschnitten ist. Ihre Haut ist unnatürlich hell und faltig, ihre krausen, streng zurückgebundenen Haare sind komplett weiß, ebenso ihre Augenbrauen und Wimpern. Nicht weiß vom Alter, obwohl sie um einiges älter ist als alle Anwesenden. Vielmehr als fehlten ihr Farbpigmente. Ihre Lippen sind voll, ihre Nase ist platt und breit. Mit ihren schwarzen, leicht rotstichigen Augen fixiert sie mich eindringlich. Sie hat Albinismus!

Sie reicht mir ihre große knochige Hand: »Willkommen in Re'em!«

»Scheißhaus sounds great!«, sagt Adam. Ich bin dankbar für den Themenwechsel.

»Puppi, was meinst du?«Sie nickt. »Will Viktor Puppis Bild sehen?«

»Unbedingt!«. Alles, um dem Blick der Femme fatale zu entkommen. Ein Zucken meiner Augen in Richtung ihres Dekolletés und sie frisst mich bei lebendigem Leib!

Zum Glück ist der Gestank, der in der Luft hängt, wenig erotisch.

»Ich sag Madam Strawinsky später Bescheid, dass die Ateliers ab sofort Scheißhaus heißen«, sagt Bitch. »Woll'n wir dann mal zum Leihladen zischen? Viel Zeit ist nicht mehr.«

»Und?«, fragt Puppi vor ihrem Bild.

»Ich würde sagen, die Menschen auf dem Bild haben ganz schön viel Scheiße abbekommen!« Mich wundert, dass noch keine Fliegen eingefallen sind. Obwohl meine Mutter in einer Galerie arbeitet, habe ich keine Ahnung von Kunst. Wie man für vermeintliche Kinderzeichnungen Unsummen ausgeben kann, erschließt sich mir nur aus Sicht einer Investition, nicht unter ästhetischen Gesichtspunkten. »Sieht toll aus! Ich meine, das hast du toll gemacht!« Ich bin unschlüssig, was noch in Ordnung ist zu sagen. Ich zucke zusammen, als ich die Fotos auf Gundels Tisch sehe, mit denen sie gerade noch beschäftigt war: Penisse, auf die unterschiedliche Waffen gerichtet sind.

»Lässt du mich deinen auch fotografieren?«, fragt sie plötzlich hinter mir.

»Jetzt lasst mal gut sein. Gundel, du hattest deinen Spaß. Decken wir uns lieber für die Parade ein, es ist fünf vor. Hat jemand Herkules gesehen?«

»Er strickt noch seinen Schal fertig. We'll see him later. Let's go!«

Bitch und Puppi gehen vor, Gundel hinterher. Mir ist lieber, sie ist vor mir in Sichtweite, nur für den Fall, dass sie vorhat, mir ein Messer ins Kreuz zu rammen. Wobei ich bezweifle, dass sie das hier tun würde, die Halle ist mittlerweile voll mit Menschen. Die Ur zeigt 17:34.

»Hat Bitch nicht gerade noch gesagt, dass es fünf vor ist?«

»Typisch Ur. Die nassen Haare stehen dir übrigens ausgezeichnet. Bisschen strubbelig, i like that! Nicht ganz so Good-Boy-streng wie der Seitenscheitel!«, Adam grinst. »He, lighten up! Als Mann darf ich einem Mann Komplimente machen. Ich würde dir ja sagen, dass Gundel das nicht so meint, aber sie meint es genauso ! Don't worry, du musst nicht mit allem einverstanden sein, was die Leute hier sagen.«

Graue Fee

»Funktioniert das Mikro? Hallo? Eins, zwei, eins, zwei.«

Füep.

»Test! Test!«

Füep.

»Ja, ähem. Gut, dann – Liebe Bürgerinnen und Bürger von Re'em, liebe Gästinnen und Gäste. Ich freue mich, dass ihr euch alle so zahlreich hier eingefunden habt. Also ‚eingefunden', dass so viele von euch heute gekommen sind. Ende Juni in der Regel noch eine besuchsstarke Zeit, im Juli wird es erfahrungsgemäß ruhiger. Also ‚ruhiger', wir werden uns nicht langweilen und leer wird es auch nicht, aber – Wie ihr wisst, rückt der 8. August näher. Also ‚näher' es sind noch knapp sechs

Wochen, für viele Dinge beginnt jetzt die heiße Phase. Es gibt zahlreiche Projekte, die Unterstützung brauchen. Also ‚zahlreiche' ein paar. Bitte schaut auf die Aushänge! Ähem. Gut, dann bitte ich Herkules auf die Bühne. Er wird heute die *Ode To A Joyful Death* am Klavier begleiten. Oh, er sitzt schon hinter mir.«

Welch schöner Schal!

»Bist du bereit? Also ‚bereit' – ...

Zwei, drei, vier

»Free for death, and free in death;
a bunch of holy Nay-sayer,
when there is no longer time for Ye – ah – ah – ah – ahh – ah – ah:
thus understandeth about dea – th, thus understandeth about life.
No matter which method choseth, if the pistol or the knife.
Unicorns will help and guide you, keep away enlightened ones
As Exitus we remain thus time to play the lou – dest drums!«

Viktor

Laute Trommeln ertönen wie bedrohliches Donnergrollen, gleichzeitig geht das Licht aus. Vereinzelte Schreie. Stromausfall? Es ist komplett dunkel, nur ein paar Muster in Teriol sind sichtbar. Mein Herz setzt für vier Schläge aus!

Tusch!

Lampen gehen an, ich kreische vor Erleichterung, was sich mit dem Jubel der anderen vermischt. Die Szenerie verwandelt sich in ein buntes Märchenland. Schwarzlicht! Jeder leuchtet plötzlich. Auf Bitchs Kleid strahlt das Weltall, ihre Lippen leuchten in demselben Orange wie der Stern auf Puppis Wange, deren Ananaskostüm jetzt aus grellen Neonfarben besteht. Puppi schaltet das Laserschwert ein und wirbelt damit herum. Ich versuche zu begreifen, was hier gerade vor sich geht, und die visuellen Eindrücke, die auf mich einprasseln, zu verarbeiten. Ich kann mich nicht erinnern, jemals etwas Schöneres gesehen zu haben. Alles strahlt und funkelt, Seifenblasen fliegen durch die Luft. Ein Gefühl wie Silvester, Menschen liegen sich freudig in den Armen und feiern.

»Was feiern wir eigentlich?«, brülle ich über die Musik, die zeitgleich mit den Lampen angegangen ist, *I will survive* von Gloria Gaynor, wie passend.

»Life!«

»Hier, Gefangener der Mannkonstruktion!« Gundel reicht mir eine Flasche. Ist das ein Friedensangebot? Ich nehme einen Schluck und reiche sie weiter. Gin! Verdammt guter Gin! Die Masse setzt sich langsam in Bewegung, die Musik entfernt sich und wir folgen.

Doc

»Willkommen in Re'em! Wir haben uns offenbar gut zurechtgefunden!«

Vorzüglich, habe ich die Einladung nicht zu früh übermittelt!

»Sehr angenehm, Viktor. Mein bürgerlicher Name lautet Doc. ...

Doc! ...

Nein, nein, lediglich Doc!«

Bitchs Einfluss ist nach so kurzer Zeit bereits deutlich zu vernehmen. Wir haben uns heute definitiv bereits das ein oder andere Schlückchen munden lassen.

»Huch! Obacht, junger Mann!«

Meine medizinische Expertise betrifft keine Platzwunden!

»Es war mir ein Vergnügen. Das bedeutet freilich nicht, dass unsere Arbeit abgeschlossen ist, ich stehe nach wie vor jederzeit zur Verfügung und würde ein Supervisionsgespräch begrüßen. Im Zuge dessen – «

Wir verstehen bei dem Gedränge und Lärm kein Wort.

»Selbstredend! Ich empfehle mich!«

Twinkle

»Prost! Santé!«

Oh là là, ein bisschen Alkohol und er ist viel lockerer. Sieht regelrecht verwegen aus, vor allem mit den verschmierten Farben im Gesicht und der bunten Kette um seinen Hals. Schade, dass das dunkelgrüne T-Shirt so weit ist, enge Sachen würden ihm hervorragend stehen. Auch eine engere Hose, dann käme sein Knackarsch besser zur Geltung. Es wäre ein Jammer, wenn mir der entgeht.

»Wenn du willst, zeige ich dir heute noch die Hotelzimmer. ...

Oui oui, das haben schon viele gesagt und am Ende waren sie alle glücklich befriedigt.«

Und moi ebenfalls.

»Keine Sorge! Weißt du, was ‚Sorge' auf Französisch heißt? ...

Affaire!«

Er wird rot, wie süß. Ich liebe Männer, die so herrlich unschuldig sind. Das sind die Wildesten!

»Was machen wir Schönen nun mit dem angebrochenen Abend? ...

Oui, weißt du, wieso man den Club Ponyhof nennt, Viktor?«

Bitch

»Komm, lass stecken, Mann, er steht nicht auf Schwänze, stimmt's, Viktor? Er hat sein erleuchtetes Baby, die brav zu Hause auf ihn wartet! He, gib die Flasche her!«

Der Whisky ist echt gut heute. Endlich mal was Vernünftiges, nicht so wie der Wodka letzte Woche.

»Es ist so schade, dass die Parade schon aus ist! Ist es nicht schade? ...

Ja, klar, aber Ponyhof ist nicht so geil wie hier draußen. Wir sollten echt abstimmen, dass die Parade länger dauert. Noch 'ne zweite Runde oder so. ...

Gundel geht zurück ins Scheißhaus, um zu arbeiten! Die hat noch zu tun für die Ausstellung. ...

Sie hat keinen Geruchsinn! ...

Nee, wirklich, das ist kein Scherz! Junge, Junge, das ist gar nicht so lustig, wie es klingt!«

Wobei –

»Ja, okay, 'n bisschen komisch ist es schon. Ist der Gin schon aus?«

Viktor kann wirklich lustig sein! Wusste ich's doch! Er ist immerhin einer von uns, so daneben kann er nicht sein.

Viktor

Ich tanze nicht! Aus Prinzip nicht! In der Regel stehe ich etwas abseits der Tanzfläche, nippe an meinem Getränk und sehe anderen dabei zu. Meistens sind es Frauen. Ich selbst tanze nicht! Auch jetzt nicht! Auch nicht, wenn Adam weiterhin versucht, mich dazu zu überreden! Schon gar nicht zu *Cheri Cheri Lady*! Wer ist für diese Musikauswahl zuständig? Ich wippe maximal ein wenig mit dem Oberkörper.

Adam ist nicht gerade mit einem Tänzer-Gen gesegnet, was ihn allerdings nicht davon abhält, es mit voller Inbrunst zu tun. Genauso wie Bitch, die es im Gegensatz zu Adam aber wirklich beherrscht! Sie schmiegt sich an ihn, lässt ihre fülligen Hüften kreisen und weiß jedes ihrer Kilos im Rhythmus zu bewegen, sodass es nahezu erotisch aussieht. Beeindruckender als das ist allerdings, wie viel Spaß sie bei der Sache hat. Wirklichen Spaß, für sich selbst, ohne jemanden damit beeindrucken oder auf sich aufmerksam machen zu wollen. Ich denke an die Tanzkünste der Frauen, die ich für gewöhnlich beim Fortgehen zu sehen bekomme. Bei denen tanzen zwar die Körper, die Augen prüfen aber permanent, wer sie gerade ansieht und beobachtet. Bitch hingegen verliert sich völlig in dem Moment. Ich wünschte, Gundel wäre hier und würde mir ebenfalls die Möglichkeit geben, sie so zu mustern.

Der Ponyhof besteht aus zwei riesigen Dancefloors, die durch den Spiegelraum, in dem sich die Bar befindet, miteinander verbunden sind. Von der Bar aus erhasche ich im Vorbeigehen nur einen kurzen Blick in den anderen Floor, der steinig und rustikal ist, als wäre er mühsam aus Felsen rausgeschlagen worden. Der Raum, in dem wir uns befinden und in dem gerade die perfekte musikalische Überleitung von Modern Talking auf Michael Jackson aus den Boxen klingt, was die Feiernden zum Moon Walken animiert, ist stilvoll, geradezu edel. Von der Decke hängen Regenschirme mit der Spitze nach unten, auf deren Schirme perfekt abgestimmte Projektionen ständig neue Räume kreieren. Immer wieder starre ich mit offenem Mund nach oben, was sich zunehmend als inkompatibel mit dem Alkoholgemisch in meinem Magen herausstellt. Nach dem Wein brauche ich ein Glas Wasser. Ich spüre, wie mir der Alkohol zunehmend zu Kopf steigt. Kein Wunder bei dem Zeug, das wir in der letzten Stunde – oder war es kürzer? – durcheinander getrunken haben.

Statt auf die Schirmprojektionen schaue ich also wieder auf die Tanzenden, die alle ein Lächeln auf den Lippen tragen. Ich kenne keinen Club in Wien, in dem so viele verschiedene Menschen zusammenkommen. Vor allem kenne ich keinen, in dem so viele Ältere ausgelassen Gas geben und unter Beweis stellen, dass Alter keine Kategorie ist, nach der man Menschen beurteilen sollte. Unglaublich, wie viel die alle saufen und wie fit sie dabei sind. Die Fünfer-Gruppe rechts von mir kippt bereits den sechsten Tequila und ich traue mich zu wetten, dass keiner von ihnen unter 70 ist.

Adam

»Come on Good Boy! Come on, get up! ...

Geht's?«

Er ist viel schwerer, als er aussieht. Bestimmt wegen seiner Größe.

»Jemand stolpert noch über dich und wird sich verletzen – dich verletzen! Dann weinen alle, Blut fließt, und das mit Stroboskopuntermalung. You don't want that!«

Er verträgt überhaupt nichts! »Is everything alright? ...

No problem. ...

No, really! Ich bring dich ins Atelier.«

Finally! Well, hält sich besser auf den Beinen, als ich dachte.

»Kurz vor 5 Ur! Here, through the bar. Sorry! ...

Pardon! Lasst ihr uns bitte – Thanks!«

Was brabbelt er? Wie kommt er jetzt darauf? Ach so, wegen den Spiegeln.

»Believe me, I've seen worse! So schlimm siehst du gar nicht aus. Everything's fine. ...

Jetzt hier rechts. ...

Das sind die LEDs in den Wänden. Die sind in jedem Gang und ahmen das Tageslicht nach. So wie die Lichter an der Decke in der Halle. Die Sonne geht gerade auf, deswegen sind sie jetzt gelb-orange. ...

Absolutely! Alright, hier durch die Tür und da auf das Sofa. So!«

Plumps.

Well then. Hier kann er schlafen. Urgh, der Wasserlilie-Veilchen-Duft von Herkules ist fast schlimmer als die Scheiße. Ekelhaft! Wirklich ein Scheißhaus! »Yeah yeah, I know. Don't worry!«

Ich glaub ihm sofort, dass er normalerweise nicht so die Kontrolle verliert. Positives Zeichen. Wie lange er da wohl schon lag, bevor ich ihn gefunden habe.

»He! What now? Was hast du vor? ...

Nach Hause? Now? But –

Soll ich dich bringen? ...

Are you sure?

Whatever you want, Reisende soll man nicht anbinden.«

In dem Zustand kommt er maximal bis zum Ausgang.

Nachbar

Was ist denn das für ein Lärm so früh am Morgen?

»Aus, Wurli. Aus! Ja, ich komm eh schon! Jössas! Wurli, geh weg von der Tür!«

Vielleicht sollt ich lieber ein Messer aus der Küche holen. Schau ma erst a mal durch den Türspion.

»Jössas, Maria und Josef!«

Der Cerny Bub!

»Grüß Sie. Was ist denn passiert?«

Jössas, seine Fahne hat's aber ordentlich in sich. Verstehen tut man ihn auch kaum. Was will er? Was redet er da wegen Licht und Brille? Ach so, den Schlüssel braucht er.

»Wurden Sie überfallen?«

So wie er ausschaut!

»Verloren? Ach so. Wurli, aus jetzt! Den Cerny-Buben, kennst ja eh! Na sicher, kein Problem, hol ich Ihnen geschwind. Du bleib da, Wurli.«

Heutzutage ist's gut, wenn man noch einen Ersatzschlüssel bei jemandem deponiert hat. Man liest eh so viel in der Zeitung, dass andauernd was passiert.

»Bitt'schön junger Mann. Kommen's eh zurecht? ...

Gute Nacht.«

Gut, dass er weg ist. Ich schau lieber noch, ob er eh hoch geht.

»Gib Ruh, Wurli!«

Dabei hab ich grad erst noch gedacht, dass er so ein Braver ist. Na ja, mal schauen, was der Herr Papa dazu sagt. Das kann jetzt nicht jedes Wochenende so gehen!

Jakob

Ich weiß nicht, was schlimmer ist, die Schmerzen oder die fehlende Erinnerung.

Wie konnte das passieren? Was ist überhaupt passiert? Mein Kopf fühlt sich an, als klemmt er in zwei Schraubzwingen, eine presst ihn seitlich, eine längs zusammen. Warum liege ich auf dem Sofa im Wohnzimmer? Was macht eine geschlossene Bierdose, vorbildlich auf einem Untersetzer drapiert, auf dem Glastisch, auf dem überall Gummibärchen und Chips verstreut sind? Ein paar Gummibärchen stecken sogar, zusammen mit einem Teelöffel, in dem offenen Glas Kräuterpesto, das neben der Bierdose steht. Das erklärt zumindest den Knoblauchgeschmack in meinem Mund.

Habe ich Gummibärchen mit Pesto –

Auf dem hellgrauen Stoff sorgen Brösel und neonfarbene Flecken für mehr Farbe in meinem Leben, die auf meinem Körper sind mit Sicherheit blau. Das spüre ich, ohne sie zu sehen. Ich trage nach wie vor Adams T-Shirt – oder heißt er jetzt wieder Chris? Als wäre es nicht schwer genug, mir von jedem den Namen zu merken, aber zwei –

Welcher Tag ist heute? Wie spät ist es? Wie bin ich nach Hause gekommen? Ich erinnere mich an einzelne Momente. Grelles Licht und laute schreckliche Popmusik im Ponyhof. Eine Bar, deren Boden, Decken und Wände nur aus Spiegeln bestehen, was Übelkeit auslöste. Das Teriol bemalte Treppenhaus von Re'em, in dem ich um Hilfe rief, weil ich dachte, nie oben anzukommen. Oder war das nur ein Traum? Es fühlte sich an wie einer. Es kamen immer mehr Stufen nach, es gab kein Ende! Es muss ein Traum gewesen sein! Genauso wie das Bild, das ich Bitch mit einem anderen Mann vor dem Sonnenaufgang knutschen sah. Wie sollte ich Toni bei Sonnenaufgang gesehen haben?

Dass ich bei Herrn Hauser angeklopft habe, war hoffentlich auch ein Traum. Habe ich ihm wirklich gesagt, dass er blendet? Was habe ich bei ihm gesucht? Den Schlüssel! Genau, ich habe meinen im Spind von Chris vergessen. Genauso wie Handy, Geld, – Ich habe alles in Re'em gelassen. Verdammt! Wenn noch alles unten im Schrank liegt, habe ich beim Ausgang weder für mein Essen noch den Alkohol und das Wäschewaschen bezahlt.

O Gott, wie peinlich! Ich kann mich dort nie wieder blicken lassen! Wer weiß, was ich alles angestellt habe, ohne mich daran zu erinnern. Andererseits habe ich keine Wahl, ich muss an meine Sachen kommen. Habe ich mich nicht auch mit Dr. Pille unterhalten?

Freundin

»Na endlich, eine Nachricht von Jakob! ...

Er schreibt, er hat geglaubt, dass er sein Handy verloren hat, und bis jetzt ging sein Internet zu Hause nicht. Mittlerweile weiß er aber, dass er das Handy in dem Lokal vergessen hat, in dem er sich gestern mit Herrn Gutmann, seinem Chef vom Volontariat, getroffen hat. Und das soll ich ihm glauben? Ich mach mir Sorgen, warum er sich nicht meldet und er die Nachrichten nicht liest, und er lässt sich nicht mal eine vernünftige Ausrede einfallen! Das mit dem Handy mag ja stimmen, aber dass zufällig gerade dann auch das Internet für eine Nacht ausfällt? Wie hoch ist die Chance? ...

Eben! ...

Nein, das glaube ich nicht. Jakob würde mich niemals betrügen! Ich weiß, dass du Bedenken hast, aber so ist er nicht! ...

Ich vertrau ihm, was das anbelangt total! Aber in letzter Zeit verhält er sich so seltsam. Und warum trifft er sich nicht mit mir, aber mit anderen geht das ohne Probleme? ...

Er schreibt grad, ob wir uns morgen sehen. ...

Keine Ahnung, was würdest du denn machen?«

Madam Strawinsky

»Willkommen in Re'em, Viktor!«

Offensichtlich hatten lange Nacht.

»Keine Problem! Bezahlen dort drüben bei Kasten. ...

Keine Problem!«

Haben Informationen nicht gelesen? Ist alles in Information erklärt mit Geld und alles.

»Musst nicht immer sofort, können auch später. Freie Spende, so viel, wie wollen. ...

Telefon ist immer noch bei mir, nicht geholt beim Rausgehen. ...

Keine Problem. Einfach holen Nummer, dann ich geben Handy. ...

Viel Spaß! ...

Ach, und Viktor? Nächste Mal nicht schreien in Treppengang! Oben zwar schalldicht alles, aber nicht gut wegen Aufmerksamkeit erregen.«

Gundel

Ahhh. Fuck! Wann bleibt dieser fucking Gips endlich in Form? Der dritte Abdruck für den Müll! Fuck! Jott hat ihren Einhornkopf doch auch mit Gips gemacht. Warum passt die Mischung schon wieder nicht? Wenn der nächste Versuch auch nichts wird, geh ich wieder zu Ton über. Fuuuuuck!

Gut, ganz ruhig. Einatmen, ausatmen. Einatmen, ausatmen. Nicht die Wut Überhand gewinnen lassen!

»Fuck!«

Der Cis-Mann hat mir gerade noch gefehlt. Dass immer Männer bereitstehen, wenn was nicht funktioniert. Er bietet mir sicher gleich seine Hilfe an. Als ob ich als Frau nicht allein zurechtkäme. Ich brauche deine Hilfe nicht! Kümmere dich um deine eigenen Angelegenheiten.

»Wieder ausgenüchtert? ...

Bei mir musst du dich nicht für genderstereotypes Verhalten entschuldigen. Ich weiß, dass die meisten nicht reflektiert agieren und sich ihrem angelernten Rollenverhalten unterwerfen. Außerdem war ich nicht dabei. Adam und Herkules haben mir erzählt, was vorgefallen ist, und die Sauerei weggewischt! ...

Keine Ahnung, wo er ist!«

Sehe ich aus wie die Sekretärin? Nur weil ich eine Frau bin, muss ich den organisatorischen Überblick wahren, oder wie? Und die Männer sagen dann, wo es langgeht.

»Bitch ist beim Yoga!«

Ist das ein Grinsen?

»Was gibt es denn da zu lachen? ...

So eine Frechheit! Hier ist definitiv kein Platz für Body-Shaming! Nicht nur dünne Frauen sind sportlich! Hängst du wirklich noch so in veralteten Vorstellungen drin?«

Als könnten wir in Re'em noch mehr von diesen Machotypen gebrauchen. Immer das Gleiche mit den Neuen. Hetereosexuelle Cis-Männer sind die Schlimmsten, da beginnt mensch immer ganz von vorne. Reden gegen Windmühlen. Wie erfrischend wäre es, wenn mich mal einer von denen überraschen würde. Nach der Aktion von letzter Nacht ist er der Letzte, der es sich leisten kann, auf andere herabzublicken. Aber Kotzen gehört wahrscheinlich zur männlichen Reviermarkierung.

»Nebenan beim Fitnessstudio.«

Sieht er nicht, dass ich arbeite? Ich habe jetzt wirklich keine Zeit mehr, die Auskunft zu spielen. Woran lag es, dass der Gips wieder nicht gehalten halt? War die erste Schicht nicht trocken genug? Wenn ich jetzt anfange, trocknet es nicht vor morgen Mitternacht. Fuck!

»Ja, ja, tu, was du willst.«

Herkules

»Rücken gerade, Position halten. Spürst du, wie die tiefen Bauchmuskeln arbeiten? Und wieder nach oben. Noch mal. Runter – «

Viktor lebt!

»Entschuldigst du mich bitte kurz? Mach ohne mich weiter, Rücken gerade halten, nicht wegknicken. ...

Hallo Partylöwe! High Five!«

Vom Wasser- zum Whiskytrinker.

»Wie geht's?«

Er ist blass im Gesicht. Kein Grund, sich zu entschuldigen, Flüssigkeiten wegwischen bin ich vom Arbeiten gewohnt.

»War mir eine Ehre! Respekt, du feierst anständig!«

Er ist lockerer, als ich dachte.

»Yogakurs ist da drin. Ist für Fortgeschrittene. Läuft schon eine Stunde. Anfängerkurs ist sonntags, 16 Ur. ...

Ja, Bitch ist drin. Adam weiß ich nicht. Hast du im Atelier nachgesehen? ...

Dann weiß ich auch nicht.«

Viktor

Ich will Bitchs Abnehmambitionen nicht stören, aber ich muss Adam finden, um so schnell wie möglich wieder von hier zu verschwinden. Ich öffne vorsichtig die Tür, die Herkules mir gezeigt hat. Innen empfängt mich ruhige Entspannungsmusik. Der Geruch von Räucherstäbchen und Schweiß passt zu der warmfeuchten Luft, die die sieben Personen auf ihren pinken Matten umgibt. Alle verrenken sich unnatürlich und haben ihre Füße an Stellen, an denen sich normalerweise die Hände befinden.

Bitch ist ganz vorne, nur mit Unterwäsche bekleidet. Ihr Gewicht lagert komplett auf ihren Unterarmen, ihr Oberkörper sieht auf Grund der Speckrollen geschwungen aus, ist aber eigentlich gerade. Ein Bein ist angewinkelt, das andere zur Seite gestreckt, beide Füße zeigen in dieselbe Richtung. Es ist unglaublich, dass man so etwas mit seinem Körper anstellen kann. Dass Bitch so etwas mit ihrem Körper anstellen kann! Sie sieht aus wie eine indische Göttin. Die anderen kämpfen sichtlich darum, die Haltung zu bewahren, der alte Mann ganz rechts wackelt bedrohlich.

»Beim Ausatmen langsam die Beine wieder nach unten zurückbringen.«

Sie leitet den Kurs! Kontrolliert setzt sie die Füße hinter ihrem Oberkörper auf die Matte, geschmeidig, als würde es keine Kraft kosten. Nur in der Röte ihres Gesichts erkennt man die Anstrengung. Sie sieht mich in der Tür stehen und grinst.

»Wir kommen in den herabschauenden Hund und führen anschließend einen Sonnengruß aus.«

Während die anderen weiter ruhige Bewegungen machen, bricht sie ab und trippelt barfuß zu mir rüber.

»Was is'n?«, zischt sie.

»Wow, das ist großartig, was du machen kannst. Das mit den Beinen und auf den Unterarmen gestützt und – «

»Junge, ich bin mitten in 'ner Stunde. Komm zum Punkt! Ich brauch keine Anerkennung von dir!«

»Hast du Adam gesehen?«

»Das ist alles? Du willst wissen, wo Adam ist? Junge, Junge. Probier's in der Sargstatt.«

Die anderen werden auf mich aufmerksam. »Steigst du auch ein, Viktor?«, fragt ein verschwitzter Mann.

»Dass du dich bewegen kannst, haben wir gestern gesehen!«, sagt eine ältere Dame, was dafür sorgt, dass die anderen kichern. Sie kommt mir nicht mal ansatzweise bekannt vor.

»Nee, er geht gleich wieder. 'tschuldigung für die Störung, ihr Lieben!«

Ich möchte im Erdboden versinken.

»Wo ist die Sagstadt?«

»Sargstatt! Am Ende des Ganges Richtung Umkleide. Weißte, wo die Proberäume sind?«

Ich nicke. »Gleich daneben.«

»Danke! Du hast was gut bei mir.«

»Junge, Junge, du hast keine Ahnung. Es haben einige Leute was gut bei dir!« Sie geht zurück zu ihrer Matte. »So, meine Lieben, weiter geht's. Entschuldigt die Störung. Viktor hat uns gestern schon den sterbenden Schwan gezeigt, wir machen weiter mit – «

Ich schließe hinter mir die Tür.

Doc

»Junger Mann, wir haben es aber eilig! ...

Wohin des Weges? ...

Zur Sargstatt. Nun denn, wir haben uns schnell eingelebt, wenn wir bereits mit der Fertigung eines Sarges beginnen. ...

Wegen Adam, verstehe. Selbstredend. Haben wir uns von der gestrigen Nacht erholt?«

Wir sehen geradezu unpässlich aus! Unser Gesicht ziert ein ungesunder Teint. Fraglich ist auch die psychologische Komponente.

»Dieser Ort kann durchaus zur Überforderung führen, insbesondere anfänglich. Was mit der ursprünglichen Diagnose freilich korreliert.

In unserem derzeitigen stabilen, labilen Zustand sollten wir Ereignisse, die einen dermaßen großen Einfluss auf die Wahrnehmung unserer Realität haben, nicht unterschätzen. Andernfalls kann es zu ernsthaft Komplikationen führen. Die Zuhilfenahme von Substanzen ist selbstredend nachvollziehbar, wenn auch nicht unbedingt ratsam. Gerade in Kombination mit den Tabletten, die wir einnehmen – «

Unser betrübter Ausdruck spricht von Scham und Unwohlsein.

»Nun denn, junger Mann, wir sollten uns nicht verunsichern lassen. In der Tat sind mir bislang fast ausschließlich positive Berichte über uns zu Ohren gekommen! Re'em ist ein Ort der Ausschweifung und persönlichen Freiheit, Ausgelassenheiten aller Art sind hier gerne gesehen. Wir müssen uns demnach keine Sorgen machen.«

Habe ich noch ein Döschen eingesteckt? Selbstredend.

»Öffnen wir die Hand. Wenn wir etwas gegen die trübe Stimmung und die körperlichen Beschwerden benötigen, an deren Qualen wir zweifelsohne leiden, nehmen wir am besten so eine! Es handelt sich um eine Spezialpille, rein pflanzlicher Natur. Die wird uns aufmuntern! ...

Gerne! Nun denn, wir sehen einander am Tag des Mondes. Ich –

Nicht? ...

Tatsächlich? Aber ich habe uns doch die Krankmeldung übergeben.«

Welch Unverfrorenheit!

»Nun denn, wir müssen wissen, was wir für notwendig halten. Wenn wir unsere Expertise höher einschätzen als die unseres behandelnden Arztes, ist uns nicht zu helfen. Ich empfehle mich!«

Adam

»Mein Plan war, oben und unten die Scharniere für den Deckel anzuschrauben. Do you think two are enough? ...

Entschuldige. Glaubst du, zwei reichen? Oder noch eines in der Mitte? ...

Es soll trashig aussehen. Bisschen wie schlechte Halloween-Dekoration, aber es muss richtig schließen. Ich will meinen Neffen und Nichten den Anblick einer Leiche ersparen. ...

Gut, dann lieber drei. Thanks!«

Dann zeichne ich erstmal an, wo die Löcher gebohrt werden müssen. Jesus Christ, jedes Mal erschrecke ich mich, wenn die Kreissäge losgeht. Gibt's die nicht in Leise?

»Hey you!«

Ich verstehe kein Wort.

»What? Du musst lauter reden!«

Ich verstehe ihn noch immer nicht.

»Let's go outside! Übrigens, das ist Old Owl! ...

Old Owl, das ist Viktor. Ich geh kurz mit ihm raus!«

Besser! Ohne Ohrenschutz unverantwortlich, da drin zu arbeiten.

»Old Owl hatte einen Schlaganfall und seitdem Schwierigkeiten mit der rechten Körperhälfte. Die ganze Feinmotorik ist im Arsch. Deswegen muss man zur Begrüßung die linke Hand geben, aber das kannst du nicht wissen. How are you? ...

Bist du gut nach Hause gekommen? Ich hätte dich gebracht, aber du wolltest nicht und – ...

Sure, deine Sachen sind noch unten. Es ging alles so schnell, ich hab auch nicht daran gedacht. Erst lagst du im Ponyhof am Boden und als ich dich ins Scheißhaus gebracht habe, wolltest du unbedingt gehen. Du hättest ruhig auf dem Sofa schlafen können, no problem. Hätte nicht gedacht, dass du es noch allein nach Hause schaffst. ...

Of course, I'll go with you!«

Viktor

Wir gehen in Richtung Umkleide, das Treppenhaus ist gleich den Gang entlang, in der Nähe der Sargstatt.

»Was machst du da drin?«

»Meinen Sarg bauen.«

»Deinen Sarg?!«

»Sure. Sarg plus Werktstatt: Sargstatt!«

»Aber wozu?«

»Das ist dir sicher zu morbid! Old Owl leitet oben ein Bestattungsunternehmen, in meinem Testament steht, dass, im Falle meines Todes, alles mit dem Unternehmen abgesprochen ist. Und wenn der Sarg fertig ist, werde ich in meinem eigenen Werk zu Grabe gelassen.«

»Aber du stirbst nicht.«

»We are all going to die eventually! In fünfeinhalb Wochen muss er fertig sein, pünktlich zum Todestag am 8. August.«

Das Datum hat die Frau mit den langen grauen Haaren, die lediglich mit einem dunkelvioletten Tuch bekleidet war, vor der Parade auf der Bühne gesprochen und die Hymne angestimmt hat, ebenfalls erwähnt.

»Was passiert am 8. August?«

»The biggest celebration. An dem Tag feiern wir jedes Jahr den Todestag. Du hast Glück, dass du bis zu deinem ersten nicht so lange warten musst. It's magical! Dieses Jahr noch dazu an einem Donnerstag, da hat Re'em ausnahmsweise durchgehend von Donnerstag bis Sonntag geöffnet und – «

Bürger von Re'em

»You are the Dancing Queen. Young and sweet only seventeen. Dancing Queen feel the beat from the tambourine, oh yeah. Dancing Viktor!«

Vor ein paar Stunden warst du nicht so steif!

»Was ist los? Hast du den Text vergessen? Dein Einsatz!«

Siehst mich an wie ein Auto.

»Deine Tanzeinlage war genial! Bis auf den Schluss, aber he, das ist uns allen schon mal passiert. Wie du dann gleich wieder aufgesprungen bist, als wäre nichts gewesen. Grandios! Du musst unbedingt, wie besprochen, zu mir in die Gruppe kommen. Wir starten nächste Woche Freitag. Du hast es nicht etwa vergessen, oder? Ich schreibe nur für dich eine Solonummer ins Musical. Der Wahnsinn! You can dance, you can jive having the time of your life. Ooohh! Ich muss weiter, ihr zwei. Du bist natürlich auch herzlich willkommen, Adam. Aber verwöhn mir meinen zukünftigen Star nicht allzu sehr. Ich brauch diesen naiven, unverbrauchten Spirit. Das macht's so authentisch. ...

Hervorragend! Macht es gut. Dancing Viktor, wir sehen uns spätestens nächste Woche. Adam. Ciao!«

Viktor

Schon ist der verrückte asiatische Kerl im mittleren Alter, dessen Mickey-Maus-Stimme und übertriebene Mimik und Gestik dazu beitragen, dass er wie eine Comicfigur rüberkommt, wieder verschwunden.

»Nein!«, sagt Adam.

»Was, nein?«

»Nein, er hat dich nicht verwechselt! You don't remember, right?«

Das Lied hat ein verdächtiges Gefühl in mir ausgelöst, aber momentan hat das Vergessen noch die Oberhand. Ich bin mir nicht sicher, ob ich will, dass sich das ändert.

»Ich will nach Hause! Schnell!«

»It's alright! Glaub mir, eine Menge Leute haben von dir jetzt ein gutes Bild.«

»Ein gutes?«

»Yes!«

Das letzte Mal, als ich so einen Filmriss hatte, war ich 17. Eines der ersten Male, die ich richtig betrunken war. Ich wollte unbedingt mithalten und habe einen Schnaps nach dem anderen in mich reingekippt. Ich fühlte mich gar nicht so besoffen und auf einmal, zack – Blackout.

»Wie konnte das passieren? Es hatte sicher mit den Tryptizebo zu tun. Es tut mir so leid, dass du mein Erbrochenes – «

»Believe me, in Re'em ist man Asketen gegenüber skeptischer. Jede Form des Rausches ist hier willkommen! Es war dein erster Abend, new life, fresh start. Es gab allen Grund zu feiern! Ich wische gerne dein Erbrochenes weg, wenn dir das hilft, mehr du selbst zu sein.«

»O nein! Es tut mir so leid!«

»Shut up! Believe me, gegen das, was du hier noch erleben und sehen wirst, war deine kleine Gesangs – und Tanzeinlage harmlos!«

Ob wegen Adams Preptalk oder Docs Spezialpille, aber langsam fühle ich mich besser. Ich erinnere mich zwar nicht an das, was passiert ist, aber bislang hat niemand negativ reagiert oder mich deswegen verurteilt. Im Gegenteil: Adam und Herkules haben sogar meinen Mageninhalt weggewischt und keiner von beiden hat es von sich aus erwähnt.

Wir gehen an Hunderten Spinden vorbei, um zu Adams zu gelangen, den ich allein nie wiedergefunden hätte. Der gesamte Kellerbereich sieht aus wie der riesige Spabereich eines noblen Hotels. Heute ist weit weniger los als gestern, als sich alle auf die Parade vorbereitet haben und wie aufgeregte Teenager vorm Schulball durch die Gänge geflitzt sind und sich Schminktipps zugeschrien haben.

»Nächste Woche organisieren wir dir einen eigenen von Madam Strawinsky. Es gibt extra Gästeschränke.«

Ich frage mich, warum er so nett zu mir ist. Adam ist so cool und selbstsicher. Er muss mich für einen totalen Loser halten und trotzdem ist er so freundlich.

Er nimmt mein Zeug aus dem Spind und gibt es mir. Sogar mein frisch gewaschenes Hemd hängt auf einem Kleiderbügel drin.

»Herkules!«, erklärt er, als er es mir in die Hand drückt.

»Dein T-Shirt ist zu Hause in meiner Wäsche, es – «

– ist voll mit Fettflecken von Chips und Pesto, stinkt nach Bier und anderem.

»Don't worry, ich hab genug Kleidung hier. Nimm's einfach nächstes Mal mit. Bleibst du noch? Puppi freut sich bestimmt, dich wiederzusehen.«

»Sie freut sich über jeden, habe ich Recht?«

»Pretty much!«

»Ich möchte wirklich lieber nach Hause. Ich treffe mich morgen mit meiner Freundin und sollte dafür halbwegs fit sein. Ansonsten gehört meine Beziehung vielleicht bald der Vergangenheit an. Wobei, so weit wird es nicht kommen.«

»Okay, Baby wartet.«

»Hat Bitch dir – «

»Yes!«

»Verstehe.«

Ich kann mir gut vorstellen, mit welcher Abneigung sie ihm erzählt hat, dass ich meine Freundin so nenne. Hoffentlich hat sie es Gundel nicht auch unter die Nase gerieben. Apropos Franziska: »Wäre es vielleicht möglich, eine von den Brillen zu kaufen, bevor ich gehe?«

»Sure! Ich zeig dir das Geschäft und helfe dir aussuchen. Modell Good Boy haben sie bestimmt im Sortiment!«

9

Freundin

» – und dann hat Jana gesagt, dass sie das sicher nicht nötig hat. Ich meine, was bildet sich die überhaupt ein? Nur weil sie mal mit ihm zusammen war, heißt das nicht, dass keine andere mehr mit ihm was haben kann. Noch dazu sind sie und Jana gar nicht befreundet, sie kennen sich nur flüchtig. Auf jeden Fall kommt er nächste Woche auch. Dann lernst du ihn kennen. ...

Janas neuen Schwarm? Hallo? Hörst du mir überhaupt zu? Schon vergessen, nächste Woche Samstag ist ihre Geburtstagsfeier! Die ist Pflicht! Deinen Augen geht es ja zum Glück endlich besser.«

Auch wenn er jetzt diese hässliche Brille trägt.

»Gab es eigentlich keine Kontaktlinsen? ...

Warum hast du mich nicht mit zum Optiker genommen? Ich kenne mich schließlich mit Mode aus! Die schwarze Fassung ist so markant und auffällig. Ein Modell ohne Ränder würde dir sicher besser stehen.«

Eindeutig zu geeky! Wir finden noch eine schönere!

»Zumindest können wir uns wiedersehen. Du hast mir so gefehlt, Schatzi! Übrigens haben uns Marion und Simon zu sich zum Essen eingeladen. Du hast am Dienstag nichts vor, oder?«

Volontariatsvorgesetzter

»Grüß Sie Gott, Herr Cerny! Bitte, kommen's nur rein. Nehmen's Platz. Fräulein Stummer? ...

Bringen's mir bitte einen Kaffeetschi. Für Sie auch? ...

Was anderes? Glaserl Wasser? ...

Nein, dann bitte nur einen Kaffeetschi für mich.«

Er ist größer als sein Vater! Aber um einiges schmächtiger, sicher keine Konkurrenz.

»Herr Cerny, Sie wissen, warum ich Ihnen die Volontariatsstelle gegeben habe?«

Weil ich seinem Vater einen Gefallen schulde!

»Weil ich Ihrem Vater einen Gefallen schulde. Schmäh! Spielt Wolfgang noch immer so schlecht Golf? ...

Gott sei Dank! Dann habe ich zumindest auf dem Gebiet nichts zu befürchten. Wissen's, ich schau mir die aufstrebende Konkurrenz gerne an, bevor sie mir Mandanten vor der Nase wegschnappt. Schmäh! Ihr Ruf eilt Ihnen voraus, was mich bei der Herkunft wenig wundert. Zum Glück operiert die Kanzlei Ihres Vaters, in die Sie später einsteigen, in einem komplett anderen Feld, insofern kommen wir uns gegenwärtig nicht in die Quere. Und indem ich Ihnen zeige, was wir hier machen, gehe ich sicher, dass wir das in Zukunft auch nicht werden. ...

Aktuell sind neben mir drei weitere Anwälte in dieser Kanzlei tätig, die werde ich Ihnen auf dem anschließenden Rundgang vorstellen. Die Kanzlei Gutmann genießt einen hervorragenden Ruf, wir sind eine renommierte Kanzlei, in der ausschließlich High Performer arbeiten! Sind Sie ein High Performer, Herr Cerny? ...

Das dachte ich mir! Wir stehen für die individuelle, ganzheitliche Betreuung jedes einzelnen Mandanten, was die optimale Beratung und Vertretung vor Gericht betrifft. Qualität und Diskretion stehen dabei – «

Sehr gut, der Kaffee. Fräulein Stummers Rock ist heute ein bisschen lang. Der blassrosarote, den sie gestern getragen hat, hat mir besser gefallen. Da war der Schlitz an der Seite auch neckischer. Wobei auch in dem – Dieser Hintern –

»Wo waren wir? Ach ja. Wir folgen drei klaren Prinzipien in unserer Kanzlei: dem Transparenz-, Kompetenz- und Konsequenzprinzip.«

Freundin von Freundin

»Ich hab gelesen, dass Flower Crowns im Sommer schon wieder out sind. ...

Ja! Steht in der *Woman*. ...

Ich auch! Wirklich ein Jammer. Vor allem passen Blumen so schön zu deinen roten Haaren. ...

Angeblich kommen jetzt Mermaid Crowns. ...

Krönchen mit Glitzer und Muscheln. Ich hab auf Instagram schon einige Fotos gesehen. Schauen süß aus, wenn man weiß, wie man's kombiniert. Zu gewissen Anlässen kann ich mir das gut vorstellen. Zum Alltagsoutfit ist es natürlich unpassend. Was schade ist, weil Blumenkränze gehen immer, aber das – Muss man schauen, ob das einem überhaupt steht und wie schwer sie sind. ...

Auf *etsy* gibt's welche. Zwischen 30 und 60 €. Am besten, du schaust mal, ob dir die gefallen und welche, dann bestellen wir gemeinsam und sparen Versandkosten. Sag, seit wann trägt Jakob eigentlich eine Brille?«

Er sieht ganz fremd aus, auch ein wenig nerdig.

»Na ge´! So schlimm schaut's jetzt auch nicht aus! ...

Tobey Maguire in Spiderman? Findest? ...

Aber hat er nicht auch Werbung für Prada gemacht? ...

Hör nicht hin, Jakob! Franziska muss sich nur daran gewöhnen. Ich find's nicht so schlecht.«

Es ist schrecklich!

»Simon bräuchte auch eine, aber er trägt Kontaktlinsen. Hase, was für Linsen verwendest du noch mal? ...

Da gibt's eh so viele verschiedene. ...

Wegen einer Entzündung? Ich habe noch nie gehört, dass Brillen gegen Entzündungen helfen. Und wann geht die wieder weg?«

Man sieht gar nichts! Seine Augen sind weder rot noch geschwollen. Ich dachte, diese ganze Augenkrankheitsgeschichte war nur eine Ausrede für Beziehungsprobleme zwischen den beiden. Apropos Beziehungsprobleme. »Du, sag, ganz anderes Thema, aber weißt du was wegen Jana? ...

Nein, hat die Ex zu ihr gesagt, oder was? Und was sagt er dazu? Als Mann sollte er sich so was nicht gefallen lassen. Ich würde mir da schon erwarten, dass er Jana verteidigt und mal gescheit auf den Tisch haut. Das gibt's ja nicht! ...

Aber die hat seit der Trennung mindestens zehn Kilo zugelegt. Sie glaubt doch wohl nicht, dass sie so out of shape bei ihm noch eine Chance hat. Ich meine, Jana hat eine super Figur, kein Vergleich zu ihr.«

Freund von Freundin von Freundin/Freund von Jakob

»Die Flasche haben wir von unserem Trip letzte Woche aus der Toskana mitgebracht. Nach dem Stress in letzter Zeit mussten wir unbedingt ein paar Tage raus. Dir brauch ich ja nichts zu erzählen. Weißt du, wann die Prüfungsergebnisse kommen? ...

Ist ja auch egal. Auf jeden Fall, ich sag dir, der Wein, den die in der Toskana haben, ein Traum. Kein Vergleich zu unserem. Wir haben zwar auch hervorragende Weingebiete in Österreich, aber dieser Chianti – So was findest du bei uns nicht. Können wir später noch einen Schluck trinken. Leider konnten wir im Flugzeug nicht so viele Flaschen mitnehmen. Das ist jetzt aber ein Dessertwein: Vin Santo. Nach dem Essen genau das Richtige. Das Besondere an diesem ist allerdings, dass es kein süßer ist. Viele glauben, dass es den Vin Santo nur süß gibt, aber das ist ein Irrtum. Dieser ist trocken, es gab ihn auch halbtrocken, aber mir hat er trocken besonders gut geschmeckt. Koste mal ...

Mmh. Erinnert mehr an einen Fino Sherry als an einen Dessertwein, findest du nicht auch?«

Jakob

Stunden, bevor der Wecker läutet, liege ich hellwach im Bett und beobachte, wie der Himmel hinter dem Dachfenster langsam heller wird. Die Brille habe ich bereits auf der Nase. Seitdem ich Re'em verlassen habe, bin ich wie mit ihr verwachsen, zumindest in der Gegenwart von Erleuchteten. Gegenwärtig leuchtet Franziska neben mir. Am liebsten hätte ich ein größeres Modell, das mit dem Gesicht abschließt, sodass auch an den Seiten kein Licht hineinscheint und blendet. Wie bei einer Skibrille. Gibt es Erleuchtetenskischutzbrillen? Wahrscheinlich! Wenn es Modelle in Form von Blumen, Kussmündern, Einhörnern, Eulen, Flamingos und sonstigen verrückten Dingen gibt, gibt es sicher auch Funktionsbrillen zum Skifahren und Schwimmen.

Ich dachte, damit wären alle meine Probleme gelöst. Aber ich dachte auch mal, dass ich wirklich als Anwalt arbeiten will. Will ich das nicht mehr?

Es ist die erste Nacht seit Wochen, die Franziska und ich wieder im selben Bett schlafen. Besser gesagt: sie schläft, ich wache – allerdings bereits die zweite Nacht. Schlaf ist mir ohne Tablette nicht vergönnt. Trotzdem sind mir die Nächte lieber als die Tage. Ich bin lieber allein mit meinen Gedanken als in Gedanken unter Menschen.

Ich werde morgen – beziehungsweise in einigen Stunden – in der Kanzlei Bescheid sagen, dass ich übermorgen ein wenig später komme. Ich muss zu Dr. Pille fahren und mir eine Schachtel Tryptizebos holen. Ich habe sie viel zu früh wieder abgesetzt. Er ist sicher schon ab 8 Uhr in der Klinik, dann bin ich um 9, spätestens halb 10 im Büro. Dafür bleibe ich dann länger. Auch auf die Gefahr hin, dass ich meinen Ruf als High Performer zerstöre.

Dr. Pille

»Jakob! Mit uns habe ich heute nicht gerechnet.«

Ich hätte uns schon gestern oder vorgestern erwartet!

»Ich hoffe, ich habe uns nicht zu lange warten lassen. Ich komme eben erst aus einer Besprechung. Bitte, nach uns!«

Täusche ich oder sind unsere Augenringe wieder ausgeprägter?

»Benötigen wir die Krankschreibung? ...

Nicht?«

Wir sind zäher, als ich dachte.

»Nun denn, warum sind wir dann gekommen? ...

Selbstredend Schlafprobleme. Und wir glauben nicht, dass unsere gegenwärtige Lebenssituation Anteil daran hat?«

Wie viel Stück beinhaltet eine große Schachtel? 8, 12 – Ich dachte, ich hätte noch eine. Na bitte: 14 Stück!

»Beantworten wir bitte eine Frage, das muss nicht sofort und nicht unbedingt mir gegenüber sein. Es reicht vollkommen, wenn wir uns selbst die Frage beantworten: Wovor fürchten wir uns? Ganz simpel, mehr nicht. Überlegen wir uns einfach, wovor wir uns fürchten! ...

Ich erkläre uns unterdessen, wofür Re'em steht, ein Thema, über das wir bislang nicht miteinander gesprochen haben. Die Stadt wurde als Rückzugsort gegründet. Der sichere Hafen einer Utopie, in der jeder Mensch selbstbestimmt und frei jeglicher Zwänge nicht nur lebt, sondern sich auslebt. Das setzt eine gewisse Reife und den Willen voraus, sich mit seiner persönlichen Entwicklung auseinanderzusetzen, seine Persönlichkeit zu formen, auszuprobieren und im Endeffekt das Menschliche, Allzumenschliche zu ergründen. In Re'em steht uns frei zu tun, was uns beliebt, solange niemand sonst zu Schaden kommt. Wir dürfen aufhören, uns für andere zu verbiegen und nach moralischen Vorstellungen zu leben, die wir nicht teilen. Stattdessen dürfen wir uns trauen, zu unseren eigenen Prinzipien Stellung zu beziehen.«

Jakob

Dr. Pille greift erneut in die Schublade, aber statt einer weiteren Pillenpackung zieht er eine Waffe hervor und zielt mit ihr auf mein Gesicht. Was bezweckt er damit? Will er mir Angst einjagen? Wenn ja, ist er damit erfolgreich.

»Nehmen Sie bitte das Ding weg!«

Er dreht einen kleinen Hebel an der Seite der Waffe nach unten. Es klickt wie im Film, wenn eine Waffe entsichert wird. Ist sie jetzt wirklich scharf? Wäre ich zum Bundesherr gegangen, würde ich das wissen! Warum habe ich Zivildienst gemacht?

Sein rechter Zeigefinger spannt sich verdächtig um den Abzug, an seinem Blick erkenne ich keine Veränderung. Kein Ausdruck von Gefahr, aber für ihn besteht schließlich auch keine.

»Wovor haben wir Angst?«, fragt er erneut und drückt ab.

Jakobs Traum

Ich laufe durch einen Wald, klettere über Felsen und große Steine. Ich ducke mich, um unter einem großen Ast durchzulaufen, der über dem Weg hängt. Ich passiere ein Pärchen, das ich einst kannte, aber nicht erkenne, und laufe weiter. Der Pfad wird immer verwachsener und unwegsamer und auf einmal stehe ich ganz oben auf einem hohen Turm aus großen Schaumstoffwürfeln. Der Turm wankt bedrohlich und es gibt keine Möglichkeit runterzukommen. Ich habe Angst, dass er jede Sekunde zusammenbricht, um mich herum sind nur weiche Schaumstoffwürfel zu sehen, sonst nichts.

In einem Moment klammere ich mich schwindelig an die ein mal ein Meter große Fläche, im nächsten springe ich runter. Im Fall demontiere ich den Turm und baue aus den Würfeln eine Art Treppe, sodass ich sicher und sanft auf dem Boden lande. Es ist gar nicht so schwer.

Das Pärchen von vorhin taucht wieder auf und beginnt, meine Treppe hochzuklettern und wieder einen Turm daraus zu bauen. Ich warne sie vor der Höhe, aber sie sind komplett furchtlos. Ich wünschte, ich wäre so furchtlos wie sie.

10

Gundel

»Hi! Sitzt du schon lange hier? ...

Hast du was dagegen, wenn ich mich dazusetze? Ich kann mich heute nicht konzentrieren, obwohl ich noch so viel zu erledigen habe, aber – «

Fuck, das nenne ich mal miese Laune!

»Ist alles in Ordnung? ...

Du musst nicht so tun, als wäre alles bestens. Unsere Gesellschaft erwartet immer von Männern, dass sie über allem stehen und keine Gefühle zeigen, aber fuck that!«

Er ist nicht gerade sehr gesprächig.

»Re'em ist hart am Anfang. Alle tun so, als wäre es das Paradies auf Erden, und das ist es natürlich auch. Trotzdem sind die Freiheiten, die mensch hier genießt, verunsichernd. Ich werde nie vergessen, als ich vor Ewigkeiten neu war, hatte ich das Gefühl, zwischen zwei Welten zu stecken. Manchmal habe ich das jetzt noch, wenn ich nach einem Wochenende wieder nach oben gehe. Diese Zerrissenheit zwischen da oben und hier unten. Anfänglich konnte ich mich hier unten gar nicht entfalten. Ich saß still da und habe beobachtet, mich nicht getraut, Raum einzunehmen. Auch weil ich es als Frau nicht gewohnt war, Platz einzufordern. Männer sind da wesentlich aggressiver und proaktiv. Ich habe gewartet, dass mensch mir meinen Platz zuweist. Bis ich eingesehen habe, dass ich ihn mir selbst nehmen muss. ...

Die anderen haben zwei Leben geführt, aber für mich ging das nicht. Ich konnte oben nicht so tun, als würde es das hier unten nicht geben, und ich konnte hier unten nicht so tun, als würde es das oben nicht geben. Es spiegelt sich alles im anderen wider. Wie oben, so unten, verstehst du? Wenn ich mich oben nicht wohlfühle, kann ich mich unten nicht wohlfühlen und umgekehrt. Re'em ist keine Flucht, mensch kann hier nicht aufholen, was mensch woanders versäumt. Du kannst hier nicht frei sein, wenn du es oben nicht bist. Aber wenn du hier unten frei bist, wirst du es auch oben sein. Deswegen versuche ich, hier unten so viel wie möglich zu verbessern und die Leute aufmerksam zu machen. Mir ist zum Beispiel Gleichberechtigung ein wichtiges Anliegen, ich weiß nicht, ob dir das aufgefallen ist. Wenn in Re'em vollkommene Gleichberechtigung im Kleinen herrscht, kann sie auch oben im Großen herrschen. Natürlich sind wir davon noch weit entfernt, auch wenn manche denken, es wäre schon alles erreicht. Aber hier unten ist es definitiv besser als oben. Seit wann kommst du jetzt schon hierher? ...

Zwei Monate ist noch nicht so lange. Hast du dich denn wirklich auf diesen Ort eingelassen? Ich glaube, gerade für jemanden in deiner Position ist das schwer. Du bist es gewohnt, als prominentes Alphamännchen Berühmtheit zu haben, und hier interessiert sich niemand für Status und Ansehen. Wie geht es denn den anderen Neuen? Hast du zu denen Kontakt? ...

Wenn mensch vom Teufel spricht. Das ist Viktor! Viktor ist auch neu!«

Und hat sich beim ersten Besuch gleich bei allen mit seinem männlichen Brunftverhalten beliebt gemacht. Wieder ein Beweis, dass nach wie vor viel zu tun ist.

»Hi! ...

Kennt ihr euch? Das ist Schwarzer Kater! Wir unterhalten uns gerade über die Zerrissenheit, wenn mensch neu in Re'em ist und sich plötzlich zu keiner der beiden Welten mehr dazugehörig fühlt, also weder zu da oben noch zu hier unten. Kennst du das auch? ...

Nein, natürlich nicht, Viktor. Dich lässt all das kalt, schließlich hängt du schon mit deiner Gang ab und fühlst dich wie zu Hause. ...

Es muss wirklich anstrengend sein, ein Mann wie du zu sein und keine Gefühle zu zeigen. Ernsthaft, ihr Männer tut mir leid! Die Erwartungshaltungen, ständig hart zu sein, nicht nur im Schritt, sondern gefühlsmäßig. Immer wissen, was Sache ist, ständig den Überblick bewahren, nur keine Schwäche zeigen. Ist das nicht anstrengend?«

Viktor

»Was willst du denn hören? Dass ich ohne Tabletten nicht mehr schlafen kann und nur noch gereizt bin? Dass ich heute mein Volontariat hingeschmissen habe und damit verbunden große Zukunftschancen, für die ich jahrelang studiert habe? Dass meine Freundin deswegen kurz davor ist, mit mir Schluss zu machen, und wir einen riesigen Streit hatten, bevor ich hergekommen bin? Dass ich meine eigenen Freunde nicht mehr ertrage, weil alles, worüber sie reden, belangloser Scheiß ist, und ich hier keinen Anschluss finden werde, weil mir Kunst scheißegal ist? Ist es das, was du hören willst?«

»Fuck!«

»Ja, fuck! Kannst du laut sagen!«

Wo kommt dieser Ausbruch denn plötzlich her? Schwarzer Kater sieht mich schockiert an. Moment, ist das nicht dieser bekannte Schauspieler? Ehemaliger Tatortkommissar, wenn mich nicht alles täuscht.

Gundel kommt auf mich zu, greift mit beiden Händen nach meiner Rechten und schüttelt sie.

»Fuck, wirklich! Gratuliere! Du bist gerade stark in meinem Ansehen gestiegen!«

Ob das was ist, worauf ich stolz sein kann?

»Viktor, du hast es in der Hand! Du bist kein Spielball oder Zuschauer. Du bist Spieler und als dieser hast du mehr Möglichkeiten, als dir bewusst ist! Du wirst deinen Platz finden! Ihr beide werdet euren Platz finden.«

»Beziehungen zwischen Erleuchteten und Exitus funktionieren sowieso nicht!«, mischt sich Bitch vom ersten Stock aus ein. Ich habe gar nicht mitbekommen, dass sie oben sitzt. Das Scheißhaus besteht zwar aus mehreren Etagen, ist aber offen, sodass jeder alles hören kann, wenn laut genug gesprochen wird. Logisch, dass ausgerechnet Bitch das sagt. Seitdem sie gehört hat, dass ich Franziska Baby nenne, ist sie gegen meine Beziehung, obwohl sie Franziska gar nicht kennt.

»Blödsinn! Das kann mensch nicht so verallgemeinern. Du weißt doch selbst, wie das ist, Bitch. »Liebe ist wie Pinkeln, man versucht's zurückzuhalten, aber es geht nicht«, deine Worte! Seit wann seid ihr denn zusammen?«

»Seit sechs Jahren.«

Schwarzer Kater

Meine erste Ehe hat auch sechs Jahre gehalten. Da war ich noch jung! Und als es aus war, dachte ich auch, dass die Welt untergeht. Ja, ja, die liebe Arbeit. Darüber haben wir auch ständig gestritten. Erst, weil ich zu wenig gearbeitet habe, und dann, weil's zu viel war. Aber das ist kein Grund, eine Beziehung zu beenden! Nur weil ihm eine Stelle keinen Spaß macht? Wenn ihr Prestige und Status so wichtig sind, ist es wahrscheinlich besser, wenn er sie los ist. Warum ist er überhaupt mit ihr zusammen?

Danke Gundel, zwei Dumme, ein Gedanke.

Das ist seine Antwort? Weil sie schon so lange zusammen sind und sie seine Familie ist? Dagegen ist nichts einzuwenden, wenn man in meinem Alter ist, zwei Kinder hat und seit Jahrzehnten verheiratet ist. In seinem Alter sollte man scharf aufeinander sein. Das Feuer muss brennen, und zwar anständig! Familie klingt, als hätte er sie sich gar nicht ausgesucht. Wahrscheinlich fehlt ihm der Rückhalt seiner Blutsverwandten. So wie in dem einen Film, in dem ich vor ein paar Jahren gespielt habe. War das in *Schwarzer Kater*? Nein, das war in dem danach. Wie hieß der noch mal? *Die Familienfalle*? Nein! *Vaterfalle*? *Kinderfalle*? Kam das Wort »Falle« überhaupt vor? Warum wollen die jungen Menschen heutzutage gleich für immer zusammenbleiben, heiraten und so? Wir hatten damals keine Wahl, wenn wir von zu Hause ausziehen wollten, aber die Jungen haben so viele Möglichkeit und trotzdem machen sie den Schwachsinn ihrer Eltern und Großeltern nach. Was? Sie war 16, als sie zusammengekommen sind? Um Himmelswillen! Die soll sich erstmal austoben. Das steckt dahinter, nicht, dass ihm der Job keinen Spaß macht. Warum führt man so jung eine so konservative Beziehungen, in der alles schon durchgeplant ist? Schrecklich!

NO-BODY

Mein Selbsterhaltungstrieb sagte mir, ich würde wahnsinnig werden vor Entsetzen und Furcht, wenn ich das Gesicht des Phantoms sehen könnte, – warnte mich davor, schrie es mir in die Ohren – und doch zog es mich wie ein Magnet, daß ich den Blick von dem fahlen Nebelballen nicht wenden konnte und darin forschte nach Augen, Nase und Mund.

»Mhh.«

Wenigstens entschuldigt sich mal jemand für die Störung, sehr höflich. Er kommt mir bekannt vor. Ich habe ihn in der Vergangenheit gesehen.

»Kann ich dir helfen, Bruder?«

Viktor, so, so. Von ihm habe ich gehört.

»Öhcho öhcho. Mein Name ist no-body. Ich bin die Hüterin der Bücher. Niemand hat es so nötig, gehütet zu werden, wie sie! ...

Nein, darfst dich nicht! Wer käme denn auf die Idee, diesen Ort seinem Zweck entsprechend zu gebrauchen? Öhcho öhcho. ...

Danke, Bruder, es geht schon. Mit zunehmenden Alter häufen sich die Unannehmlichkeiten, denen man am besten keine Aufmerksamkeit schenkt. Öhcho öhcho. Öhcho öhcho.«

Seine respektvolle Art ist ganz nach meinem Geschmack, Ironie ist ihm aber offenbar fremd.

»Es handelt sich hier um eine Bibliothek, die erst zu einer wird, wenn man die ihr enthaltenen Bücher gelegentlich aus dem Regal nimmt, darin blättert und gegebenenfalls ein Buch von Interesse auswählt, mitnimmt und liest. ...

Solange du nach Erlaubnis fragst, riskierst du, eine negative Antwort zu erhalten. Von mir wirst du diese aus Prinzip bekommen! Bis du aufhörst zu fragen und einfach tust. Du darfst das Wort ‚dürfen' aus deinem Wortschatz streichen! Öhcho öhcho. Sieh es als ein persönliches Geschenk von mir an.«

Und trotzdem zögert er. War er nicht letzte Woche mit Bitch hier? Genau! Die zwei, die mich beim Lesen von *3 a.m.* gestört haben!

»Du bist neu, nicht wahr? ...

Wer hat dir die Einladung für Re'em gegeben, Bruder?«

Doc, natürlich.

»Verwendet er noch immer die Schocktherapie? Er zielt mit einer echt aussehenden Pistole auf einen, fragt, wovor man sich fürchtet, drückt ab und Seifenblasen schießen heraus? Öhcho öhcho. Eine unangenehm – perfide Methode. Möglicherweise wirkungsvoll, aber perfide. ...

Tatsächlich? Dann weißt du also, wovon ich spreche.«

Er wirkt nachdenklich, geradezu bedrückt. Er ist nicht hier, um zu lesen, er ist hier, um zu denken!

»Öhcho öhcho. Es kommen nicht oft Leute und wenn, bleiben sie nicht lange. Du bist ein willkommenes Kuriosum!«

Ein Grinsen! »Ich auch nicht. Vielleicht liegt es an der Auswahl. Eine Bestsellerabteilung fehlt, Neuerscheinungen sucht man vergeblich. Dafür findet man die Antwort auf so ziemlich jede Frage. Fraglich nur, ob man die kennen will. Aber das erfährt man erst hinterher und dann ist es zu spät. Öhcho öhcho. Du siehst aus, als quälten dich Fragen, Bruder. ...

Möglicherweise helfen dir Regeln, um dich zu orientieren. In verzwickten Situationen schaffen Ge- und Verbote Abhilfe. Wenn du keine eigenen hast, borge dir vorübergehend woanders welche aus. ...

Nein, keineswegs. Sie sollen das Leben vereinfachen, nicht unnötig verkomplizieren. Ich selbst bezeichne mich als glaubenselastisch. Öhcho öhcho. Ich bin bereit, jeden möglichen und unmöglichen Glauben für eine gewisse Dauer anzunehmen – solange er mir nützlich ist. Nicht zwangsläufig im religiösen Sinne, aber auch. Wie du an meinem Aussehen erkennst, hat die katholische Kirche mit Menschen wie mir so ihre Probleme. Was nicht heißt, dass mir ihr Glauben nicht dienlich sein kann. Bislang war es nicht der Fall, aber wer weiß, was die Zukunft bringt. Die zehn Gebote sind die bekanntesten Regeln, aber nicht zwangsläufig die passendsten. Sagt dir die Kristiania-Bohême etwas? ...

Hans Jæger, norwegischer Literat und Anarchist, bekannt aus dem Umfeld von Edvard Munch. Er hat ganz hervorragende Gebote aufgestellt. Neun an der Zahl. Moment, ich suche sie. Möglicherweise sind sie für dich nützlich. Es sei denn, du bist in Schwierigkeiten, Bruder. Dann würden sich die Gebote der Cosa Nostra besser eignen. ...

Das dachte ich mir!«

neun Gebote der Kristiania-Bohême nach Hans Jæger

1. *Du sollst dein eigenes Leben schreiben.*
2. *Du sollst deine Familienwurzeln durchtrennen.*
3. *Man kann seine Eltern nicht schlecht genug behandeln.*
4. *Du sollst deinen Nächsten nicht für weniger als fünf Kronen schlagen.*
5. *Du sollst alle Bauern wie Bjørnstjerne Bjørnson, Kristofer Kristofersen und Kolbenstvedt hassen und verachten.*
6. *Du sollst nie Zelluloidmanschetten tragen.*
7. *Vergiss nie, im Theater Skandal zu machen.*
8. *Du sollst nie bereuen.*
9. *Du sollst dir dein Leben nehmen.*

11

Freundin

Ausgerechnet heute! Wir haben sonst nie Stress. Ich kenne kein Pärchen, das so eine harmonische Beziehung führt wie wir zwei. Außer in letzter Zeit. Wir klären das sicher schnell. Ich muss mich noch für die Party herrichten und Janas Geschenk einpacken. Unser gestriges Gespräch war bestimmt nur ein Missverständnis, er kann sein Volontariat unmöglich nach einer Woche abbrechen und diese Riesenchance wegschmeißen! Wir haben das Thema doch besprochen! Außerdem hat er sich extra letzte Woche mit seinem Chef getroffen, um alles zu besprechen, warum sollte er das jetzt aufgeben? Das macht keinen Sinn! Seitdem wir zusammen sind, hat er immer gearbeitet oder gelernt. Was will er denn sonst den ganzen Sommer über machen? Faulenzen? Das passt nicht zu ihm! Das mit den Augen hat sich auch erledigt, hat er selbst gesagt. Er braucht diese komische Brille, aber die hält ihn wohl kaum vom Arbeiten ab. Oder schämt er sich so sehr? Und was hat er da von Burnout gefaselt? Komplett übertrieben! Mag sein, dass es anstrengend ist, aber Anwalt werden war immer sein Traum. Seit der Prüfung hat er eineinhalb Wochen absolut nichts gemacht, außer zu Hause zu sitzen. Davon bekommt man maximal Langeweile-Burnout. Wenn er kommt, bittet er mich um Verzeihung, ich zier mich ein wenig, damit er nicht glaubt, ich entschuldige alles sofort, und dann hat sich die Sache erledigt. Hoffentlich trägt er das violette Hemd, das wir zusammen ausgesucht haben, das steht ihm so gut. Schließlich soll mein Freund auf der Party der best-
Ding dong.

Na bitte! Jetzt klären wir das schnell, vertragen uns und dann kann er das Geschenk einwickeln, während ich mich schminke.

»Hallo!«

Bloß nicht zu herzlich begrüßen, immerhin erwarte ich eine Erklärung! Warum hat er denn das Hemd nicht angezogen? So will er mit zur Party? Ich hoffe, er zieht sich noch mal um. Na toll, dann müssen wir bei ihm zu Hause vorbei, bevor wir zur Party fahren. Das ist total unpraktisch! Wird wirklich Zeit, dass wir zusammenziehen, damit dieses Hin- und Herfahren endlich ein Ende hat.

»Bist du mit dem Auto da?«

Wenigstens etwas, dann geht's schneller.

»Schieß los!«

Was sagt er gerade? Er meint doch nicht? Er sagt doch nicht? Also – Glaubt er ernsthaft, ich – Macht er gerade? Nein, oder?

»Was soll das heißen?«

Passiert das gerade wirklich? Heute? Jetzt? Vor Janas Party? Was soll ich denn den anderen bitte erzählen? »Du willst allen Ernstes mit mir Schluss machen?«

Vor der Geburtstagsparty meiner besten Freundin! Wo alle unsere Freunde sind!

»Das ist nicht dein Ernst! Sag mal, spinnst du komplett? Du kannst nicht mit mir Schluss machen! Ich mach mit dir Schluss!«

So schaut's nämlich aus! Ich bin sicher nicht die, die sitzen gelassen wird!

»Das wollte ich sowieso machen! Schon längst!«

Ich hätte es schon längst tun sollen! Jana mochte ihn von Anfang an nicht richtig! Ich habe eindeutig Besseres verdient!

»Glaubst du, ich habe Lust, mit so einem Loser zusammen zu sein, der nichts mehr auf die Reihe kriegt – nicht mal so ein lächerliches Volontariat? Wirklich nicht! Deine Sachen kannst du dir ein andermal abholen, ich muss mich jetzt fertigmachen! Und glaub bloß nicht, du kannst da heute Abend auftauchen! Leb wohl!«

Arschloch!

Viktor

Gibt es ein universelles Trennungsgefühl? Wie soll man sich in so einer Situation fühlen? Traurig? Enttäuscht? Erleichtert? Froh? Ich fühle nichts von alledem. Ich fühle nichts! Ist dieses Nichts typisch für eine Trennung? Es ist meine erste Trennung, abgesehen von Annabell, als ich 12, Esther, als ich 15, und Kathi, als ich 18 war. Nina zählt nicht, das war nie offiziell und nur wenige Tage. Aber die haben alle mit mir

Schluss gemacht, wenn man nach so kurzer Zeit und in so jungem Alter überhaupt von Schlussmachen reden kann. Annabell ist mit ihren Eltern in eine andere Stadt gezogen, Esther hat sich einfach nicht mehr gemeldet und Kathi – Das waren drei Monate, kein Vergleich zu sechs Jahren. Franziska war meine erste richtige Beziehung. Jetzt ist es aus und ich fühle nichts. Oder fühle ich so viel auf einmal und so viel Widersprüchliches, dass es sich wieder aufhebt?

Meinte das Hans Jæger damit, als er davon sprach, sein eigenes Leben zu schreiben?

Ich fahre von Franziska zu mir nach Hause, um das Auto abzustellen, und gehe die zwanzig Minuten zu Fuß nach Re'em. Das Scheißhaus ist meine erste Anlaufstelle. Bis ich – wie Gundel es nennt – meinen Platz in Re'em gefunden habe, suche ich die anderen an ihrem Platz auf. Puppi begrüßt mich wie immer überschwänglich. Solange sie keinen Eimer in der Nähe hat, ist die Freude auch ganz meinerseits. Ihre kindliche, positive Art macht es nicht nur leicht, sie zu mögen, sie macht es vielmehr unmöglich, sie nicht zu mögen. Ich höre Adam im vierten Stock hämmern. Sein Arbeitsplatz ist weiter oben, weil seine Arbeiten den meisten Lärm verursachen. Bitch vermute ich beim Yoga, Herkules im Fitnessstudio. Wo Gundel ist, weiß ich nicht. Twinkle sitzt nur mit einer Jeansshort bekleidet auf dem Sofa und liest ein Klatschmagazin. Er ist so ein Klischee!

»Enchanté, schöner Mann! Wie wäre es heute mit uns zwei Hübschen?«

»Sieht man mir an, dass ich wieder zu haben bin? Ich bin aber kein Mann für eine Nacht!«

Meine Aussage irritiert ihn und er bleibt mit offenem Mund ein paar Sekunden zu lange eine Antwort schuldig, um schlagfertig zu sein.

Puppi zeigt mir ihr neuestes Bild, beeindruckend, was sie mit einem Pinsel im Mund für Kunstwerke erschafft. Es ist mir um einiges lieber, sie verwendet diese Technik, anstatt mit stinkendem Zeug zu hantieren und das ganze Scheißhaus zu verpesten. Je länger ich mich hier aufhalte, desto bewusster wird mir, was heute geschehen ist. Ab heute bin ich wieder Single. Ohne Job, ohne Freundin, ohne Plan.

Puppi malt weiter und ich gehe hoch zu Adam. Ich muss mit jemandem reden und ihm vertraue ich von allen Exitus am meisten. Aus dem Baumstamm, den er gerade mit Hammer und Meißel bearbeitet, formt er einen menschlichen Körper. Zwei hat er bereits fertig, sie sind grob und ungeschliffen. Obwohl kein echter Körper so harte Kanten hat, kommt er dem, was einen Menschen ausmacht, sehr nahe. Als er sieht, wie ich das Stockwerk betrete, unterbricht er seine Arbeit.

»Bist du mit dem Sarg schon fertig?«, frage ich.

»Hallo, Good Boy! Der Lack trocknet momentan!«

Ohne gefragt zu werden, erzähle ich von der Trennung. Immerhin sind er und Bitch schon so lange ein Paar, dass er wissen muss, wie schwer es ist, eine Beziehung zu beenden.

»Ich dachte, es wäre mir relativ egal, aber wenn ich so darüber spreche – Es ist doch eine große Sache.« Die gedrückte Stimmung wird mir erst jetzt bewusst. »Ich schätze, ich könnte etwas Aufmunterung gebrauchen«, schließe ich meine Ausführungen. »Vielleicht frage ich wieder nach einer Spezialpille.« Letzte Woche hat sie hervorragend gegen den Kater geholfen und gegenwärtig fühle ich mich ebenfalls verkatert: Beziehungsverkatert.

»Hast du schon mal Spezialpillen genommen?«, fragt Adam.

»Letzte Woche! Herrlich!«

Er wischt sich den Schweiß von der Stirn. In seiner Jeans-Latzhose, deren Vorderteil lässig nach unten hängt, dem karierten Hemd, den Tattoos und mit dem stoppeligen Bart sieht er aus wie ein Paradehipster, aber da er bis eben auf Holz eingeschlagen hat, ist das Holzfälleroutfit gerechtfertigt. »Ich hab welche da, wenn du magst.«

»Gerne!«

Er geht zum Tisch, der als Ablagefläche dient, zieht aus dem kleinen Schubladenschrank darunter eine kleinen Pillendose und gibt sie mir. Die Tabletten sind klein und grün, offenbar beinhalten sie mehr Kräuter als die von Doc letzte Woche. Reicht eine? Wenn nicht, gibt mir Adam später sicher noch eine, wenn ich frage.

»Well then!« Adam braucht offenbar auch Aufmunterung, obwohl ich nicht den Eindruck habe, dass es ihm schlecht geht. Er nimmt eine Tablette zwischen Daumen und Zeigefinger und prostet mir damit zu, als handelte es sich um Schnaps. Dann nimmt er das Wasserglas vom Tisch, spült die Tablette mit einem Schluck Wasser runter, gibt es mir und ich nehme sie ebenfalls.

»Let's go!«

»Willst du nicht weiterarbeiten?«

»Not anymore!«

»Tut mir leid, ich wollte nicht stören!«

»It's alright! Party ist mir lieber.«

Wir gehen die Stufen nach unten.

»Habt ihr Lust abzushaken?«, fragt Adam Twinkle und Puppi. Erster schließt sich uns an. Wir gehen gemeinsam in den Ponyhof und wählen diesmal den Floor, auf dem elektronische Musik gespielt wird. Das entspricht schon eher meinem Geschmack – oder ist zumindest die Art Musik, die ich vom Fortgehen gewohnt bin. »Meine Musik« ist am ehesten Stille, denn ich schalte nur selten Musik an.

Der Beat schlägt im selben Takt wie mein Herz. Oder passt sich mein Herzschlag dem Beat an? Mein Körper schwingt im Einklang zur Musik und angenehme Wärme strahlt von mir in den Raum aus und umgekehrt. Ich verschmelze mit dem Rhythmus und den Menschen in der Umgebung. Wir werden zu einer homogenen Masse! An den Wänden leuchten fluoreszierende Lichter, so wie letzte Woche und gestern auf der Parade. Jetzt begreife ich: das ist die selbstbestimmte Art der Exitus, sich das Licht zu nehmen, das die Erleuchteten unwissend mit sich herumtragen! Re'em ist ohne Zweifel der fabelhafteste Ort, an dem ich je war.

Ich verstehe!

Wir tanzen und tanzen. Vergangenheit und Zukunft vereinigen sich zu einem Punkt der Gegenwart. Adam und ich kommunizieren nur über Blicke, ein Band befindet sich zwischen uns, das ich regelrecht körperlich spüren kann. Wenn ich die Augen schließe, kann ich es sogar sehen!

Ich weiß nicht, wann Twinkle gegangen ist. Es ist nicht so, dass Adam und ich allein auf der Tanzfläche wären, immerhin ist es Samstagnacht, aber die Verbindung zwischen uns lässt mich keine anderen mehr wahrnehmen.

Wir fallen auf ein Sofa. Adam holt eine große Wasserflasche. Erst als das kühle Nass meine Kehle hinunterfließt, wird mir bewusst, wie durstig ich bin. Welch schönes Gefühl kaltes Wasser ist.

»Du bist ein Genie!«, schreie ich gegen die Musik an. »Ganz im Ernst!«

Ich bewundere Adam für sein Talent, für seine Art, Fels in der Brandung zu sein, den, zufrieden und selbstsicher, wahrscheinlich nichts aus der Ruhe bringt. Wir verlassen den Floor, um in Ruhe zu reden. Die Halle ist zwar voll mit Menschen, aber trotzdem ruhig genug, um sich zu unterhalten. Wir finden eine Couch am Rande des Podests, die so weich ist, dass wir zur Hälfte einsinken, als wir uns setzen. Als wollte sie uns verschlingen und nie wieder freigeben.

»Wow! Ich fühle mich so lebendig! Anders kann ich es gar nicht beschreiben. Ich hätte nie gedacht, dass es mir heute noch so gut gehen würde! Ich kann mich nicht erinnern, wann ich mich das letzte Mal so wohlgefühlt habe. Das ist mein Happy Place, genau jetzt, hier! Ich weiß, für dich ist es das Museum, aber das ist mir einfach zu makaber. Im ersten Moment dachte ich, dass es die Bibliothek ist, aber da ist immer no-body und ich weiß nicht so recht, was ich von ihr halten soll. Wir haben uns gestern ganz gut unterhalten, aber – «

»no-body talked to you?«

»Ja?«

»Normalerweise redet sie mit niemandem! She likes you!«

»Das Gefühl hatte ich nicht, aber die Bibliothek ist einfach wunderschön. Dort fühle ich mich zwar wohl und – Mir fallen gerade so viele Sachen auf einmal ein. Auch Träume, die ich in letzter Zeit hatte. Letzte Woche habe ich zum Beispiel geträumt, dass ich Bitch vor einem Sonnenaufgang mit einem anderen Mann schmusen gesehen habe. Ich weiß, dass das nicht real war, warum sollte ich Bitch vor einem Sonnenaufgang und – sie würde dich sicher nie betrügen.«

»What? Was lässt dich glauben, dass Bitch und ich zusammen sind?«

»Seid ihr nicht? Sie hat dich als wichtigste Person in ihrem Leben vorgestellt! Du nennst sie ‚my dear', ihr begrüßt euch mit Kuss auf den Mund, ihr seid euch körperlich nahe und – «

»Bitch ist definitiv die wichtigste Frau in meinem Leben, aber wir sind kein Paar.«

»Warum nicht? Wenn sie die wichtigste Frau für dich ist, was spricht dann dagegen? Ich bin mir sicher, für sie – «

»Ich bin schwul!«

»Was? Nein!«

»Yes!«

»Du kannst unmöglich schwul sein!«

»Why not?«

»Nein! Ausgeschlossen!«

»Why?«

»Du bist viel zu männlich! Also nicht, dass ich Vorurteile gegenüber Homosexuellen habe, aber – ... Wobei, wenn ich darüber nachdenke. Vielleicht habe ich Vorurteile. Also nicht, dass ich das will oder stolz darauf bin, aber ich dachte einfach immer, dass man es Leuten anmerkt, wenn sie schwul sind. So wie Twinkle! Und bei dir merkt man es einfach überhaupt nicht! Ich meine das nicht böse, es ist nur – «

Die Ehrlichkeit fließt ungefiltert aus mir raus.

»It's alright! Mir ist lieber, jemand steht zur Abwechslung mal offen zu seinen Vorurteilen, als die Leute, die so verständnisvoll und liberal tun und in Wirklichkeit stockkonservativ sind.«

»Moment, heißt das, das war gar kein Traum? Aber wie konnte ich den Sonnenaufgang – «

»Das zeig ich dir später! Der wird jeden Morgen auf der Bühne gezeigt. Die Urzeit stimmt zwar nicht mit der Uhrzeit überein, aber man kann sich ansehen, wie die Sonne aufgeht.«

Ich freue mich jetzt schon darauf, das zu sehen. Momentan fühlt sich alles, was ich wahrnehme, so intensiv und einzigartig an. Selbst dunkle Farben leuchten kräftig. Ich spüre zum ersten Mal ganz bewusst den Stoff meiner Hose, der im Vergleich zum T-Shirt rau und hart ist. Das Gefühl meiner eigenen Haut! Beim Berühren meines linken Handrückens kribbelt es in den Fingerspitzen der rechten Hand, wie Brausepulver, das ich als Kind gerne gegessen habe – allerdings nicht im Mund, sondern auf der Haut! Ich taste wie ein Blinder über mein Gesicht, als könnte der Tastsinn endlich sehen! So fühlen sich meine Nase, meine Lippen und die kleinen feinen Härchen der Augenbrauen an!

»Wow! Es ist alles so intensiv und schön!«

Um herauszufinden, wie sich die Haut eines anderen Menschen anfühlt, taste ich nach Adams Hand. Das Wasser in meinem Körper beginnt zu sprudeln. Wir verschmelzen miteinander, »sensationell« ist das einzige Wort, das in der Lage ist zu beschreiben, was ich fühle. Es spielt keine Rolle, dass er ein Mann ist, oder dass ich vor einer scheinbaren Ewigkeit erfahren habe, dass er auf Männer steht, wir begegnen einander auf menschlicher Ebene, alles andere ist unbedeutend.

»Warum Adam?«, frage ich. Er versteht nicht. »Warum hast du dir Adam als Namen ausgesucht?«

»Als ich klein war, war ich in Prince Adam verliebt.«

»Masters of the Universe oder *Die kleine Meerjungfrau?«*

»*Masters,* natürlich! In *Ariel* heißt der Prinz auch Adam?«

»Ja!«

»Wobei ich den auch nicht schlecht aussehend in Erinnerung habe. Why Viktor?«

»Ist mein zweiter Vorname! Mein Opa hat mich immer so genannt, als ich klein war. Er ist gestorben, als ich 13 war. Das war total schlimm für mich. Irgendwie fehlt er mir noch immer. Gerade, wenn irgendwas Wichtiges passiert, wünsche ich mir, dass er noch lebt. Aber auch im Alltag, er hatte so gute Ratschläge, aber war nie belehrend. Er war ein totaler Schelm. Als er gestorben ist, ist in gewisser Weise der Humor mit ihm gestorben. Macht das Sinn? Ich hab da noch nie drüber nachgedacht, aber jetzt, wo ich es sage – Es stimmt wirklich! Danach gab's kaum noch was zu lachen. Vielleicht auch ganz normal in der Pubertät. Interessant, weil mein Vater gar nicht so ist wie sein Vater. Er ist eher streng und steif und mein Opa hat ihn manchmal aufgezogen und gesagt, er soll das Leben nicht so ernst nehmen. Ich habe nie verstanden, wie mein Vater so werden konnte, wie er ist, mit so einem Vater. Vielleicht war meine Oma auch so, aber die habe ich nie kennengelernt. Schade eigentlich, ich habe mir immer eine Oma gewünscht. Die Mutter meiner Mutter lebt zwar noch, aber in Leipzig, und demnach ist das Verhältnis nicht sonderlich eng. Ich habe sie früher einmal im Jahr gesehen und fertig. Jetzt schon länger nicht mehr. Eigentlich nicht mehr, seitdem meine Mutter mit ihrem Freund nach Graz gezogen ist. Wie lange ist das her? Acht, neun Jahre? Circa. Arg. Tut mir leid, dass ich dich so zutexte, normalerweise breite ich nicht sofort mein ganzes Privatleben aus. Ich glaube, das mit meinem Opa habe ich außer Franziska noch niemandem erzählt.«

»That's alright! Ich hör dir gern zu!«

Wir blicken einander tief in die Augen, ich habe das Gefühl, tiefer als jemals zuvor zu schauen.

»Come on! I'll show you something!«

Ich folge Adam in die Kantine. »Ich habe absolut keinen Hunger!«

»I know!«

Der Gedanke an Essen ist mir so fern, dass ich bezweifle, jemals wieder einen Bissen runterzukriegen. Was wollen wir hier? Und warum hat man dieses Food-Eldorado ausgerechnet Kantine genannt? Mit dem Wort assoziiere ich eine heruntergekommene Mensa mit ekelhaftem Essen und billiger Plastikeinrichtung, nicht so was. Hier ist jede bekannte kulinarische Küche vertreten. Mediterran, Orientalisch, Asiatisch, Österreichisch, alles da. Fast Food gibt's auch, in dem Bereich sitzen gerade zahlreiche Betrunkene und gönnen sich einen Mitternachtssnack. Ist es überhaupt Mitternacht? Ich habe keine Ahnung, wie spät es ist.

Adam geht zielgerichtet in den asiatischen Teil, wo er das Licht in den ovalen, roten Papier-Lampions einschaltet.

»Muschebubu!«, sage ich unwillkürlich.

»What?«

»So sagen die Deutschen zu romantischer Lichtstimmung. Zumindest sagt meine Mutter das immer.«

An der Selbstbedienungstheke sind die übrig gebliebenen Speisen zugedeckt. In der Mikrowelle daneben könnte man sie aufwärmen. Die Theke ist gleichzeitig ein Schrank, Adam öffnet eine Tür und nimmt eine große Schüssel raus. Was hat er vor? Er löffelt kalten Reis aus dem Reiskocher in die Schüssel. Will er das alles essen? Er füllt die Schüssel komplett voll und setzt sich anschließend mit ihr auf den Boden.

»Sit down! Das ist das beste Gefühl, ever!«, sagt er, steckt seine Hand in den Reis und stöhnt leise auf.

Ich setze mich im Schneidersitz gegenüber, sodass die Schüssel zwischen uns steht und fahre ebenfalls langsam in den kalten, gekochten Reis.

Oh! Mein! Gott!

»Warum hat mir bisher nie jemand gesagt, welch herrliches Gefühl das ist? Das muss man in der Schule lehren! Wobei, Kinder wissen das mit Sicherheit, die spielen andauernd mit Essen. Dann eben auf der Uni! Man muss das jedem Studenten beibringen und Managern und – Das fühlt sich besser an als Sex! Die Welt wäre ein friedlicherer Ort, wenn alle regelmäßig kalten gekochten Reis anfassen würden! Ahhh. Danke!«

Ich hätte gerne eine größere Schüssel, ach was, eine ganze Badewanne voll! Wir fühlen die herrlich körnige Konsistenz zwischen den Fingern unserer Hände, die sich immer wieder zufällig berühren. Dann absichtlich. Sie finden den Weg zueinander, suchen die Nähe des anderen.

Der erste Kuss ist eine logische Konsequenz des Moments! Die körperliche Energie ist nur eine Fortsetzung der geistigen Verbindung! Seine Bartstoppeln kratzen auf meinen Wangen, was ich aber nicht als unangenehm empfinde. Er küsst bestimmt und bestimmend! Küsse ich da gerade einen Mann? Und gefällt es mir auch noch? Ich küsse einen Menschen, nicht irgendeinen: Adam! Er riecht unglaublich gut. Der Duft, den er verwendet, hat eine hölzerne Note und unterstreicht seinen Eigengeruch, nicht der klassisch billige Men-Duft.

Die Schüssel fällt um und wir legen uns lachend auf den Teppichboden. Ich will ihm so nahe wie möglich sein. Am liebsten würde ich seinen Körper aufschlitzen und in ihn reinkriechen! Sein Oberkörper ist muskulös und stark behaart. Ich hätte nie gedacht, dass es sich so gut anfühlt, durch Brusthaare zu streichen. Wir genießen den Augenblick, erforschen die Haut des anderen und –

Adam brüllt auf und ich spüre einen Schmerz in den Beinen. »Au!«

Ein besoffener Vollidiot hat uns übersehen und ist über uns gestolpert. Er rappelt sich wieder auf und wankt weiter. Ich bin mir sicher, dass er sich wehgetan hat, es nur gegenwärtig nicht merkt. Betrunkene sind unkaputtbar!

»Hast du dir wehgetan?«

»Er hat mir wehgetan!«

Adam reibt sich am Kopf. Es sind die ersten Worte, die wir wechseln, seitdem wir angefangen haben, uns zu küssen. Reden macht es realer. Haben wir wirklich? Es macht mich traurig, dass er Schmerzen hat. Generell fühle ich mich gerade etwas betrübt. Das Licht verändert sich, es wird langsam hell. Ist die Nacht etwa schon vorüber? Ich will nicht, dass es vorbei ist! Es soll für immer so bleiben! Ich habe nie zuvor so etwas Echtes, Berührendes erlebt und war so vollkommen glücklich wie in dieser Nacht! Ich gähne.

»Willst du schlafen gehen?«

Ich verneine. »Ich will nicht, dass es vorbei ist.«

»I know!«

Er steht auf, zupft sich seine Kleidung zurecht, schließt einen Knopf seines Hemdes, reicht mir seine vom Reis klebrige Hand und hilft mir auf. Die Intimität des Augenblicks ist fort. Leider!

»I'll show you the sunrise!«

Ich brumme widerwillig. Nicht, weil ich den Sonnenaufgang nicht sehen will, sondern, weil dieses runde Ding die Nacht zerstört, selbst so tief unter der Erde! Wir waschen unsere Hände, saugen den Reis vom Teppich und machen einen kleinen Umweg auf den Weg zur Bühne, um zwei Flaschen Sportgetränk – »für die Elektrolyte« – , Bananen und

Schokolade – »fürs Serotonin« – zu holen. Ich habe noch immer keinen Appetit, aber langsam schleicht sich Hunger in die Magengegend.

Die Leinwand auf der Bühne ist riesig! Man sieht die Dächer des ersten Bezirks und bereits einen Teil der Sonne. Davor liegen ungefähr hundert Personen auf Matratzen. Sie haben sich mit unzähligen Decken und Kissen ein kuscheliges Nest gebaut und sofort rücken ein paar enger zusammen, damit Adam und ich am Rand noch Platz haben um uns hinzulegen.

»Is everything alright?«

Ich nicke und lehne meinen Kopf an seinen Oberkörper. Die uneingeschränkte Ehrlichkeit ist verflogen, ich bin zutiefst traurig. Mein Körper fordert Schlaf, mein Geist wehrt sich dagegen. Schlaf reißt uns entzwei. Es gibt keinen Ort, an dem wir so allein sind, wie in unseren Träumen, außer vielleicht im Tod, aber ist der Tod nicht auch eine Art Traum? Wer kann schon sagen, ob es danach ein Erwachen gibt?

12

Doc

»So, Herta, heute gewinnst du das Rennen, hörst du? Ich habe dir extra schöne Eruca Sativa zum Dinieren gegeben und wir haben so viel trainiert. Wenn wieder der alte Kundalini gewinnt, muss ich unsere Zusammenarbeit wohl oder übel überdenken, wiewohl sie in den letzten Jahren durchaus als erfolgreich bezeichnet werden kann.«

Schau an, der junge Herr, na, hoffentlich verängstigt er mir meine Herta nicht.

»Wohin des Weges, junger Mann?«

Wir haben offenbar eine ausschweifende Nacht hinter uns!

»Darf ich vorstellen? Herta! Es handelt sich um eine Cornu Aspersum, allgemein als Gefleckte Weinbergschnecke bekannt. Bitte kommen wir ihr nicht zu nahe, die Athletin hat ein wichtiges Rennen vor sich. Die weibliche Bezeichnung täuscht natürlich darüber hinweg, dass es sich bei der Gattung selbstredend um Zwitterwesen handelt, sie also abseits von gängigen Kategorien wie »männlich« und »weiblich« operieren. Wie sonderbar, dass wir bei Schnecken keinerlei Probleme darin sehen, bei der menschlichen Spezies hingegen schon. Finden wir nicht auch?«

Wie meinen wir das? Mir dünkt, wir sind heute etwas konfus.

»Junger Mann, leiden wir unter einer Alkoholintoxikation? Ich hätte eine Spezialpille, die –

Wie meinen wir? ...

Von mir? Wir haben einander gestern nicht gesehen. Vorgestern auch nicht, soweit ich mich entsinne. ...

Ausgeschlossen! Außerdem bitte ich zu bedenken, dass die von uns beschriebenen Nebenwirkungen mit dem von mir verabreichten Präparat ausgeschlossen sind. ...

Selbstredend, immerhin handelte es sich um ein Leer-Medikament. ...

Ich wiederhole: Leer-Medikament, Placebo, offiziell wirkungslos. Wobei wir keinesfalls die suggestive Kraft selbiger unterschätzen sollten.«

Diese Unterstellungen sind infam! Ich verteile ausschließlich Leer-Medikamente!

»Von Adam? Nun denn, das erklärt selbstredend einiges! Lassen wir mal sehen. Wir sind ein wenig verwirrt, emotional instabil, dehydriert, hatten offenbar nicht viel Schlaf, die Pupillen sind noch deutlich vergrößert, die Mimik ist angespannt, was auf Verkrampfungen der Kiefernmuskulatur schließen lässt. Alles Indizien für die Einnahme von 3,4 – Methylendioxy-N-methylamphetamin, kurz MDMA. Auf Grund der Informationen, dass wir eine Pille genommen haben, MDMA in Tablettenformen, besser bekannt als Ecstasy! Besonders beliebt als Partydroge bei – «

Mein Reden! Emotional instabil!

»Nun denn, das sind die augenscheinlichsten Merkmale, für eine einwandfreie Beurteilung wäre ein Drogentest vonnöten oder wir fragen Adam einfach. Er wird sicherlich nicht ohne Einverständnis gehandelt haben, schließlich haben wir die Tablette eigenhändig geschluckt. Auf jeden Fall sollte uns klar sein, dass ich mit illegalen Substanzen nichts zu schaffen habe und nicht in so einem Zusammenhang erwähnt werden will! Nun denn, junger Mann, Herta hat ein wichtiges Rennen vor sich, ich möchte sie ohnehin nicht länger mit unserem Gespräch langweilen. Sie muss sich konzentrieren! Ich empfehle mich.«

Herta

Adam

»Mhh!«

???

»Mhh!«

What? Was ist denn? Halle. Grell. Tag. Ist es schon so spät? Viktor?

»Was ist denn?«

Au! Jesus Christ. Hallo hangover. Was ist denn mit Viktor? Ist er sauer? Why?

»What? ... Hä? Was ist das für eine Frage? Natürlich! Was dachtest du denn, was wir da nehmen? ...

I asked you! Ich hab dich gefragt, ob du schon mal Spezialpillen genommen hast, und du hast gesagt »letzte Woche!« ...

How the hell should I know? Ich kenne keine anderen Spezialpillen!«

Jesus Chris, kein Grund, laut zu werden. Andere schlafen noch! I just woke up! Von wegen, ich habe ihn unter Drogen gesetzt. Wegen so einem Blödsinn weckt er mich auf?

»Viktor, that's bullshit. Du bist ein freier mündiger Mensch. Das hast du bei deinem ersten Besuch in Re'em unterschrieben! Es ist nicht mein Problem, dass du jetzt über deine eigene Courage stolperst! Ich schlaf jetzt weiter, vielleicht solltest du das auch tun, bevor du Dinge sagst, die dir nachher leidtun!«

Genau, so wie diese Dinge! Die bereust du später sicher!

Puppi

»Wo ist Viktor? Habt ihr Viktor gesehen? ...

Kommt Viktor heute noch mal? Wann kommt Viktor zurück ...

Wieso nicht? Hat Puppi etwas falsch gemacht? ...

Ist Viktor auf Puppi böse? Ist Viktor wegen Puppi gegangen?«

Jakob

Innerhalb von 48 Stunden habe ich mein Volontariat hingeschmissen, meine sechsjährige Beziehung beendet und wurde von einem Schwulen unter Drogeneinfluss gesetzt, damit er bei mir landen kann. Was kommt als Nächstes? Wie konnte Chris mir das antun? Alles, was ich über Drogen weiß, stammt aus *Wir Kinder vom Bahnhof Zoo* und *Go ask Alice*. Beide Bücher mussten wir in der Schule lesen. Man weiß doch nie, was in diesen Tabletten drin ist, oder? Ich hätte sterben können! Hätte das dann auch als Selbstmord gegolten? Ist es noch Freitod, wenn es keine Absicht ist?

Mein Kopf pocht schmerzhaft, der komplette Mundbereich ist wund, mein Kiefer tut weh, ich habe Hunger, aber keinen Appetit, bin erschöpft, aber kann nicht schlafen. Ich fühle mich elend. Sind das bereits die Entzugserscheinungen? Bin ich jetzt süchtig?

Der Fernseher läuft, aber ich kann mich nicht konzentrieren. Meine Erinnerung passt nicht zu dem, was ich weiß, meine Gefühle passen nicht zu dem, was ich glaube.

Vater

»Cerny? ...

Josef! Grüß dich! ...

Danke, sehr gut. Und selbst? ...

Fein! Gratuliere zum erfolgreichen Abschluss mit Grotex Investments, mittlerweile schon ein Zeiterl her, aber seitdem haben wir uns nicht mehr gehört. ...

Allerdings! Du weißt, ich stehe jederzeit für eine Partie zur Verfügung. Spielst du noch immer so miserabel? ...

Hervorragend, dann lass deine Sekretärin am besten gleich mit meiner einen Termin vereinbaren! ...

Wunderbar!«

Er ruft sicher nicht an, um Chitchat zu betreiben und mit mir einen Termin zum Golfen zu vereinbaren. Wann rückt er mit der Sprache raus?

»Was kann ich sonst für dich tun, mein Lieber? Wie stellt sich mein Junior an? Er beginnt diesen Monat oder bringe ich Termine durcheinander? ...

Krank? Da muss es sich um einen Irrtum handeln, Jakob ist ein kerniger junger Mann, er ist sicher nicht – ...

Tatsächlich? Letzten Freitag? ...

Aber das kommt überhaupt nicht in Frage! Ich bin mir sicher, dass es sich um ein Missverständnis handelt! Ich kann mir nicht vorstellen, dass er die Möglichkeit, von einem der Besten zu lernen, so leichtfertig vergibt! ...

Ich muss gestehen, dass mich das vollkommen unvorbereitet trifft, bitte verzeih, Josef, das ist mir äußerst unangenehm! ...

Ich werde augenblicklich das Gespräch mit ihm suchen und mir die Gründe erörtern lassen, die tiefgreifend sind, dessen bin ich mir sicher.«

Auf die Erklärung bin ich gespannt! Ausgerechnet bei Josef Gutmann!

»Ja, darauf kannst du dich verlassen. Es tut mir aufrichtig leid. Ich hoffe, ich kann mich in Kürze bei dir für dein Verständnis revanchieren.

Das Handeln meines Juniors soll auf unsere gute Zusammenarbeit keinen negativ Einfluss haben!«

Es war ein Fehler, dem Burschen so zu vertrauen. Er hat offenbar noch zu viele Flausen im Kopf und ist sich der Tragweite seines Handelns nicht im Klaren. Ich veranlasse sofort, Josef einen guten Whiskey zuzusenden. Ein schlechter Start in die neue Woche!

Toni

Mal gucken, ob ich aus Jakob rauskriegen kann, was passiert ist. Da stimmt doch was nicht! Sonst erzählt mir Chris auch immer, was Sache ist.

»Tiger, fandest du nicht auch, dass sich Chris komisch verhalten hat? ...

Gestern! ...

Nee, da ist mehr als nur Kater, ich kenn den doch. Außerdem hat irgendwer gesagt, dass er die beiden zusammen gesehen hat, angeblich ist da auch was gelaufen. ...

Zwischen Chris und Jakob! ...Keine Ahnung, mich hat's auch gewundert. Chris hat nur gesagt, ich soll Jakob fragen. Er müsste eigentlich gleich kommen. Ich weiß nur, dass sie zusammen was eingeschmissen haben, und dann muss irgendwas vorgefallen sein.«

Aber was? Ich platz gleich vor Neugier!

»Na bitte, wie immer pünktlich auf die Minute! Hi!«

Bild ich mir das nur ein oder sieht Jakob von Mal zu Mal abgerockter aus?

»Alles klar? ...

Lass uns mal runter in den Keller gehen.«

Ist in dem Bier noch was drin? Ja, 'n Schlückchen, das nehm ich noch mit und bestell noch'n neues.

»Tiger, machste mir noch eins?«

Jakob bestellt auch eins? Na bitte, langsam mausert er sich. Dass die Stufen so schmal sind, ich bin mir sicher, eines Tages flieg ich hier noch runter. Die Fratzen-Bilder kann ich langsam auch nicht mehr sehen, ich werd bei Gelegenheit mal'n paar neue malen. So, jetzt aber raus mit der Sprache!

»Wie geht's dir?«

Er sieht echt furchtbar aus!

»Steckste noch im schwarzen Loch? ...

Von Samstagnacht! Chris hat gesagt, ihr habt was eingeworfen. ...

Ja, das dauert! Zwei Tage körperlicher Kater, psychischer Kater bis zu 'ner Woche! Boah, ich weiß noch, wie schlimm das am Anfang war. Keine Angst, das wird mit den Jahren besser, aber am Anfang hab ich immer gelitten! Das ist ganz normal! ...

Na ja, was verstehst du unter regelmäßig? Hin und wieder eben. Ich bin kein Druggie oder so. Man hat nicht automatisch 'n Problem, nur weil man sich ab und an mal was durch die Nase zieht! Oder schluckt, so wie du. ...

Wie, es war ein Versehen? Du hast es selbst geschluckt, oder? ...

Ja, und? Haste keinen Spaß gehabt?«

Junge, Junge, der ist ganz schön durch'n Wind!

»Chris hat gar nichts gesagt, außer, dass ich dich fragen soll, wenn ich was wissen will. Irgendwer hat gesagt, er hat euch zusammen gesehen, aber – «

Er wird rot! Also ist da wirklich was gelaufen?

»Nee, oder? ...

Ja, was heißt hier »das Ecstasy ist schuld«? Nee, nee, so läuft das nicht, Junge! Das Zeug verstärkt nur das, was ohnehin da ist. Es macht dich nicht zu 'nem komplett anderen Menschen! Klar, man ist wacher, euphorisch, spürt alles stärker, öffnet sein Herz, wird fickrig, aber du kannst dadurch nicht umgedreht werden. Aber wo ist das Problem? Mein Gott, hattet ihr halt Sex – «

Wow, warum so aggressiv?

»Dann hattet ihr eben keinen Sex, ist ja auch scheißegal! Du bist deswegen nicht gleich schwul, falls das deine Angst ist. Und wenn das deine Angst ist, solltest du dich vielleicht mal fragen, ob du es nicht insgeheim bist? Meistens sind die Menschen nämlich selbst, was sie so komplett ablehnen! ...

Jakob es ist scheißegal, ob du auf Muschis oder Schwänze stehst! Oder auf beides von mir aus – soll's ja auch geben! Weißte, wie viele heterosexuelle Frauen es mal mit 'ner Frau treiben wollen, um zu sehen, wie es ist? Spricht absolut nix dagegen, wenn beide Parteien einverstanden sind! ...

Guck ma, der Grund, warum du dich jetzt kacke fühlst, ist einfach, dass dein Kopf sämtliche Glücksgefühle ausgeschüttet hat, und jetzt sind keine mehr übrig! Die müssen erst neu gebildet werden! Dass du nicht vorhattest, dir E reinzuhauen – ja, mein Gott, war halt Pech. Sei doch froh, dass du die Erfahrung mal gemacht hast, sonst hättest echt was verpasst, oder nicht?«

Ist die Frage ernst gemeint? O Mann, wo hat er denn seine Drogenaufklärung her? *Wir Kinder vom Bahnhof Zoo*, oder was?

»Dir ist schon klar, dass du kein Heroin gespritzt hast, ne? Es gibt da'nen Unterschied zwischen den einzelnen Substanzen, nicht jede macht gleich abhängig. Der regelmäßige oder wöchentliche Konsum ist von keiner Droge ohne Folgen und richtet langfristig Schäden an. Alkohol und Nikotin machen auch süchtig und führen zum Tod von Millionen von Menschen! Vielleicht solltest du dich mal richtig informieren, bevor du gleich die Panik schiebst! Das Down gehört einfach dazu! Haben die Smashing Pumpkins schon gejammert: *For every chemical you trade a piece of your soul. With no return.* Also krieg dich mal wieder ein, du bist nicht der erste, dem's so geht, und es ist überhaupt nix Schlimmes passiert! Jetzt fühlste dich'n paar Tage depressiv, damit kennste dich sowieso aus und dann geht's auch wieder. ...

Und guck ma, wie weit du schon gekommen bist! Du fängst endlich an, nicht mehr'n Opfer der Umstände zu sein, sondern Sachen, mit denen du unzufrieden bist, in die Hand zu nehmen und zu ändern. Das ist super! Es ist noch nicht lange her, da haste dich von der Dachterrasse geschmissen, weil du so unzufrieden warst. Veränderungen bringen immer Unsicherheit mit sich, aber auch das Potenzial, dass es besser wird. Du bist jetzt frei, einer von uns!«

Also wenn das nicht 'ne motivierende Ansage war, weiß ich auch nicht. Ich komm mir vor wie bei *Walking Dead*, wo der eine immer das ganze Team mit seinen Ansprachen dazu bringt, noch mehr Leute abzumetzeln.

»Wozu brauchste seine Nummer? ...

Ja, klar, warte, ich schick sie dir.«

Wie geht denn das noch mal? Kontakte, Chris, Kontakt senden. An Jakob. Senden.

»Aber ich glaub nicht, dass er 'ne Entschuldigung von dir erwartet. ...

Du hast was? ...

Nee, oder? ...

Sag mal, geht's noch? ...

Das hast du ihm echt vorgeworfen? ...

Was? So hast du ihn genannt? ...

Du bist echt das Letzte! Deswegen war Puppi auch so fertig, jetzt versteh ich's!«

Ich glaub, ich spinne. Als hätte Chris es nötig, jemanden unter Drogen zu setzen. Boah, und ihn dann noch als »pervers« und »abartig« zu bezeichnen. Dass der sich mir gegenüber überhaupt traut, das zuzugeben! An Chris' Stelle hätte ich ihn für die Beleidigungen hochkant rauswerfen lassen! Es reicht! Damit ist er echt zu weit gegangen!

»Ich geh jetzt. Ich hab echt keinen Bock mehr, mir das anzuhören! ...

Nein! Das kann man nicht entschuldigen! Ich weiß, du bist'n verwöhnter Bengel, der mit'm Leben überfordert ist, aber du hast echt 'ne Grenze übertreten! Mehrere Grenzen! 'n ganzen Kontinent haste überschritten!«

Ich pack's nicht! Das muss ich sofort Tiger erzählen! Der wird keinen Fuß mehr hier reinsetzen, das schwör ich ihm! Anwalt hin oder her, so dringend brauchen wir auch keinen! Armer Chris! Scheiße!

»Wage es bloß nicht, Chris zu schreiben! Er hat's echt nicht nötig, sich deine fadenscheinigen Ausreden anzuhören! Werd erwachsen, Junge!«

Vater

»Jakob? Hier spricht dein Vater! Ich habe gestern mehrmals versucht, dich zu erreichen, aber du hebst nicht ab! Josef hat mich angerufen! Ich hoffe, du lieferst mir eine vernünftige Erklärung und befindest dich aktuell zumindest auf der Intensivstation an Beatmungsgeräte angeschlossen. Alles andere lasse ich nicht als Ausrede gelten und selbst dann würde ich meinen, dass dies kein Grund ist, sich gleich für die gesamte Zeit des Volontariats abzumelden! Ich verlange eine Rechtfertigung, das Mindeste, wenn du vorhast, irgendwann in die Kanzlei einzusteigen! Rufe augenblicklich meine Sekretärin an, sobald du das abgehört hast.«

Exfreundin

»Deine sachen sind zusammengepackt. *Umzugskistenemoji.* Kannst du dir morgen 18uhr von jana holen, vergiss meine sachen nicht!!! Vor allem die *Kleidemoji Kleidemoji Kleidemoji* die in deinem schrank hängen will ich zurück!!!«

Jakob

»Es tut mir leid, was ich gesagt habe! Ich war einfach komplett überfordert mit der situation *Smiley mit aufgerissenen Augen, hohen Augenbrauen, roten Wangen und geradem Strich als Mund* Können wir uns treffen um zu reden? Bitte! *Zum-Gebet-gefaltene-Hände-Emoji* Liebe grüße jakob. Ps: deine nr habe ich von toni.«

Exfreundin

»*Wütender Smiley Wütender Smiley Wütender Smiley.* du schaffst es nicht mal deine sachen abzuholen??? Das ist so kindisch! Nach so langer zeit hätte ich mehr von dir erwartet!!! *Wütender Smiley*«

Vater

»Jakob? Hier spricht erneut dein Vater! Ich warte noch immer auf deinen Rückruf von vor drei Tagen! Wenn er nicht bald kommt, sehe ich mich gezwungen, Andrea in Kenntnis zu setzen. Ich bin mir sicher, deine Mutter wird sich freuen zu hören, was ihr Sohn mir für Schwierigkeiten bereitet. Man kann mit mir über alles reden, das setzt natürlich voraus, dass man redet. Von Mann zu Mann! Ruf umgehend meine Sekretärin an!«

13

Kellner im Café Flamingo

»Na, Schnuckelchen? Wie wäre es mit einem weiteren Glas Wasser? ...

Stattdessen vielleicht lieber einen Caipirinha? Man kann hier auch anders seinen Spaß haben, weißt du? Dein Herzbube lässt dich ganz schön lange zappeln. An deiner Stelle würde ich mir überlegen, ob er das wert ist. Ich sag's dir, mit den Schönlingen ist es immer das Gleiche. Er ist doch ein Schönling, oder etwa nicht? ...

Mit Sicherheit, du bist immerhin auch nicht von schlechten Eltern. Ich kann dir da Geschichten erzählen! Nach über 30 Jahren Gastronomie hab ich nun wirklich alles schon gesehen. Wie viele hübsche Männer hier schon ihre Lebenszeit vergeudet haben, weil sie auf den Falschen gewartet haben! Früher war das natürlich bei weitem schlimmer. Da hatte niemand ein Handy, von dem man einfach anrufen konnte, wenn es sich nicht ausging. Und dann saßen sie alle so wie du jetzt. In der Regel gab's kein Happy End, so viel kann ich dir verraten. Aber andere Mütter haben auch schöne Söhne, weißt du? Gut, ich selbst bin vielleicht nicht mit Schönheit gesegnet, aber ich strahle von innen heraus, und das ist auch viel wert. Manchmal ist es besser, einen mit einem kleinen Bäuchlein zu nehmen, den man für sich allein hat, statt einen Schönling, den man teilen muss. Da gibt's doch letzten Endes nur Drama.«

Chris

Zu 13 Uhr habe ich ihn hinbestellt, vor 55 Minuten. Let's see, if he's still there. Ich hätte zu gerne sein Gesicht gesehen, als er die riesige Regenbogenfahne im Fenster des *Flamingo* gesehen hat. Oder die lebensgroßen Aktbilder an den Wänden. Und wenn er Jerry bis jetzt ausgehalten hat – Jerry versucht sicher, ihn zu überreden, lieber einen Quickie mit ihm auf dem Klo zu haben, statt zu warten. Seine schwitzige Hand wird er ihm rein zufällig auf den Rücken legen und ihm ständig über den Oberschenkel streifen. Wenn Jakob das ausgehalten hat – Oder er wartet draußen? No, I told him to wait inside. Er ist so pflichtbewusst und hat den Test sicher sofort durchschaut. He's not stupid.

Hier draußen ist er schon mal nicht, mal sehen, ob er drinnen –

»Hey Jerry!«

Ich hasse es, wenn er mich »Teddy« nennt! Ich bin kein Bär! Da sitzt Jakob!

»Hey you! Gehen wir, Good Boy?«

Bitch

»Nee, oder? Sag mal, Adam, was macht der denn hier? Und warum kommt ihr gemeinsam? Seid ihr jetzt zwei Turteltäubchen, oder was? ...

Das will ich jawohl auch hoffen! Wie kannste ihm einfach so verzeihen, nachdem er dich so behandelt und bezeichnet hat? ...

Es ist mir scheißegal, dass er sich entschuldigt hat! Das ist jawohl selbstverständlich!«

Adam ist viel zu nett und gutmütig!

»Natürlich hab ich'n Recht darauf, sauer zu sein. Vor allem, wenn du es nicht bist. ...

Dann bin ich eben stellvertretend für dich sauer! Das darf einfach nicht sein. Ich lass dich nicht so behandeln!«

Da nützt dem sein treudoofer Blick auch nichts. Ich durchschau den!

»Hörst du, Viktor? Ich lass meine Freundinnen und Freunde nicht so behandeln. Du hast Nerven, hier überhaupt wieder aufzutauchen. Ich kann dir zwar nicht verbieten, ins Scheißhaus zu kommen, aber es ist das Beste, wenn du mir erstmal 'ne Zeit aus'm Weg gehst. Ich krieg echt so'n Hals, wenn ich dich sehe!«

Viktor

Ich fühle mich wie ein Zuflucht Suchender. In mein altes Leben kann beziehungsweise will ich nicht mehr zurück, ein neues habe ich noch nicht aufgebaut. Kurz habe ich erlebt, wie sich das anfühlen könnte.

Ecstasy hin oder her, seit Tagen denke ich an kaum etwas anderes als an diese Nacht. Immer und immer wieder stelle ich sie mir vor, versuche, alles so genau wie möglich nachzuerleben, nachzufühlen.

Das tiefe, kratzige Husten von no-body höre ich bereits im Gang. Ich weiß nicht, wie Lungenkrebspatienten klingen, wahrscheinlich nicht viel anders. Sie sitzt auf ihrem angestammten Platz, rechts am Rande des roten Samtsofas neben der engen, schnörkeligen Wendeltreppe. Von hinten ragt eine Metallstange über sie, an der eine maiglöckchenförmige Lampe hängt, die angenehmes Leselicht spendet.

Sie trägt immer Schwarz. Ein enges Oberteil spannt sich über ihren kugelrunden, lebensmittelschwangeren Bauch und ihre Brüste, die entweder vom Übergewicht oder von Hormontabletten stammen. Ihre Beine sind dünn und schauen, in schwarze Strumpfhosen gehüllt, unter einem engen Minirock hervor. Wenn sie steht, sieht es aus, als hätten ihre Beine Schwierigkeiten, den Oberkörper zu balancieren. Ihre violetten Dreads hängen bis in ihren Schoß und auf die Seiten des Buches, das sie gerade liest, wobei der Haaransatz bereits von der Stirn in Richtung Hinterkopf wandert. Wie Bitch ist auch sie permanent in Nebelschwaden gehüllt, allerdings riechen ihre Zigaretten mehr nach Kräutern und sind selbst gedreht. Ihr Alter ist schwer zu schätzen, aber nachdem sich das Make-up in tiefen Falten sammelt, vermute ich es jenseits der 60. Würde in Re'em nicht das Du gängig sein, würde ich sie siezen.

»Entschuldige die Störung!«

Ohne von ihrem Buch aufzusehen, klopft sie mit der rechten Hand auf die freie Stelle neben sich auf der Couch. Ich gehe rüber, setze mich und warte, bis sie die Seite fertig gelesen hat.

»Wie ergeht es dir mit den neun Gebote der Kristiania-Bohême, Bruder?«

»Ich bereue!«

Ihr Lachen geht in ein Husten über, der sie so fest schüttelt, dass ich ihr am liebsten auf den Rücken klopfen würde. Aber das würde nichts bringen und zu weit in ihren Persönlichkeitsbereich eindringen. Sie erholt sich und sieht mich an. »Dann ist die Zeit dieser Gebote abgelaufen und du benötigst andere!«

Sie geht zu einem der Regale, zieht ein Buch heraus und gibt es mir: »Seite 79. Die fünf Regeln der Weisheit.«

Fünf Regeln der Weisheit nach Flann O'Briens

Der dritte Polizist

Immer alle Fragen stellen, die gestellt werden müssen, und nie welche beantworten. Alles Gehörte zum eigenen Vorteil nutzen. Immer Reparaturwerkzeug dabeihaben. So oft als möglich nach links abbiegen. Nie die vordere Handbremse zuerst betätigen.

NO-BODY

»Es gibt für jede Zeit die passenden Regeln. Wenn die aktuellen nicht mehr nützlich sind, bedient man sich anderer! Was immer du auch bereust, Bruder, nach dem Todestag ist es gewiss besser! Die ideale Gelegenheit, um Dinge abzuschließen und neue zu beginnen! Öhcho öhcho. Das Silvester der Exitus. Ich rate dir, in den verbleibenden vier Wochen deine Angelegenheiten draußen zu regeln.«

14

Puppi

»Hurra! Hurra! Hurra! Heute ist es soweit. Puppi hat das letzte Türchen vom Todeskalender geöffnet! Alle Türchen sind offen. Puppi hat extra noch mal durchgezählt, alle 39 sind offen. Heute ist es soweit! Können wir los? Können wir los? Können wir los?«

Gundel

»Ein paar Stunden dauert es noch bis zum Höhepunkt! Zum Glück! Ich habe noch einiges aufzubauen! Fuck! Hat jemand den großen Penis gesehen?«

Twinkle

»Oui, in meiner Hose!«

Adam

I doubt that! Philippinische Männer sind bestimmt für etwas bekannt, aber nicht für große Schwänze.

»Steckt in deinem auch ein Messer? ...

Gundel, meinst du den großen aus Gips, mit dem Messer? Den habe ich drüben aufgebaut. ...

Gerne! Puppi, wollen wir schon mal in die Halle gehen und uns in Ruhe die Einhörner ansehen?«

Bevor sie durchdreht und alle verrückt macht.

»Good Boy, are you coming with us? Es ist dein erster Todestag, den musst du gebührend feiern! Du hast in den letzten Wochen genug geholfen!«

Herkules

»Adam hat recht! Gib her, ich kümmere mich um die Lichterkette! ...

Keine Widerrede! Geht! Fahrt mit dem Einhornzug! Geht ins Einhorngruselkabinett, amüsiert euch!«

Bitch

»Aber nicht zu sehr, hört ihr, ihr zwei? Immerhin habt ihr Puppi dabei, also bitte nur jugendfrei! ...

Und esst besser vorher nichts! Wer weiß, welche Methode es dieses Jahr wird. Boah, hoffentlich nicht wieder Pulsadern. ...

Was, kennste die Geschichte gar nicht? Das war vor'n paar Jahren, schon länger her. Ging als das Pulsaderndebakel in die Geschichte ein. Die Sauerei von Tausenden wie Sau Blutenden kannste dir vorstellen. Aber gut, beim Aufwachen war's sowieso weg. Es hat einfach nicht richtig funktioniert und – ach, egal. Heroin wäre mir am liebsten. Soll'n ganz schöner Tod sein, hab ich gehört. Weckt zwar 'n paar böse Erinnerungen, aber ich hätte Bock drauf. ...

Puppi steht auf Erhängen!«

Warum lacht er so verlegen? Denkt er, ich reiß'n Witz?

»Sagt mal, Leute, hat jemand von euch Viktor erklärt, was heute abgeht? ...

Nicht? Adam? ...

Keiner? ...

Viktor, dir ist schon klar, dass wir uns heute zusammen umbringen, oder?«

Viktor

»Ich will nicht sterben!«

Ich bin komplett außer Atem und werfe die Tür hinter mir zu.

»Öhcho öhcho. Dir auch einen schönen Todestag, Bruder!«

»Du musst mir helfen, ich will nicht tot sein!«

»Du wirst nicht tot sein!«

»Ich dachte, das Wort ‚Todestag' bezieht sich auf den Todestag des Gründers von Re'em, Dr. Kneiß, oder wie der heißt, nicht auf meinen eigenen Tod!«

»Universitätsprofessor DDr. Gneiß. Bitte beruhig dich, deine Aufregung stört die Bücher!«

»Entschuldige!«

Ich setze mich neben sie, unmöglich, das Zittern zu kontrollieren.

»Viele sterben zu spät, und Einige sterben zu früh. Noch klingt fremd die Lehre: ‚stirb zur rechten Zeit!« Wichtig nehmen Alle das Sterben: aber noch ist der Tod kein Fest. Noch erlernten die Menschen nicht, wie man die schönsten Feste weiht', liest sie eine Passage aus dem Buch in ihrem Schoß vor. »Warum feierst du nicht, Bruder?«

»Thomas Bernhard?«

»Nietzsche!«

»Muss ich mich heute umbringen?«

»Öhcho öhcho. Das Konzept von Zwang existiert in Re'em nicht! Niemand wird dich zu etwas drängen, das nicht deinem Willen entspricht!«

Das lässt mein Herz augenblicklich langsamer schlagen und die Bilder von Massenselbstmord begehenden Sektenmitgliedern verschwinden aus meinem Kopf.

»Hat dir niemand erklärt, warum es diesen Tag gibt, Bruder?«

»Es hat was mit Einhörnern zu tun?«

»Offiziell ja, inoffiziell hat es einen praktisch, pragmatischen Hintergrund. Bekanntermaßen ist Selbstmord einem Drogenrausch ähnlich, vorausgesetzt man kann sich daran erinnern. Als Re'em gegründet wurde, sind uns permanent Menschen abhandengekommen, weil sie in andere Parallelwelten gesprungen sind, gute, notwendige Menschen! Sie wollten einfach nicht auf den Rausch verzichten. So beschlossen wir, den Todestag einzuführen. An diesem Tag springen alle gemeinsam, ein kollektives

Rauscherlebnis, das ermöglicht, dass die meisten den Rest des Jahres freiwillig darauf verzichten. Die Wahrscheinlichkeit, dass alle in derselben Welt erwachen, liegt zwischen 99,4 und 99,99% – je nach Methode.«

»Ich dachte, der 8. August ist einfach Gneiß' Todestag!«

»Öhcho öhcho. Der 8. August wurde deswegen gewählt, weil Re'em insgesamt an acht Bibelstellen erwähnt wird und die 8 um 90° gedreht das Unendlichkeitszeichen ergibt.«

»Stimmt das wirklich mit der Bibel oder ist das auch eines dieser Legenden, wie die Pyramide?«

»Überzeuge dich selbst, indem du in einer alten Übersetzung nachliest.«

»Aber du hast gesagt, man muss sich nicht umbringen.«

»Natürlich nicht! Es steht jedem frei mitzumachen oder nicht. Im Falle eines Neins würde ich allerdings empfehlen, nicht anwesend zu sein. Der Anblick von Tausenden Sterbenden wirkt selbst auf Hartgesottene verstörend. Außerdem existieren Sicherheitsmaßnahmen, um zu verhindern, dass die Stadt im Nachhinein versehentlich entdeckt wird. Für den Fall, dass du dich gegen eine Teilnahme entscheidest, solltest du Re'em besser vorher verlassen. Öhcho öhcho. Für dich wird dieser Ort dann aufhören zu existieren. Entweder tatsächlich, weil wir alle in deiner Welt tot sind und die Sicherheitsmaßnahmen jeglichen Zugang versperrt haben, oder lediglich auf Grund der Tatsache, dass dein Gastzutritt damit erlischt und dir nicht mehr die Tür geöffnet wird. Im Grunde genommen bist du jetzt mit zwei Fragen konfrontiert, Bruder. Erstens: Willst du, dass Re'em weiterhin für dich existiert? Zweitens: Ist dieser Wille so groß, dass du uns in puncto Quantensuizid vertraust? Es bleibt dir nur der Glaube, denn bislang kannst du nicht auf Erinnerungen an vergangene Sprünge zurückblicken. Zumindest entnehme ich das deiner Angst! Das wird sich in wenigen Stunden ändern. Öhcho öhcho. Hast du draußen alles geklärt?«

Was heißt schon geklärt? Meine Mutter hat mich vor ein paar Wochen angerufen und sich nach meinem Wohlbefinden erkundigt, nachdem sie von Wolfgang gehört hat, dass ich angeblich krank sei. Daraufhin hatte ich eine unangenehme Auseinandersetzung mit Wolfgang, in der wir uns darauf geeinigt haben, dass es ein Fehler war, dass er mir vertraut hat, ich aber wie geplant im September die Gerichtspraxis beginne. Jana hat mir einen Besuch abgestattet, um Franziskas Sachen zusammenzupacken und mir meine zu geben. Meinen Beziehungsstatus habe ich auf »Single« geändert. »Ja!«

»Und willst du, dass Re'em weiterhin für dich existiert, Bruder?«

»Natürlich!« Die Vorstellung, diesen Ort und diese Menschen zu verlieren, verursacht einen Stich in meiner Brust. Bitch hat mir zum Glück mittlerweile verziehen. Besonders sie und Adam sind mir fest ans Herz gewachsen. Eine Narbe haben meine Beleidigungen trotzdem hinterlassen, seit unserer Nacht auf Ecstasy sind Adam und ich uns nicht mehr körperlich nähergekommen, auch wenn ich erschreckend oft sehnsüchtig daran zurückdenke.

no-body berührt mit ihrem Zeige- und Mittelfinger, genau zwischen den Augenbrauen knapp über der Nase, meine Stirn und sagt dabei: »Du darfst deine Zweifel behalten!

« Was immer das auch bedeutet. Unser Gespräch ist damit beendet und ich stehe auf, um sie nicht weiter zu stören.

»Wie oft, und zwar hunderte Mal, bin ich durch die Stadt gegangen, nur an Selbstmord, nur an Auslöschung meiner Existenz denkend.«

»Nietzsche?«, frage ich.

»Bernhard!«, lacht sie.

Graue Fee

»Liebe Bürgerinnen und Bürger von Re'em, liebe Gästinnen und Gäste! Wir haben uns heute hier versammelt, um einen besonderes Tag miteinander zu feiern. Also ‚besonders', natürlich ist jeder Tag in Re'em etwas Besonderes. Aber wenn ich mich so umsehe, kann man schon von etwas ganz Besonderem sprechen. Die Stadt ist vollzählig und ich sehe, ihr habt alle eure Festtagseinhornkleidung angelegt. Die Halle ist so wunderschön geschmückt, Attraktionen sind aufgebaut und die kommenden drei Tage haben wir ein vielseitiges Todestagfestprogramm vor uns. Also ‚vielseitig', es wird für jeden Geschmack etwas geben! Ich danke euch allen dafür, dass wir es wieder mal zusammen möglich gemacht haben!
Bevor wir zum Höhepunkt kommen, singen wir wie immer unsere Hymne, heute von einer ganz speziellen Band begleitet. Also ‚speziell', sie sind herausragend. Ich bitte auf die Bühne: The Creep Fatigue!«

Bitch

Showtime!

»Hello Motherfuckers! Are you ready to die?«

Ha! Damit haben sie nicht gerechnet! Diesmal können sie nicht abhauen. Wir rocken diese langweilige Beethoven-Vertonung! So lange hat die *Ode To A Joyful Death* noch nie gedauert, das versprech ich euch!

»Hau rein, Puppi!«

Twinkle

»Mon dieu, wen haben sie bestochen, damit man sie spielen lässt?«

Grauenvoll! Meine Ohren bluten!

»Soll eine E-Gitarre so klingen? Wann stellen sie dieses Feedback ab?«

Adam

»Free for death, and free in death;
a bunch of holy Nay-sayer,
when there is no longer time for Ye-ah-ah-ah-ahh-ah-ah«

Awesome! Wie sie alle vor Wut schnauben! Ich liebe den kollektiven Hass. Come on, darum geht's doch in Re'em! Um die Freiheit, auch miserabel sein zu dürfen! Spart euch das Pfeifen! Heute sind sie sogar fast erträglich! Man erahnt sogar, welches Lied es sein soll!

Gundel

Bass-Solo! Yeah! Fuck, danebengegriffen. Fuck, schon wieder. Egal, das muss so sein!

Herkules

»Thus understandeth about death, thus understandeth about life.«

Mich lassen sie nur vor der Parade spielen. Da war die Halle nur halbvoll. The Creep Fatigue spielen vor vollem Haus, keiner will es hören. Außer Adam, der grinst wie ein Honigkuchenpferd.

Bitch

»No matter which method choseth, if the pistol or the knife.«

Drum-Solo! Yeah!

Viktor

»Unicorns will help and guide you, keep away enlightened ones. As Exitus we remain thus time to play the loudest drums!«

Das erste Mal, dass ich den Text fehlerfrei hinbekommen! Sie sind wirklich furchtbar, Adam hat nicht übertrieben! Jetzt verstehe ich auch, warum vorher niemand wissen durfte, dass sie auftreten! Die Gitarre klingt, als würden gerade ein Haufen Katzen erschlagen werden! Der Bass ist nur mit einer Seite bespannt und fabriziert die ganze Zeit unerträgliches Feedback, dass das Trommelfeld aufs Äußerste strapaziert! Und Puppi schlägt mit ihren bloßen Stümpfen so fest aufs Schlagzeug, dass schon zwei Trommeln umgekippt sind und Blut aus ihrer aufgeplatzten Haut spritzt. Wenn der Krach noch länger dauert, bekomme ich in der Tat riesige Lust, mich umzubringen! Ich würde mir sogar lieber Gundels Penisse ansehen, als das noch länger zu ertragen. Habe ich das gerade wirklich gedacht?

Die Hitze kriecht in jeden Winkel des Einhornkostüms und verlässt ihn auf Grund der Plastikplüschfaser nicht mehr. Das ist sicher der Grund, warum die meisten anderen die minimalistische Variante bevorzugen und zur Hornkopfbedeckung Plüsch-BH und Plüsch-Short gewählt haben. Anfängerfehler.

Graue Fee

»Einen kräftigen Applaus für The Creep Fatigue!«

Damit sind wir quitt, Bitch!

»Liebe Bürgerinnen und Bürger, liebe Gästinnen und Gäste. Wir feiern heute die Vielfalt der Menschen, die die harmonische Freiheit an diesem Ort eint. In Re'em finden alle Menschen ein Zuhause. Also ‚Zuhause', einen Ort, an dem sie sein können, wie sie wollen. Hier ist jede und jeder dazu angehalten, das Beste aus sich, ihr und seinem beziehungsweise ihrem Leben zu machen. Ich glaube, ich spreche für alle. Also ‚für alle' für den Großteil der hier Anwesenden, dass diese diskriminierungsfreien Potentiale, die in der Idee dieser Stadt stecken, die Gründe dafür sind, warum wir uns hier so wohlfühlen und dieses Refugium, wie ich Re'em gerne bezeichne, schützen. Kommen wir nun zur Verkündung der diesjährigen Methode! Bekanntermaßen feiern wir heute die denkwürdige Zusammenarbeit zwischen den Einhorngöttinnen, – göttern und Menschen. Um mit der Unsterblichkeit gesegnet zu werden, ist es notwendig, den freien Willen zu demonstrieren, was unter Umständen Mut voraussetzt. Also ‚Mut', der Großteil von euch kann es sicherlich kaum noch erwarten, aber unter den Gästinnen und Gästen befindet sich eventuell der oder die eine, der oder die sich nicht an die Geburt als Exitus erinnert. Also ‚erinnert' der oder die –

«Mist, ich habe den Faden verloren!

»Auf jeden Fall, freut es mich, euch mitteilen zu können, und mich persönlich freut es auch sehr, also ‚freuen' ich – ...

Ja, ja, ist schon gut! Tabletten! Die diesjährige Todestagfeiermethode ist Tabletten. Es werden jetzt die schwarzgekleideten Einhörner mit den Pillen durchgehen, bitte wartet wie immer auf das Kommando zur Einnahme. Wir wollen den Prozentsatz möglichst hochhalten! Eine reicht vollkommen und wir haben genug für alle, also wartet bitte, bis die schwarzen Einhörner zu euch kommen! Und lasst sie durch!«

Zum Glück verteilen wir die Tabletten erst jetzt, einige hätten sie sonst bestimmt schon während des Auftritts von The Creep Fatigue zu sich genommen!

Viktor

Es dauert eine Zeit, bis sich jeder der Tausenden Menschen eine Tablette aus einem der Körbe der schwarzen Einhörner genommen hat. In der Zwischenzeit kämpfen sich Bitch, Puppi und Gundel zu uns durch. Unser Treffpunkt ist direkt vor dem Eingang des Scheißhauses. Adam hat für jeden von uns ein Papiersackerl auf dem Boden bereitgelegt, ich frage mich, wofür.

Der circa halbstündige Auftritt hat Gundel und Bitch in schweißtriefende Menschen in Einhornkostümen verwandelt, die komplett erledigt sind. Puppi hingegen erinnert jetzt an eine Figur aus der Geisterbahn. Adam wischt ihr ein wenig Blut von den Armen, kommt allerdings nicht weit, da der Großteil verkrustet ist und sich nicht so einfach abwischen lässt. Sie selbst interessiert sich dafür herzlich wenig und zappelt vor Aufregung wie ein Kind vor der Bescherung! Bitch hält Puppis Tablette fest, um sicherzugehen, dass sie sie nicht zu früh schluckt. »Are you ready to die?«, schreit Bitch erneut.

Ich versuche erfolglos, nicht darüber nachzudenken. Mach es einfach, Viktor! Wenn Jakob es schon gemacht hat, kannst du es auch! Ich habe wirklich Angst! Was, wenn ich nicht überlebe? Was, wenn ich als Einziger überlebe? Was, wenn – Nicht darüber nachdenken! Alles wird gut! Der Countdown beginnt:

»Zehn, neun, acht – «

Bitch gibt Puppi die kleine vauteriolfarbene Pille, aber hält ihre Hand fest.

»Sieben, sechs, fünf – «

Adam greift meine Hand und drückt sie als aufmunterndes Zeichen, dass ich nicht allein bin. Danke!

»Drei, zwei, eins.«

Bitch gibt Puppis Hand frei und bei »Null«

tue ich es den anderen gleich und schlucke die Tablette.

Nichts passiert!

TEIL 2

1

Viktor

Es war nur ein blöder Test! Die anderen stehen mit geschlossenen Augen um mich herum, nur Puppi setzt sich grinsend auf den Boden. Jede Sekunde wird Jubel ausbrechen, so wie bei meinem ersten Besuch in Re'em, als ich im Dunkeln kurz von einem Stromausfall ausging. Wie konnte ich so dumm sein und wirklich glauben, Tausende Menschen würden sich gleichzeitig das Leben nehmen? Wie sollte das funktionieren? So, jetzt haben wir alle unseren Mut bewiesen, wahnsinnig lustig. Dass mich der makabere Humor noch immer unvorbereitet trifft!

Ein seltsames Kribbeln beginnt in meinen Zehen. Jetzt schlafen auch noch meine Füße ein! Na toll! Ein komisches Gefühl kriecht in mir hoch, umfasst meinen gesamten Unterleib und klettert die Wirbelsäule entlang nach oben. Was ist hier los? Das Atmen wird schwerer, ich öffne meinen Mund, aber spüre keine Luft mehr aus meiner Lunge fließen. Warum hilft mir denn keiner? Ich wirble herum, aber nur innen, mein Körper bewegt sich nicht. Adam! Hilfe! Ich will mich an ihn krallen, er muss doch merken, dass etwas nicht stimmt! Mit all meiner Kraft stoße ich leicht an seine Schulter. Er fällt ungebremst auf den Boden, ich auf ihn drauf. Nein! Ich will nicht sterben! Meine Stimmbänder sind gelähmt, ich schaffe es nicht, sie zum Schwingen zu bringen. Mein Herz schlägt noch, meine Lider sind zu schwer, um sie offen zu halten. Ich will nicht sterben!

Ehemaliger Mensch

Schwerelos existiere ich einfach, unabhängig von einer Hülle, die einst Leib und Gefängnis in einem war. Riechen, hören, sehen, fühlen, schmecken ohne Sinnesorgane. Ich bin all das!

Vereinzelt tauchen Punkte in der Dunkelheit auf, langsam werden es mehr. Sie bewegen sich auf mich zu, oder bewege ich mich auf sie zu? Wer ist Ich? Eine unbegreifliche Vielzahl bildet sich. Ich bin ein Teil von ihnen, sie sind ein Teil von mir. Wir sind Viele! Jedes einzelne Pünktchen, Element, Teil sieht anders aus, schmeckt, riecht, fühlt sich einzigartig an. Wir vollführen tanzende Bewegungen, alles fließt. Der Tanz besteht aus Licht, das Licht besteht aus Bewegung, alles ist eins. Es gibt keine Grenzen, kein Hier und Dort, kein Ich und Du. Ein unendlicher Raum in einer unendlichen Zeit, ein ununterbrochener Kreislauf, immer und immer wieder. Die Bewegungen verdichtet sich. Reibung kreiert neue Energie, steigert sich zu einem Orgasmus, der das Licht sprengt und ein neues Universum gebärt.

Der Geruch vom ersten Frühlingsregen auf warmem Asphalt, inmitten des Weltalls, in dem nie gesehene Farben neues Leben verheißen. Bedacht setzen sich tänzelnde Stoffe zu Formen zusammen. Sanft schleichen sich Strukturen ins Chaos, das nie willkürlich ist. Perfekte geometrische Gebilde verschmelzen zu Figuren, jede für sich vollkommen und makellos.

Winzige Pyramiden formen dreidimensionale Spiralen, die sich zu Atomen zusammenfinden und Zellen bilden. Alles ist organisch, jede noch so kleine Einheit lebt und bewegt sich. Farben finden zueinander, rote Zellen verbinden sich, schaffen Blutgefäße und Organe. Die Gebilde werden immer komplexer, Knochen und Augen, die alle aus demselben Licht entstammen. Die Umgebung verändert sich, die Atmosphäre wird dichter, bekannter. Milliarden Punkte werden nach und nach zu bekannten Formen und Gegenständen. Immer wieder zischen Strahlen vorbei, die aussehen wie das leuchtende Horn eines Einhornes, dass das fehlende Teil zur Vervollkommnung beisteuert. Alles gehört zusammen, das Wissen als Information in jeder Faser des Körpers gespeichert. Ich bin mit allem verbunden, auch wenn Raum dazwischenliegt. Es gibt keinen Anfang und kein Ende.

Ich sehe meinen Kopf, kann ihn zum ersten Mal direkt betrachten, nicht seitenverkehrt über die Fläche eines Spiegels, nicht verzerrt durch die Linse eines Apparates. Ich berühre und liebkose ihn, wozu ich keine Hände brauche. Der Wille allein genügt!

Auf einmal ist wieder alles komplett schwarz. Dunkelheit und Leere, wo gerade noch für immer tanzendes Leben und Entwicklung war.

Einst bekannte Geräusche dringen in meinen Kopf. Wie eine unaufhaltsame Welle rauscht etwas heran, nimmt alles in Besitz. Ich höre den ersten Gedanken:

»ICH WILL NICHT STERBEN!«

Ich fühle mein Herz schlagen, das Blut in meinen Adern fließen, die Luft in meiner Lunge zirkulieren. Ich rieche den Duft der Menschen. Ich schmecke meinen Speichel. Ich atme aus.

Viktor

Ich öffne meine Augen. Es ist unmöglich zu sagen, wie lange und wie weit ich weg war. »Parallelwelt« ist das falsche Wort! Es täuscht eine räumliche Nähe vor und lässt die aeonenweit entfernte Zeit außer Acht. Wie viele Leben sind vergangen? Eins? Vier? Das Leben eines Universums, das sich kreisförmig immer wieder neu befruchtet, gebärt, frisst, ausscheidet?

Die Menschen in Re'em formen gemeinsam ein riesiges Knäuel. Gerade waren wir noch alle miteinander verbunden. Es ist brutal, ab sofort wieder auseinandergerissen leben zu müssen. Aber noch gibt es die Verbindung, oder? Ich klammere mich an die Erinnerungen wie an ein Pusteblumenfeld, die der aufkommende Sturm in eine Wiese leerer Stängel verwandeln wird. Das Wissen über das, was war, ist kein Ersatz für das Gefühl selbst, das unter jedem weiteren Gedanken tiefer vergraben wird.

In meiner Unterhose vermischen sich Sperma, Urin und Scheiße. Tränen rinnen meine Wangen hinunter. Ich bin mir sicher, dass es allen so geht. Ich richte meinen Oberkörper auf, mir wird übel und bevor ich verstehe, übergebe ich mich auf Adams Beinen. Er streicht mir sanft über den Kopf. Wir sind alle dasselbe Licht, alle derselbe Stoff, befreit von Wertungen.

»Are you alright?«, flüstert er.

»Neugeboren.«

Ich will mich aufraffen, aber etwas Schweres auf meinen Beinen hindert mich. Puppi umschlingt meine Unterschenkel, ihr Gesichtsausdruck ist selig glücklich, wie debile Frischverliebtheit. Ich bleibe liegen und gebe mich dem Nachhall der Erinnerung hin. Jede Sekunde wird die Flut der Gedanken den letzten Rest wegspülen.

Ich schäme mich nicht, in meinen eigenen Körperausscheidungen zu liegen, genauso wenig, wie ich mich davor ekle, dass ich in denen der anderen liege. Es gehört zum Menschsein dazu zu kotzen, scheißen, pissen, ficken. Es handelt sich nicht nur um Notwendigkeiten, sondern in gewisser Weise auch um Freuden, deren Lust bringende Qualitäten ich mir bislang verwehrt habe. Dabei ist das Leben nichts, was kontrolliert werden kann!

Am Anfang war das Wort. Die meisten zögern den Anfang hinaus, indem sie nicht sprechen. Obwohl sich Tausende Menschen erheben, strecken, entknäueln, ist es erstaunlich ruhig. Langsam schleichen die ersten davon, nehmen die Stadt wieder in Besitz und spannen ein großes unsichtbares Netz. Ich weiß, dass wir nach wie vor verbunden sind. Adam, Gundel, Bitch und Twinkle tragen ihre Körper schwerfällig ins Scheißhaus, wie eine Last, die man ihnen über die Schultern gehängt hat. Puppi murmelt leise vor sich hin. Es klingt, als würde sie träumen, sie lacht leise ein Bösewichtlachen, das normalerweise unheimlich wäre, aber nicht in diesem Moment. Herkules hat sich noch nicht gerührt, in Embryostellung liegt er in einer Lache aus Urin und Erbrochenem. Ich streichle Puppi. Meine Beine fühlen sich an, als stürben sie ab, wenn ich sie nicht bald verwende. Sie öffnet die Augen und beginnt zu schreien.

Bitch

Puppi? Scheiße! Was ist los? O Gott, was hat sie? Wir hätten auf sie warten sollen!

»Puppi? Süße, was ist passiert?«

Was macht Viktor da mit Herkules? Ficken die? Nee, sind beide angezogen. Viktor drückt auf ihm rum. Ach scheiße, ist er etwa – Hat er –

»Pscht, beruhig dich, Puppi! Komm her.«

Och nee, nicht Herkules! Scheiße Mann, nicht einer von uns! Was hat er denn falsch gemacht? Bei Tabletten gibt's doch wirklich kaum Risiko! Viktor glaubt echt, er kann ihm noch helfen.

»Adam hat Recht, er ist tot! Wir können nichts mehr tun!«

Glaubt er, wir haben früher nicht versucht, die Leute wiederzubeleben? Das klappt einfach nicht! Entweder du schaffst den Sprung mit allen andern oder nicht. Und er hat es diesmal nicht geschafft! Scheiße, aber das ist eben das Risiko! Jetzt wird Puppi wieder ein Affentheater veranstalten. Beim letzten Mal hat's Wochen gedauert, bis sie sich halbwegs beruhigt hat. Na, mal gucken, jetzt müssen wir sie erstmal hier wegschaffen.

»Adam, gehste mit ihr rein? Ich kümmere mich um unseren Newbie.«

Der sieht auch ganz schön mitgenommen aus.

»Siehste das erste Mal 'ne Leiche? ...

Beim ersten Mal ist es am schlimmsten. Ich erinnere mich noch gut, als ich Pete damals gefunden hab. Echt krass, wenn man sieht, dass da einfach kein Leben mehr in dem Fleisch ist. Gerade war er noch warm, hat geatmet, war'n Mensch und von einer Sekunde auf die andere ist's 'ne Leiche. Schon krass. Und wenn man die Person mag, ist's natürlich noch um einiges krasser. Ihr habt euch ja in den letzten Wochen echt gut verstanden. Bei Pete war das natürlich noch viel schlimmer. Ich mein, ich hab ihn über alles geliebt, kein Vergleich zu 'ner Freundschaft, die erst– Seit wann kennen wir uns? Erst eineinhalb Monate, da hat man jetzt noch nicht so die Bindung.«

Leichenabholer

»Hejo, spann den Wagen an. Sieh, Re'em treibt Leichen über's Land. Hol die schönen Gaben, hol die schönen Gaben. Hejo, spann den Wagen an. Sieh, Re'em treibt – «

Der Wagen zieht sich aber auch schwer. Jedes Jahr wird's schwerer, ich muss wirklich mal die Räder ölen. Jedes Jahr will ich ihn herrichten, dann ist der Todestag vorbei, ich sag, ich mach's nächste Woche, und das 51 Mal und dann ärgere ich mich wieder. So wie jetzt. Blöde Tradition! Warum muss noch immer ein Einhornwagen die Leichen holen? Können wir nicht einen motorisierten Wagen anschaffen? Ein kleines Auto, wie die, die auf den Golfplätzen umherfahren. Das würde mir gefallen. So eines hätte ich gern. Ich werd mal mit Graue Fee reden. Schließlich werde ich auch nicht jünger.

»Hol die schönen Gaben, hol die schönen Gaben.«

Wie viele es wohl dieses Jahr sind? Bei Tabletten bestimmt nicht so viele. Die Wettquoten sprechen für weniger als zehn. Das will ich auch hoffen. Die alle mit dem Wagen – . Ich bin gespannt, wer das mal macht, wenn es bei mir nicht mehr so geht.

»Hejo, spann den Wagen an. Ja, ja, ich komme schon, immer mit der Ruhe. Ein alter Mann ist doch kein D-Zug! Götter zum Gruße!«

Ausgerechnet so ein Muskelprotz.

»Helft ihr mir bitte beim Verladen? Nur keine Scheu, Gast, er beißt nicht! Genau, einfach unten bei den Füßen – Auf die Trage – Bei drei. Eins, zwei, drei und hepp!«

Er ist noch schwerer, als er aussieht. So, noch die Arme einklappen und fertig.

»Da hatte aber jemand das richtige T-Shirt über seinem Einhornkostüm ab: »Der letzte Wagen ist immer ein Kombi«. Das hättest du wohl gerne gehabt, was? Tja, musst mit dem alten Hejo vorliebnehmen. Selbst schuld! Freund von euch? ...

Übrigens, Bitch, das Konzert war grässlich! Bitte verschont uns nächstes Jahr damit oder gründe eine Band, die gute Musik macht! Ich war kurz davor, van Gogh zu imitieren und mir ein Ohr abzuschneiden. Schauderhaft, wirklich! Nun gut, danke für eure Hilfe, ich werde die Leiche ordnungsgemäß fortschaffen.«

Da drüben sehe ich noch zwei, da scharrt sich auch ein Grüppchen um jemanden zusammen. Ach nein, die kopulieren lediglich. Aber da vorne. Wie nett, jemand hat sie bereits zusammengeschoben, sehr vorbildlich.

»Nein, nein, du darfst keinesfalls helfen. Erstens ist das mein Zuständigkeitsbereich, seit etlichen Jahren, und so leicht lässt sich der alte Hejo den schönsten Job der Welt nicht abluchsen. Zweitens ist Gästen das strengstens untersagt! Und drittens wünsche ich noch einen schönen Todestag!«

Ich muss zusehen, dass ich fertig werde, schließlich will ich noch in die Genitalien-Ausstellung gehen, die nachher eröffnet wird.

Viktor

Ich spüre die Abwesenheit von Herkules, aber ich weiß, dass man niemanden verlieren kann. Er bleibt ein Teil von uns allen. Die Gesamtenergie eines abgeschlossenen Systems ist konstant, sie wandelt sich nur in andere Formen um. Nach dem, was ich erlebt habe, betrachte ich das alles als eben solches, als System, in dem niemand verlorengeht. Trotzdem wird er mir fehlen.

»Dusche? Die andern sind bestimmt schon vor. Boah, ich stink wie'n Iltis«, sagt Toni.

»Wie stinkt denn ein Iltis?«

»So wie ich!«

»Was passiert eigentlich mit den Leuten, die es nicht geschafft haben?«

»Du meinst mit Lahmen? Wirste schon noch sehen. Müssen wir mal Old Owl fragen ob, er'n Testament und Sarg hinterlassen hat.«

»Hat Adam sich deswegen einen Sarg gebaut?«

»Adam ist doch kein Lahmer! Er weiß, wie man springt! Okay, das dachte ich von Herkules auch. Vielleicht war's ja nur Pech. Beerdigung in Re'em ist in 'n paar Wochen, die oben checkt Old Owl. Das geht uns aber nichts an. Wenn zu viele Exitus auf 'ner Beerdigungen auftauchen, werden die Erleuchteten skeptisch.«

»Aber die sehen doch Vauteriol gar nicht! Die sehen nicht, dass wir nicht leuchten.«

»Nee, das nicht, aber gehen wir mal davon aus, du hast'nen Sohn und der bringt sich um und zur Beerdigung tanzt auf einmal 'n Haufen komischer Leute an, von denen du vorher noch nie was gesehen oder gehört hast. Da fragste dich doch, wo die alle herkommen und was das für Menschen sind, oder nicht? Aufmerksamkeit können wir einfach nicht gebrauchen. Bei solchen Sachen ist Wien 'n Dorf, da ist's nur 'ne Frage der Zeit, bis jemand auf der nächsten Beerdigung dieselben Leute sieht. Nee, nee, lass ma gut sein. Außerdem ist er jetzt 'n bekackter Lahmer, wir dürfen ruhig wütend auf ihn sein!«

Den Ausdruck höre ich zum ersten Mal, aber ich kann mir denken, was er bedeutet.

Heute machen die Unisex-Gemeinschaftsduschen zum ersten Mal Sinn. Wir sind einander so nackt begegnet, wie sich kein Erleuchteter jemals vorstellen kann. Nichts ist normaler als der Anblick nackter Körper, die in all ihren unterschiedlichen Ausformungen für sich gesehen absolut perfekt sind. Egal ob dünn, dick, klein, groß, rund, muskulös, trainiert, schwabbelig, glatt, runzelig, behaart, tätowiert, hell, dunkel, asymmetrisch, operiert, vom Leben gezeichnet, wir alle sind Chaos in der Ordnung und Ordnung im Chaos. Als selbstbestimmte Geschöpfe wandeln wir über und unter der Erde, bis sie uns irgendwann einschließt. Unter der Erde liegt unsere wahre Heimat, ganz gleich, welche sexuelle Orientierung, Hautfarbe, Religion, Herkunft, Fähigkeiten, welches Geschlecht oder welchen Namen wir haben, ob wir wunderbare oder abscheuliche Menschen sind. Die Einzigen, die urteilen, sind die Lebenden und am besten, jeder urteilt nur über sich selbst.

Twinkle

Oh là là, was ihm unten rum in der Länge fehlt, macht die Breite wieder wett. Mhm, es wäre zu schade, wenn ich erneut eine Abfuhr erhalte. Immerhin hat er Adam auch rangelassen. Wird Zeit, dass bon garçon seine schmutzige Seite rauslässt und sich dazu bekennt, nicht auf Muschis zu stehen! Es ist absolut nicht schlimm, mir fehlt auch etwas, wenn kein zweiter pénis involviert ist. Ich probiere es mal dezent mit Rückeneinseifen. Seine Haut ist schön weich.

Ah bien, es gefällt ihm sichtlich.

Adam

»What the hell?«

Is this really happening? Yes! Da ist Viktor, da ist Viktors Schwanz, unübersehbar steif – Mh, gar nicht übel, vor allem der Umfang. In unserer MDMA-Nacht hab ich ihn nur durch die Hose gespürt. Und da ist Twinkle. Unbelievable! Das kann unmöglich sein! Aber es muss. Niemand in Re'em hat so eine goldschimmernde, hellbraune Haut wie Twinkle. Ich fasse es nicht! Er bläst ihm einen! Hier! In der Dusche! Und mich erregt das auch noch.

Finally, Good Boy lässt sich gehen. And he definitely likes it! Bei der Technik habe ich keinen Zweifel, Twinkle hat Ahnung von dem, was er da macht. Wie flink und geschickt und – Endlich mal ein Todestag nach meinem Geschmack, an dem das Leben ausgiebig gefeiert wird! Mal sehen, wen ich mir heute noch angle. Pater Richard müsste hier irgendwo herumlaufen. Immerhin ist Todestag, und Donnerstag noch dazu! Wenn das keine erfreulichen Aussichten sind. He always takes care of his congregation in Re'em. Jesus Christ, Viktors Bedürfnisse stehen kurz vor der Befriedigung. Wie laut er stöhnt! Gleich hält er es nicht mehr aus. Gleich! Gleich! Ahhhh, jetzt spritzt er ab. Wie geil!

Twinkle wirkt auch befriedigt und ist sichtlich stolz, aus unserem Good Boy einen Bad Boy gemacht zu haben.

Besitzerin des Café Einhorn

»Hallo, servas! Na, wie ist es dir gegangen? ...

Traumhaft, ge´? Von mir aus könnten wir jeden Tag Todestag feiern. Hast du das schon gehört vom Herkules? ...

Nicht? Ja, er war heuer auch einer von den depperten Lahmen! ...

Ja, wirklich! Ich versteh nicht, wie man so blöd sein kann. Wie oft hamma das schon gemacht? Er war ja nicht erst seit gestern dabei! Wobei, ich hab schon immer das Gefühl gehabt, dass er bissl wenig im Hirn hat, weißt, wie ich mein? ...

Versteh mich nicht falsch, er war eine super Arbeitskraft, aber das viele Trainieren im Fitnessraum – Du kannst mir nicht erzählen, dass das ohne Folgen bleibt. Vielleicht hat er auch irgendwas gespritzt für den Muskelaufbau, dass das schneller geht. In Re'em ist es kein Problem, an alles Mögliche ranzukommen. Und Nebenwirkungen hat das Zeug sicher, sonst wär's legal und alle täten es nehmen. Wobei, die fette Narben, die er am Schädel hatte, ich weiß nicht. Vielleicht hat er bei dem Unfall damals mehr abgekriegt, als er uns erzählt hat. Ist ja sogar im Koma gelegen, hat er gesagt. Schön deppert. Vielleicht war das in Wirklichkeit eh Absicht und auch ein Selbstmordversuch, der in die Hosen gegangen ist. Was weiß denn ich?«

Wer hat das gesagt? Er? Das nackte Hendln da?

»Na hörst, wir haben da grad eine private Unterhaltung, da brauchst du dich gar nicht einmischen. Das geht dich nix an! ...

Ist mir wurscht, dass das ein Freund von dir war. Geh lieber retour in die Duschen und lass dir vom Nächsten einen blasen. Ich hab eh nichts dagegen, ich will nur nicht, dass du dich in was einmischst, von dem du keine Ahnung hast! ...

Sicher hab ich einen Zorn! Mir ist grad meine beste Arbeitskraft abhandengekommen, weil er ein depperter Lahmer ist, der es nicht fertig gebracht hat, die Tablette richtig zu schlucken, so wie alle anderen Leute hier. Und da soll ich mich nicht aufregen? Wo soll ich so schnell einen Ersatz für ihn herkriegen? Noch dazu muss ich mich jetzt auf der Stelle darum kümmern, während alle andern feiern. Montag muss schließlich irgendwer das Einhorn aufsperren. Kannst gern du machen, wenn's deinem Freund helfen willst. Dann halt ich auch die Goschn. ...

Ja, das verspreche ich dir! Wenn's du im Einhorn kellnerst, verlier ich nur mehr gute Worte über Herkules!«

Macht er nie!

Ernsthaft?

»Ja, sicher, das sagst jetzt so dahin und dann steh ich am Montag allein da! ...

Wirklich? ...

Bis September würde ja schon a mal helfen, das sind drei Wochen, die ich Zeit hab, wen zu finden, das geht sich locker aus. Und ich muss jetzt nicht sofort raufgehen. ...

Vier Tage die Woche hat er gehackelt: Montag bis Donnerstag 17 bis 4 Uhr. ...

Und das schaffst du? ...

Wenn dir eh fad ist, umso besser.«

Gott sei Dank!

»Passt! Hand drauf! ...

Dann ist's hiermit besiegelt. Ich schreib heut noch einen Vertrag und bring dir den zum Unterschreiben. Wie heißt du? ...

Und oben? Für den Vertrag. ...

Jakob Cerny, alias Viktor! Ausgezeichnet! Der Schlüssel muss bei Herkules' Sachen dabei sein, nachdem ihr so super befreundet wart, weißt du sicher besser, wo man den findet. Von mir aus kannst auch in so geschissene T-Shirts zur Arbeit kommen wie – O Verzeihung, ich hab ja gesagt, ich red nur mehr freundlich über ihn. Also von mir aus kannst auch in solch humorvollen Leibchen kommen, wie Herkules immer getragen hat. Nur bitt'schen, zieh dir was an!«

2

Jakob

16:55 Uhr stehe ich vor der Tür des Café Einhorn und frage mich, was zur Hölle ich hier zu suchen habe. Wie besoffen war ich, als ich Elfriede das angeboten habe? Verdammte Post-Orgasmus-Hormone! Als ich den Vertrag unterschrieb, war ich definitiv betrunken! Selbst in dem Zustand war mir allerdings klar, dass der Wisch zu nichts taugt und vor keinem Gericht Bestand haben würde. Er strotzt nur so vor Fehlern und seltsamen Vereinbarungen, ihn für null und nichtig zu erklären ist ein Leichtes und somit eine gewisse Sicherheit, wenn ich es überhaupt nicht aushalte.

Ich schließe die Tür auf und trete ein. Überraschenderweise stinkt es nicht so ekelhaft, wie ich dachte. Offenbar steckt nur die Hälfte des Miefs in der Einrichtung, die andere Hälfte wird jeden Tag neu hereingetragen.

Ich weiß nichts übers Kellnern! Da wir immer im Keller hocken, weiß ich erst recht nichts über die Abläufe im Einhorn. Was ich weiß, ist, dass der Service für Erleuchtete zu wünschen übrig lässt und somit niemand, der hierherkommt, erwartet, vorbildlich bedient zu werden.

In einer Schublade hinter der Bar ist die Kasse mit Wechselgeld. Der Betrag ist so lächerlich klein, dass ich bezweifle, damit über die Runden zu kommen, zum Türmen ist es ebenfalls zu wenig. Neben dem Wechselgeld liegt die Getränkekarte. Es gibt also doch eine! Tiger hatte es immer bestritten. Verschiedene Mythen und Legenden ranken sich um dieses foliierte Blatt Papier, das ebenso klebt wie alles in diesem Laden.

Die gedruckten Preise sind wesentlich höher als die in Teriol daneben geschriebenen, die wir Exitus immer bezahlen. Erleuchtete zahlen also mehr. Gut, was noch? Zapfhahn und Kaffeemaschine. Erstes erklärt sich halbwegs von selbst, außer, dass die Hälfte des Bieres ab sofort aus Schaum besteht. Die Kaffeemaschine funktioniert weder automatisch noch mit Filter oder Kapsel, ich habe keine Ahnung, wie man das Ding bedient. Verdammt!

»Servus!« Die ersten Gäste, ich bin geliefert! Wo ist denn Elfriede? Jemand muss mir erklären, wie die Sachen funktionieren. Ich habe nicht mal ihre Nummer. Toni! Sie muss mir helfen, Tiger war schließlich auch ihr Freund!

Ich nehme das Telefon, gehe in einen Raum, der sich als Küche entpuppt – seit wann hat das Einhorn eine Küche? – , und rufe Toni an.

»Niemand ist hier!«, begrüße ich sie. »Ich habe keine Ahnung, wie man kellnert. Die Kaffeemaschine geht nicht! Ich schaff das nicht!«

»Junge, Junge, haste schon ma'n Kellner gesehen?«

»Wie soll mir das helfen?«

»Fake it 'til you make it! Verhalte dich einfach so, wie sich'n Kellner verhält. Du bist der Boss! Ich verrate dir jetzt'nen Tipp aus'm Handel: lügen, lügen, lügen! Die Leute haben keine Ahnung, was stimmt und was nicht. Sag ihnen einfach, die Maschine ist kaputt.«

»Aber sie ist nicht kaputt!«

»Na und? Das weiß niemand! Schieb die Schuld auf die Chefin oder auf die Bürokratie, denk dir was aus! Toast ist gerade aus wegen Brotmangel in Uganda, was weiß ich. Dann gibt's einen Tag mal nur Bier und Wein, wird auch gehen. Ich muss Schluss machen. Ich komm nach der Arbeit vorbei, okay?«

»Beeil dich!«

Ruhig Blut, wie waren die Regeln, die no-body mir als Letztes gegeben hat? Fragen stellen, keine beantworten. Alles Gehörte zum eigenen Vorteil nutzen, Reparaturwerkzeug dabeihaben. Die anderen zwei ersetze ich durch »Lügen ohne Rotwerden«. Auf geht's.

Gast/Alkoholiker/typischer Wiener

Was is'n des für ein komischer Typ? Arbeitet der jetzt da? Ich komm nicht daher, um mit einem Versicherungsvertreter zu reden, der Tigers Stil kopiert. So kann der doch hier net arbeiten! Und warum trägt er einen Werkzeuggürtel? Der schaut nicht so aus, als könnt er damit wirklich was reparieren.

»Sag, ist der Tiger heut gar nicht da? ...

Was ich will? Dasselbe wie immer: ein Krügerl und zwei Obstler! Aber wo ist der Tiger? Der kennt mich schon! Weißt eh, ich bin Stammkunde. Ich komm immer daher.«

Will er mir wohl nicht sagen. Na, eh wurscht. Komisch, dass der Seppl noch gar nicht da ist heute. Der hängt sicher noch in der Arbeit fest. Arg, wie der sich immer ausbeuten lässt jeden Tag.

Toni

Ich bin echt gespannt, ob Jakob das auf die Reihe kriegt. Warum lässt er sich auf so einen Blödsinn überhaupt ein? Nur weil Elfriede Scheiße über Tiger redet? Er ist selbst schuld, wenn er's nicht schafft. Elfriede hätte nie so über ihn hergezogen, als er noch gelebt hat, aber jetzt – pff, Lahme sind Freiwild, Mann!

Es sitzen sogar Leute draußen, also hat er noch nicht alle vergrault. Wie geil, es gibt wirklich nur Bier und Wein, oder was? Die trinkt'nen Tee, aber sonst –

Hier draußen läuft er nicht rum, ah, da drin.

»Hey! Wie läuft's? Alles unter Kontrolle? ...

Ich hab dir'n Geschenk mitgebracht. Okay, eigentlich 'n Geschenk fürs Einhorn. Neue Bilder für'n Keller. Happy first day!«

Er guckt sie nicht mal richtig an. Hat eben keine Ahnung von echter Kunst.

»Was is'n mit der Mucke? Warum haste keine Musik eingeschaltet? ...

Ja, natürlich bist du dafür zuständig! Hier legen immer die Kellner auf. Ich kümmer mich drum. Das Glas musste übrigens schräg halten, damit es nicht so schäumt. ...

Schräg! Ja, genau so. Geht gleich besser, oder?«

Junge, Junge, sein T-Shirt ist schon komplett durchgeschwitzt. Sicher Angstschweiß! Was steht'n da drauf? »Die dümmsten Ideen beginnen immer mit ‚Hier halt mal mein Bier!' « Das ist doch eines von Herkules' T-Shirts, das wir Jakob als Scherz mitgegeben haben, damit er'n Andenken hat. Das ist ihm viel zu groß!

Mal gucken, was ich aufm MP3-Player hab. Ich spiel einfach *Lunachicks*, die gehen immer. Hm, die *Binge and Purge, Babysitter on Acid* oder *Luxury Problem? Babysitter on Acid*! Jakob wird's hassen, aber besser, als wenn man seine eigenen Gedanken hört. Er hat meine blauen Haaren gar nicht bemerkt. Scheißegal, ich weiß, dass es fantastisch aussieht. Hoffentlich färbt der Dreck nicht wieder so ab wie Rot.

So, Musik rennt. Was als Nächstes? Wo ist er denn jetzt? Nicht, dass er mich einfach allein zurücklässt. Nee, bringt nur Bier nach draußen. Okay, hat er nicht gesagt, dass was mit der Kaffeemaschine nicht hinhaut? Knöpf ich mir die als Nächstes vor!

Besitzerin des Café Einhorn

Hier schaut's ja nicht a mal so schlimm aus. Zusammenkehren hätte er gestern halt ruhig können und da ein bissl gründlicher abwischen, aber sonst – Einnahmen passen auch halbwegs. Hat sich gar nicht so schlecht geschlagen, obwohl ich ihn auf die Probe gestellt hab. Dann ruf ich ihn mal an.

»Hallo, servas! Da ist die Elfriede vom Einhorn. Du, 'tschuldige, hast du leicht grad geschlafen? ...

Ach so. I wollt dir ein Kompliment machen, es schaut so aus, als hätte gestern alles funktioniert und –

Ja, ach ge´, macht ja nichts, wenn's dir helfen hast lassen. Du hättest den Laden mal nach Tigers erstem Dienst sehen sollen. Da hat's ausgeschaut überall. Aber ich hab ja gesagt, dass ich nix Negatives mehr red, also wurscht. Kommst heut schon eine Stunde früher vorbei? Dann zeig ich dir alles in Ruhe.«

Zögert er grad, oder was? Er hat einen Vertrag unterschrieben!

»Ich würd dir das wirklich ans Herz legen, des gibt vielleicht einen Pluspunkt, wenn's a mal Bürger werden willst. ...

Passt, dann bis später!«

Jakob

Zwei Cappuccino für Tisch Drei, kommen sofort!

Ich halte das Sieb unter den Behälter mit gemahlenem Kaffee, drücke zweimal den Hebel, klopfe das überschüssige Pulver ab, streiche es glatt, spanne es in die Maschine ein, stelle zwei Tassen darunter und drücke den Knopf, der Wasser durch das Sieb jagt und in Kaffee umwandelt. Währenddessen schäume ich die Milch im Metallbehälter, wische den heißen Stab, der dieses Kunststück vollbringt, mit einem Lappen ab, gebe einen Schluck Milch in die Kaffeetassen, löffle den Schaum hinein und streue Kakaopulver drüber. Ich stelle die Tassen auf die Untertassen, lege einen Löffel, Tütchen Zucker und Keks dazu und fühle mich wie ein Barkeeper, der die verrücktesten Cocktailkreationen zustandebringt. Sogar einen Caffè Latte schaffe ich mittlerweile unfallfrei!

»So, zwei Cappuccino, lasst es euch schmecken!«

Chris betritt das Lokal. Wie schön, dass er mich besuchen kommt!

»Hello Bad Boy! Wow! What happened?«

»Setz dich! Bier?«

»Yes, please.«

Er nimmt auf einem der Barhocker Platz und sieht mich erstaunt an. Ich zapfe ihm ein Bier.

»Toni hat gesagt, du bist überfordert und ich soll noch mal vorbeischauen, bevor das Einhorn in Konkurs geht, aber du siehst – also – Wow! Nicht nur, dass du alles unter Kontrolle hast, du siehst auch endlich so jung aus, wie du bist. Schwarz steht dir! Und warst du beim Friseur?«

»Nein, schon lange nicht mehr. Ich müsste mal wieder hin, aber – « Ich fahr mir unsicher durch die zerzausten Haare, die je nach Tageszeit in unterschiedliche Richtungen stehen.

»No! Das steht dir! Endlich nicht mehr so streng! Genauso wie die Skinny Jeans, almost like a rockstar!«

Die vielen Komplimente lassen mich erröten, aber ich muss zugeben, dass ich mich extrem wohl in der neuen Kleidung fühle. Anfänglich war ich unsicher, ob ich tatsächlich so eine enge Hose tragen kann, aber die Verkäuferin hat mich gut beraten. Ich hätte nicht gedacht, dass Stretch so verdammt bequem ist!

»Bei dem Job blieb mir kaum was anderes übrig. In Bundfaltenhose wurde ich am ersten Tag ein paar Mal ausgelacht. Jetzt passe ich hier besser rein. Ich bin nur so müde. Wie hat Tiger das gemacht? Na ja, nur noch heute, dann ist die erste Woche geschafft. Ich habe unterschätzt, wie anstrengend der Job ist. Ich freu mich schon aufs Wochenende! Zumindest spar ich mir jetzt die Tabletten von Pille.«

»Welche hast du noch mal genommen? Tryptizebo, oder?«

»Genau! Aber die brauche ich jetzt wirklich nicht mehr! Ich falle jeden Morgen tot ins Bett und wache gegen Mittag auf. Ich hätte momentan gar keine Zeit, die von Pille zu holen. Komisch, aber der Job hier macht mir sogar irgendwie Spaß.«

»Wenn du willst, kann ich dir bisschen Speed geben, das hilft, um wach zu bleiben. Die Wirkung von dem ist relativ smooth, bisschen so, als hätte man zu viel Kaffee getrunken. Und du bist gut drauf! Damit sind die Nächte kein Problem mehr.«

»Danke, aber das verschieb ich lieber aufs Wochenende. Aus meinem Alltag halt ich das Zeug lieber raus und trink richtigen Kaffee. Ich sitz quasi an der Quelle und man kann ihn sogar trinken!«

»Well, still a Good Boy!«

3

Verrückte

»Wo ist Ihr Schein? Wo ist Ihr Schein? Was ist hier los? Warum strahlen Sie nicht so hell wie alle anderen Menschen? Sie sehen es, nicht wahr? Was ist hier los?«

Ich halte Sie so lange fest, bis Sie mir sagen, was hier vor sich geht. Vorher gehe ich nicht weg! Sie brauchen sich nicht zu winden und zu wehren.

»Ich bin nicht betrunken!«

Maximal angetrunken. Anders hält man diese Grelligkeit auch nicht aus!

»Ich weiß, dass Sie es auch sehen, Sie müssen! ...

Ich lasse Sie los, aber bitte schicken Sie mich nicht weg! Bitte! Bitte helfen Sie mir, ich will nur verstehen. Diese Kopfschmerzen, ich halte das nicht mehr aus! Alle halten mich für verrückt, aber ich bin nicht durchgeknallt! Ich bilde mir das nicht ein! Sie sehen es! Bitte! Tun Sie was! Machen Sie, dass es aufhört! Bitte! Erklären Sie mir, was los ist! Mehr verlange ich nicht!«

Morgen? Nein, nein, das ist ein Trick, um mich loszuwerden!

»Ich muss jetzt wissen, was los ist! ...

ICH BIN NICHT BETRUNKEN!«

Und nicht wahnsinnig!

Jetzt weine ich auch noch vor einem Wildfremden, der mein Enkelkind sein könnte. Wie bin ich nur so armselig geworden?

»Morgen?«

Mir bleibt nichts anderes übrig, als Ihnen zu vertrauen!

»Versprochen? ...

Wann? ...

17 Uhr, hier im Kaffeehaus? Arbeiten Sie morgen wieder? ...

Und Sie helfen mir ganz bestimmt?«

Morgen. Gut, ich komme wieder! So leicht werden Sie mich nicht los!

Toni

»Nee, oder? Echt? Boah, und das passiert dir ausgerechnet an deinem vorletzten Tag! ...

Morgen haste deinen letzten Dienst und Montag beginnt das Gerichtsdingsbums, ne? ...

Ich frag nur, weil ich grad'n bisschen durcheinanderkomm mit den ganzen Terminen. Das nenn ich mal'nen Abschluss, der in Erinnerung bleibt. Und was haste der gesagt? Du hast doch nix gesagt, oder? ...

Das ist gut! Du kannst ihr sowieso nicht helfen, wenn sie nicht psychisch stabil ist. ...

Nee, Pille lass ma schön aus'm Spiel. Wir haben insgesamt fünf Psychospezialistinnen und -spezialisten, zu denen wir neue Exitus bringen, aber das macht nur Sinn, wenn die Leute nicht crazy sind. ...

He! Was hast du gegen meine Brille? Die ist ganz neu! Ich hab jetzt jahrelang immer dasselbe grüne Brillenmodell getragen, wurde mal Zeit für 'ne neue. Ich weiß gar nicht, was du hast, pink passt perfekt zu den blauen Haaren! Wir kommen vom Thema ab. Okay, ich gebe ja zu, dass wir alle 'n bisschen ungewöhnlich sind, aber nicht geisteskrank! Verstehste? Wenn sich 'ne fremde Frau am helllichten Tag auf dich drauf schmeißt und dich anfleht, ihr zu helfen, dann hat sie einen an der Waffel. ...

Alkohol ist keine Ausrede! Außerdem brauchen wir momentan keine Leute. Warum haste der überhaupt gesagt, dass die wiederkommen soll? ...

Mitleid, wie süß. Bist eben doch noch unser Good Boy. Pass auf, wenn sie morgen kommt, schick sie am besten sofort weg und tu so, als ob du keine Ahnung hast, wovon sie redet. Lass dir nicht anmerken, dass du Teriol siehst. Wenn die Leute psychisch zu labil sind, bringen sie alles in Gefahr. Wer weiß, wozu die noch fähig ist. Was glaubste, was bei mir schon für Leute auf der Matte standen? Im Esoshop haste die crazy Erleuchteten und die crazy Exitus! ...

Als ich dich zu Pille gebracht hab, warste durch'n Wind, aber du warst berechenbar und harmlos. Menschen, die einen körperlich angehen, auf welche Art und Weise auch immer, sind unberechenbar und womöglich gefährlich! Ich schreib dir die Nummer auf, die du anrufst, falls die Probleme macht, okay? Moment.«

Ich hoff, ich hab die noch eingespeichert. Unter P: Peter, Pia, Polizei. Ha! Sehr gut!

»Ich schick dir die! Ist die Nummer von einem von uns, der bei der Polizei arbeitet. Der kümmert sich um die, falls du sie nicht los wirst. Bitte zögere nicht, ihn anzurufen! ...

Wie hat die denn eigentlich ausgesehen?«

Ich merk mir das mal und gebe die Infos sicherheitshalber gleich weiter.

Jakob

Sie sitzt schon auf der Treppe vor der Tür, obwohl es erst 16:35 Uhr ist. Toni hatte recht, sie ist wirklich crazy. Sie trägt dasselbe altmodische blaue Blumenkleid wie gestern, das ihr das Aussehen einer Klischee-Putzfrau verpasst. Die Ellenbogen hat sie auf die Oberschenkel gestützt, ihre Hände halten den Kopf mit der fettigen, schütteren, blond gefärbten Dauerwelle. Sie sieht zu Boden. Allein die Körperhaltung schreit nach Verzweiflung. Aber war ich nicht auch verzweifelt? Ja, aber nicht so!

Chris hat zwar mal gesagt, dass wir zusammenhalten müssen, aber ich kann ihr nicht helfen! Selbst wenn ich wollte! Ihre Fahne rieche ich schon von Weitem. Das ist nicht bemitleidenswert, das ist abstoßend!

Ich nähere mich der Treppe, sie sieht auf und stürzt sich sofort auf mich.

»Bitte sagen Sie mir, was hier vorgeht! Bitte!«

»Unterlassen Sie das! Ich habe keine Ahnung, wovon Sie sprechen! Lassen Sie mich sofort los!«

Sie gehorcht.

»Bitte! Sie haben gesagt, Sie sagen mir heute, wo Ihr Schein ist. Warum Sie nicht hell sind!«

»Sie sind eindeutig betrunken und leiden unter Wahnvorstellungen. Ich – «

»Nein! Ich bin nicht durchgeknallt! Ich weiß, dass ich mir das nicht einbilde. Alle sagen, ich bin wahnsinnig, sehe Gespenster und bin nicht mehr ganz dicht, aber das stimmt nicht!«

»Ich kann Ihnen nicht helfen!«

»Bitte! Sie sind meine letzte Hoffnung! Ich weiß nicht, was ich noch tun soll! Bitte!« Wieder greift sie mein T-Shirt und zerrt daran.

»Wenn Sie nicht aufhören, sich so aufzuführen, sehe ich mich gezwungen, die Polizei zu verständigen!«

Ich habe es nicht vor, aber zücke trotzdem zur Abschreckung mein Telefon. Sie lässt mich los.

»Nein, bitte nicht! Bitte helfen Sie mir!«

Ich gehe an ihr vorbei die Stufen hoch und schließe die Eingangstür auf. »Ich rate Ihnen zu verschwinden. Und zwar schnell!« Ich schließe die Tür hinter mir und versperre sie von innen.

»Dann bringe ich mich um!«, brüllt sie.

Ich lächle. Das ist gar keine so schlechte Idee!

Madam Strawinsky

»Willkommen in Re'em, Viktor! Heute ich brauche nicht Telefon. Heute ich brauche Namenschild und Brille von dir. ...

Ja, Brille! Diese! ...

Danke! Hier ich habe Sachen aus Schrank von Garderobe, bitte sehen nach, ob etwas fehlt.«

Muss alles sein, was in Schrank und Scheißhaus war.

»Buch von Bibliothek wir haben wieder zurückgenommen.

Danke für deine Besuch. Ab sofort Re'em geschlossen. ...

Ja, für dich geschlossen! Ab sofort! ...

Ist notwendig, dass ich jemanden rufe, der dich bringen raus oder gehst du freiwillig? ...

Nein, nicht möglich! Sofort! Draußen auch Kontakt verboten! ...

Das ich kann nicht beantworten. ...

Auf wiedersehen! Viel Spaß!«

Viktor

Ich sehe zu, wie die schwere Sicherheitstür sich langsam schließt. Der Ausschnitt von Re'em wird immer schmaler, bis sie lautstark ins Schloss fällt und eine unüberwindbare Mauer zwischen mir und der Freiheit aufbaut. Ich verstehe es nicht. Warum? Was habe ich falsch gemacht? Hat es mit der Verrückten zu tun, die ich gestern weggeschickt habe? Ich habe genau das gemacht, was Bitch gesagt hat. Was hätte ich denn sonst tun sollen? Habe ich zu viel verraten? Fassungslos trete ich meinen Weg nach oben an. Ist es das letzte Mal, dass ich die Stufen von Re'em in die reale Wiener Welt zurücklege? War's das ein für alle Mal?

Ich bin mit Puppi verabredet! Sie schuldet mir eine Revanche im Tischtennis. Letzte Woche hat mich die Kleine mit ihrem an den Unterarm gebundenen Schläger knallhart abgezogen. Jetzt glaubt sie, ich lasse sie im Stich. Außerdem wollen wir das Ende meiner Kellnerkarriere groß feiern, bevor ich ans Gericht wechsle. Sie hätten wenigsten zulassen können, dass ich mich verabschiede! Und einen Grund nennen für all das! Woher soll ich wissen, was ich falsch gemacht habe, wenn niemand mit mir redet?

Verdammt!

Habe ich zu wenig bezahlt? Alle haben gesagt, dass es egal ist, wie viel ich in die Box werfe und ich habe immer großzügig gegeben. Jedenfalls bin ich bislang davon ausgegangen. Meistens habe ich 200 € pro Wochenende gespendet, war das nicht genug? Am Anfang habe ich mich manchmal scheiße verhalten und versehentlich Leute diskriminiert, aber das ist schon ewig her und war keine Absicht! Ich habe mich wirklich verändert! Es tut mir auch leid, wie begrenzt ich früher gedacht habe! Ich kannte früher eben Homosexuelle und Menschen wie no-body nur aus dem Fernsehen. Ich dachte, es wären Sonderlinge, aber das meinte ich gar nicht böse! Mittlerweile habe ich meine Fehler eingesehen und viel gelernt! Ich habe Drogen und mir das Leben genommen! Was soll ich denn das Wochenende über machen? Alle meine Freunde sind da drin. Oder?

Jakob

Wieder an der Luft, die nicht frisch ist, sondern nach Karlsplatz stinkt, wähle ich erst Tonis, dann Chris' Nummer. Beide haben ihr Telefon ausgeschaltet. Die Nummern der anderen habe ich nicht, aber bestimmt sind auch sie schon unten. Ich warte in der Nähe des Eingangs, ob jemand vorbeikommt, den ich kenne und der den anderen ausrichtet, was los ist. Damit zumindest Puppi beruhigt ist. Und vielleicht könnte die Person mich gleich mit beruhigen, weil langsam freake ich aus. Vor allem, als ein erleuchtetes Pärchen den Gang entlangkommt. Au! Ich habe vergessen, welche Schmerzen Vauteriol bereitet, wenn man keine Brille trägt. Warum hat Madam Strawinsky mir die weggenommen? Ich muss wirklich etwas Gravierendes falsch gemacht haben! Was genau habe ich noch mal zur verrückten Putzfrau gesagt? Ich habe Re'em bestimmt nicht erwähnt!

Bürger von Re'em

Eine Unverfrorenheit, ein Frevel blockiert den Eingang. Unsichtbarkeitsmodus einschalten!

Ratter, ratter, boing, peng.

Unsichtbarkeitsmodus aktiviert!

Dumdidum dumdidum.

Unsichtbarkeitsmodus meldet Alarm! Warnstufe Rot! Dunkelrot!

Leise, noch leiser, so leise wie möglich: »Sie sehen mich nicht!«

Ich verstehe nur Unsichtbarkeitssprache. Ich verstehe nicht! Ich verstehe nicht! Dumdidum, la la la. Ich kann nichts machen, weil ich nichts verstehe. Kein Verständnis, kein –

Unsichtbarkeitsmodus ausschalten!

Peng, boing, ratter ratter.

Unsichtbarkeitsmodus deaktiviert!

Schrei: »Aaaaaaaah!«

Zack durch die Tür. Ablenkungsmanöver erfolgreich, Gefahr gebannt!

Hui. Menschen gibt's, einfach unglaublich!

Keinen Respekt mehr heutzutage.

Assistent von Dr. Pille

Herr Cerny! Genau wie Herr Oberarzt Dr. Pille vorhergesagt hat. Er hat mich gewarnt, dass er heute versuchen wird, zu ihm zu gelangen.

»Guten Morgen! Einen schönen Montag wünsche ich. Was kann ich für Sie tun?«

Ich dachte, er gilt als geheilt! So schlimm wie heute sah er nur die ersten zwei Besuche aus. Was ist denn passiert?

»Nein, bedauere, der Herr Oberarzt Dr. Pille ist aktuell nicht im Haus.«

Zumindest nicht für ihn!

»Nein, bedauere, das ist ausgeschlossen. Voraussichtlich ist er die gesamte Woche nicht zu sprechen.«

Zumindest nicht für ihn! Mich würde interessieren, was zwischen den beiden vorgefallen ist.

»Sie können es gerne nächste Woche wieder versuchen. ...

Nein, Termine vergeben wir prinzipiell keine! Wissen Sie, im Krankenhaus kommen laufend unvorhergesehene Dinge dazwischen: Notfälle, Behandlungen, Besprechungen, allerhand. Da ist es unmöglich, sich an feste Termine mit Patienten zu halten, insofern bevorzugt Herr Oberarzt Dr. Pille, einen losen Zeitplan zu haben. Wie gesagt, nächste Woche – ...

Zur Aushändigung von Medikamenten bin ich in keinem Fall befugt! In dringenden Fällen wäre eine Weiterleitung zu Frau DDr. Nezien denkbar, eine hervorragende Ärztin für Akutpatienten. ...

Wie Sie wünschen. Auf Wiedersehen!«

Jakob

In Kürze wird Toni ihren Dienst beginnen. Meiner am Landesgericht für Strafsachen begann vor einer Stunde, aber ohne mich! Wie soll ich ohne Brille einen ganzen Tag unter Erleuchteten aushalten? Unter diesen Umständen ist es ausgeschlossen, dass ich die Gerichtspraxis mache!

Endlich lief mein Leben wieder in geregelten Bahnen und schon kugle ich wieder desorientiert auf der Nachbarbahn herum.

Das *Lichter des Lebens* öffnet um 10 Uhr. Ich warte vor der verschlossenen Tür. Wer hat eigentlich dieses grässliche Logo mit den zwei Händen verbrochen? Puppi ist dafür sicher nicht Model gestanden!

Obwohl der zweite September ist, ist der Herbst noch in weiter Ferne. Sogar um die Zeit ist es heiß und Toni taucht in einem orangen Sommerkleid auf, das perfekt zu ihren blitzblauen Kopf- und Achselhaaren passt. Als sie mich sieht, rollt sie hinter ihrer neuen pinken Brille mit den Augen. Warum trägt sie nicht mehr das grüne Gestell? Das war ihr Markenzeichen und hat viel besser zu ihr gepasst! Auf ihrem rechten Oberarm klebt eine Plastikfolie, darunter prangt ein frischgestochenes Tattoo: ein Einhorn!

»Es gibt Teriol-Tattoofarbe?«

»Pscht! Geht's nicht noch lauter? Was machste hier, Jakob?«

»Was ich hier mache? Ich will von dir wissen, was los ist! Was habe ich falsch gemacht?«

»Du musst Geduld haben. Was anderes darf ich dir nicht sagen.«

»Geduld? Geduld für was? Ich dachte, wir sind Freunde, Toni!«

»Sind wir auch! Nur momentan Freundin und Freund, die nicht miteinander reden, capice? Ich muss jetzt arbeiten, ich bin spät dran! Ich kann nicht wegen dir wieder einen Tag blaumachen.«

»Aber – Ich versteh's einfach nicht. Bitte, Toni, du musst mir helfen!«

»Hat das nicht letzte Woche gerade 'ne Durchgedrehte zu dir gesagt? Werd nicht erbärmlich, du bist zu gut für so'n Scheiß! Krieg dein Leben auf die Reihe und warte ab. Mehr kannste grad nicht tun!«

Dinge dinge ding.

Sie betritt das Geschäft und macht die Tür vor meiner Nase zu. Exakt so, wie ich es letzte Woche mit der Fremden getan habe. War das der Fehler? Wie soll ich mein Leben auf die Reihe kriegen, wenn ich von Schmerzen geplagt keine Erleuchteten ansehen kann? Verdammt!

Unschlüssig, was ich nun tun soll, bleibe ich einfach stehen und spiele meine Möglichkeiten durch. Mein Job im Einhorn ist vorbei, dort abhängen ist ausgeschlossen wegen den Erleuchteten und wenn Toni mich unten sieht, wird sie bestimmt sauer. Wenn sie nichts für mich tun kann, dann Chris auch nicht und sonst – Pille ist nicht da oder will mich nicht sehen. Von Twinkle, Gundel, Puppi und no-body weiß ich kaum etwas über ihr alltägliches Leben an Wochentagen. no-body würde sicher, wenn –

Dinge dinge ding.

»Pass auf, was du sagst, verstanden?« Ich nicke und nehme den Zettel, den mir Toni hinhält. Ihr Blick sagt mir, dass sie es nicht böse meint und ich besser nicht nachfrage. Ich stecke ihn ungelesen ein. »Danke!«

Sie lächelt. »Pass auf dich auf, okay? Bis bald!«

Ich gehe. Ich hoffe wirklich, dass ich sie bald wiedersehe.

Schauspieler

Düdeldüdeldüdeldi düdeldüdeldüdeldi düdeldüdeldü –

»Hallo? ...

Wer spricht bitte? ...

Ich kenne keinen Jakob. ...

Wer ich bin? Sie haben mich angerufen! ...

Toni? Einen Toni kenne ich auch nicht.«

Sie ist eine Bitch? Moment, spricht er von –

»Eine Bitch kenne ich. Meinen Sie die aus Re'em? Wer ist da? ...

Hier spricht Horvath. ...

Ja, Julius Horvath.«

Er mag schwarze Kater? Was-Moment, genau.

»Ich mag ebenso schwarze Kater. Aber momentan sorgen die für Probleme!«

Er weiß etwas, das er mir nicht verrät. Er hat ebenfalls Probleme? Heißt das –

»Vielleicht sollten wir uns treffen, um uns darüber auszutauschen. Mir ist es nur momentan nicht möglich, unter vielen Menschen zu sein.«

Und meine Wohnung ist tabu, wer weiß, wer am anderen Ende dran ist.

»Zu Ihnen? Ich meine, dir? Ja, warum nicht. Ich habe heute noch ein paar Dinge zu erledigen, aber wie wäre es mit morgen? 15 Uhr? ...

Ausgezeichnet. Du hast nicht zufällig eine Brille? ...

Das wäre auch zu schön gewesen. ...

Wie ist deine Adresse? ...

Gut, dann bis morgen.«

Nachbar

»Komm, Wurli. Komm! Zeit für deine Abendrunde. Ja, da freust du dich, ge´? Komm, wir gehen in den Park, zum *Haus des Meeres*. Da magst du es eh so gern. Du spielst in der Hundezone und ich schau daweil den Kindern am Spielplatz zu. Na komm!«

So, die Tür noch versperren. Hoffentlich hamma nichts vergessen. Das Sackerl fürs Gackerl holen wir unterwegs beim Sackerlspender. Schau ma mal, ob um die Zeit viel im Park los ist.

»Heut ist's so schön draußen, ge´, Wurli? Da brauchen wir nicht die ganze Zeit drinnen sitzen!«

So was, ein Fremder im Haus!

»Grüß Gott!«

Schaut einen nicht mal an beim Grüßen. Dabei kommt er mir irgendwie bekannt vor. Ist das nicht der –

»Entschuldigen's bitte, aber sind Sie nicht der Herr Horvath? Der Tatort-Kommissar?«

Eine Berühmtheit bei uns im Haus, dass ich das noch erleben darf!

»So ein Zufall, das freut mich, sie kennenzulernen! Ge´ Wurli, gib a Ruh! Entschuldigen's, der Wurli ist ein bissl aufgeregt, er hat noch nie wen aus dem Fernsehen in Wirklichkeit gesehen. Aber eins muss ich Ihnen schon sagen, sie waren ein wesentlich besserer Kommissar damals. Heutzutage, das kann man sich ja nicht mehr anschauen. Die Ermittler fast noch gestörter als die Täter, ich frag mich, wer immer auf diese Handlungen kommt. Also ich hätte da schon ein paar Ideen, wie man das besser schreiben könnte, wenn Sie Zeit haben, erzähl ich Ihnen gerne bei einem Kaffee, was ich mir überlegt hätte und – ...

Ach, wirklich? Schade, wirklich schade. Zu wem sind's denn auf dem Weg? ...

Zum Cerny Buben? Ja, ja, der wohnt gleich da oben. Kommen Sie, um ihn zur Vernunft zu bringen? Früher hab ich schon gut mit ihm können, so ein braver Bub, ich sag's Ihnen. Aber in den letzten Wochen. Ich weiß nicht, was da passiert ist. Tragt nur mehr Schwarz, als würde er zu einer Beerdigung gehen, und kommt zu Zeiten heim, da sind anständige Menschen schon längst im Bett. Ich weiß das nur, weil ich mir selbst schwer tu beim Schlafen, müssen's wissen. Das Alter, hört man eh so oft, dass der Schlaf im Alter Probleme macht. Und der Wurli ist sowieso immer wach, wenn er wen kommen hört, egal zu welcher Zeit, da – ...

Entschuldigen's, natürlich müssen Sie weiter. Alles Gute wünsch ich Ihnen und reden Sie vielleicht mit ihm, dass er nicht immer so Trauerkleidung trägt und seine Haare wieder anständig frisiert. Früher war er so ein adretter junger Mann! Und falls Sie später Zeit haben, sich meine Ideen anzuhören, ich wohn gleich hinter der Tür. Sie sind jederzeit herzlich willkommen.«

Jakob

Es dauert, bis Julius den Weg von der Haustür bis zu mir nach oben zurücklegt. Steckt der Lift fest?

»Hallo!«

»Servus! Bist du nicht Viktor? Der Typ, der Angst hatte, dass seine Freundin mit ihm Schluss macht?«

»Stimmt, du warst auch im Scheißhaus, als ich mit Gundel und Bitch darüber geredet habe. Außerhalb heiße ich Jakob. Komm rein!« Er tritt ein und ich schließe die Tür hinter ihm. »Magst du was trinken? Wasser? Kaffee? Bier?«

»Gerne!«

Ich hole uns zwei Bier aus dem Kühlschrank.

»Dein Nachbar hat gesagt, ich soll dich zur Vernunft bringen, damit du dich wieder so kleidest wie früher.« Er lehnt sich an die Theke und sieht sich um.

»Der Herr Hauser. Schön, dass einen immer jemand im Blick hat.«

»Erleuchtete, was? Denken, sie wissen alles vom Leben, dabei haben sie überhaupt keine Ahnung. Danke! Prost!«

»Prost.«

»Und, wie ist die Geschichte ausgegangen? Hat sie Schluss gemacht?«

»Ich hab Schluss gemacht!«

»Du? Schau an, schau an. Und fehlt dir der Sex?«

»Der Sex? Nein!« Sie als Person fehlt mir manchmal, oder die Person, die sie hätte sein können, aber das ist alles. Ich vermute, ich habe ihr Potential mehr geliebt als sie selbst.

»Dann war sie die Falsche. Der Sex muss bombastisch sein!«

»Ich weiß nicht.«

»Du weißt nicht? Du bist noch jung, in dir sollte das Feuer brennen.«

Ich nehme noch einen großen Schluck und habe bereits das Gefühl, den Alkohol zu spüren, was nach so wenig kaum der Fall sein kann.

»Ich interessiere mich ehrlich gesagt nicht sonderlich für Sex.« Wir setzen uns beide gegenüber voneinander auf die Barhocker an der Theke. Seit dem Einzug hab ich die noch nie benutzt. »Mit 13 bis 16 war das kurz spannend, ja. Und es ist nicht so, dass ich Sex nicht mag oder was dagegen habe. Aber ich halte es für überschätzt.«

»Überschätzt? Was ist denn mit dir verkehrt?«

»Nichts! Aber sind wir mal ehrlich: Wie oft machen sich Männer komplett zum Vollidioten nur auf Grund der Hoffnung, ihren Penis in eine Vagina zu stecken. Das ist lächerlich! Frauen reicht es zu wissen, dass der Mann sie will, aber Männer brauchen die Bestätigung, dass es wirklich dazu kommt, und erst wenn er drin ist, finden sie die. Dabei ist dieses primitive Verhalten nichts anderes als Machtspielerei. Um richtige Lust geht es selten.«

»Du hast zu viel Zeit mit unserer Feministin verbracht! Sex ist nicht nur Macht, Sex ist geil.«

»Ja, manchmal.«

»Bist du schwul, oder was?«

»Keine Ahnung. Zurzeit tendiere ich zu beidem.«

»Also schwul.«

»Nein! Ich habe Franziska wirklich geliebt und ich war auch wirklich scharf auf sie. Ich steh auf Frauen, wirklich! Aber manchmal – « Es fällt mir schwer, das laut auszusprechen. » – gefallen mir auch Männer. Egal, lass uns das Thema wechseln.«

Schauspieler

»Du musst doch wissen, ob du auf Muschis oder Schwänze stehst. Beides glaub ich nicht, dass das möglich ist. Wahrscheinlich bist du schwul und traust dich nicht, es zuzugeben. Deswegen war der Sex mit deiner Ex auch zum Vergessen. Das ist kein Problem, glaub mir, in der Branche, in der ich tätig bin, gibt es mehr Homos, als man glaubt. Die spielen immer alle die hetero Alphamännchen, aber zu Hause – Bei Premieren haben sie eine scharfe Braut an ihrer Seite, damit die Klatschmagazine was zu schreiben haben, aber die Realität sieht anders aus. Ich könnte da einige Namen nennen. Auch Politiker übrigens. Da ist es noch schlimmer. Einen hab ich letztens in Re'em sogar beim Sex mit einem Kerl gesehen. Irgendein hoher Minister, frag mich nicht, welcher. Aber ich schwöre dir, der war mit einem Mann zugange, das hättest du sehen müssen. Apropos Re'em, deswegen bin ich eigentlich hier. Ich wollte Freitag rein, so wie jede Woche, und diese strenge Frau am Eingang – Wie heißt sie noch mal? Die mit dem schwarzen akkuraten Haarschnitt, die immer so ernst schaut, ich glaube, sie war mal Ballettlehrerin. Russin. ...

Madam Strawinsky, genau. Auf jeden Fall gibt sie mir plötzlich all mein Zeug, dass ich in Re'em gelassen habe, will meine Brille und mein Namensschild und schickt mich raus! Ich hab noch versucht, mit ihr zu diskutieren und zu verhandeln, aber keine Chance. Eher bringt man einen Stein zum Schmelzen! Sie hatte absolut kein Erbarmen. Dabei habe ich ein Stück zu proben, ich spiel immerhin die Hauptrolle und bin der Einzige in diesem Theaterhaufen, der wirklich was draufhat! ...

Gut zu hören, dass es nicht nur mir so ging. Hast du eine Ahnung, warum? ...

Was können wir dagegen tun? Am Freitag probier ich es erneut! Vor allem brauche ich dringend eine Brille, um zu arbeiten. Wie stellen die sich das vor? Ich kann unmöglich drehen, wenn ich das Leuchten die ganze Zeit ertragen muss. Meine Kollegen sind alle Erleuchtete und ich bin mitten in den Proben! Die Rolle wurde extra umgeschrieben, weil ich gedroht habe, nicht mitzuspielen, wenn der Charakter kein Brillenträger ist. Wie soll ich denen erklären, dass meine Brille verschwunden ist? Der Dreh beginnt nächste Woche! ...

Geduld? Ich habe vieles, aber keine Geduld. Zeit ist Geld und ich habe beides vor kurzem zuhauf verloren.«

Vor allem Geld! Es ist unmöglich, den Dreh zu verschieben, und finanziell bin ich wirklich am Sand! Ich bin auf die Rolle angewiesen!

»Es muss etwas anderes geben, das wir tun können.«

Regeln von Nie-mann-dem

1. Vertraue niemandem, nicht mal dir selbst.
2. Jede tut, was sie will.
3. Jeder tut, was er will.
4. Jedes tut, was es will.
5. Es muss dir wurscht sein.
6. Jede/r kriegt das, was er/sie verdient. Meistens. Oder auch nicht.
7. Leben und leben lassen.
8. Kein Stress.
9. Ohne Regeln bist du nichts und die Regeln sind ohne dich nichts.

4

Koch

Endlich bin ich auch a mal dran mit der Aufgabe! Es ist so super, dass das gerade bei ihm der Fall ist, ich hab mir eh vorgenommen, ihn im Auge zu behalten. Bin gespannt, wie er sich schlägt. Mal schauen, ob er überhaupt der Nachricht gefolgt ist. O ja, er bestimmt! Aber ich habe mich auch schon geirrt. Ein paar Leute sind dann nicht aufgetaucht oder zu früh wieder gegangen.

Brrr, ist das kalt hier draußen. Dabei ist's tagsüber noch immer so schön, aber in der Nacht ist es jetzt wieder kühl. Ist halt Mitte September, das darf man nicht vergessen. So, wo ist er?

Dort steht er! Passt! Alles andere hätte mich auch gewundert. Er schaut komplett durchgefroren und müde aus. Wer weiß, wie lang er schon wartet. Die Urzeit ist unberechenbar!

»Hallo! Ich komme, um dich abzuholen. Bevor du mit mir kommst, steck dir bitte diese Stöpsel in die Ohren, binde die Schlafmaske um und setz die Lärmschutzkopfhörer auf.«

Er ist viel größer, als ich ihn in Erinnerung hatte. Sieht er auch wirklich nichts? Ich teste es mal. Nein! Perfekt.

Los geht's. Seine Hand ist ganz kalt – und relativ klein für diesen langen Körper. Hoffentlich stolpert er nicht, ich kann ihn nicht auffangen.

Viktor

Der Weg nach Re'em ist heute besonders weit. Oder gehen wir woanders hin? Nein, die unzähligen Stufen sind ein eindeutiges Zeichen dafür. Gibt es noch einen weiteren geheimen Eingang, den ich nicht kenne? Immerhin war der Treffpunkt auf der anderen Seite des Karlplatzes, vor dem Hauptgebäude der Technischen Universität. Mir ist fast egal, was auf mich zukommt. Mir ist zu kalt und ich bin zu k.o., um mir Sorgen zu machen. Außerdem hatte ich in den vergangenen 24 Stunden bereits jeden möglichen Gedanken, ich habe das Thema fertiggedacht!

Der Fremde lässt meine Hand los, fasst an meine Schultern und dreht mich ein paar Mal im Kreis. Auch das noch. Er nimmt mir die großen Hörer vom Kopf.

»Bitte ziehe dich jetzt aus!«

Ausziehen? Ernsthaft? Es ist hier zwar wärmer, aber bis das auch durch meine Haut durchgedrungen ist, dauert es noch eine Weile. Aber bitte, von mir aus. Jetzt ist es auch schon wurscht. Warum ich jemals eine Scheu davor hatte, mich nackt zu zeigen, ist mir mittlerweile unbegreiflich. Ich ziehe meine Schuhe, meine Lederjacke, mein schwarzes Jeanshemd, die zerrissene Jeans, meine Socken und die Boxershorts aus. Da ich nach wie vor nichts sehe, lasse ich es unordentlich auf dem Boden liegen. Die kalten Fliesen sind der Grund, warum mein Körper zittert, das hat natürlich nichts mit der Aufregung zu tun.

Wieder nimmt mich der Fremde an der Hand und führt mich zu einer Treppe. Ich gehe vier Stufen hinauf und ein paar Schritte geradeaus, ehe er mir bedeutet, stehen zu bleiben.

Obwohl sich alle ruhig verhalten, spüre ich die Anwesenheit anderer Menschen. Hier ein leises Husten, da ein unabsichtliches Rascheln.

»Bewerber! Willst du Bürger von Re'em werden?«

Darum geht es hier? Um die Bürgerschaft?

Statt eines selbstbewussten lauten JAs krächze ich ein armseliges A hervor.

»Dann nimm bitte die Maske ab.«

Ich stehe auf der Bühne neben Graue Fee, vor uns Hunderte Bürgerinnen und Bürger, die mich alle anstarren. Graue Fee ist wie immer nur mit einem dunkelvioletten Seidentuch bekleidet, das kaum etwas von ihrer ledernden alten Haut bedeckt. Ihre dicken grauen Haare reichen bis zu den Hüften und lassen sie tatsächlich wie eine Fee aussehen.

»Lasst die Debatte beginnen«, sagt sie.

Die Menschen tuscheln untereinander, einige zeigen mit dem Finger auf mich. Was soll ich jetzt tun? Wird erwartet, dass ich etwas sage? »Er hat die letzten Tage absolut nichts gemacht!«, meldet sich ein dicklicher Mann zu Wort, der Ähnlichkeiten mit einem Schwein aufweist.

»Ich – «

»Bewerber, du redest nur, wenn du direkt angesprochen wirst. Also »angesprochen«, wenn wir dich mit deinem Namen oder als »Bewerber« adressieren.«

»Er hat kein Leben außerhalb von Re'em!«, fügt der Schweinemann hinzu.

»Wie denn, ohne Brille?« Die weibliche Stimme kenne ich! Wer hat das gesagt?

»Das ist eine Ausrede! Er ist auf uns angewiesen! Er hat da oben keinen Job, keine Freunde, Ärger mit der Familie!«

»Was denn für Ärger? Er hat am 11. Oktober seine Sponsion und hat erst kürzlich seine Eltern und den Freund seiner Mutter dazu eingeladen!«

Gundel! Jetzt sehe ich sie, umringt von den anderen mitten in der Menge! Danke! Aber woher weiß sie das mit der Sponsion?

»Er hat keine Ahnung, was er überhaupt will, und ist total sprunghaft! Seitdem er hierhergekommen ist, hat er sich selbst komplett verleugnet und an alle anderen angepasst. Ich sehe keine Spur von Weiterentwicklung!« Der Schweinemann kennt mich gar nicht! Ich kann mich nicht erinnern, ihn jemals gesehen zu haben.

»Er hat sich hervorragend in Re'em eingelebt, bei den Vorbereitungen zum Todestag geholfen und Freunde gefunden!« Ich hätte nicht gedacht, dass sich ausgerechnet Gundel so für mich einsetzt.

»Wenn dem so ist, warum hat er dann nicht stark protestiert, als ihm der Zugang verweigert wurde?«

»Er hat im Einhorn gekellnert, weil Herkules zu dumm war, richtig zu springen, was willst du denn noch?«

»Das reicht mir nicht als Beitrag für die Gemeinschaft. Das ist oben. Er hat Adam zutiefst beleidigt, nachdem sie die Nacht zusammen gefeiert haben. Zwing mich nicht, die schlimmen Ausdrücke zu wiederholen! Und was hat er Re'em zu bieten?«

»Er – Er – « Gundel setzt an, aber ihr fällt nichts ein. Hilfesuchend sieht sie mich an. Ich zucke ahnungslos mit den Schultern.

»Bewerber«, ergreift Graue Fee wieder das Wort, »gibt es Talente. Also ‚Talente' es können auch Fähigkeiten oder Informationen sein, über die du verfügst und die den Bürgerinnen und Bürgern hilfreich wären?«

Ich habe keine Talente! Ich habe Geld, aber ich bezweifle, dass das etwas nützt. Adam spitzt seine Lippen, als deutete er einen Kuss an. Was meint er damit? Dass ich gut im Küssen bin? Das ist doch keine Fähigkeit für die Gemeinschaft! Nein, er sagt etwas!

»Jus!«, brülle ich fast etwas zu enthusiastisch. »Rechtswissenschaften, in dem Bereich kenne ich mich aus.«

»Bewerber, wie ist das hilfreich für Re'em?«

Ich überlege und sage dann: »Ich könnte Rechtsberatung geben?«

»Oh, hört, hört!«, sagt der speckglänzende Mann. Ein Raunen geht durch die Menge, viele nicken.

»Aber dann ist er wieder unser Good Boy!«, ruft Gundel. »Wo ist da die Weiterentwicklung?«

»Er ist 27, gib ihm Zeit, ein richtiger Mensch zu werden!« Verteidigt mich der Mann gerade?

»Jetzt auf einmal! Ihr Cis-Männer steckt wie immer alle unter einer Decke. Wahrscheinlich brauchst du ihn für deine Scheidung! Ich spreche mich gegen eine Aufnahme aus!«, sagt Gundel.

Langsam wird es lächerlich! Die aufgeheizte Stimmung wärmt kein bisschen, ich hol mir jetzt was zum Anziehen! Das kann noch ewig dauern.

»Wo willst du hin, Bewerber?«, fragt Graue Fee.

»Mir ist kalt! Ich habe vier Stunden draußen gewartet, weil ich nicht wusste, wann zur Hölle 23:59 Ur ist! Ich bin müde und brauche Kleidung, sonst hole ich mir noch den Tod oder Schlimmeres! Das ganze Schauspiel hier ist so absurd! Von wegen Freiheit und Individualität, ihr diskutiert, als wäre ich nicht da, statt mich mal zu fragen, was ich will!«

»Was willst du denn, Bruder?«, fragt eine tiefe raue Stimme. no-body!

»Tun, was ich will!« Mir fallen die Regeln ein, die sicher sie oder jemand in ihrem Auftrag in meinen Briefkasten gelegt hat. Die besten bislang. »Ich will Bürger werden! Ich fühle mich hier wohl! Und wenn ich die Brille wiederhabe, habe ich da oben sehr wohl ein eigenes Leben. Und ich würde gerne Rechtsberatung geben, immerhin war das ein Grund, warum ich angefangen habe, Jus zu studieren, dass ich Menschen helfen kann!«

no-body nickt zufrieden.

»Hat noch jemand Einwände, diesen Bewerber als Bürger zu akzeptieren? Also ‚Einwände', gibt es Gründe, die dagegen sprechen?«

Ich sehe erst Gundel, dann den Fremden an, beide schütteln den Kopf.

»Dann heiße ich dich hiermit offiziell als Bürger der Stadt Re'em willkommen!«

Applaus beginnt und der Mann, der mich vom Karlsplatz abgeholt hat, eilt mit meiner Kleidung auf die Bühne. Er hat sogar meine Brille dabei! Dass ich mal froh sein würde, eine Brille wiederzuhaben. Graue Fee drückt mir so fest die Hand, dass es weh tut. Während ich in Boxershorts und Socken schlüpfe – das Wichtigste zuerst – , holt sie die schwarze Box, die die ganze Zeit hinten auf der Bühne stand, ich aber bislang nicht bemerkt habe und bringt sie zu mir.

»Die Rechtsberatung werde ich sicher in Anspruch nehmen«, flüstert sie mir ins Ohr und fragt dann laut: »Wie lautet dein bürgerlicher Name?«

»Viktor!«

»Viktor, hiermit verleihe ich dir die Bürgerschaft von Re'em!«

Sie deutet mit dem Kopf, dass ich in das Loch der schwarzen Box fassen soll. Ich spüre Plastik und Metall, fasse etwas und ziehe es heraus. Es handelt sich um ein Zahlenschloss für meinen Spind, das an meiner persönlich Ur befestigt ist! Armband und Ziffernblatt sind rosa und haben lila Einhörner in verschiedenen Formen und Größen drauf. Sie steht auf 23:59 Ur! Die Ur wird also jeden Sonntag für die Bürgerversammlung angehalten, damit alles in Ruhe besprochen werden kann! Puppi wird meine Armbandur lieben! Ich werde sie später in eine schwarze umtauschen!

Puppi

»Viktor, Viktor, Viktor! ...

Mag Viktor Puppi noch? ...

Spielt Viktor wieder mit Puppi Tischtennis? ...

Versprochen? Puppi hat ganz viel geübt! ...

Viktor hat aber eine schöne Ur, nicht so eine hässliche wie Puppi. Puppi hat eine ganz hässliche! Puppi mag Grün nicht! Viktors Ur hat sogar Einhörner drauf! Puppi hätte gerne so einen schöne Ur wie Viktor. ...

Puppi versteht nicht. ...

Nein, nein, das geht nicht! Auf keinen Fall! Viktor darf so was Böses nicht sagen, sonst passiert was ganz Furchtbares! Die Ur passt perfekt zu jeder Person. Wie ein Orakel. Jeder bekommt genau die Ur, die er haben muss. Zu Puppi passt Hässlich. Puppi hat hässliches Grün verdient. Zu Viktor passt Rosa mit Einhörnern, weil Viktor ein toller Mensch ist. Böse Menschen kriegen hässliche Uren, so wie Puppi ...

Nein, nein, nein! Das geht nicht. Viktor darf so was nicht sagen! Das ist Viktors Ur, Viktor muss Ur behalten! ...

Verspricht Viktor das?«

Bürgerin von Re'em

Der zweite Bewerber hat sich nicht ausgezogen? Ein Pluspunkt, er macht von seiner Freiheit Gebrauch, »Nein« zu sagen. Obwohl die beiden heute Nacht Glück hatten, im Winter ist es weit unangenehmer. Ich habe damals zwei Stunden im Schnee ausgeharrt und bin fast erfroren. Dagegen sind die heutigen Temperaturen annehmbar. Daran erkennt man, ob es jemand wirklich will oder nicht. Nach allem, was ich von diesem Kerl gehört habe, ist er mir mehr als suspekt. Ich spreche mich auf jeden Fall gegen ihn aus!

Die Debatte ist eröffnet? Ich sage mal etwas Negatives, in meinen Augen ist er definitiv ein Schwarzer Kater!

»Ich halte ihn für keinen geeigneten Bürger!«

Er spielt beim Theaterstück mit? Das ist dein Argument für ihn? »Er hat gesagt, ich zitiere: Ich ‚bin der Einzige in diesem Theaterhaufen, der wirklich was draufhat!'«

Das hat wohl jemand nicht gewusst! He, der Kandidat hat ruhig zu sein, während wir diskutieren!

»Er ist viel zu eingebildet und diskriminierend für uns! Er glaubt nicht an die Existenz von Bisexualität und ist eindeutig homophob und frauenfeindlich! ...

‚Du hast zu viel Zeit mit unserer Feministin verbracht!' Ist die Aussage etwa nicht frauenfeindlich? Entweder man ist Feminist oder Sexist und er ist eindeutig Letzteres! Außerdem ist er jede Woche zum Eingang gekommen und hat versucht reinzukommen, anstatt sich zu gedulden. Wenn das nicht nach Verzweiflung brüllt!«

Das war's? Das war alles an Kontra? Da hat aber jemand keine große Lobby in Re'em! Zeit für den Todesstoß:

»Ich spreche mich eindeutig gegen die Aufnahme als Bürger aus! Er ist nicht vertrauenswürdig und hat die einzige Grundregel gebrochen, nicht über Re'em zu sprechen. Beim Telefongespräch mit Viktor am 2. September hat er den Namen laut und deutlich hörbar erwähnt!«

Besitzerin des Café Einhorn

»Servas Viktor, gratuliere zur Bürgerschaft! Freut mich wirklich, dass du jetzt dazugehörst. Im Gegensatz zu dem Trottel nach dir! ...

Klar, frag einfach. Was gibt's denn? ...

Sicher, kannst wieder im Einhorn anfangen. Es würde mich freuen! Das trifft sich perfekt, mir fehlt momentan eh jemand! Freut mich, dich wieder im Team zu haben, und super, dass es dir bei uns taugt. Fesche Ur übrigens. ...

Ge´, so schlimm ist's nicht, aber ein Stilbruch zum restlichen Outfit. Aber ist eh gut, wenn ein Augenzwinkern im Leben ist, oder? Passt zu Re'em. Wir sehen uns morgen 16:30 Uhr, dann kriegst deinen Schlüssel zurück!«

5

Nachbar

»Du bleibst da, Wurli, hörst du? Ich schau nur geschwind einen Sprung zum Cerny Buben hoch. Das dauert sicher nicht lang. Er wird die schrecklichen Neuigkeiten bestimmt gehört haben. Wirklich entsetzlich das.«

Mal schauen, ob er überhaupt daheim ist. In den letzten Monaten kommt und geht er zu so unchristlichen Zeiten, da kennt sich niemand mehr aus. Aber am Vormittag ist er unter der Woche meistens daheim, am Abend ist er dafür immer unterwegs und am Wochenende sieht man ihn gar nicht mehr. Und seine Freundin hab ich auch lange nicht zu Gesicht bekommen. Wahrscheinlich besucht er sie immer von Freitag bis Sonntag.

Ding dong. Ding dong.

Jakob

Ding dong.

»Ja, ich komme.« Was zur Hölle? Es ist mitten in der Nacht! Wer stört schon so früh?

Ding dong.

»Jaaa!«

Ich ziehe den Bademantel über, setze meine Brille auf und öffne die Tür.

»Herr Hauser! Guten Morgen!«

»Mahlzeit, junger Mann. Entschuldigen's bitte die Störung, ich wollt Sie nur fragen, ob's Ihnen eh gut geht.«

»Mir gut geht?« Wenn man mich aus dem Tiefschlaf reißt, um mich das zu fragen?

»Wie kommen Sie darauf, dass es mir nicht gut gehen könnte?«

»Also diese schrecklichen Nachrichten, Sie haben es sicher schon gehört.«

Ohne Einladung drängt er sich an mir vorbei in die Wohnung. Die feuchten Träume eines neugierigen Nachbarn werden wahr, endlich die vier Wände der Person betreten, in dessen Leben man permanent seine Nase steckt. Wenn er glaubt, ich biete ihm einen Kaffee an, hat er sich getäuscht!

»Herr Hauser, ich arbeite momentan bis früh morgens und vormittags ist die einzige Zeit, um Schlaf nachzuholen, würden Sie mir bitte – «

»Schrecklich, das mit dem Herrn Horvath. Vor drei Wochen war er noch hier, bissl mitgenommen hat er ausgeschaut, aber das tun diese Schauspieler privat oft, ohne Schminke und so. Dass dann so etwas Tragisches passiert, das konnte niemand ahnen. Ich hab noch mit ihm geredet und – «

»Was ist passiert?«

»Sie wissen's noch gar nicht? Jössas, Maria und Josef, Gott steh mir bei. Ich weiß, Sie waren befreundet. Es tut mir so leid, mein Beileid.«

»Was ist passiert?«, wiederhole ich genervt.

»In seiner Wohnung haben's ihn gefunden. Ein wahnsinniger Fan, eine Stalkerin, wie man heutzutage sagt, hat ihn in seiner Wohnung erschossen. Schlimm ist das. Wirklich schlimm.«

»Eine Stalkerin?«

»Ja, ja, und sich selbst auch. Im Fernsehen haben's gesagt, sie wollt lieber mit ihm zam sterben, anstatt allein zu leben. So was Grauenvolles, auch für die Familie. Das ist – «

»Danke, Herr Hauser! Sie verstehen sicher, dass ich jetzt lieber allein sein möchte. Ich muss erstmal den Schock verdauen.« Ich versuche, ihn charmant zur Tür zu bugsieren.

»Natürlich, natürlich! Ich bin jederzeit für Sie da, wenn's wen zum Reden brauchen. Brauchen's keine Scheu haben, junger Mann. Läuten's einfach unten bei mir an. Der Wurli freut sich auch immer über Besuch. Und ich hör mir gern alles über ihre Freundschaft mit dem Herrn Horvath an. Wirklich tragisch, das Ganze.«

Er ist im Flur, ich öffne die Tür.

»Vielen Dank, Herr Hauser! Auf Wiederschauen!«

»Auf Wieder – «

Ich schließe die Tür, bevor er sich fertig verabschiedet hat, und eile zu meinem Handy. Tatsächlich! Auf sämtlichen soziale Netzwerken verkünden die Menschen, wie nahe ihnen der Tod von Julius geht und dass er für immer ihr Lieblings-Tatortkommissar bleiben wird – selbst die, die zu jung sind, um seine Zeit als Kommissar miterlebt zu haben. Auf orf.at findet sich ein langer Nachruf, auf krone.at zusätzlich ein Foto der Mörderin. In den Kommentaren darunter wird zu Mord aufgerufen, was in Anbetracht dessen, dass sie sich selbst in den Kopf geschossen hat, hinfällig sein dürfte. Mehr als die Kommentare beschäftigt mich allerdings das Foto selbst, denn es handelt sich nicht um eine Fremde – zumindest nicht für mich. Auf dem Bild ist sie deutlich jünger, der Blick ist normal lächelnd, nicht so irre und verzweifelt, wie ich sie kennengelernt habe, und die blonde Dauerwelle ist frisch gewaschen, aber es ist eindeutig sie! Das ist die Verrückte, die mich vor knapp einem Monat im Einhorn angesprungen ist, weil ich keinen – wie sie es nannte – Schein habe.

Sie war also tatsächlich ein Psycho! Wie arg, dass sie sogar so weit geht und Julius umbringt! Gänsehaut bildet sich bei dem Gedanken, dass es möglicherweise auch mich hätte treffen können. Das hätte ich ihr wirklich nicht zugetraut!

Schwere Kost schon so früh am Morgen, aber in gewisser Weise befreit es ihn auch. Ich glaube, er hatte große Probleme, nachdem ihm die Bürgerschaft verwehrt wurde und er ohne Brille leben musste. Wirklich schlimm, aber ich muss dringend wieder ins Bett!

6

Mutter

Warum muss diese Sponsion ausgerechnet an einem Freitagvormittag sein? Warum gibt es keine Termine am Wochenende? Sonnabend wäre ideal. Wie stellen sich die Organisatoren das vor? Da bleibt die Arbeit liegen und man muss sich extra freinehmen. Bei anderen mag das kein Problem sein, aber wenn ich meine Arbeit nicht mache, macht sie niemand und es steht 'ne wichtige Ausstellung bevor. Hoffentlich gibt der Lieferant das Paket nebenan ab, so wie ich es auf den Zettel geschrieben habe. Die Prospekte sind auch längst überfällig. Hoffentlich gibt es diesmal keinen Druckfehler. Wenn wieder das Gleiche passiert wie letztes Mal, gibt's mächtig Ärger! Was das für Kosten verursacht.

Ich sollte mich auf diese Sponsion konzentrieren. Jakob ist das Ganze bestimmt wichtig. Und Wolfgang erst. Endlich kann er seinen Sohn stolz herumzeigen, mit seinem Abschluss in Rechtswissenschaften. Warum sich unser Kind ausgerechnet für dieses Studium entschieden hat, ist mir ein Rätsel. Aber bitte, kommt eben mehr nach seinem Vater als nach mir. Hauptsache, er hat was Solides gelernt, womit er auch 'nen Job findet. Aber wer weiß, was auf dem Arbeitsmarkt momentan solide ist. Na ja, Anwälte kann man immer gebrauchen. Denen wirft man dann sein Geld in den Rachen, um gegen den Ehemann für das Notwenigste zum Leben zu streiten.

Hoffentlich machen Jakob und Franziska nicht denselben Fehler und verhüten vernünftig. Nachwuchs ist das Letzte, was die zwei aktuell gebrauchen können. Damit sollen sie sich ruhig Zeit lassen. Sonst sitzt Franziska auch mit dem Kind da und muss auf ihre eigenen Träume verzichten. Aber zum Glück ist Jakob mittlerweile alt genug und kommt zurecht, sodass ich mich nicht mehr um ihn kümmern muss. Ich bin so froh, dass ich vor acht Jahren noch mal die Chance bekommen hab, mit Phil ganz von vorne anzufangen. Die Möglichkeit kriegen nicht viele. Die meisten enden nach der Scheidung frustriert und beginnen mit Fundraising oder so einem Firlefanz, in der Hoffnung, sich den nächsten reichen Mann zu angeln.

Vater

Muss Andrea unbedingt ihren Liebhaber mit hierherbringen? Sie macht sich komplett lächerlich. Ein erwachsener Mann, der sich Phil nennt, absurd. Was soll das für ein Name sein? Philipp ist ein Name oder Philippos meinetwegen, aber nicht Phil. Und in welchem Aufzug er hier ist! Dieses unrasiert-jugendliche Künstlerimage ist ab einem gewissen Alter absolut würdelos. Wahrscheinlich hat der Junior daher diese unmögliche Garderobe. Ledereinsätze auf einem schwarzen Anzug, dazu ein schwarzes Hemd ohne Krawatte, wirklich geschmacklos und unangebracht. Heute sind wichtige Kollegen und Nachwuchstalente anwesend, da ist entsprechende Kleidung Pflicht! Dass ich mich an diesem Tag so genieren muss. Und seit wann trägt er Brille? Er hat sich nicht mal die Haare frisiert, da werden wir noch ein ernsthaftes Gespräch führen, so arbeitet er keinesfalls in meiner Kanzlei! Taucht er bei Gericht auch jeden Tag so auf?

Oh, der Herr Universitätsprofessor Dr. Edeltrimmer, endlich ein erfreuliches Gesicht.

»Grüß Gott, Herr Universitätsprofessor Doktor, wie schön, Sie hier anzutreffen!«

Exfreundin

Jakob braucht nicht zu glauben, dass ich wegen ihm hier bin! Immerhin bin ich auch mit Simon befreundet. Schade, dass Matthias keine Zeit hatte, ich hätte Jakob zu gerne unter die Nase gerieben, wie gut es mir geht. Aber vielleicht hätte Matthias sich dann Hoffnungen gemacht, dass das zwischen uns was Ernstes werden könnte. Obwohl ich ihm eindeutig gesagt habe, dass ich erstmal von Beziehungen geheilt bin. Jakob sieht ganz anders aus als früher, irgendwie so lässig und cool. Mit den zerzausten Haaren sieht selbst die Brille nicht mehr so daneben aus. Ist das eine andere? Vielleicht hätte ich noch ein wenig warten sollen, bevor ich ihn so eiskalt abserviere. Oh, da drüben sitzen seine Eltern. Das ist aber nett, dass Andrea mir zuwinkt, obwohl ich Jakobs Herz gebrochen habe.

Jakob

Der triumphale Abschluss jahrelangen Drucks, ein großes unnötiges Schauspiel. Das letzte Geschenk an meine Eltern, der finale pflichtbewusste Akt.

Wie langweilig. Erst werden wir das ganze Studium über drangsaliert, manipuliert und schikaniert und dann pusten sie uns einen Vormittag lang Zucker in den Arsch, in der Hoffnung, dass wir nie vergessen, wo wir herkommen und was die Universität für uns getan hat. Das vergesse ich mit Sicherheit nicht!

Knarrend öffnet sich die große Flügeltür zum Festsaal, obwohl wir fast am Ende des »Fest«aktes sind. Wahrscheinlich Angehörige, die noch weniger hier sein wollen als ich. Toni und Chris! Von hier vorne sehe ich nur ihre Köpfe, aber das Blaue sind eindeutig Tonis Haare. Da werde ich sogar noch nervös. Ich bin dran, mir die Rolle mit dem akademischen Zertifikat abzuholen. Ich betrete die Kanzel, schüttle die Hand des wichtigen Mannes, bedanke mich artig, nehme die Rolle entgegen, schaue über die versammelten Zuschauerinnen und Zuschauern zu Toni und Chris, forme ein »Danke« mit meinen Lippen und verlasse die Kanzel wieder. Am liebsten würde ich sofort zu ihnen und mit ihnen davonlaufen. Die Aussicht auf Re'em ist das einzig Schöne heute.

Chris

»Hey Bad Boy! ...

Gratuliere zum akademischen Grad! Müssen wir dich jetzt siezen? ...

Of course! Wir lassen dich an so einem Tag nicht allein in der Höhle der Tiger. Nicht, dass sie über dich herfallen und dich wieder in einen ihrer schrecklichen Maßanzüge stecken. No no no, we won't take a chance!«

Sind das seine Eltern? His father looks exactly like he described. Redet sogar auf der Sponsion seines Sohnes, als handle es sich um ein Business-Meeting. Ich wette, ihm fehlen die Muskeln zum Lächeln.

Er gibt dem Studenten sogar seine Visitenkarte. I hate those people! Immer am Arbeiten, selbst wenn sein Sohn im Mittelpunkt steht. Die Mutter hat in den letzten zehn Sekunden zweimal auf die Uhr gesehen. Sie versteckt ihren Drang, hier wegzukommen, nicht mal. Wer ist dieser gut aussehende Kerl neben ihr? Süß! Der gefällt mir auch! Warum sind Heteromänner so viel attraktiver?

»Come on, we have to celebrate! ...
Sektempfang? We are in, right, my dear? ...
Pssst, unter uns, you like to add something spicey to that? ...
Was denkst du denn? Ich rede nicht von Pfefferminzzuckerl!«

Exfreundin

Gut, dass die Tische alle so dicht beieinander stehen, so kann ich Jakob in Ruhe beobachten. Die haben offenbar richtig Spaß und auch schon das ein oder andere Glas zu viel. Was sind das für zwei komische Menschen bei ihm? Seit wann kennt Jakob solche Freaks? Sie ist übergewichtig und besitzt keinen Spiegel, ansonsten würde sie sehen, dass sie sich das Kleid bei ihrer Figur unmöglich leisten kann, und er – Er ist eigentlich ganz süß, nur komplett underdressed für so eine Feierlichkeit. Sieht aus, als arbeitet er in einem Hipsterlokal im siebten Bezirk. Für so einen Anlass sollte man sich außerdem rasieren. Wo hat Jakob die aufgegabelt? Ich gehe einfach hin und frage nach. Wir sind schließlich erwachsen genug, um Freunde zu bleiben, und nach all den Jahren gehört es sich, ihm zum Studienabschluss zu gratulieren. Er braucht nicht glauben, dass ich ihm aus dem Weg gehe.

Toni

Jakobs Familie ist ja der Hammer. Sein Vater ist stocksteif und eifersüchtig auf den Freund der Mutter und die Mutter hat'n Herz aus Stein. Unzerstörbarem Stein. Diamant! Ihr Herz ist'n Diamant? Dann wäre es schön und funkelnd. Nee, das passt nicht. Eher Beton. Ein Betonklotz als Herz. Die ist'n Betonklotz. Ihre Haut ist auch farblos und grau. Von den zwei Menschen aufgezogen zu werden, muss sich anfühlen, wie im Museum aufzuwachsen: nur gucken, ja nix angreifen. Dafür ist ihr Typ ‘ne echte Augenweide. Ich wette, Chris stellt sich schon die unanständigsten Sachen mit dem vor.

Und wer ist die Tussi? Sag nicht, das ist Baby. Das ist Baby! O mein Gott, sie ist 10! Wie jung war die bitte, als die zusammengekommen sind? War das überhaupt legal? Die hat echt’n Babyface. Ich hätte Jakob nicht so ärgern sollen wegen der Bezeichnung, Baby passt hervorragend!

»Hi, ich bin Toni!«

Komm, Süße, diese musternden Blicke kannste dir gleich mal sparen! Warum ist die auch hier?

Uuh, geil, ich glaub’s nicht! Hat Jakob etwa seiner Mutter nicht erzählt, dass er Schluss gemacht hat? Super, das ist ja wie in ‘ner schlechten Soap. Sein Vater guckt auch überrascht. Die erste Gefühlsregung der Mutter an diesem Vormittag. Chris grinst auch schon breit. Jetzt kickt das E voll rein, ist das herrlich. Jakobs Pupillen werden auch ganz groß.

Nee, oder? Er hat voll den Ehrlichkeitsflash. Ha, ha, ha, das wird immer besser. Sein Vater wusste nicht, dass er aufs Gericht geschissen hat? Junge, Junge, wenn Blicke töten könnten! Traumhaft, ein Vortrag übers Erwachsenwerden und Selbstverwirklichung. Du kannst ihm doch nicht erzählen, dass du im Einhorn kellnerst! Sein Sohn als Kellner, das kriegt der gar nicht auf die Reihe!

Als ob er auf deine Kohle angewiesen wäre! Er hat’n Dach über’m Kopf, ‘n Job, uns! Dein Geld kannste dir sonst wohin stecken. Gleich enterbt er ihn noch! Ich hätte nie gedacht, dass ‘ne Sponsion so unterhaltsam und lustig ist. Wir sollten jede Woche auf eine gehen! Zum Schreien, echt! Bewegt seine Mutter etwa grad die Mundwinkel nach oben? Ja, klar, die freut sich, dass Jakob ihrem Ex eins auswischt. O Mann, das nenn ich mal ‘ne dysfunktionale Familie.

»Leute, was haltet ihr davon, wenn wir uns verziehen und die Party woanders fortsetzen? ...

Perfekt! Auf geht’s!«

Diese dummen Gesichter! Gold wert!

»Jakob, ich bin wirklich beeindruckt! So viele Eier hätte ich dir echt nicht zugetraut. Wirf noch mal’nen letzten Blick auf deine Eltern, deren Bild von ihrem Sohn du gerade erfrischend mit Füßen zertrampelt hast! He, habt ihr’n Plan, wo wir jetzt hingehen? Es ist erst 11 Uhr!«

7

Viktor

In Re'em ist die Party bereits im vollen Gange. So wie immer, wenn man es darauf anlegt! Auf der Bühne schlagen ein Haufen Leute auf Trommeln ein und beschallen die ganze Halle, kaum jemand bewegt sich fort, ohne mit den Hüften im Takt zu wackeln.

Gundel, Puppi und Twinkle kleiden sich im Leihladen für die Parade ein. Gundels schlanker Körper steckt in einem kurzen pinken Tüllkleid und um ihren Hals hängt der Kopf eines plüschige Flamingos. Ihre Augen sind neonpink geschminkt, dieselbe Farbe, in der sich Twinkle gerade den nackten Oberkörper mit Herzen bemalen lässt. Puppi ist dabei, ein weißes langes Hochzeitskleid anzuziehen. Obwohl es die richtige Größe ist, muss ich sofort an ein Kind denken, das die Kleidung seiner Mutter anprobiert. Egal wie oft ich es mir in Erinnerung rufe, ich sehe in ihr einfach keine erwachsene Frau.

»Hallo chéris, da seid ihr endlich! Congratulation Monsieur Magister! Ich wünschte, ich hätte Zeit gehabt, auch zur Sponsion zu kommen, ein Raum voller Männer in Anzügen, que c'est beau!«

Seitdem ich Twinkle an meinen Schwanz gelassen habe, redet er ganz normal mit mir. Er hat die Beute – mich – erlegt, seitdem macht er Jagd auf andere, vorzugsweise Heteros.

»Bitch, wir haben einen neuen Song bei der Probe komponiert! Er handelt von Frauen, die in der Nacht Männer abfangen, um sie mit Stöcken zu vergewaltigen. Du wirst ihn lieben! Puppi spielt bei der Nummer Xylophon.«

»Puppi gut im Xylophon spielen! Puppi nicht so viel bluten wie beim Schlagzeug spielen.«

»Echt? Boah, ich bin so stolz auf euch beide!« Bitch fällt Puppi um den Hals. »Komm, ich helf dir mit dem Reisverschluss. Es tut mir leid, dass wir erst so spät auftauchen, aber wir haben schon mal'n bisschen mit Viktor vorgefeiert. Wir haben bei der Sponsion seine Familie und Baby kennengelernt, das hättet ihr sehen müssen, so krass. Seine Eltern sind echt krass, da willste dir echt den nächsten Strick schnappen. Und Viktor so zu seinem Vater: »Ich hab das Praktikum nie angefangen, ich kellner, was viel cooler ist. Und übrigens Vadder, ich scheiß auf dein Geld.« Das war so heftig. Und sein Vadder war komplett sprachlos.«

»So was würde ich nie sagen!«

»Right, du würdest nie »Vadder« sagen, but the message was clear!« Adam hat Recht.

»Okay, vorher war noch 'ne kurze MDMA-Rede über Freiheit und seine eigenen Bestimmung finden, Erwachsenwerden und so'n Zeug. Seine Mutter hat auch blöd geguckt. Ich hatte echt mega Spaß!«

»Hey! MDMA, sans nous? Wie gemein!«

»We are on our way down, also keine Sorge. Bei der nächsten Welle schwimmst du mit.«

»Ich muss aber vorher noch in die Bibliothek und die Unterlagen zum Büro bringen, die brauchen die Leute.«

»Now? Du hast versprochen, mit uns das Wochenende durchzufeiern. Remember? Bitch sagt sogar ausnahmsweise ihren Yogakurs ab.«

»Ohhh, armer Adam«, ich streichle ihm über die Wange. »Kommst du keine Viertelstunde ohne mich aus? Wenn ich zurückkomme, spiel ich auch wieder Drogenrausch mit dir!« Nachschlag wird langsam wirklich notwendig. »Es geht ganz schnell. Ich gebe das Buch zurück und lege am Rückweg nur die recherchierten Ergebnisse in die Box vor der Bürotür, damit sich jeder seine Dokumente rausnehmen kann. Beratungsstunde gebe ich erst nächste Woche wieder! Schon vergessen, ich bin noch immer Good Boy! Oh, warte, manche finden das eventuell zu wenig Weiterentwicklung.« Ich sehe in Gundels Richtung.

»Ja, ja, schon gut. Du weißt ganz genau, dass ich nur eine Stellvertreterinfunktion erfüllt habe.«

Ich werfe ihr ein Luftbussi zu.

»Willste noch 'ne Line für'n Weg?«

»Puppi, suchst du mir was zum Aufsetzen aus?«

»Ja, Puppi darf für Viktor bestimmen! Puppi darf für Viktor bestimmen!«

Twinkle, Bitch, Adam und ich verlassen den Leihladen, während Puppi und Gundel sich daran machen, das Richtige für mich auszusuchen. Bitch zieht eine kleine Parfümflasche und Taschentücher aus ihrer katzenförmigen Handtasche.

Ich sehe sie fragend an.

»Putz dir die Nase und dann schraub's auf!«

Nach dem ersten Schritt öffne ich die Kappe und schraube den Zerstäuber herunter, an dem innen ein langer Miniaturlöffel befestigt ist. Statt Parfüm befindet sich Pulver in dem Fläschchen. Das mit Abstand eleganteste Versteck, das ich bislang gesehen habe.

»Speed!«, sagt sie. Ich erinnere mich an Adams Beschreibung: halbwegs klar im Kopf, aufgedreht, gut gelaunt, wie nach zu viel Kaffee. Er nickt mir aufmunternd zu. Bislang habe ich nur MDMA geschluckt, wie man das, was ich in der Hand halte, verwendet, weiß ich nur aus Filmen. Ich fülle etwas Pulver auf den Löffel und ziehe ihn vorsichtig hervor.

»Unter's Nasenloch halten und tief durch die Nase einatmen.«

Wenn ich es mir vorher noch schönreden konnte, spätestens diese Geste macht mich zu einem Drogenkonsumenten. Es brennt wie Sau! Die winzigen Kristalle zerschneiden meine Schleimhäute, kein unangenehmes Gefühl.

»Danke!« Ich gebe Bitch das Fläschchen zurück und will mich auf den Weg machen. Adam geht noch ein paar Schritte mit. »There is something you need to know!«, flüstert er verschwörerisch.

Welche Offenbarung erwartet mich?

»Wenn du aufs Klo gehst, don't freak out!«

»Warum sollte ich?« »Es kann passieren, dass dein Penis schrumpft!«

»Was?«

»Don't worry, not forever! Speedschwanz, ist ganz normal. Ich habe damals fast einen Herzinfarkt bekommen, deswegen sag ich's dir. And now hurry, wir bringen in der Zwischenzeit unser Zeug in den Spind!«

NO-BODY

»Bruder, du kommst wie gerufen!«

Fast zu spät. Normalerweise kommt er früher.

»Öhchö öhcho. Ich benötige Informationen über Herkules. Für die Neueröffnung des Museums. ...

Heute, im Anschluss an die Parade! Traditionell bleibt das Museum nach dem Todestag zwei Monate geschlossen und die Wiedereröffnung wird gebührend gefeiert! Ich bin momentan mit dem Verfassen der letzten Informationen vertraut und du kanntest ihn besser als ich. ...

Alles und nichts. Es gibt keine unwichtigen und wichtigen Fakten einen Menschen betreffend. Öhchö öhcho. Jedes Detail trägt zum Gesamtkonstrukt einer Person bei, für die diese viel Mühe und Zeit ihres Lebens aufgewendet hat. ...

Gut, ich notiere: ...

»Ungefähr 1,85 m groß, muskulös. Mitarbeiter des Fitnessstudios, Fitnesstrainer. Außerhalb Re'ems Kellner im Café Einhorn.« Vorlieben? ...

Das meinte ich zwar nicht, aber bitte.

»Interessiert an Frauen. Vorliebe:« Öhchö öhcho. Langsamer! Ich komme nicht nach. Noch mal! Vorliebe: »Proteinshakes, Sorte Karamell, humorvolle T-Shirts, spielte Klavier und Trompete, Lieblingstier: Pinguin, Lieblingsfarbe: gelb.« Aversionen? ...

»Abneigungen gegenüber: Kindern, Katzen, Alkohol« – tatsächlich? »Büchern«? Wenig verwunderlich, dass wir einander nur vom Sehen kannten. Warte, warte! So schnell bin ich nicht. Wiederhole das bitte. Öhchö öhcho. ...

»Lieblingsmethode: Ertrinken« – das ist gut! Was hast du danach gesagt? ...

Du wirst immer schneller! Setz dich, Bruder. Läufst hier aufgeschreckt wie eine kopflose Henne durch die Bibliothek. Die Bücher klammern sich schon nervös aneinander. Öhchö öhcho. Möchtest du einen Zug nehmen, um runterzukommen?«

Mein Gras teile ich ungern, aber bei ihm mache ich eine Ausnahme.

»Dann nicht! Gut, weiter, aber langsam! ‚Wünschte sich Autos in Re'em', konnte nicht – was? ...

Herkules konnte nicht Fahrradfahren? ...

Danke! Die Informationen genügen mir.«

Was hat er nur genommen? Er verbringt eindeutig zu viel Zeit mit Bitch!

»Wolltest du noch was von mir? ...

Danke der Nachfrage, mir geht es vorzüglich. Öhchö öhcho öhchö öhcho. Kein Grund zur Beunruhigung. ...

Sehen wir uns bei der Museumseröffnung? ...

20 Ur.«

Doc

Nanu, das komplette Scheißhaus wie verwaist, ein gar seltener Anblick. Wohin sind die Vögel denn alle ausgeflogen? Offenbar sind wir nach der Parade nicht umgehend hierher zurückgekehrt. Möglicherweise im Ponyhof?

Dass diese Popularmusik im Anschluss an die Parade immer den angenehmen Dezibelpegel überschreiten muss, gar fürchterlich. Nun denn, werde ich mich eben durchfragen.

Adam

»Jesus Christ, how could I forget? Die Wiedereröffnung vom Museum is the best day ever! Ich kann gar nicht erwarten, bis sie endlich aufsperren. Wir sollten noch mal nachlegen, oder?«

Mal schauen wie viel M noch im Baggie ist. Okay, mehr als genug und eines ist noch im Spind.

»Habt ihr was zu trinken dabei? ...

Damn it. Dann müssen wir es schniefen. Bitch? Stellst du deinen Löffel zur Verfügung? ...

Die nächste Line schlucken wir dann wieder! ...

Thanks!«

Auf MDMA ins Museum, that'll be so much fun!

Damn it, das Zeug brennt erbärmlich!

»Ahhh, herrlich! Ihr auch? ...

There you go! Übrigens, falls ich es noch nicht gesagt habe, Viktor, das Schneckenkostüm ist fantastisch! Du solltest Puppi immer dein Paradenoutfit auswählen lassen! ...

Hast du perfekt ausgesucht, Puppi!«

Mit dem Fühlerhaarreifen ist er über zwei Meter groß. Nur der Schneckenhausrucksack ist etwas zu klein für ihn. Wer hat das gebastelt?

Gleich öffnen sie die Türen.

»Zehn, neun, acht, sieben, sechs – Thanks!«

Schnell Baggie wieder einpacken.

»Drei, zwei, eins, juuuuhuuuu!«

Schnell rein. Ich will als Erstes Herkules sehen!

Viktor

Die Menschen drängen ins Museum wie Amerikaner am Black Friday ins Shopping-Center. Man würde meinen, sie haben es alle noch nie gesehen. Zurecht, als ich es betrete, sieht es komplett anders aus. Moment, das ist der Raum, in dem ich schon mal mit Adam war? Statt chaotisch im Raum verstreut, sind die Ausstellungsstücke penibel aufgebaut und mit Kordeln abgesperrt. Manches befindet sich plötzlich in Glasvitrinen! Es gibt einen Weg, dem man folgt, wobei wieder unterschiedliche Selbstmordmethoden mit Wachsfiguren dargestellt sind. Diesmal kommen sie mir erschreckend vertraut vor. Die Leute tuscheln, zeigen mit den Fingern auf die Figuren und lachen sie aus. Holy Shit, die sind nicht aus Wachs, das sind Lahme!

»Sind das echte Menschen?«

Ich bin mir nicht sicher, ob ich die Antwort kennen will.

»Was hast'n du gedacht, was das ist? Oh, guck, dahinten ist Herkules!«

Mein Magen dreht sich um, aber ich finde es faszinierend. Das ist wie bei Körperwelten! Grotesk, ekelhaft, wunderschön! Wir bewegen uns in kleinen Trippelschritten vorwärts, seitdem ich Herkules erblickt habe, warte ich nur noch darauf, ihn aus der Nähe zu betrachten. Alle anderen werde ich mir später genauer ansehen. Er ist mit seiner Lieblingsmethode dargestellt. Sein muskulöser Körper schwimmt in einem Wassertank, Augen und Mund weit aufgerissen. Er sieht zugleich lebendig und tot aus! Einerseits könnte man glauben, er würde jede Sekunde mit der Hand gegen das Glas klopfen und um Hilfe schreien, andererseits sieht er so eindeutig nicht wie Herkules aus, dass er nur tot sein kann. Die Hülle ist dieselbe, aber ohne das Leben drin fehlt das Entscheidende. Ihn so zu sehen, macht mir unmissverständlich klar, dass seine Abwesenheit für immer ist. Bislang dachte ein kleiner Teil in mir immer noch, ich würde ihm seinen Arbeitsplatz wegnehmen und er sich darüber später bei mir beschweren. Auf dem Zettel, der auf der Glasscheibe klebt, steht in Teriol geschrieben:
Methode: Ertrinken. Name: Herkules. Der begeisterte Fitnesstrainer kellnerte in der Realität, obwohl er selbst nur an der Flasche mit dem Proteinshake hing. Er hörte jedem/jeder gut zu, vorausgesetzt man sprach nicht über Kinder oder Katzen. Die ‚Ode To A Joyful Death' begleitete er mit Vorliebe am Piano oder auf der Trompete. Währenddessen träumte er von gelben Pinguinen oder davon, dass Autos durch die Gänge brausen, da er des Radfahrens nicht mächtig war.

»Das sind die Infos, die ich no-body gegeben habe!«

»Hättest ruhig die ehrlichen beschissenen Dinge über ihn sagen können. Immerhin hat er uns im Stich gelassen!«, sagt Bitch. »Ich wette, das ist die einzige nette Beschreibung eines Lahmen im ganzen Museum.« In ihrer Stimme liegen keine negativen Emotionen, sie grinst sogar. Für sie ist es vielmehr Faktum, dass Lahme Versager sind und keine Würdigung verdient haben.

»Wenn Herkules hier unten ist, was haben seine Verwandten dann zu Grabe getragen?«

»Don't worry! Old Owl took care of it!« Adams Augen strahlen. Manchmal wünschte ich, er würde mich so ansehen wie die Ausstellungsstücke. Der Sog der Masse ist zu stark und spült uns wie einen Fluss weiter.

Wo ist no-body? Ich blicke mich um und in dem Moment steigt sie ein gutes Stück entfernt auf ein Podest, von dem aus sie die Menge überblickt. Ich reiße meinen Arm hoch, um ihr zu winken. Sie erwidert den Gruß, doch dann treffen ihr Blick und der von Bitch aufeinander und beide wenden sich augenblicklich voneinander ab. Was ist zwischen ihnen passiert, dass sie so eine Abneigung verspüren? Aus Bitch war bislang nichts rauszukriegen. Wir werden aus dem Museum gedrängt, draußen warten noch etliche Menschen, die ebenfalls eine Runde drehen wollen.

»Dein Schneckenhaus ist ganz zerknüllt!« Bitch zupft an meinem Rücken herum, es wird Zeit, das Ganze abzulegen und sich zum Tanzen zu begeben. Gundel hält Puppi am Unterarm fest, sie kümmert sich heute um sie, während wir nur Party im Sinn haben.

Wie konnte ich nur so lange übersehen, wie offen in Re'em mit Drogen umgegangen wird? Wahrscheinlich der naive Neuling-Effekt. Wenn man die Zeichen nicht zu deuten weiß, übersieht man sie leicht. Dabei schnieft ständig jemand, läuft mit riesigen Pupillen durch die Gegend, spricht ohne Punkt und Komma, ist besoffen, stoned, hat was eingeschmissen oder Sonstiges. Das Einzige, was es nicht gibt, sind Leute, die an der Nadel hängen, inoffizielle Re'em Policy, wie Bitch mir mal erklärt hat. Man kann tun und lassen, was man will, aber sobald es in Richtung Sucht geht und die anderen Bürgerinnen und Bürger das Gefühl haben, man ist nicht mehr frei, sondern suchtbestimmt, fliegt man raus. »Never trust a junkie«, lautet Adams Meinung dazu. In der Vergangenheit gab es Probleme diesbezüglich. Das freiwillige Bezahlsystem wurde von jemandem dazu benutzt, sich Stoff zu beschaffen. Gar nicht vorstellbar, dass es soweit kommen kann.

»Bitch? Bitch?« Docs Geschrei reißt mich aus den Gedanken. Er stürzt durch den Gang, als ginge es um Leben und Tod.

»Hier!«, ruft Bitch.

»Endlich!«, schnaufend kommt er bei uns an. Seine Wangen sind gerötet und seine sonst so akkurate Kleidung aus einem vergangenen Jahrhundert vom Laufen ganz zerknittert. »Verlässliche Informationen sind hier in der Tat Mangelware. Die ersten wollen uns in der Garderobe gesehen haben, der zweite schwor, uns gerade in den Ponyhof einbiegen gesehen zu haben, und wir wissen, wie abscheulich ich diese grässliche Musik in diesem Etablissement finde. Hinzu kam dieses dunkle Licht, in dem man unmöglich unterschiedliche Personen ausfindig machen kann und zu guter Letzt überall diese Spiegel. Und dann – Nun denn, ich will uns nicht mit Details meiner Odyssee langweilen. Lassen wir uns nur gesagt sein, dass es schwer war, uns ausfindig zu machen. Aber in diesem besonderen Falle war es mir selbstredend ein Anliegen, schließlich bin ich der Überbringer wichtiger Neuigkeiten.«

Gespannt starren wir alle auf den zerzausten Arzt.

»Möglicherweise wäre es uns lieber, vertraut miteinander zu sprechen?«

»Nein!«, rufen wir alle gleichzeitig.

»Das geht schon klar, Doc! Ich sag's ihnen sowieso!«

»Erinnern wir uns noch an den Bluttest, um den wir letzte Woche gebeten haben? Die Ergebnisse sind heute eingetroffen. Nun denn, es gibt Anlass zur Gratulation!« Er nimmt ihre Hand und schüttelt sie übertrieben, sodass ihr ganzer Arm auf und ab saust.

»Bitch Please, ich gratuliere: Wir sind guter Hoffnung!«

Bitch

»Och nee, oder? Ich bin schwanger? Scheiße! Welcher Penner war denn da hypermotiviert? Dabei hab ich voll oft verhütet! Irgendeins dieser Spermien war das Arschloch! Ich dachte, der moderne Mann ist mittlerweile unfruchtbar.«

Stimmt, Gundel, sollten sie wirklich sein!

»Richtig, Schwester! Von wegen Smartphone in der Hosentasche tötet die Samen.«

Nein, Puppi, nicht! Das ist kein Grund zur Freude! Auf den Schreck brauch ich erstmal 'ne Kippe. Ha, daran erkennt man richtige Freunde, Adam weiß eben, was mir gut tut.

»Danke!«

Schwanger! Nicht schon wieder!

»Welche Woche? ...

Neunte Woche schon? Ich hab gar nicht mitgekriegt, dass ich meine Tage nicht gekriegt hab. Kein Wunder, ich bin froh, wenn sich der Scheiß mal'n bisschen verspätet. Diese ständigen Krämpfe und Stimmungsschwankungen sind auch niemandem zu empfehlen. Seid bloß froh, dass ihr Männer euch damit nicht beschäftigen müsst. Ihr habt echt keine Ahnung, was da abgeht im Körper von 'ner Frau!«

Viktor guckt mich an wie ein Reh im Autoscheinwerfer.

»Junge, Junge, kommste klar? Ich bin hier die Gebärmaschine, nicht du! Keine Angst, ist auch nicht ansteckend. Damit das mal klar ist, ab sofort gilt: Mein Bauch gehört mir! Capice? Ich entscheide! Ich tu und lasse nach wie vor, was ich will. Das heißt, nichts ändert sich. Nichts! Ich lehne es komplett ab, dass der Bauch einer Schwangeren zum Allgemeingut wird und alle glauben, sie könnten ihn anfassen und kluge Ratschläge geben!«

Na toll, jetzt habe ich Puppi verschreckt.

»Okay, Zuckerpuppe. Du bist 'ne Ausnahme, okay? Kannste auch ruhig draufboxen, wenn du willst, mal gucken, wer von euch den stärkeren linken Haken hat. Du oder dieser Fötuszellhaufen in mir. Danke, Doc, ich glaub, ich brauch jetzt erstmal'nen Drink! Kommt Leute, Zeit, dass die richtige Party startet!«

Wie lang ist es noch bis zu Silvester? Zweieinhalb Monate, oder?

Viktor

Ich weiß nicht, wie lange Adam und ich schon auf dem Fliesenboden im Gang hocken. Es können wenige Minuten, Stunden oder Tage sein. Unsere Rücken sind an die Wand gelehnt, die durch den Bass vom Ponyhof vibriert und die ersten Minilampen am Boden leuchten bereits rot. Ein Zeichen, dass sich die Nacht dem Ende neigt. Bald werden sie sich orange, dann gelb färben und damit wird in ganz Re'em der Tag eingeläutet. Die Traurigkeit ist dennoch weit entfernt. Die erste Nacht ist vielleicht vorbei, aber es gibt keinen Grund, es dabei zu belassen. Adam starrt selig grinsend an die Wand gegenüber, seine rechte Hand streicht unablässig über seinen Schritt. Er ist eindeutig erregt! Schade, dass wir beschlossen haben, unsere Freundschaft auf der platonischen Ebene zu belassen und sexuelle Elemente auf Grund möglicher Verwirrung rauszuhalten. Ich könnte ihm nicht als gleichberechtigter Partner in einer Beziehung das Wasser reichen, aber als guter Freund funktioniert's. Die letzte Line MDMA wirkt bei ihm stärker als bei mir oder sie wirkt bei mir genauso, nur habe ich das Bedürfnis, jeden Gedanken, der mir in den Sinn kommt, auszudrücken, während er sich darauf beschränkt zuzuhören und gedanklich seinen eigenen Film anzuschauen. Aktuell beschäftigt mich Bitchs Schwangerschaft beziehungsweise ihr cooler Umgang damit.

»Ich habe das Gefühl, ich mache mir deswegen mehr Gedanken als sie. Was eigentlich nicht sein kann, denn es ist ihr Kind. Sie wird Mutter! O mein Gott, kannst du das glauben? Wenn ich es ausspreche, merke ich noch stärker, was für eine große Sache das ist. Mutter! Bitch! Wie wird das dann? Kinder sind hier schließlich verboten und jeder weiß, dass hier keine Eltern von kleinen Kindern sind. Wie soll das auch funktionieren, wenn sie beim Todestag springt und weiß, dass ihr Baby in einer Parallelwelt ab sofort Waisenkind ist. Es hat ja nicht mal einen Vater! Und wenn es einen hätte, würde der auch springen. Aber ich find's super, dass sie das so locker sieht. Es stimmt schon, sie ist nicht schwer krank, sondern nur schwanger. Okay, dass sie trotzdem weiterhin raucht und trinkt, damit hätten einige Ärzte sicher ein Problem, aber sie hat schon recht, wenn sie sagt, dass es dem Kind mehr schadet, wenn sie es plötzlich auf Entzug setzt, und dass es total stressig für sie wäre, jetzt aufzuhören. Wie sie es macht, ist es wahrscheinlich besser. Findest du nicht auch?«

»Mhm.«

»Ich hätte nie gedacht, dass Bitch überhaupt Mutter werden will. Keine Ahnung, warum, sie ist Mitte 30, da wird's eigentlich höchste Zeit. Franziska hat früher immer gesagt, dass sie mit 25 das erste Kind kriegen will, weil sie sich sonst zu alt fühlt. Insofern ist Mitte 30 schon spät. Sie hat das immer als Fakt hingestellt, da gab's gar keine Diskussion drüber. Ich habe eigentlich nie drüber nachgedacht, ob ich mal Vater werden will. Ich schätze, es gehört einfach dazu. Willst du mal Vater werden?«

»Mhm.«

»Ach so, entschuldige die Frage. Auf ein Adoptivkind wartet man in Österreich ewig. Ich kenne das Gesetz nicht genau, aber da gibt es so viel zu beachten mit Alter, wie lange man schon in einer Beziehung ist, Einkommen und so weiter. Das ist irrsinnig kompliziert. Frauen haben es da leichter, lassen sich schwängern und fertig ist die Sache. Wobei Bitch noch früh genug merkt, wie schwer das ist, gerade alleinerziehend. Aber wir helfen ihr natürlich alle! Es ist so süß, wie Puppi sich freut. Ich würde auch gerne etwas beitragen, aber ich weiß nicht, was. Sie wird haufenweise Babysachen, Kinderwagen, Bett, all dieses Zeug brauchen. Natürlich kann man das alles kaufen, aber das ist unpersönlich. Und wenn mein Vater seine Drohung wahr macht und die Zahlungen einstellt, muss ich zum ersten Mal in meinem Leben anfangen, mir mein Geld einzuteilen. Macht er sicher, schließlich bin ich mit dem Studium fertig. Rechtlich müsste er mich schon seit meinem 27. Geburtstag nicht mehr finanziell unterstützen, das heißt es war bislang nur freiwillig. Freiwillig und um mich in der Hand zu haben, denn ich wusste natürlich, dass ich von was leben muss. Mein Einkommen vom Einhorn reicht bestimmt, um über die Runden zu kommen. Schätze ich mal. Miete muss ich nicht zahlen, die Wohnung gehört ja mir und zur Not kann ich meinen BMW verkaufen. Damit fahre ich in letzter Zeit kaum noch. Kein Wunder, Re'em und das Einhorn sind zu Fuß zu erreichen und der Rest auch. Seit der Trennung kutschiere ich niemanden mehr durch die Gegend und mache keine Wochenendausflüge mehr aufs Land. Eine Weile komme ich schon noch gut klar, aber trotzdem, Babysachen zu kaufen ist unpersönlich. Findest du nicht auch?«
»Mhm.«

»Außerdem, wer weiß, ob ihr gefällt, was ich aussuche, oder sie lieber etwas anderes hätte. Ich würde gerne etwas selbst machen, etwas bauen zum Beispiel. Ich habe noch nie etwas mit meinen zwei Händen gefertigt, nicht mal ein Ikea-Regal aufgebaut. Das haben immer andere für mich gemacht. Ist es schwer, etwas zu bauen?«

»Mhm.«

»Das dachte ich mir. Aber vielleicht könnte ich es trotzdem probieren. In der Sargstatt kann man bestimmt auch andere Sachen zimmern als Särge, oder etwa nicht?«

»Mhm.«

»Ich bitte einfach Old Owl um Hilfe und baue ein Babybett für Bitchs Baby. Genau! Ein Babybett ist eine gute Idee, meinst du nicht auch? Das ist praktisch, bestimmt nicht so schwer wie eine Wickelkommode oder einen Hochstuhl oder einen Kinderwagen. Kann man einen Kinderwagen selbst bauen? Nein, ich bleibe beim Bett. Ja, das ist eine gute Idee! Und ich lerne was Neues. Wird auch Zeit, dass ich mal was Neues lerne. Ich glaube, jetzt ist die richtige Zeit dafür. Ich brauchte eine Weile, bis ich mich in Re'em eingelebt und zurechtgefunden habe, das ganze Angebot erschlägt einen. Natürlich könnte ich auch lernen, Schnecken zu züchten und an Rennen teilzunehmen, oder lernen, Hecken kunstvoll zu schneiden wie Twinkle, oder Panflöte spielen, aber ich hätte nicht das Gefühl, dass mir das wirklich etwas bringt. Ich weiß, es muss nicht immer was bringen, es reicht, wenn es Spaß macht, aber ich habe bislang immer was gesucht, was auch nützlich ist. Etwas zu bauen habe ich mir einfach nie zugetraut, weil ich früher für alles Profis geholt habe. Franziska hat manchmal von mir verlangt, was mit Werkzeug zu machen. »Schließlich bist du der Mann«, hat sie gesagt. Sie hat nie gefragt, ob mir das mal jemand beigebracht hat. Sie ging davon aus, dass ich das von Natur aus kann. Davon ging sie immer aus! Aber ich hatte keine Ahnung, wie man mit einer Bohrmaschine umgeht oder Lampen aufhängt oder so. Also habe ich immer Leute bezahlt, die das gemacht haben. Insgeheim hat's mich natürlich geärgert. Ich bewundere, wenn jemand etwas schaffen kann. So wie bei dir, das fand ich immer total sexy. Also, du weißt schon, wie ich das meine. Egal, ich hör schon auf, darüber zu reden. Auf jeden Fall ist jetzt der richtige Zeitpunkt: Ich baue Bitch ein Kinderbett!«

»Mhm.«

Adam

»Es fährt nicht! Wann war die letzte Line? An hour ago, right? ...

Zehn Minuten?«

Bitch verarscht mich!

»Are you sure? ...

Sie haben sicher die Ur umgestellt in der Zwischenzeit. ...«

Oh no! I've got the feeling that it's over! Das ist so traurig!«

Es ist kaum noch was da und die letzten Lines waren fett wie Autobahnen, aber selbst die kommen nicht mehr drüber.

»Ich würde gerne noch mal ins Museum gehen, aber ich habe keine Lust, anderen Leuten zu begegnen. Wann waren wir gestern dort? ...

Vorgestern? Is it sunday already? Yeah right, es ist schon Sonntag. Wie ist das passiert? Meine ganze Wahrnehmung ist komplett durcheinander. Kennt ihr das, wenn das Licht so schummrig ist und man nicht weiß, ob es schon wieder hell oder grad wieder dunkel wird? ...

I love this feeling! Im Grunde genommen ist es auch egal. Well, wenn es jetzt wieder dunkel werden würde, wäre es nicht egal, weil wir dann bald gehen müssten, aber – «

Lange wird es nicht mehr dauern.

»Ich fühle mich erschreckend nüchtern. ...

Hier im Hotelzimmer würde man nie glauben, dass man sich unter dem Karlsplatz in Re'em befindet. Es könnte genauso gut jedes bessere Wiener Viersternehotel sein. Diese Fakefenster sind besonders toll. Man glaubt wirklich, man hat eine Aussicht. Wie bist du an das Zimmer gekommen, Bitch? Normalerweise sind die Wochen im Voraus reserviert. ...

Seriously? Das hat gezogen? Du bist seit 5 Stunden schwanger und nutzt es schon als Ausrede? ...

Right, why not.«

Ich glaube, jetzt passiert was. Zumindest kommt die Erregung wieder hoch. Wenn Viktor nur ein wenig älter wäre. Er ist eigentlich genau mein Typ! Kurz dachte ich, wir beide hätten eine Chance und ich könnte mich in ihn verlieben, wenn ich es zuließe. But he destroyed that big time. Nach den Beschimpfungen damals. No no no no, das tue ich mir nicht an. Schade. He is still too young. Vielleicht passt es in ein paar Jahren. Was wollte ich eigentlich gerade machen? Ach ja.

»Ich spür's langsam und werd gleich nachlegen, ihr auch?

Viktor? ...

Alright. Ich schau mal, wie viel noch da ist. Wenn ich jetzt das zieh, sind noch drei Lines übrig, also für jeden eine. Es ist jetzt 10, d. h. wenn wir die um 11:30 Ur nehmen, sollten wir um 13 Ur gehen, damit wir noch nach Hause kommen, bevor das Tief uns einholt. Oder wollt ihr bis zur Bürgerversammlung bleiben? ...

Wow, not even you Bitch? You love this shit!«

Bitch

»Einmal werden sie auch ohne mich auskommen. ...

Ich engagiere mich nun mal gern für die Gemeinschaft! Brauchste gar nicht so blöd lachen. Wann warst'n du das letzte Mal? Als Viktor die Bürgerschaft gekriegt hat, richtig? ...

Also haste keine Ahnung, was für Sachen da beschlossen werden. Viktor warst du überhaupt schon mal? ...

Was? Wieso nicht? Junge, Junge. Na ja, deswegen ist die Versammlung auch immer Sonntag, 23:59 Ur, damit nur die hingehen, die's echt interessiert. Das war 'ne super Idee, das von Freitag auf Sonntag zu verlegen. Da wollen alle nach Hause und beeilen sich mit'm Bequatschen. Ich muss immerhin auch jeden Montag früh raus und zur Arbeit.«

Ich bin echt schon völlig knülle. Vielleicht sollte ich die Line jetzt schon nehmen.

»Seht ihr eigentlich auch schon die Katzen? ...

Kennste nicht den Ausdruck? Du siehst es auch, oder Adam? ...

Denk ich mir. Katzen, das ist, wenn das Gehirn die Infos nicht mehr schnell genug verarbeiten kann, weil man so müde ist, und dann sieht man so Nachziehbilder oder hin und wieder huschen so Schatten vorbei. ...

Nee, ich glaub, die Bezeichnung hat keiner erfunden, das heißt einfach nur so.«

Sargstattverantwortliche

»Auf dieser Seite schließt er nicht richtig. Ich würde sagen, da hast du ganz schön geschlampt. Ja, ja, immer schnell, schnell und dann hat man den Salat. Manchmal sind die faulen Menschen im Vorteil, die sehen zu, dass sie es beim ersten Mal korrekt machen. Ich sage immer, Präzision ist das Wichtigste. Ich fürchte, es bleibt dir nichts anderes übrig, als alles neu auszumessen und dich auf Fehlersuche zu begeben. Den Trauergästen kann ich keinen halbgeschlossenen Sarg zutrauen.«

Manchmal muss ich etwas strenger werden. Und ich darf mir dann wieder das enttäuschte Gesicht ansehen, aber habe ich ungenau gearbeitet? Nein!

»Kopf hoch! Ich sag immer, aus Erfahrung wird man verständnisvoller. Also ran an den Speck und ausmessen und wenn der Messfehler gefunden ist, helfe ich gerne weiter.«

So, beim Tanzlehrer ist die Grundierung bereits trocken, da kann die nächste Schicht aufgetragen werden.

»Hast du vor, als Nächstes mit Petrol rüberzugehen? ...

Nein, nein, kein Problem. Ich sag immer, jeder kriegt die Beerdigung, die er verdient. Ich maße mir nicht an zu urteilen.«

Furchtbare Farbe! Oh, wen haben wir denn da? Seit wann steht er in der Tür? Er kommt mir bekannt vor. Traut sich nicht so recht einzutreten.

»Hallo?«

Gibt mir mit der linken Hand die Hand, er weiß offenbar Bescheid.

»Entschuldige, kennen wir uns? Du kommst mir bekannt vor, aber richtig einordnen kann ich dich nicht. ...

Der Name sagt mir nichts. Aber Namen sagen mir generell nichts. Ich merke mir nur Besonderheiten und Funktionen, welche ist deine? ...

»Guter Freund von Adam« ist weder noch. Wer ist überhaupt Adam? ...

Ah, der Bildhauer, genau. ...

Rechtsberatung? Ja, ich erinnere mich, du bist der Anwalt! Natürlich, natürlich. Mit dir wollte ich ohnehin bald sprechen, ich habe einige Fragen bezüglich der Testamente meiner Kunden, vielleicht ist es möglich, das zu vereinheitlichen, und ob es da Varianten gibt, in denen man – Nein, nein, tut mir leid. Deswegen bist du nicht hier. Ich sag immer, es kommt darauf an, wer zu wem kommt. Also werde ich in Kürze mit meinem Anliegen zu dir kommen, aber aktuell entnehme ich deinem fragenden Blick, dass du ein Anliegen hast. ...

Ein Bett? Dafür ist die Sargstatt da, hier fertigt jeder sein letztes Ruhebett. ...

Für ein Baby? Ich sag immer, der Tod macht vor Jugend und Schönheit nicht Halt. Aber ist denn das Baby schon tot? ...

Es ist noch nicht mal geboren? Handelt es sich um eine Totgeburt? ...

Das Baby wird leben? Du brauchst einen Sarg für ein lebendiges Baby? Hast du etwa vor, das Baby zu – «

Wie drückt man das euphemistisch aus? Er braucht gar keinen Sarg? »Ein Bett. Ein richtiges Bett? ...

Mit vier Beinen, einem Kopf- und Fußteil und dazwischen einem Gitter, damit es nicht rausfällt? ...

Und das Bett soll nicht lieber aussehen wie ein Sarg? Ist es für dein Kind? ...

Für das Baby von Bitch. Wer ist Bitch? ...

Ah, die Farbenblinde. Sie hat's aber auch nicht leicht mit ihrer Krankheit. Wird das Baby dann auch farbenblind? ... Sie ist nicht farbenblind? Dann meine ich jemand anderen. Sie ist auch Sängerin und Achselhaarträgerin. ...

Nein, daran gibt es nichts zu rütteln. Sie ist und bleibt die Farbenblinde! Am besten, du probierst, dein komisches Anliegen mit dem Priester zu besprechen. Ich sag immer, es ist der Job eines Priesters, sich um Problemfälle zu kümmern. Ich muss dem Tanzlehrer bei der Bemalung helfen.«

Priester

Kock knock.

»Herein!«

Wen haben wir denn da?

»Guten Tag! Ich bin Pater Richard, freut mich, dich kennenzulernen.«

Er sieht etwas schüchtern aus, aber sehr sexy.

»Wie kann ich dir behilflich sein. Kommst du zum Beichten?«

Er will ein Bett bauen? Wie soll ich ihm dabei behilflich sein? Ah, ich weiß schon!

»Lass mich raten, Old Owl hat dich geschickt. ...

Sie schickt alle zu mir, die ihr lästig sind. Tut mir leid, aber ich kenne mich mit Holzfertigung absolut nicht aus. ...

Sie ist der Meinung, als Priester ist es mein Job, nett zu allen zu sein. Ihren Job sieht sie hingegen – sagen wir es mal so, eher engstirnig. Für sie existieren nur Särge, es interessiert sie nicht, jemanden bei der Fertigung anderer Dinge zu unterstützen. Ich finde es übrigens reizend, dass du deiner Freundin ein Abschiedsgeschenk bauen möchtest.«

Schade, er ist vergeben. Aber vielleicht –

»Für die gute Freundin, natürlich!«

Ausgezeichnet!

»Abschiedsgeschenk deswegen, weil in Re'em Kinder bekanntlich verboten sind, und die drei, vier Frauen, die in den vergangenen Jahren Kinder bekommen haben, hier nie wieder aufgetaucht sind. Oder hat sie vor, das Kind zur Adoption freizugeben? ...

Vielleicht kehren die Mütter zurück, wenn der Nachwuchs volljährig ist, aber bis dahin haben sie so viele Todestage versäumt, dass die Chance, dass die Stadt für sie noch existiert – Wobei das natürlich nicht ausgeschlossen ist, vor allem aus unserer Sichtweise, aber das ist nur Theorie. Wusstest du, dass Holzsärge früher auch Totenbäume genannt wurden? Faszinierend, nicht wahr?«

Er ist wirklich liebenswert. Schade, dass ich ihm in diesem Punkt nicht weiterhelfen kann, aber vielleicht in einem anderen.

»Kann ich sonst etwas für dich tun? ...

Keine Sorge, ich hab's auch nicht so mit der Religion. Seitdem ich hier Bürger bin, hat sich auch noch niemand mit einem religiösen Anliegen an mich gewandt. In Re'em sind zwar offiziell alle Glaubensrichtungen vertreten, aber wenn die Leute hier an etwas glauben, dann an die Einhornreligion. Kein Wunder, die ist wesentlich unterhaltsamer als der Katholizismus, wobei die Geschichten, die wir auf Lager haben, auch nicht schlecht sind. ...

Warum ich Priester wurde? Es war wie bei so vielen Männern, die sich entschließen, diesen Weg einzuschlagen: kein Interesse am weiblichen Geschlecht und Hinwendung zu etwas Höherem. In Wirklichkeit unterdrückte Sexualität, die ich, seitdem ich Exitus bin, frei auslebe. Absurd, wenn man darüber nachdenkt, das Nehmen des eigenen Lebens ist eine wesentlich größere Sünde. Meinen Job habe ich trotzdem behalten, weil es strategisch sinnvoll ist, in der katholischen Kirche zu sitzen. Bislang hat es sich zwar noch nicht bewährt, Exitus wenden sich nicht an die Kirche, höchstens Erleuchtete mit Suizidgedanken, die Trost und Zuspruch erwarten, aber das kann noch werden. Der Nachteil ist natürlich, dass sich meine Arbeitszeiten nicht gut mit den Re'em-Öffnungszeiten vereinbaren lassen, weshalb ich nur freitags hier bin, hin und wieder auch mal Samstag für kurze Zeit. Sonntag geht erst wieder am Abend und zur Bürgerversammlung. Man glaubt gar nicht, zu welchen Zeiten Menschen Priester aufsuchen, vor allem die, die angeblich gar nicht gottesfürchtig sind. Aber wehe, es passiert etwas unvorhergesehen Schreckliches, dann stehen sie alle bei mir vor der Tür. In Re'em stehen nur die Männer vor der Tür, die etwas vorhersehbar Schönes suchen.«

Ja, oder die Old Owl schickt!

»Der eine Grund schließt den anderen aber nicht aus. Ich zeige dir gerne das Schöne!«

Ich schließe sicherheitshalber mal die Tür ab.

Viktor

Mit rotem Kopf verlasse ich das kleine Büro von Pater Richard und gehe den Gang entlang Richtung Scheißhaus. Ich fasse es nicht, ich hatte gerade Sex mit einem Priester. Mit einem Priester! Das erste Mal, dass ich wirklich mit einem Mann – also, dass ich in einen Mann – Und dann ein Priester! Wobei, wenn er kein Priester wäre, hätte ich mich bestimmt nicht so leicht dazu hinreißen lassen. Aber dieses zugeknöpfte Hemd mit dem Kragen, das hat einfach was Erotisches.

»Viktor?«

Graue Fee reißt mich aus meinen Gedanken.

»Wie gut, dass ich dich hier treffe! Also ‚gut', ich wollte dich ohnehin aufsuchen. Ich habe ein rechtliches Anliegen.«

»Hallo, ja, ähm«, es fällt mir schwer, gedanklich so schnell das Thema zu wechseln.

»Meine Öffnungszeiten sind dieses Wochenende-Blödsinn, nicht Öffnungszeiten, Sprechzeiten! Die sind – «

»Sonntag ab 14 Ur, ich weiß, ja. Bei meinem Anliegen handelt es sich um einen großen Fall. Also ‚groß' er ist von enormer Wichtigkeit. Kein privater Fall, sondern ich komme in meiner Funktion als Bürgerinnen- und Bürgermeisterin. Unserer früherer Re'em-Anwalt war damit betraut, leider weilt er nicht mehr unter uns.«

»Das tut mir leid.«

»Das muss es nicht, er lebt ganz gut in Los Angeles! Bislang erledigt er noch viel von Übersee und steht uns nach wie vor für Fragen zur Verfügung, aber die überwachten Kommunikationskanäle machen es notwendig, die E-Mails und Telefongespräche auf ein Minimum zu beschränken. Also ‚Minimum', es ist nicht möglich, offen zu kommunizieren, wenn man nicht über das, worum es eigentlich geht, reden kann.«

»Worum geht es denn?«

»Um Re'em, die Stadt. Also ‚Stadt' um diesen Ort hier unter dem Karlsplatz. Eine längere Geschichte. Ich bringe Sonntag die Akten vorbei, ist das in Ordnung?«

»Selbstverständlich.«

Bitch

»Ach, guck an, wer sich auch endlich blicken lässt! Das wird aber auch Zeit, dass du auftauchst.«

Er hat's doch nicht etwa vergessen, oder? Er hat's echt vergessen!

»Junge, Junge, heute ist Puppis Einhorntag! Und zwar nicht irgendein Einhorntag, sondern der wievielte, Puppi?«

Der zehnte, Mann! Wie konnte er das vergessen? Sie redet seit Wochen davon.

»Nee, es war immer der 15. November! Vor zehn Jahren war's 'n Sonntag, an dem Puppi die Bürgerinschaft verliehen bekommen hat, dieses Jahr ist's praktischerweise 'n Freitag. Sie hasst es, wenn wir ihren Einhorntag nachfeiern müssen. Wo warst du denn?«

Pater Richard? Ernsthaft?

Wie geil! Adam und Twinkle verkneifen sich das Lachen auch nicht. Ja, guter Punkt, Adam, hoffentlich hat er sich wirklich geschützt. Wer in den Arsch schon alles reingesteckt hat. Wäre fast'n Wunder, wenn der gute Pfarrer sich noch keine Krankheit eingefangen hat. Ich versteh nicht, dass die alle auf den abfahren. Der sieht aus wie Prinz Harry. Ich will mir nicht vorstellen, wie der verschwitzt beim Sex – Urgh. Wobei, Viktors Ex war auch rothaarig, also vielleicht hat er da'n Faible für. Egal, jetzt steht erstmal Puppi im Vordergrund.

»Nachdem wir jetzt alle vollzählig sind, kannste ja endlich die Geschenke auspacken, Puppi.«

Möglichst schnell, bald fängt die Parade an.

Viktor

Geschenke? O Mist, ich stehe heute wirklich neben mir.

»Am besten, du fängst mit dem hier an. Das ist von Viktor und mir.« Gundel gibt Puppi ein großes Päckchen, das mit glitzerndem Geschenkpapier eingewickelt ist. Von ihr und mir? Danke, Gundel! Sie stößt mich verschwörerisch in die Seite.

»Du bist meine Rettung«, flüstere ich.

Puppi reißt es schnell auf, innen befindet sich eine Trommel für ihr Schlagzeug, auf die ein Einhorn sowie der Schriftzug »The Creep Fatigue« gemalt sind.

»Toll, toll, toll! Puppi freut sich riesig. Danke! Danke! Danke!« Sie drückt erst Gundel, dann mich, wobei ich mich etwas schäme, Dank für etwas zu bekommen, wozu ich nichts beigetragen habe.

»Das hier ist von moi«, Twinkle überreicht das nächste Präsent.

»Ich übernehme dann das Weihnachtsgeschenk«, flüstere ich Gundel zu. Die anderen hören es nicht auf Grund der Geräusche, die das reißende Geschenkpapier verursacht.

»Die Geburt von Jesus fucking Christus feiern wir hier unten nicht. Obwohl es natürlich eigentlich der Festtag des Kapitalismus und Überflusses ist. Kein Mensch braucht den kitschigen Mist, den sich die Erleuchteten zu Weihnachten zuschmeißen!«

»Kein Weihnachten?«

»Auch keine heidnische Sonnenwende, wenn du von der Fraktion kommst. Kein Chanukka, kein Fastenbrechen, keinen Geburtstag, kein Ostern, kein Pfingsten, kein – «

»Also nur Todestag und diesen Einhorntag?«

»Todestag auf jeden Fall. Ob man den Einhorntag feiert, entscheidet jede und jeder selbst. Manche feiern ihn jedes Jahr, andere gar nicht, wieder andere nur die runden und halbrunden, wie mensch möchte. Puppis feiern wir immer.«

»Weihnachten war noch nie mein Ding.«

Der letzte Satz verlässt etwas zu laut meinen Mund – oder ist es gerade besonders ruhig?

»Weihnachten? Puppi liebt Weihnachten!«

Arme Puppi, ihr fehlt es!

»Wenn Weihnachten vorbei ist, sind es nur noch sieben Tage bis zum Neujahrsspringen! Puppi liebt das Neujahrsspringen am allermeisten! Das Neujahrsspringen ist Puppis Lieblingsfeier.«

»Pscht! Nicht so laut!« Bitch sieht mich an, als hätte ich etwas Falsches gesagt, dabei hat Puppi doch gerade gesprochen. Bitch wirkt generell sauer auf mich. Dabei sollte ich böse auf sie sein! Immerhin wird sie Re'em bald verlassen! Und ich bin nicht mal fähig, ihr dieses verdammte Bett zu bauen, wie ich es vorhatte. War wahrscheinlich sowieso nur eine unsinnige Drogenidee.

»Was ist das Neujahrsspringen?«, frage ich unschuldig in die Runde, denn ich bin mir sicher, dass es absolut nichts mit Skispringen zu tun hat.

Puppi quietscht vor Freude auf, als ich das Wort sage.

»Pscht!«, macht Bitch erneut. »Ihr wisst genau, dass die das hier nicht gerne hören. Pack lieber das nächste Geschenk aus, Puppi. Das hier ist von Adam und mir.«

Was hören? Wovon weiß ich mal wieder nichts?

»Ceci est notre tradition«, sagt Twinkle. »Was ist eure Tradition?«

Gundel flüstert wieder: »Silvester! Wir feiern jedes Jahr zusammen. Außerhalb von Re'em! Und na ja, wir – « Sie macht eine Bewegung mit ihrem Kopf.

Springen! Uh, verstehe. Natürlich, es wurde extra der Todestag eingeführt, damit sich den Rest des Jahres keiner mehr das Leben nimmt.

»Noch'n Wort und du verspielst deine Teilnahme, Freundchen!«

Wow, warum ist Bitch so wütend auf mich? Sammeln sich gerade Tränen in ihren Augen? Sind das Tränen der Wut? Sie steht auf und kommt zu mir rüber. Ich habe Angst, dass sie mir eine runterhaut, aber stattdessen umarmt sie mich fest und schluchzt mir ins Ohr.

»Es tut mir leid! Ich will nicht so'n Monster sein. Ich weiß auch nicht, was grad mit mir los ist!«

Ihr runder Bauch drückt sich gegen meinen Körper. Ich ahne, was hier vor sich geht. Verdammt, ich hätte wirklich gerne ein Bett für das Würmchen gebaut, das da drin wächst. Ich werde ihr einfach eines kaufen.

9

Graue Fee

Knock Knock.

»Hallo! Ich bin etwas zu früh, ich hoffe, das stört nicht. Würdest du mir zur Hand gehen? Die Ordner sind schwer. Also ‚schwer' – ...

Danke! ...

Im Gang liegen noch drei weitere. ...

Keine Sorge, das ist alles. Also ‚alles', das Wichtigste.«

Ganz schön anstrengend, das von meinem Büro hierherzutragen. Ich hätte ihn bitten sollen, es abzuholen. Früher sah er um einiges seriöser aus. Ob er dem Ganzen gewachsen ist? Zumindest verleihen die Gesetzestexte im Regal dem Raum einen ernsthaften Touch. Ich hoffe, er bekommt das auf die Reihe, ansonsten –

»Eine große Verantwortung lastet bald auf deinen Schultern! Also ‚groß', ja, doch, eigentlich die größte dieser Stadt.«

In Fantasyfilmen übertreiben sie auch dauernd und hängen die Rettung an eine Person, kann nicht schaden, wenn er das glaubt. Schließlich wird er mit *Der Herr der Ringe* und diesem Nonsens aufgewachsen sein. Also »Nonsens« –

»Wie du sicherlich weißt, setzt sich Re'em aus einer Lagerhalle, einer falschgebauten U-Bahn-Station und einer früheren Markthalle zusammen, die versprochen wurde, nach den Bauarbeiten wiederzueröffnen, aber schlichtweg vergessen wurde. Universitätsprofessor DDr. Gneiß, ein hervorragender Historiker – die Einhörnerinnen und Einhörner mögen ihn selig haben – hat mit seinen Exitus-Kollegen dafür Sorge getragen, dass die Dokumente, die auf ebenjene Konstruktionen unter dem Karlsplatz hinweisen, vernichtet werden. Damit erzähle ich dir nichts Neues. Also ‚Neues', das alles ist natürlich im Museum für jedermann und -frau nachzulesen. Neu ist auch nicht, dass die Stadt Wien ständig daran arbeitet, keine freien Flächen ungenutzt zu lassen, was auch unterirdische Gebiete betrifft. Bislang konnten solche abstrusen

Hirngespinste immer verhindert werden. Zum Beispiel der Umbau im Zuge der Errichtung der U-Bahn-Linie 5 oder das Parkhaus unter dem Naschmarkt, das laut erstem Entwurf Re'em bedrohlich nahegekommen wäre. Wir haben überall Exitus sitzen. Also ‚überall', an den strategisch wichtigsten Knotenpunkten der Entscheidungsträgerinnen und – träger. Durch den Ausgang der letzten Wahl ist dieser Einfluss allerdings bedrohlich geschrumpft, sodass wir schlüssige, rechtliche Gründe brauchen, um zukünftige Projekte zu verhindern und somit den Fortbestand dieses Ortes zu sichern! In den Akten siehst du, was uns bislang gelungen ist und mit Hilfe welcher Gesetze. Es versteht sich von selbst, dass diese Ordner der absoluten Verschwiegenheit unterliegen! ...

Der absoluten Verschwiegenheit! ...

Außerdem findest du in ihnen die aktuellen Ideen und Pläne zur Bebauung und Unterbauung. Einige wurden nur so nebenbei von Personen erwähnt. Also ‚nebenbei', das waren hochrangige Personen, insofern ist selbst jede angedeutete Idee unserer Beachtung wert. Andere sind konkreter und in der Tat gefährlich. Im Namen von den Bürgerinnen und Bürgern von Re'em bitte ich dich, dich dieser Aufgabe anzunehmen! ...

Hervorragend! Die zwei Akten sind die aktuellen, in den anderen sind vergangene Fälle dokumentiert. Ich schaue nächste Woche wieder bei deiner Sprechstunde vorbei, damit wir alles Weitere bereden. Bis dahin wäre es gut, wenn du die Sachen durchgesehen hast. Also ‚durchgesehen', wenn du dich mit der Materie vertraut gemacht hast. Leider habe ich jetzt keine Zeit mehr, weiter zu besprechen, ich muss dringend zum Schneckenrennen, das in fünfzehn Minuten beginnt.«

Online-Bewertung Café Einhorn

●●○○○

»Kaputtes ambiente mit schlechtem service

Für alle, die sich lokale wünschen, wie sie früher mal waren: verrauchte luft, laute musik, bunt gemischtes publikum, wenig getränkeauswahl, kaum speisen. Die lage in der nähe vom naschmarkt ist zwar optimal, trotzdem tut man hier alles, um zu verhindern, dass sich fremde wohlfühlen. Für stammgäste ist es das zweite wohnzimmer, sie sind auch die einzigen, die schnell bedient werden. Als wir dort waren, hat uns der kellner 20 minuten ignoriert und stattdessen hinter der bar in dicken mappen geblättert. Der höhepunkt war jedoch, dass die seiten großteils leer waren, nur etwa jede dritte war bedruckt. Wenn studenten neben der arbeitszeit lernen, ist das eine frechheit, wenn sie noch dazu auf leere seiten starren, fühle ich mich verarscht! Als er uns endlich beachtet hat, war er relativ freundlich und der käsetoast war ganz okay. Für die billigen preise kann man wohl nicht mehr erwarten. Ein plus sind die langen öffnungszeiten auch an wochentagen.«

Toni

»Machste mir noch'n Bier? Junge, Junge, hockste schon wieder hinter den Akten? Was wurde dir denn da aufgebrummt? Seit Wochen kriegt man dich kaum noch zu Gesicht. ...

Ja, das ist mir schon klar, dass das wichtig ist. Aber wir sind auch wichtig! Du hast in letzter Zeit so viel verpasst. Wir haben'nen Gipsabdruck von meiner Wampe gemacht. Der Hammer, sag ich dir. Puppi hat ihn dann angemalt und wollte unbedingt'nen Abdruck von ihrem Unterarm. An den haben wir dann so'n Hook-Piratenhaken rangemacht. Wir haben uns so krankgelacht. Musste mal hören, was das für'n Geräusch auf den Becken vom Schlagzeug macht. Schlimm, sag ich dir, echt schlimm. Und Party machen war jetzt auch lange nicht mit dir, weil du dauernd in deinem Büro mit Gesetzestexten abhängst. So spannend kann das doch gar nicht sein! ...

Ja, ja, ‚das Recht ist mit den Wachen', was is'n das für'n bescheuerter Spruch? Haste den von deinem Alten, oder was? ...

Wirklich? Das macht dir echt Spaß? ...

Das ist deine Art von Spaß? Was ist mit anderem Spaß? Die eine Blondine hat wieder nach dir gefragt. ...

Die von vor zwei Wochen, mit der du kurz mal unter der Dusche verschwunden bist. Kannste dich schon nicht mal mehr erinnern, oder was? ...

Du fehlst uns einfach.«

Dass ich das mal sage, hätte ich auch nie gedacht. »Casimir fehlst du auch! ...

Casimir? Das Baby, dass da in mir wächst? Du hast nicht mal mitgekriegt, dass er Casimir heißt? ...

Dafür brauch ich doch keinen Arzt! Ich weiß, dass es 'n Junge ist und der heißt Casimir. Das hab ich schon beschlossen. Vergisst bloß das Neujahrsspringen in zwei Wochen nicht. Was machste eigentlich nächste Woche zu Weihnachten? Hat das Einhorn offen? ...

Feierst du nicht bei deiner Mutter? ...

Chris ist jedes Jahr bei seiner Familie. Die machen das ganz klassisch, zig Gören, die um den Weihnachtsbaum springen, Haufen Geschenke, Unmengen an Essen. Zweimal hat er mich mitgenommen, aber ich pack das ganze Friede-Freude-Eierkuchen-Zeug nicht. Mir wär's am liebsten, Pizza zu bestellen und 'n guten Film zu gucken, der absolut nichts mit Weihnachten zu tun hat. Lieber was in Richtung Halloween-Klassiker, oder so. Haste Bock? ...

Cool! Ach ja, Aktenordner sind an dem Tag tabu, ist schließlich 'n Feiertag. Und wehe, du besorgst 'nen Baum oder Geschenke. Nur Kekse sind erlaubt, Deal? ...

Apropos Geschenk, ich hab 'ne CD für dich. Hier, leg die mal rein! Das neue The-Creep-Fatigue-Album. ...

Glaub mir, das ist der Hammer! Du hast ja keine Ahnung, wie gut wir sind, wenn wir wollen!«

10

Chris

»What time is it? ...

Nicht Urzeit, Uhrzeit! ...

Alright. Wir brauchen ungefähr zehn Minuten, bis wir auf dem Dach sind. Wir müssen aufpassen, dass uns oben niemand sieht, alright? Ich hab zwar den Schlüssel von einem Arbeitskollegen, aber sechs Leute auf dem Millenium Tower ist unter Umständen auffällig. ...

Aber es sollte kein Problem sein. Silvester haben alle andere Probleme, vor allem Feuerwehr und Polizei. Bis die hier sind – Und von hier unten sehen uns die Leute da oben bestimmt nicht. Ich hoffe, es sind keine anderen Menschen auf dem Dach. ...

That's my secret! Ich sage nur, dass ich ihn von einem Arbeitskollegen habe. Ausgeborgt.«

Geklaut, was denkt ihr denn? Er verliert nicht zum ersten Mal seinen Schlüssel. Er hat sich gar nicht gewundert.

»Ablauf, wenn wir oben sind: Klettern über die Brüstung – passt auf, dass ihr nicht vorher abstürzt –, wir halten uns an den Händen, zählen mit dem Countdown von Zehn runter und bei Null springen. Alright? ...

Of course, same procedure as every year! ...

Da es sich um einen Büroturm handelt, sollte er momentan menschenleer sein und wenn Menschen drin sind, laufen wir ihnen hoffentlich nicht über den Weg.

»Alright, let's do this!«

Jakob

Der Schlüssel von Chris öffnet uns problemlos die Eingangstür. Wir verhalten uns so, als ob es das Normalste der Welt sei, dort einfach reinzuspazieren. Es nimmt aber ohnehin niemand von uns Notiz. Die Leute rund um die Millenium City sind alkoholisiert, schießen Knaller und Raketen in die Luft und aufeinander. Im Gegensatz zu Weihnachten mochte ich Silvester immer und dieses Jahr wird es etwas ganz Besonderes.

Ich freue mich auf das Springen, nicht so wie am Todestag. Diesmal will ich mir so viel wie möglich von dem, was vor dem Aufwachen passiert, merken, weshalb ich Zettel und Stift eingesteckt habe. Direkt im Anschluss werde ich alles aufschreiben. Vorausgesetzt ich vergeude keine wertvolle Zeit mit Übergeben. Vorsorglich habe ich in den letzten Tagen möglichst wenig zu mir genommen und hauptsächlich Nahrung gegessen, die schnell verdaut wird und, wie Aschenputtel die Party, meinen Magen und Darm rechtzeitig bis Mitternacht verlassen hat.

Die Eingangshalle ist dunkel, aber durch die Lichter von draußen hell genug, um zum Lift zu gehen. Der wartet im Erdgeschoss auf uns und als Toni den Knopf drückt, springt die Tür sofort auf. Es ist das erste Mal, dass ich Kim mit bedecktem Oberkörper sehe. Als Twinkle hüpft er in Re'em immer halbnackt durch die Gegend, aber die winterlichen Temperaturen an der Erdoberfläche dürften selbst ihm zu gering sein.

»Tonight I chop off your dick, your gaze makes me sick«, singe ich gedanklich den Text von *Rape Song* vom neuen The-Creep-Fatigue-Album *Let there be fright!* Es ist wirklich unglaublich gut. Wer hätte geahnt, dass die drei ihre Instrumente tatsächlich beherrschen?

Nala, deren richtiger Name besser zu ihr passt als das bürgerliche Gundel, wurde auf dem Weg hierher in der U6 so unverfroren angestarrt, dass sie mehrmals Männer dazu aufforderte, sie nicht wie einen Affen im Zoo anzuglotzen. »Ist man schwarz, ist es ihnen nicht recht, ist man eine weiße Schwarze, ist es ihnen auch nicht recht!« Nie ist mir Sexismus und Rassismus so bewusst geworden wie auf dieser kurzen Strecke. Kein Wunder, normalerweise verschlägt mich nichts in diese Gegend Wiens. Wie kommt es, dass Rassismus und Ausgrenzung gerade in Gegenden der Ausgegrenzten so deutlich zu spüren sind?

Auf diesen wenigen Quadratmetern im Lift wird niemand ausgegrenzt, ein geschützter Ort, der sich immer dort entfaltet, wo Exitus aufeinandertreffen. Dafür bin ich mittlerweile sehr dankbar. Silvester ist nicht nur ein Neubeginn, sondern auch immer ein Abschied und wenige Jahre haben mein Leben so sehr verändert wie das, welches in wenigen Minuten endet.

Der Lift hält im obersten Stockwerk. Von hier gilt es, die letzten drei bis zum Dach zu Fuß zurückzulegen. Wieder schließt Chris ohne Probleme eine Tür auf, Puppi ist so nervös, dass sie ganz ruhig ist. Sie platzt nicht vor Aufregung, sie implodiert regelrecht.

Toni

»Die Aussicht von hier oben ist ja der Hammer! Wow!«

Auf der Seite liegt uns die ganze Stadt zu Füßen und auf der die Donau. Definitiv die beste Location fürs Neujahrsspringen, die wir je hatten!

»Danke, Chris!«

Er ist wirklich der Beste!

So hoch sehen also 171 Meter aus. Da zahlt sich das Fallen wenigstens aus. Boah, aber wie gut, dass ich keine Höhenangst hab. Gibt es eigentlich Leute von uns mit Höhenangst? Eigentlich hat man ja bei Höhenangst Angst zu sterben, wenn man runterfällt, aber genau das wollen wir ja. Hm, hab ich mir noch nie drüber 'nen Kopf gemacht. Aber gibt's sicher. Wir haben schon ein paar Typen dabei, die voll Banane sind, und es gibt sicher keine Angst oder psychische Störung, die nicht vertreten ist.

»Gibt's 'ne bestimmte Stelle, von der wir springen?«

Gute Idee, Kim!

»Ich bin auf jeden Fall dafür! Sicht Richtung Prater macht total Sinn, wenn dort das Feuerwerk zündet. Vielleicht kriegen wir ja noch 'ne Rakete im Fallen mit. Wie geil wäre das denn? Wie viel Zeit ist noch? ...

Nur zwei Minuten? Ich glaub, jemand muss mir dann über diese Absperrung drüber helfen, mit dem fetten Bauch ist das nicht so einfach.«

Jakob

Der kalte Wind schmerzt in meinem Gesicht. Meine Hände klammern sich an Puppis rechten Unterarm und Kims linke Hand, die überraschend warm ist. Chris steht links außen und hat die Uhr im Blick.

Momentan ist meine größte Angst, zu früh zu fallen oder zu spät zu springen. Deswegen bin ich froh, Puppi neben mir zu haben. Bei ihr muss ich mir keine Sorgen machen, dass sie zögert.

Wenn ich mir die Menschen da unten betrachte, die in ihren dicken Winterjacken von hier oben wie unbewegliche Legofiguren aussehen, bin ich mir nicht sicher, ob ich das Ganze noch für eine gute Idee halte. Ich freue mich auf die Zeit zwischen Leben und Tod, aber ich freue mich nicht auf den Fall, der noch eindeutig zum Leben gehört.

»It's time«, sagt Chris und beginnt mit »Elf!« zu zählen.

»Zehn, neun, acht – «

O mein Gott! Hoffentlich geht alles gut.

»fünf, vier, drei – «

Ich habe Angst!

»Eins – «

»Exitus« brüllen alle außer mir und ich spüre einen deutlichen Ruck von links und rechts, der mich mitzieht. Ich springe nicht, ich falle.

Mein Überlebensinstinkt übernimmt das Kommando! Ich bereue! Ich will nicht sterben!

TEIL 3

1

Kim

»Comment fantastique!«

Nala, lass dich fest drücken. Himmlisch! La petite mort. Orgasmus und Sterben, gibt es etwas Schöneres? Besonders der Moment der Rückkehr, der erste Blick, der erste Gedanke, der Wunsch zu berichten.

»Ich bin so froh, dieses wunderschöne Ereignis mit euch zu teilen!«

Chris, Toni, kommt her! Puppi! Oje, die Arme übergibt sich schon wieder, comme toujours. Ma princesse! Jakob!

»Wie schön es mit euch allen ist.«

Jakob wirkt etwas abwesend, er ist noch nicht ganz wieder da.

Mon dieu, wo kommt denn das ganze Blut her?

Puppi

»Puppi will noch mal! Puppi will noch mal!«

Urgh. Urgh. Puppi hasst speiben! Jedes Mal! Urgh.

»Puppi will noch mal. Puppi ist wieder im All gewesen und alles voller Sterne und Galaxie und – Sind alle da? Alle wieder aufgewacht? Puppi zählt durch. Eins, zwei, drei, vier, fünf, Puppi sechs. Warum schaut Toni so? Toni? Ist alles okay? Toni? ...

Was hat Toni? Hilfe! Hilfe! Puppi braucht Hilfe! Hilfe für Toni!«

Chris

»Hey you! Toni? ...

My dear, is everything alright? ...

Jakob, hilfst du mir, sie zu stützen? Jakob? Jakob!«

Jesus Christ, was ist denn hier los?

»Nala, hilfst du mir? ...

Thanks!«

Warum reagiert Jakob nicht? Goddammit!

Toni verliert Blut, wir müssen sie schnell nach unten bringen.

»Kim, try to keep her awake! Hat jemand Wasser dabei? Sie sollte was trinken oder vielleicht die Stirn befeuchten, oder – I'm not a doctor!«

So habe ich mir das Erwachen nicht vorgestellt!

»Warte, ich schließe die Tür auf! Hältst du sie? ...

My dear, reiß dich zusammen! Wir bringen dich so schnell wie möglich hier runter! Nur ein paar Stockwerke, dann sind wir beim Lift.«

Wo ist Jakob?

»Puppi, hol Jakob!«

Was machen wir unten mit ihr? Rettung? Das dauert viel zu lange an Silvester! Spital? Die stellen zu viele Fragen, auf die wir keine plausiblen Antworten haben. Klaus? Ist der zu Hause? Er muss zu Hause sein!

Was stöhnt Toni?

»Don't worry. Wir fahren zu Klaus! He will help you! Er wohnt auch nicht weit entfernt!«

Sie ist schwer. In welchem Monat ist sie jetzt? August, September, Oktober, November, Dezember, Ende fünfter Monat. Wie groß sind Föten im fünften Monat? Und wie viel wiegen die?

Nala

Fuck! Zum Glück sind wir endlich im Lift. Sie muss enorme Schmerzen haben! Wie sie sich krümmt und aufstöhnt. Männer können so froh sein, dass wir Frauen die Kinder kriegen. Warum will Chris sie unbedingt zu Klaus bringen? Sie muss ins Krankenhaus, und zwar schnell! Warum entscheidet ein Mann darüber?

»Chris, wir fahren ins Allgemeine Krankenhaus! ...

Bist du dir sicher, dass Klaus zu Hause ist? ...

Eben! Was, wenn nicht? Er ist zwar einer von uns, aber er wird in seiner Wohnung kaum alle notwendigen medizinischen Gerätschaften haben! Fuck, wir haben keine Ahnung, wie ernst die Lage ist!«

Zwing mich nicht, das Schlimmste auszusprechen! Ich will nicht daran denken! Wir dürfen auf keinen Fall schon wieder jemanden verlieren!

»Chris, Fehlgeburten können lebensbedrohlich werden! Willst du die Verantwortung dafür tragen? ...

Fuck! Nein, Puppi! Nein, das hast du falsch verstanden, du musst dir keine Sorgen machen. Wir bringen Toni jetzt zum Onkel Doktor und dann ist wieder alles in Ordnung.«

Erstmal bringen wir sie nach draußen. Wo ist das nächste Taxi? Krankenwagen wäre besser, aber das dauert zu lange. Gut, dass Kim jetzt auch mit anpackt. Was ist eigentlich mit Jakob los? Zieht den Schwanz ein, sobald er Blut sieht! Reiß dich zusammen!

»Wartet, ich lege meine Jacke um sie, bevor wir raus in die Kälte gehen. Wisst ihr, wo der nächste Taxistand ist? ...

Gleich um die Ecke? Sicher?«

Chris

What's wrong with people? Wir tragen eine Schwangere, die eine Blutspur nach sich zieht, und die haben nichts Besseres zu tun, als Kracher in unsere Richtung zu werfen. O nein, die Blutspur! Ich muss später zurück, um das Blut wegzuwischen. Oder ist das zu auffällig? We didn't do anything illegal, or did we? Aufs Dach zu gehen ist nicht legal, aber mehr haben wir nicht getan. Dafür können sie uns kaum was anhängen. Thank god, da ist ein Taxi!

»Hey! Stop! Halt! Wir haben einen Notfall! Please!«

Zum Glück.

»Danke, dass Sie uns das Auto überlassen.«

Es ist weit und breit kein zweites zu sehen. Puppi ist außer sich vor Sorge, aber wir passen nicht alle in eines. Ich kann mich nicht auch noch um sie kümmern.

»Wir teilen uns auf. Kim passt auf Puppi auf und ihr kommt so schnell wie möglich nach, alright? Jakob? ...

Get in the car! Vorne!«

Er verhält sich wie ein Zombie, aber zumindest macht er, was ich ihm sage.

»Toni setzen wir hinten rein.«

Was brüllt der Taxifahrer?

»Es ist ein Notfall! Mir egal, dass sie den Sitz vollblutet. Wir müssen ins Spital! Wenn Sie uns nicht mitnehmen, ist das unterlassene Hilfeleistung!«

Wenn Jakob er selbst wäre, wüsste er sicher den Paragrafen!

»Halt durch, my dear. Nicht mehr lange, dann kümmert sich jemand um dich. Schön wach bleiben, hörst du? Don't fall asleep!«

Taxifahrer

Müssen ausgerechnet heute Notfall haben! Beste Dienst des Jahres und ich haben ganz schmutzige Bank hinten. Den Rest der Schicht können vergessen. Zahlen mir keiner den Ausfall. Muss ich in Rechnung stellen, anders geht nicht. Ich müssen auch meine Kinder ernähren. Eigentlich Krankenwagen für zuständig. Der neben mir schon zu viel getrunken, oder? Stinken auch nach Hundescheiße und Pisse. Nicht auch ins Auto kotzen hier, das ist Letztes, was ich gebrauchen. Gut, dass Weg in Spital nicht weit. Gürtel sollten noch frei von Verkehr sein jetzt. Großes Fahren beginnen erst in halbe Stunde oder Stunde, wenn erste nach Hause wollen. Schlechte neue Jahr.

Krankenhausportier

»Grüß Gott, frohes Neues. Bitte, wie kann ich Ihnen helfen?«

Die junge Dame schaut aber gar nicht gut aus.

»Unfall oder Notfall? ...

Notfall, Ebene 6. Sie befinden sich aktuell auf Ebene 5, also müssen's eine Etage höher.«

Das verwirrt die meisten Menschen, die zum ersten Mal bei uns sind.

»Nein, nein. Der Eingang ist auf Ebene 5, von hier geht's auch nach unten, aber sie müssen zu Ebene 6. Wenn's die Dame nicht tragen wollen, können's sie auch gerne in einen der Rollstühle setzen, die dort neben dem Eingang stehen. Dann tun Sie sich leichter! ...

Gerne, Wiederschauen!«

Jedes Jahr zu Silvester ist so ein Betrieb. Was führen die Leute an diesem Tag immer auf?

»Grüß Gott, frohes Neues. Bitte, wie kann ich Ihnen helfen?«

Krankenschwester

»Grüß Gott! Haben Sie das Anmeldeformular bereits ausgefüllt? ...

Worum geht es? ...

Fehlgeburt? Da sind Sie bei mir ganz falsch, hier ist Notfall. Geburten sind auf der Frauenheilkunde Ebene 8.«

Nala

»Wir brauchen sofort Hilfe! Sie erleidet grad eine Fehlgeburt und hat schon so viel Blut verloren und – «

Fuck! Das ist ein Witz, oder? »Wir kommen gerade von der Notfall-Ambulanz! ...

Ja! Die haben uns hierhergeschickt. ...

Wir gehen sicher nicht wieder zurück! Hören Sie gut zu, Mister! Meine Freundin, seine Verlobte – « Spiel mit Chris!

» – ist kurz davor, den Löffel abzugeben, sie werden sie jetzt sofort an irgendwelche Schläuche anhängen, Infusionen in sie pumpen und zusehen, dass sie die Blutungen stoppen. Haben wir uns verstanden? Weil, wenn nicht – «

Nur weil er ein Mann im Kittel ist, habe ich noch lange keinen Respekt vor ihm! Ich sag ihm jetzt, wo es lang geht! Geht doch! Wird auch Zeit, dass endlich jemand zu laufen anfängt. Was muss mensch bitte machen, um als Notfall ernstgenommen zu werden? Seinen Fuß in einem Plastiksackerl hier reintragen, oder was? Als Mann würde sicher ein Schnupfen reichen.

»Geh mit Chris! Jakob und ich warten hier!«

Ich hasse Krankenhäuser! Dass die auch immer so designt sind, das mensch sich maximal unwohl fühlt. Spätestens wenn mensch hier liegt, wird mensch krank, auch wenn mensch es vorher nicht war.

»Setzen wir uns da drüben hin?«

Fuck! Jetzt merk ich erst, wie müde ich bin. Wiedergeboren zu werden ist ganz schön anstrengend, wenn mensch sich danach nicht ausruhen kann.

»Möchtest du auch einen Kaffee?«

Sagt nichts. Krankenhäuser sind ihm wohl auch nicht geheuer.

»Warte hier, ich komm gleich wieder.«

Ekelhafter Automatenkaffee. Was soll's, besser als gar nichts. So spät in der Schwangerschaft zu springen ist aber auch bescheuert! Zumindest das wird sie jetzt lernen. Zwei Euro kostet der Kaffee? Das sind ja Wucherpreise für dieses Abwaschwasser. Normalerweise kostet der fünfzig Cent! Ich nehme Jakob besser auch einen mit. Möchte wissen, was mit ihm los ist. Macht den Eindruck, als hätte er den Teufel persönlich gesehen.

Himmel, grelles Babygeschrei. Schreckliches Geräusch! Geht das nicht leiser? Hinter einer dieser Türen sind jetzt zwei Menschen überglücklich, der Mann drückt den Arm seiner Frau, während ihr ein blutiger, verschleimter Säugling auf die nackte Brust gelegt wird. Sie glauben von nun an, eine richtige Familie zu sein, und kriegen nicht mal mit, dass sich in ihre gerade noch glückliche Beziehung ein Eindringling mischt, der aus zwei drei macht. Und drei sind immer einer zu viel.

Ich werde Toni sagen, dass sie sich das nächste Mal was anderes einfallen lassen muss, noch mal tu ich mir den Scheiß hier nicht an. Wir hätten auf der Notfall-Ambulanz bleiben sollen, diese Babybilder überall sind nicht zum Aushalten. Und wie unsensibel, wenn frau gerade eine Fehlgeburt hatte.

Chris sitzt bei Jakob.

»Möchte einer von euch beiden Kaffee? Ich kann noch einen zweiten holen. Was haben die Ärztinnen oder Ärzte gesagt?«

Puppi

»Wo ist Toni? Toni darf nicht sterben, Toni darf nicht sterben. ...

Verspricht Kim, dass Toni nicht stirbt? Puppi will nicht, dass Toni was passiert. Toni ist ganz blass gewesen und hatte viele Schmerzen. Puppi wollte helfen, aber Puppi konnte nicht helfen. Ob Casimir schon da ist? Puppi freut sich so auf Casimir! Darf Puppi gleich mit Casimir spielen?«

Kim

»Wir gehen jetzt auf diese Station zu den anderen und die werden uns sicher sagen, wie es Toni geht.«

Quelle horreur. Ich kann ihr keinesfalls sagen, dass das Baby wieder weg ist. Hoffentlich ist wenigstens mit Toni alles in Ordnung.

Dieu merci, da sitzen sie!

»Et? Gibt es Neuigkeiten?«

Ärztin

»Guten Tag, Dr. Akgül, freut mich. Sie sind der Verlobte? ...

Herr? ...

Herr Gruber. Und Sie gehören alle als Freunde dazu? ...

Gut, Herr Gruber, kommen Sie bitte mit mir mit?«

Es ist nie einfach, so etwas zu sagen! Ich hasse diesen Teil meines Jobs. Was haben wir im Psychologie-Seminar gelernt? Klar und deutlich formulieren, mit Empathie in der Stimme.

»Bitte nehmen Sie Platz. Herr Gruber, es tut mir leid, Ihnen das mitteilen zu müssen, aber – « noch mal durchatmen » – sie hat es leider nicht geschafft. Wir haben alles in unser Macht Stehende getan, aber es kam leider jede Hilfe zu spät.«

Chris

»Sie ist tot? ...

Das sagen Sie mir einfach so? Daran besteht kein Zweifel?«

Nein! Das kann nicht sein! Sie hat gerade eben noch gelebt, sie war bei Bewusstsein! Wir haben dafür gesorgt, dass sie bei Bewusstsein bleibt. So schnell stirbt kein Mensch! It's not that simple! Vor allem nicht Toni! She's a fighter! Der Tod siegt nicht so einfach! Not like this! Goddammit! Was sage ich denn den anderen? Was sage ich Puppi? Wenn ich ihr sage, dass – dass –

Was bedeutet das denn jetzt? Lebt sie in einer Parallelwelt weiter? Zählt das als Selbstmord? Immerhin war es eine direkte Folge davon.

Ja, bestimmt. Sie lebt sicher noch in einer Parallelwelt! Nur nicht mehr in dieser. Aber diese ist die, auf die es ankommt!

Ärztin

»Es tut mir wirklich leid. Ab dem siebten Monat können wir mit der heutigen Technologie Frühgeburten durchbringen, aber in so einer frühen Phase – «

Der Wunsch nach Nachwuchs ist offenbar sehr groß, kein Wunder, sie sind beide nicht mehr die Jüngsten.

»Ich weiß, die biologische Uhr tickt, aber noch ist Ihre Verlobte nicht im Wechsel. Es gibt die Möglichkeit, dass sie wieder schwanger wird und – «

Wie bitte?

»Ihre Verlobte, ja. Sie wird aktuell medizinisch versorgt, Sie können sicher gleich zu ihr. Ich empfehle Ihnen, gemeinsam zu trauern, so ein Verlust ist – «

Was ist denn jetzt los? Er ist wie ausgewechselt? Warum lacht er? Wo will er denn hin?

Chris

»Ihr geht's gut! Ihr geht's gut! Puppi, komm in meine Arme! Toni geht's gut. Everything is alright! Wir können bald zu ihr. ...

Ja, das sind Freudentränen. Kein Grund, auch zu weinen, Puppi. Everything is alright! Ich weine auch für dich mit.«

Hallefuckingluja! Jesus Christ, wie hat mich die Ärztin erschreckt. Unglaublich!

»By the way: das Baby war kein Bub, sondern ein Mädchen.«

Toni

Boah, ist das geil, wenn der Schmerz nachlässt! Was immer die mir da gerade in die Venen kloppen, sie sollen nicht damit aufhören. Astreines Zeug! Ich glaub nicht, dass ich das noch ‘ne Minute länger ausgehalten hätte.

Da kommen sie ja rein, meine Pappenheimer. Wobei, nach der Aktion bin ich Frau Pappenheimer.

»Frohes neues Jahr.«

Ach herrje, meine Stimme klingt wie’n Reibeisen. Sie sehen aus, als hätten sie sich echt Sorgen gemacht.

»Sorry, Leute! Ihr habt echt was gut bei mir! Ich warte nie wieder so lange, versprochen!«

Bislang war ich maximal im vierten Monaten, da war das kein Problem. Bisschen bluten hinterher, ‘n Klümpchen kommt raus, und das war’s.

»Ich hab das echt unterschätzt.«

Wie ich Krankenhäuser hasse! Jakob offenbar auch. Seine ganze Körperhaltung schreit danach, hier so schnell wie möglich rauszukommen. Nichts lieber als das!

Wofür entschuldigt sich Chris gerade?

»Spinnst du? Du brauchst dich nicht zu entschuldigen! Es war gut, dass ihr mich gleich hergebracht habt. Danke, dass du dich durchgesetzt hast, Nala! Ich wette, Klaus hätte mich auch sofort hierher verfrachtet. Wisst ihr, wann ich hier raus kann? ...

Von mir aus bleib ich ‘ne Nacht, wenn’s sein muss, aber keine Minute länger!« Wie süß Puppi meinen Bauch streichelt. Sie freut sich immer so auf das Baby. Dass sie noch immer nicht gecheckt hat, dass da am Ende nie ‘n lebendiges bei rauskommt.

»Sei nicht traurig, es ist besser so. Du weißt doch, dass ich sonst am Wochenende nicht mehr mit euch kommen könnte, und das willst du auch nicht, oder?«

Pff, ich und Mutter, ‘ne schlechtere Kombi kann man sich kaum vorstellen. In Zukunft guck ich echt, dass die Kerle sich’n Gummi überstreifen, so’n Scheiß mach ich nicht noch mal mit!

2

Viktor

Die Eingangshalle von Re'em saugt alle kräftigen Farben auf und speit Grautöne wieder aus. Das einstige Glänzen hat sich in ein dumpfes Matt verwandelt. Ich bin unschlüssig, ob es schon immer so war oder erst vor Kurzem so geworden ist. Die frühere Verliebtheit, mit der ich diese Stadt betreten habe, ist dem tristen Alltag gewichen. Die Mosaik-Einhörner, die in den Boden eingelassen sind, lachen mich heute nicht an, sondern aus. Sie wissen Bescheid! Wahrscheinlich besser als ich. Zielstrebig gehe ich zum Scheißhaus, auf dem Weg wünsche ich Etlichen ebenfalls ein schönes neues Jahr, auch wenn es sich bereits nach drei Tagen anfühlt, als würde dieses Jahr schon zu lange dauern.

Im Scheißhaus stehen Puppi, Gundel und Bitch mit Pinseln in der Hand vor einer großen Fläche weißer Wand, auf die sie ein paar rote Farbtupfer gemalt haben. Gundel ist ganz vertieft in die Arbeit. Puppi trägt ihren Malerkittel, während Gundel und Bitch nur mit Hotpants bekleidet sind. Aus kleinen Computerboxen, die an einen Discman angeschlossen sind, schallt die Titelnummer von *Let there be fright!,* zu der alle drei laut mitsingen. Jede spielt ihr Instrument. Auf Bitchs rundem Bauch ist nach wie vor die lange dunkle Linie zu erkennen, die knapp oberhalb des Bauchnabels beginnt und in ihrer Hotpants verschwindet, sodass sie noch immer schwanger aussieht.

Was wird jetzt eigentlich aus dem Babybett, das in meiner Wohnung steht? Das Geschenk kann ich mir sparen. Ist es möglich, das zurückzuschicken, oder soll ich es aufheben? Es gibt sicher Bedürftige, die es brauchen.

»Hallo!«, brülle ich über die Musik.

»Er spricht!«, ruft Toni. »Na, wieder alles klar?« Sie dreht die Lautstärke der Musik runter, damit wir uns besser verstehen.

»Ja, ja! Geht's dir gut?«

»Sicher, siehste doch. Du bist im Krankenhaus so plötzlich abgezischt – «

»Ich war nur müde. Schicke Haarfarbe. Das Grün passt gut zu dem Rot, mit dem ihr da malt!«

»Das ist Casimir!«, sagt Puppi und hält den Farbtopf ein Stückchen höher, als ob sich die Aussage darauf bezieht. »Puppi mag Casimir.«

»Ich bin mir sicher, dass wir ihn gemocht hätten.«

»Nee, sie meint das hier!« Bitch hält ebenfalls so einen kleinen Farbtopf in der Hand, der aussieht wie ein aufgeblasenes, abgeschnittenes Kondom.

Ich verstehe nicht – wie man meinem Gesichtsausdruck ansieht.

»Da ist Casimir drin. Der blutet noch immer aus mir raus. Junge, Junge, ich dachte bei der Periode fließt 'n Sturzbach raus, aber das ist kein Vergleich zu dem hier. Haste noch nie 'ne Menstruationstasse gesehen?«

Warum sollte ich? Das ist in der Regel nichts, was Frauen mit Männern teilen.

»Andere malen den Teufel an die Wand, wir'n totes Kind. Nicht wahr, Ladys?«

Mir wird schlecht.

»Ich dachte, es war ein Mädchen«, sage ich.

»Nö! Für mich wird's immer Casimir bleiben. Willste auch mal?«

Ich lehne ab. Man muss im Leben nicht alles gemacht haben, und das Malen mit Bitchs Fehlgeburtblut gehört eindeutig dazu.

»Aber nachher feierste schon richtig mit uns, oder? Immerhin wird heut Silvester nachgeholt mit Indoorfeuerwerk und dem ganzen Pipapo!«

»Viktor hat es versprochen!«, sagt Puppi.

Mir ist absolut nicht nach Party zumute. »Na klar! Ich geh nur kurz ins Büro, aber zur Parade bin ich wieder da.«

»Wehe, du arbeitest wieder das ganze Wochenende!«

Danach ist mir ebenfalls nicht. Am liebsten würde ich zu Hause mit der Decke über den Kopf gezogen im Bett liegen, aber das würde meine Stimmung auf lange Sicht auch nicht bessern.

Graue Fee

»Ein fröhliches neues Jahr. Bist du gut gerutscht? Also ‚gerutscht', gereist. Das Wort ‚rutschen' kommt ursprünglich von ‚reisen'. Bist du gut gereist? ...

Das freut mich. Ich habe noch eine Mappe in meinem Büro gefunden. Tut mir leid, dann sind sie wirklich vollzählig. ...

Vielen Dank für die Mühe. Also ‚Mühe', für die Anstrengung, die du investierst. Ich habe deine Anmerkungen gelesen und weitergegeben. Wir werden bei der nächsten Besprechung genau darüber beraten. Wäre gut, wenn du die Mappe bis dahin auch noch bearbeiten könntest. Die Besprechung ist erst am 18.1., also sind noch zwei Wochen Zeit. ...

Vielen Dank!«

NO-BODY

»Willst du meine Meinung zu dem ganzen Silvester- und Neujahr-Geplänkel hören, Bruder? ...

»Anfang und Ende, einst abgesteckte Pole, entpuppen sich bei näherer Betrachtung als ineinander fließende Prinzipien desselben. Wir drehen uns nur um die eigene Achse und das Ende beginnt und der Beginn endet.« Das Zitat schenke ich dir! Darfst du behalten. ...

Von mir! Ich verschenke keine Zitate von Fremden! Kannst du ab sofort als dein eigenes ausgeben!«

Er ist verändert, nachdenklicher, betrübt. Möglicherweise fängt er endlich an zu verstehen.

»Möchtest du mir nicht sagen, was dir auf der Seele liegt, Bruder? Komm, setz dich.«

Sie sind gesprungen?

Um Himmels Willen, er versteht gar nichts! Ich habe befürchtet, dass Bitch und die anderen so etwas machen, aber dass er sich daran beteiligt –

»Und wie lange gibt es diese Tradition, dieses – Wie nennt ihr das noch mal? ...

Neujahrsspringen! Wie lange machen sie das schon?«

Törichte Kindereien! Warum wundert mich das bei Bitch überhaupt? Fast schade, dass wir nach wie vor in denselben Dimensionen operieren.

»Ich bin überrascht und enttäuscht, dass du dich an diesem Unfug beteiligst.«

Er ist sich des Problems nicht im Geringsten bewusst. Die Auswirkung, die so ein Verhalten nach sich zieht!

»Der Todestag wurde aus genau jenem Grund eingeführt! Um – «

Er braucht sich nicht zu rechtfertigen, ich habe keinerlei Verständnis dafür!

»Es ist nachvollziehbar, dass du den Verlust deiner Freunde nicht riskieren wolltest, aber jede Person trägt nicht nur die Verantwortung für sich selbst, sondern auch für Re'em! Und genau dieser entledigt man sich, indem man auf seinen persönlichen Rausch bedacht so einen Unsinn veranstaltet. Suizid ist etwas zutiefst Oberflächliches. Der Geist zerspringt und setzt sich neu zusammen, ein Zustand, den man durch gewisse Techniken bewusst herbeiführen kann. Für den Großteil ist der Todestag nichts anderes als eine Fahrt mit der Achterbahn, ein Nervenkitzel, ein großes Spektakel, bei dem sie Sachen sehen und erfahren, die sich wie eine Erleuchtung anfühlen. Dabei ist die wahre Erleuchtung nichts für Faule, die es sich einfach machen. Aber in Re'em wird das Wort bedauerlicherweise nur als Beleidigung und Bezeichnung von Minderwertigem gebraucht. Im Grunde genommen nichts anderes als armselige Hippies, die den Trip auch nur mit Hilfsmitteln erreichen und den einfachen Weg wählen, um durch die angeblichen Pforten der Wahrnehmung zu schreiten. Ahnungslos, absolut ahnungslos!«

Und ich dachte, er ist anders und hat die Chance zu verstehen!

Viktor

Was will sie jetzt mit diesem Erleuchtungskram? Das eine hat überhaupt nichts mit dem anderen zu tun! Wir sind gesprungen, na und? Warum macht sie da so eine große Sache draus?

»Es war ein Fehler, dir davon zu erzählen. Ich dachte, du verstehst das. Aber eins sag ich dir, Bitch so im Krankenhaus zu sehen war alles andere als einfach!«

»Wieso war Bitch im Krankenhaus?«

»Sie hat ihr Baby verloren. Ende fünfter Monat.«

»Schon wieder? Sie hat den Todestag schon wieder als Anlass zum Mord genommen?«

»Bitte? Was heißt hier Mord?« Und was heißt hier »schon wieder«?

»Sie hat ein Kind getötet, ganz bewusst und gezielt. Beim Springen stößt der Körper sämtliche Körperflüssigkeiten ab, bei manchen mehr, bei manchen weniger. Man besudelt sich, einige übergeben sich, Schweiß, Blut, Tränen. Bei den Frauen setzt im Anschluss die Monatsblutung ein und im Falle einer Schwangerschaft wird der Embryo abgestoßen. Es war nicht das erste Mal, dass Bitch diesen Schritt gesetzt hat.«

»Na und? Was geht uns das an? Dann hat sie eben abgetrieben, noch lange kein Grund, ihr Mord zu unterstellen!«

»Sie hat es getötet! Die Fristenregelung sieht die Möglichkeit eines legalen Abbruchs bis drei Monate nach dem Einnisten der befruchteten Eizelle in der Gebärmutterschleimhaut vor. Danach ist es – «

»Illegal, aber nicht Mord! Das Kind war nicht überlebensfähig!«

»Ich bin wirklich fassungslos, Bruder. Als ich dich kennenlernte, warst du ein zweifelnder, ängstlicher junger Mann, der gerne erwachsen gewesen wäre. Jetzt bist du ein ängstlicher alter Mann, der gerne jung wäre und seine Angst damit überspielt, die Meinung anderer zu übernehmen.«

»Jede tut das, was sie will. Klingelt da was?«

»Vertraue niemandem, nicht mal dir selbst!«

»Du konntest Bitch noch nie leiden! Dass ausgerechnet du gegen die freie Entscheidung einer Frau bist. Kennst du nicht den Spruch ‚Mein Bauch gehört mir!‘?«

Sie schüttelt langsam ihren Kopf und blickt auf das Buch in ihrem Schoß. »Du hast dein Herz verloren, Bruder!« Die Erregung aus ihrer Stimme ist verschwunden, stattdessen klingt sie jetzt monoton und ruhig. »Wenn du Gefühle und Empathie wiedergefunden hast, rede ich gerne mit dir über deine Ängste und helfe dir, aber aktuell macht das keinen Sinn. Du brauchst Mitgefühl für andere und dich selbst, um aufrichtig lieben zu können, nur dann hast du eine Chance.«

Mitgefühl und Liebe? Sie hat in letzter Zeit zu viele Kalendersprüche gelesen!

Ich stehe auf und gehe zur Tür, wir wissen beide, dass dieses Gespräch beendet ist. Ich greife die Klinke. Soll ich noch ein »Es muss dir wurscht sein« oder »Jeder kriegt das, was er verdient« in ihre Richtung schicken? Nein, die Regeln haben ihre Sinnhaftigkeit verloren. Ab jetzt sind die Regeln nichts und ich bin gerne nichts ohne Regeln.

Bitch

»He calls me baby
but I'm not crazy
my fist is always precise
fuck being nice!«

Ich liebe diesen Song! Wir müssen echt mal'n paar Gigs auf die Beine stellen. In paar Wochen vielleicht, werd mir mal den Bühnenplan angucken, wann da noch'n freier Termin ist. 'ne richtige Tour wär auch der Hammer. Echt kacke, dass es nicht in jeder großen Stadt so'nen Ort wie Re'em gibt. Vor Erleuchteten zu spielen hab ich echt keinen Bock, das ist echt Perlen vor die Säue. Außerdem checken die die Hälfte der Texte gar nicht. Wobei das wieder lustig sein könnte, das ganze Zeug von wegen enlightened people. Warum will Elfriede keine Konzerte im Einhorn machen? Das wär perfekt. Okay, man müsste halt 'ne Anlage hinstellen, paar Boxen, Mischpult und so'n Zeug aufbauen, aber das wär echt machbar. Bleibt nur das Problem, dass die scheiß Idioten wahrscheinlich nicht mit Puppi und Gundel klarkommen. Wenn die Leute sie wie'n Freak behandeln, ist das für Puppi zu viel. Ach, so'n Mist! Wir sind viel zu gut, um nicht gehört zu werden.

So, ich glaub, an der Stelle fehlt noch'n bisschen was, aber das Blut geht zur Neige. Müsste ich noch mal aufs Klo gehen, vielleicht gibt's Nachschub.

»Biste zufrieden mit deinem Werk, Puppi? ...

Das freut mich. Sieht echt geil aus dieser Fötus. ...

Ach so, 'tschuldige bitte. Natürlich sieht man, dass das kein Fötus, sondern 'ne Rose ist!«

Hä? Na gut, braucht man eben 'n bisschen Fantasie, ist ja auch egal.

Viktor ist aber schnell wieder da. Was'n los? Er sieht total sauer aus.

»Was'n passiert?«

Nee, er hat sich mit no-body gezofft? Na endlich! Ich kann die Alte sowieso nicht leiden. Glaubt auch, sie ist was Besseres, nur weil sie zufällig 'ne Leidenschaft für Bücher hat.

»Und was war der Grund? Du hast ihr hoffentlich nichts vom Neujahrsspringen erzählt!«

Das ist gut! Die kriegt doch 'nen Anfall, sobald jemand Spaß hat. Als ob das ganze Wochenende in der Bibliothek hocken so spannend ist.

»Die hat dir vorgeworfen, du wärst gefühlskalt? Junge, Junge, und wie will die das beurteilen? Kriegt dich immer nur kurz zu Gesicht und sieht gar nicht, was du alles für uns tust und wie sehr du uns hilfst. Du reißt dir für Re'em und deine Freunde den Arsch auf und sie redet so'n Scheiß! Jetzt haste mal ihr wahres Gesicht gesehen.«

Damit ist sie Geschichte! Ich wusste, dass Viktor irgendwann selbst merkt, dass sie 'ne pseudointellektuelle, unzufriedene Altvordere ist, die zu Re'em passt wie 'ne Telefonzelle zum Stadtbild: gehört nun mal dazu, ist aber im Grunde unnötig.

»Also wir finden, dass du total viele Gefühle hast, ne, Gundel? ...

Siehste! Allein, dass du jetzt so aufgebracht bist, zeigt doch, dass dir Sachen nicht schnuppe sind!«

Jetzt schon 'ne Line nehmen?

»Ja, klar, warum eigentlich nicht. Das Wochenende ist zum Abschuss freigegeben, meine Yogaklasse startet erst nächste Woche ins neue Jahr. ...

Nach der Parade sind rund um die Uhr Aufführungen von den ganzen Kursen, die jetzt 'n Jahr stattgefunden haben, und ab nächster Woche geht's wieder von vorne los. Ich will nur Sonntag wieder fit sein, da findet eine der wichtigsten Bürgerinnen – und Bürgerversammlung des Jahres statt. Solltest du vielleicht auch mal'nen Blick riskieren, das lohnt sich!«

Madam Strawinksy

Wie ich liebe, Ansage auf Bühne zu machen. Da kommen Erinnerungen zurück. Wie schön waren Auftritte mit Mariinsky-Ballett: diese Publikum, diese Kostüme, diese Perfektion! Applaus und Blumenstrauß, ach, wenn ich nur einmal könnte noch zurück. Wie undankbar die menschliche Körper ist, von heute auf morgen sagen »Нет!«, und das gewesen. Hier so schöne Ballett möglich, aber alle zu faul und ohne Disziplin für das. Wirklich schade. Obwohl nichts Schöneres gibt als eine Mensch, der weiß, sich zu bewegen, und hat gute Körperspannung. Auch als alte Frau ich noch immer haben bessere Spannung im Körper als viele von die Mehlsäcken da unten. Ist Hymne schon beendet? Gut, ich fangen an mit Rede:

»Willkommen in Re'em! Willkommen zur erste Bürgerversammlung von neue Jahr! Bevor Graue Fee wird verlesen neue Liste, ich verkünde Neuerungen. Für diese Jahr unser Budget so hoch wie noch nie. Vielen Dank an alle für Spenden und viele Dank auch an alle, die nicht hier, weil verstorben und großzügige Testament für uns hinterlassen!«

Ja, gute Grund zu klatschen. Hat große Applaus verdient!

»Budget für alle Bereiche findet ihr ab nächste Woche auf Vauteriol-Brett gepinnt, da können nachschauen und Zuständige sollen Wünsche für Neuanschaffungen bekannt geben. Große Dinge, die bereits beschlossen und neu gekauft werden, sind: Kettenkarussell – «

Hat lange gedauert, bis wir das besorgen.

»Für Garderobe, es wird geben Sauna und Whirlpool und Schwimmbecken. Ein Teil von die Schränke kommt näher zusammen, um Platz für Sparenbereich zu schaffen.«

Was sagt sie? »Wie meinst du? ...

Wellness, genau. Außerdem werden – «

Bürgerin

Ge´ bitte, komm zum Punkt. Ich hab so einen Mordskater, ich will nur heim ins Bett. Ich weiß eh schon, dass die Go-Kart-Bahn heuer wieder nicht angeschafft wird. Das ist so unfair! Warum können wir nicht zumindest mit Miniautos herumflitzen, wenn wir schon keine richtigen Autos haben dürfen? Der Herkules hätte das auch gewollt. Aber gut, das war noch, bevor er ein Lahmer geworden ist, da hatte seine Stimme noch Gewicht. Für einen Toten kann ich nicht mitstimmen! Trottel elendiger! Das werde ich ihm nie verzeihen, dass er so deppert war und das Springen nicht geschafft hat, egal, wie viel er der Stadt vermacht hat. Die Abwesenheit kann man mit Geld nicht aufwiegen. Woher hat der überhaupt so viel Kohle gehabt? Wurscht, was soll's. Vielleicht wird's ja nächstes Jahr was mit der Go-Kart-Bahn. Ausgerechnet den geschissenen Wellnessbereich bauen sie. Den braucht kein Mensch! Jetzt haben's eh grad erst die Umkleiden renoviert und jetzt tun's da unten schon wieder herum. War das Ganze umsonst. Das dauert wieder Monate, bis das gescheit hergerichtet ist. Und wo wird das depperte Karussell hingebaut? Hab ich schon wieder vergessen oder ich hab nicht aufpasst bei der Versammlung, auf der das besprochen wurde. Na, endlich ist sie fertig. Gut, dass Graue Fee ihr das Mikro aus der Hand reißt, sonst hört sie überhaupt nicht mehr auf zu reden.

Viktor

»Warum sind wir eigentlich hier?«, frage ich Bitch, deren Augen vor Aufregung glänzen. Ich hätte Adams und Twinkles Beispiel folgen und nach Hause gehen sollen.

»Wegen der Berufe!« In der einen Hand hält sie Stift und Notizbuch, mit der anderen führt sie alle paar Sekunden die Zigarette zum Mund. Wenn sie wartet, raucht sie immer so schnell, dass sie gar nicht mitbekommt, dass sie raucht.

»Kommen wir nun zu der Liste des Jahres. Also ‚Liste' es sind ein paar Arbeitsbereiche. Natürlich hängen auch die ab nächster Woche am Teriol-Brett.«

Bitch wirft die Zigarette auf den Boden, nimmt den Stift zur Hand und ist bereit mitzuschreiben. »Also, ähem, wir benötigen: Tanzlehrerin oder -lehrer für historisch richtige Barocktänze, Optikerin oder Optiker, Anwältin oder Anwalt, Schneiderin oder – « Graue Fee bricht ab und überfliegt stumm den Zettel in ihrer Hand. »Moment! Verzeihung, offenbar ist mir da ein Irrtum unterlaufen. Also ‚Irrtum', es handelt sich um die Liste vom vorigen Jahr. Ich bin etwas stutzig geworden, immerhin haben wir mittlerweile einen Anwalt. Danke an dieser Stelle an Bitch!«

Graue Fee zwinkert in meine Richtung, ein paar Leute klatschen. Spricht sie von mir?

Bitch klopft mit der Hand auf meinen Rücken, als hätte ich Grund, stolz zu sein. Gleichzeitig liegt Zufriedenheit auf ihren Lippen. Habe ich was verpasst?

Ein dicker Herr geht schwerfällig auf die Bühne. Sein Körper bewegt sich mehr nach links und rechts als nach vorne. Er reicht Graue

Fee einen neuen Zettel und starrt dabei unverhohlen auf ihre hängenden Brüste, bevor er wieder zurück zur Treppe wackelt. Selbst in den kalten Monaten trägt sie nichts anderes als das Tuch, wobei man hier unten ohnehin nichts von den Temperaturen oben mitbekommt. Ich hoffe, sie hat mehrere Tücher, die alle gleich aussehen, oder wäscht es zumindest regelmäßig.

»Danke, ähem, tut mir leid. Also, wir benötigen dieses Jahr nach wie vor: Optikerin oder Optiker, Schneiderin oder Schneider, Physiotherapeut oder Physiotherapeutin, Pilotin oder Pilot. Neu hinzu kommen: Installateurin oder Installateur, Karussellbetreiberin oder Karussellbetreiber, Steuerberaterin oder Steuerberater – «

Sie zählt weitere Berufe auf, aber meine Gedanken folgen nicht mehr. All diese Positionen gilt es mit Exitus zu besetzen, aber welchen Einfluss haben wir auf den Job der Leute? Wir können doch nicht in den Prater gehen und einen Schausteller dazu überreden, sich umzubringen, nur weil wir jemanden brauchen, der sich mit dem neuen Kettenkarussell auskennt. Wurde Schwarzer Kater etwa nicht aufgenommen, weil es keine Verwendung für einen Schauspieler gab? Mir ist das alles viel zu kompliziert und verkopft und der fühlt sich gerade an wie Brei.

»Wo geht Viktor hin?«, fragt Puppi.

»Ins Bett.«

»Ist Viktor böse auf Puppi?«

»Nein, warum das denn? Ich bin nur müde von der Silvesterparty. Es ist alles in Ordnung. « Ich drücke sie fest und gebe ihr ein Bussi auf die Stirn. Bitch und Gundel sind so konzentriert und merken nicht, dass ich gehe. Wozu braucht Re'em eigentlich eine Pilotin?

Jakob

Es ist 3:23 Uhr, ich liege im Bett und starre an die Decke. Mein Körper ist erschöpft und sehnt sich nach Schlaf, aber immer, wenn ich die Augen schließe, überkommt mich die Angst, dass ich es zum letzten Mal tue. Ich will nicht einschlafen, die Gefahr ist zu groß, nicht mehr aufzuwachen. In der Herzgegend verursachen kleine Nadelstiche ein Besorgnis erregendes Gefühl. Ich höre und fühle das Pochen jeden Herzschlags in meinen Ohren und weiß, dass jeder der letzte sein könnte.

Herzstillstand bei vollem Bewusstsein, wer sagt, dass man nicht mitbekommt, wenn man stirbt?

»Es ist alles in Ordnung, dir kann nichts passieren«, belüge ich mich selbst. Ich weiß, dass es gelogen ist! In mir brodelt es. Vergrabene Erinnerungen huschen durch meine Gedanken. Die Vernunft rationalisiert das Irrationale, was nichts an der zunehmenden Panik ändert, die langsam von meinen Füßen den Körper nach oben kriecht und mir die Luft zum Atmen nimmt.

Das Wissen klopft an die Pforte der Verdrängung und mit jedem Schlag splittert das Holz ein Stück mehr. Es war ein Fehler, dass ich Party gemacht habe! Das MDMA sorgte zwar für das gewohnt schöne Gefühl, aber jetzt hat es mich meiner Glücksgefühle beraubt zurückgelassen. Ausgerechnet jetzt bin ich schutzlos meinem Unbewussten ausgeliefert, das um Freiheit kämpft und von meinem Zensor nicht länger in Schach gehalten wird. Ich will nicht an diesen schrecklichen Ort zurück, an dem ich war! Ich will nicht sterben!

3

Toni

»Boah, dieser föhnige Wind macht mich ganz kirre im Kopf. Jedes Jahr der gleiche Scheiß: erst lässt der Winter auf sich warten und wenn man ihn schon abgeschrieben hat, wird's plötzlich so kalt, dass man sich wochenlang den Arsch abfriert. Selbst im Mai ist es noch viel zu kalt und zack – kommt so'n Tag wie heute mit über 30°. Die Jacke, die ich anhabe, ist viel zu dick. Aber warum wundert mich das? Ich wette morgen ist's wieder arschkalt. ...

Wie »um was?«? ...

Nee, ach, das war nur so dahin gesagt. Ich freu mich jetzt echt auf'n kaltes Bier. So, hier ist es schon. Der Kellner ist'n guter Kumpel von mir, der lässt uns im Keller sitzen, wo wir in Ruhe quatschen können. Hi, Jakob!«

Um die beiden vorzustellen, ist es noch'n bisschen zu früh, wir gehen einfach runter. Was macht Marcel denn da?

»He! Komm mit mir runter! ...

Ja, ich weiß, dass er auch nicht leuchtet, deswegen musst du ihn ja nicht gleich umarmen!«

Bitte verzeih mir, Jakob!

»So, wir setzen uns mal hier hin. ...

Die Erleuchteten sehen nicht, dass wir nicht leuchten, und das ist auch gut so, verstehste? Wenn du jedes Mal so ein Aufheben machst, wenn du einen Exitus siehst – also jemanden, der nicht leuchtet, so wie der Kellner eben – , dann werden die Erleuchteten darauf aufmerksam. ...

Nee, das ist nicht gut! Verstanden? ...

Okay!«

O Mann, das wird anstrengend mit dem.

Jakob

Ich gehe runter in den Keller und bringe Toni und ihrem seltsamen Begleiter zwei Bier. Ich nähere mich dem Tisch mit größtmöglichem Abstand zu dem Kerl, nicht dass er mir wieder zu nahe kommt.

Er ist ungefähr Mitte 40, hat schütteres Haar und sieht aus wie ein riesiges Baby. Alles an ihm ist speckig. Ich wette, er wohnt noch zu Hause bei Mama. Der Typ hat sich mal umgebracht? Toni und ich tauschen vielsagende Blicke aus, bevor ich mich wieder nach oben verziehe. Wo hat sie in letzter Zeit nur diese komischen Leute her? Vor ein paar Wochen dieser Mann, der aussah, als lebte er auf der Straße und unglaublich stank, letzte Woche die 18-jährige Magersüchtige, heute ihn. Bislang hat niemand das Bier angerührt, dass ich ihnen hingestellt habe. Selbst der Stinker wollte lieber Weißwein. Trotzdem werde ich auch in Zukunft jedem Fremden ungefragt eines hinstellen, Tonis und mein Insider-Witz, in Erinnerung an Tiger.

Betrunkene Frau im Café Einhorn

»Ich geh jetzt wirklich zu dem und sprech ihn an. Ja, ernsthaft! ...

Wieso, glaubst, ich trau mich nicht? Und wie ich mich trau! Ich mein, schau dir den an, das ist der fescheste Mann, den ich in meinem Leben je gesehen hab. ...

Sicher ist das ein Mann! Halt ein bissl weibisch, aber das gefällt mir eh. Ich brauch nicht so einen Machoproleten, hab ich schon oft genug gehabt in meinem Leben. Aber der, der schaut so zart aus, er hat so feine Gesichtszüge und trotzdem ist er groß gewachsen, das muss man schon sagen. Und diese Haare, wirklich zu beneiden. So eine lange, wallende, blonde Mähne, das hätte ich auch immer gern gehabt, aber ich hab mehr Stroh am Kopf als Haare. ...

Aber ge´, der ist nicht schwul! Nein, sicher net! Das ist ein richtiger Mann, werd ich dir schon beweisen. ...

Nein, jetzt red nicht so grauslich. Was heißt hier, zu jung für mich? ...

Das ist eh modern, dass sich Frauen einen Jüngeren aufreißen, einen Alten hab ich schon gehabt! Und die jungen Burschen freuen sich auch über Erfahrung. Werd ich dir schon zeigen.«

Ich mach's jetzt wirklich. T-Shirt bissl runterziehen, damit die Brüste mehr rausschauen und los geht's. Oopsi, net umfallen. Das Glaserl Wein hat schon seine Wirkung getan.

»Griaß dich, ich bin die Gitti! Ist bei dir noch ein Platzerl frei? Ich setz mi einfach dazu, stört dich eh net, ge´?«

Aus der Nähe schaut er noch besser aus.

»Du sitzt da so allein am Tisch, da hab ich mir gedacht, du freust dich sicher über die Gesellschaft von einer feschen Frau."

Warum redet der nichts mit mir?

»Verstehst du eh deutsch? You understand me? Hallo? Red mit mir! He! Huhu!«

Net einmal vor seiner Nase winken hilft. So was Unfreundliches! Ge´, die Depperte muss mir gar nicht zubrüllen von der Weiten.

»Ich will ja nur, dass er mir antwortet! Oder bist du etwa eine Schwuchtel, hä? You not like Brüste, hä? Bist du wirklich ein Warmer?«

He! Was mischt sich der Kellner da jetzt ein?

»Was heißt hier ‚Diskriminierung'? Ich will nur mit ihm reden! Ich hab nichts gemacht, absolut nichts! ...

Nur weil ich ihn eine Schwuchtel genannt hab, oder was? ...

Ist er ja auch! Dafür entschuldige ich mich sicher net.«

Der glaubt ernsthaft, der kann mich vor die Tür setzen? Da hat er sich aber getäuscht. Ich lass mich von dir sicher nicht auf die Straße setzen! Aber ganz sicher nicht!

Jakob

»Tut mir leid«, sage ich und stelle dem jungen Mann einen Gin Tonic hin. »Geht aufs Haus! Solche Menschen sind wirklich das Letzte! Ich dulde hier keine Anfeindungen!« Ohne mich anzusehen, nimmt er das Glas und trinkt einen Schluck.

»Ich bin nicht schwul«, sagt er mit leiser, engelsgleicher Michael-Jackson-Stimme, mehr zu sich selbst als zu mir.

»Mir egal, was du bist! Lass dir den Drink schmecken!«

Ich gehe zurück zur Bar. Toni kommt gerade die Stufen aus dem Keller nach oben, ihre Augen verraten, dass sie die längsten 30 Minuten ihres Lebens hinter sich hat. »Bier?«, frage ich und sie nickt so heftig, als hätte ich sie gefragt, ob sie eine Million von mir haben will.

Sie verabschiedet sich mit wenigen Worten von dem fremden Exitus, der eine Weile braucht, um zu verstehen, dass Toni noch bleiben wird, aber er jetzt lieber geht. Unsicher sieht er in meine Richtung, aber ich weiche seinem Blick aus, um keine Missverständnisse entstehen zu lassen. Er wird mich kein weiteres Mal umarmen, so viel ist sicher! Dann dreht er sich endlich um und geht.

»Boah, ich sag dir, der war der Schlimmste von allen! Strohdumm, wirklich strohdumm! Dass der seine Schuhbänder allein zubinden kann, ist'n Wunder.« »Er hat Klettverschlüsse getragen!«

»Sehr lustig, Jakob!«

»Was haste mit den seltsamen Typen überhaupt zu schaffen? Willst du eine Armee der Loser gründen, oder was?«

»Ich such Personal!«

»Personal? Fürs *Lichter des Lebens*?«

»Nein! Du hast vor Kurzem was gesagt, was mir zu denken gegeben hat. Dass wir nicht die Berufe abklappern können, um Leute für du-weißt-schon-was zu suchen. Aber wer behauptet das? Die von letzter Woche hat gerade eine Lehre zur Optikerin gemacht, der heute arbeitet als Installateur. Aber bis jetzt war niemand Brauchbarer dabei. Entweder zu gestört und labil oder – Also der eben findet nicht mal den Eingang.«

»Warum interessiert dich das eigentlich? Es werden schon die richtigen Leute kommen oder auch nicht. Bei mir hat's ja auch zufällig gepasst.«

»Nee, nee, ich helf dem Zufall auf die Sprünge und mach mich nützlich. Wirste schon sehen.«

Taxifahrerin

Na bravo, zwei Besoffene, die aus'm Lokal torkeln. Hoffentlich lohnt sich der Weg wenigstens, nicht, dass die gleich ums Eck wohnen und nur fünf Euro zahlen. Dann nehm ich sie sicher nicht mit! Die Straße ist so eng zum Parken, aber um die Zeit wird hier eh keiner vorbeikommen. Die eine schaut aber echt ziemlich paniert aus, die schau ich mir erstmal an, bevor ich sie einsteigen lasse.

»Grüß Gott! Kann sie nicht mehr allein stehen?«

Er! Wie peinlich!

»'tschuldigung, mit den langen Haaren hab ich gedacht – Wo soll's denn hingehen?«

Ach, die gehören gar nicht zusammen! Der andere ist eh nüchtern.

»Ich muss schon wissen, wo ich ihn hinbringen soll! ...

‚Nach Hause' ist keine Ortsangabe, mit der ich was anfangen kann, Schatzerl! ...

Weißt du net, wo dein Haberer wohnt? ...

Ihr seid nicht befreundet? ...

Ach so, du arbeitest hier!«

Das hab ich auch noch nie erlebt, dass der Kellner sich so drum kümmert. Normal legen die die Besoffenen einfach vor die Tür und gehen heim. Vor allem, wenn's in der Nacht so warm ist.

»Das heißt, du hast ihn abgefüllt! Na bravo! Was sagt er? ...

Schatzerl, das Meer ist 500 km entfernt! ...

Was meint er mit ‚Das Meer ist hoch!'? Also das bringt überhaupt nichts. Ich fahr jetzt und du kannst dich wieder melden, wenn du seine Adresse rausgefunden hast! ...

Woher soll ich das wissen? Bist selbst schuld, wenn's ihm so viel zum Trinken gibst. Ich kann ihn schließlich nicht die ganze Nacht in der Stadt spazieren führen. Es sei denn, er kann sich's leisten und speibt mir nicht ins Auto, aber das Risiko ist mir einfach zu groß.«

Tamino

»Da! Da ist das Meer! Das Meer ist hoch! Hoch genug! Ich muss nur die Treppe nach oben nehmen und – Einfach fliegen. Wuuuuuusch. Wo gehen wir hin? Das ist die falsche Richtung! Nein. Falsche Richtung! Da vorne, da ist das Meer. Da muss ich hin! Siehst du es nicht?«

Jakob

Ich höre, wie die Schlafzimmertür zaghaft geöffnet wird. Langsam schiebt sich ein Kopf durch den Türrahmen.

»Guten Morgen! Wobei, mittlerweile eher Mahlzeit!«, begrüße ich meinen Gast. »Kaffee?«

Seine grau-blauen Augen suchen nach einem Anhaltspunkt, der ihm sagt, wo er ist und warum ich hier bin. »Erinnerst du dich an letzte Nacht?«

»Arbeitest du nicht in dem Lokal, in dem ich gestern war?«

»Genau, das gibt die ersten 100 Punkte. Ich bin Jakob. Du hast mir deine Adresse nicht verraten und die Taxifahrerin wusste nicht, wo ‚zu Hause' ist. Ich hab dich dann einfach mit zu mir genommen. Ich wollte dich nicht vor dem Einhorn schlafen lassen.«

»Tut mir leid, dass ich solche Unannehmlichkeiten bereitet habe.«

»Mir tut's leid! Ich hätte dich nicht so abfüllen dürfen. Du verträgst nicht viel, was?«

Ich habe noch nie erlebt, dass jemand nach drei Gin Tonic so betrunken war, dass er nicht mehr wusste, wo er wohnt. Ich habe es nicht mal mitbekommen, erst, als er zur Sperrstunde aufstand.

»Darf ich kurz das WC benutzen? Dann gehe ich auch gleich. Das ist mir wirklich unangenehm.«

»Klar, da rechts in den Vorraum und dann die Tür links. Ich mach mal Kaffee.«

Auf Zehenspitzen tippelt er ins Bad, wie ein Geist der keine Aufmerksamkeit erregen will.

Ich verwandle heißes Wasser in gut duftenden Kaffee, indem ich es durch je eine Kapseln laufen lasse. Seine Geschichte geht mich zwar nichts an, aber nach der Nacht wäre es komisch, ihn einfach ziehen zu lassen. Vor allem nach dem ganzen Gefasel, als wir am Haus des Meeres vorbeigekommen sind. Kann man einen Fremden einfach so fragen, ob er vorhat, sich umzubringen? Wenn es sich um einen Exitus handeln würde, wäre die Sache einfach, aber ein Erleuchteter? Man redet schließlich nicht ohne Grund davon, sich in die Tiefe zu stürzen, auch nicht, wenn man so benebelt ist – dann erst recht nicht.

Ich höre, wie er das Bad verlässt.

»Milch? Zucker?«, rufe ich, um keinen Zweifel daran zu lassen, dass er nach wie vor willkommen ist und ich ihn geradezu nötige zu bleiben.

»Schwarz?«, kommt die Antwort und kurz darauf er ins Zimmer.

Er hat die Haare lose nach hinten gebunden. Erfrischt sieht er wie ein androgynes Supermodel aus, mit markanten dunklen Augenbrauen und einem kleinen Schönheitsfleck links über den vollen zartrosa Lippen. Männer und Frauen müssen diesem Gesicht zu Füßen liegen. Würde in diesen Augen und dieser Stimme nur etwas mehr Selbstbewusstsein liegen. Ich reiche ihm die Tasse und setze mich an den Tresen in der Küche. Unschlüssig bleibt er stehen.

»Verrätst du mir deinen Namen?«

»Tamino.«

»Wie in der Zauberflöte? Ich wusste nicht, dass das ein richtiger Name ist.«

Er sieht auf den Boden. Mit der linken Hand streicht er sich unsicher über den dünnen rechten Oberarm, als wartet er auf meine Absolution, um endlich gehen zu dürfen.

»Hast du vor, dir etwas anzutun?«, frage ich geradeheraus, weil: Warum nicht?

»Was? Wie kommst du denn auf den Gedanken?« Er lacht verlegen und nippt am Kaffee.

»Etwas, dass du gestern gesagt hast. Hör mal, ich habe Verständnis für so was, es ist nicht so, dass ich das verurteile, ich kann gut verstehen, wenn man nicht mehr leben will, aber – « O Gott, klingt das bescheuert!

Warum ist mir das nicht egal? Ein Exitus mehr, na und? Aber so einfach ist das nicht! Ich will nicht, dass er erlebt, was ich erlebt habe – das irgendjemand das erlebt! Und die Tatsache, dass jemand so verzweifelt ist, dass er keinen Ausweg mehr weiß, außer –

»Wenn du reden willst, dann – «

»Es ist alles bestens, danke. Verzeihung. Ich trinke normalerweise keinen Alkohol. Da reden Menschen immer Blödsinn, nicht wahr? Ich muss jetzt auch los.«

»Ja, klar. Schon gut. Sag mir nur noch eins: Warum hast du ein Einhorn tätowiert? Du wärst gestern fast umgefallen und als ich dich gehalten habe, ist dein T-Shirt hochgerutscht und – Ich hab dich nicht angegriffen, ich schwöre! Es interessiert mich nur: Warum ausgerechnet ein rosa Einhorn?«

»Es war ein Scherz? Dumme Jugendsünde, die ich bereue.«

Ich nicke, um ihm zu verstehen zu geben, dass er mir nicht mehr erzählen muss. Absolution erteilt.

Er stellt die halbvolle Tasse auf den Tresen, bedankt sich leise und geht zur Tür.

Ich überlege, ihm noch mal anzubieten, jederzeit mit mir zu reden, aber sage stattdessen nur: »Mach's gut.«

Tamino

Typisch Mina, das hast du wieder bravourös verbockt! Ein Drink hätte vollkommen gereicht, nach dem warst du schon angetrunken. Aber drei? Wobei du gar keine richtig Schuld hast. Was hättest du denn machen sollen? Wenn die komische Frau dich in Ruhe gelassen hätte, hätte dir der Typ keinen Gin Tonic ausgegeben und alles wäre bestens gewesen. Wer hat dann den dritten bestellt? Warst das du? Ja, du erinnerst dich dunkel. Du fühltest dich so leicht, so bereit. Warum bist du nicht gegangen und hast es durchgezogen? Warst du nicht sogar später dort oder bist vorbeigegangen oder hast es von Weitem gesehen oder – Hast du ihm wirklich gesagt, dass du fliegen willst? Oder hast du es nur gedacht? Du darfst es niemandem erzählen! Du musst es durchziehen, nicht nur reden! Stattdessen säufst du dich an und schüttest dem Erstbesten dein Herz aus. Das hast du, nicht wahr? Wie unangenehm! Wie typisch! Klassische Mina-Aktion aus dem Bilderbuch. Wieso hast du den Weg nach Hause nicht gefunden, obwohl du nur zwei Straßen vom Lokal entfernt wohnst? Das ist selten dämlich! Dafür hättest du einen Preis verdient.

Andererseits war es wirklich nicht nötig, dass er dich mit zu sich nach Hause nimmt. Warum hat er das gemacht? Du wärst vor dem Café eingeschlafen, später zu dir gekommen und hättest den Weg gefunden. Oder hatte er andere Absichten? Nein, dann hätte er sicher etwas versucht. Er hat nichts versucht, oder Mina? Nein! Du bist bestimmt nach wie vor betrunken. Teufelszeug. Du hättest vorher was essen sollen! Du hättest dem Plan folgen sollen! Wie spät ist es jetzt? Oh, oh! Scheiße, hast du etwa –

In der Tasche ist es nicht und in der auch nicht. Super Mina, dein Handy hast du auch verloren! Natürlich, das war so klar, dass du das verlierst. Oder hast du es nur bei dem Typen vergessen? Jetzt bist du gleich zu Hause, du kannst den Mann nicht sofort wieder belästigen. Außerdem hast du dir nicht mal gemerkt, in welcher Haus- und Türnummer er wohnt. Warum hast du dein Handy gestern überhaupt mitgenommen, wenn du sowieso vorhattest – Du solltest zumindest nachfragen, ob er es hat. Aber nicht sofort, warte noch, damit du ihn nicht unnötig nervst.

Toni

»Junge, Junge, wir sollten uns echt was wegen Chris überlegen! ...

Wegen seinen Depressionen! Ist dir nicht aufgefallen, dass er in letzter Zeit kaum noch die Wochenenden mit uns verbringt? ...

Hat er dir das gesagt, oder was? ...

Nee, Arbeit schiebt er nur vor, in Wirklichkeit hängt er zu Hause rum und schafft es kaum aus'm Bett. Das ist jetzt nix Neues, er hat immer wieder solche Phasen, vor allem zu Jahresbeginn. Da haut's in seinem Kopf die Hebel durcheinander oder was weiß ich. Aber so krass wie dieses Jahr war's echt schon lange nicht mehr, mal abgesehen davon, dass der Jahresanfang mittlerweile rum ist.«

Komisch, dass Chris noch nie ausführlich mit Jakob darüber geredet hat. Männer, echt. Die kriegen es auch auf die Reihe, Stunden zu verbringen, ohne zu checken, wie's dem anderen grad geht.

»Das war ja auch der Grund, warum er sich – Na, du weißt schon.«

Hier oben im Einhorn können wir nicht offen quatschen!

Was? Jakob dachte echt, das hatte was mit Chris' Sexualität zu tun?

»Würdest du das auch sagen, wenn er hetero wäre? ...

Na eben, warum sollte er dann 'n Problem mit seiner Sexualität haben? Die Gesellschaft kriegt das oft nicht auf die Reihe, aber für Chris war das nie 'ne große Sache. Für seine Familie auch nicht, die haben ihn immer unterstützt und von klein auf gewusst, dass er lieber mit Jungs Doktor spielt als mit Mädchen. Nee, das hat echt nichts damit zu tun. Die scheiß Depressionen wurden ihm vererbt. In seiner Family gibt's 'ne lange Geschichte von Selbstmorden, vor allem väterlicherseits. Er weiß das auch, aber jedes Mal versucht er es, allein hinzukriegen. Dabei braucht er dringend wieder Medikamente! ...

Nee, Pille kannste vergessen, der – «

Wer ist denn diese erleuchtete Elfe? Kennt Jakob den? Traut sich nicht, den Mund aufzumachen. Geht da etwa was zwischen den beiden? Nee, Jakob wird jawohl nichts mit 'nem Erleuchteten anfangen!

Jakob

»Ähem!«

Gott, ist Toni heute schwer von Begriff. Wie auffällig soll ich mich denn noch räuspern und mit dem Kopf wippen. Ja, das ist das Zeichen, damit du uns kurz allein lassen sollst! Es ist so offensichtlich, dass sich Tamino in Gegenwart von Fremden unwohl fühlt. Erst recht, wenn er so wie von ihr von oben bis unten gemustert wird!

Na endlich! Toni verzieht sich auf die Toilette.

»Magst du was trinken?«, frage ich ihn.

»Ich habe vorgestern mein Handy verloren und wollte fragen, ob – «

Noch bevor er ausredet, ziehe ich eine Schublade unter der Theke, auf in der sein Telefon liegt.

»Du hast es bei mir vergessen.« Ich habe mich schon gewundert, wann er es holen kommt. »Du solltest wirklich die Sperre einschalten, damit es niemand sonst benutzt. Ich hab mich mit deinem Handy selbst angerufen und dann deine Nummer gewählt, weil ich dir sagen wollte, dass du es vergessen hast. Aber dann hat natürlich das Telefon in meiner Hand geläutet und – « Warum erzähle ich ihm das? Das war saudumm! Aber bringt ihn zum Lächeln.

»Soll ich dir was zu essen machen?« Er sieht aus, als ob er die Nahrungsaufnahme öfter mal vergisst. »Ich mache einen hervorragenden Käsetoast.«

Er schüttelt den Kopf. »Veganer.«

»Oh!« Ich scanne unser Angebot gedanklich nach tierfreien Produkten. »Packung Erdnüsse? Mannerschnitten? Warmes haben wir nur Toast und Würstchen.«

Wieder schüttelt er den Kopf. Es beginnt, unangenehm zu werden. Warum sieht er mich an wie ein verängstigtes Kaninchen?

»O sorry, dein Telefon!« Ich gebe es ihm.

»Danke.«

Warum verhalte ich mich in seiner Gegenwart so verkrampft? Er ist ein Mensch, kein Ei im heißen Wasser, das jede Sekunde zu zerplatzen droht.

»Keine Ursache.«

Ich nehme den Putzfetzen und wische über die Bar. Die zwei Frauen an Tisch Fünf deuten mir, dass sie noch zwei Bier wollen. Die mit den kurzen schwarzen Haaren zwinkert mir bereits zum zweiten Mal auffällig zu. Hm, warum eigentlich nicht? Ich halte das erste, dann das zweite Bierglas unter den Zapfhahn, aber lasse sie nicht aus den Augen, während das Gebräu ins Glas fließt. Sie grinst, als sie meinen Blick bemerkt.

Auf dem Weg zur süßen Schwarzhaarigen und ihrer Freundin sehe ich, dass Tamino Platz nimmt. Nach ein paar oberflächlichen Flirtfloskeln, die ich wirklich drauf habe, seitdem ich fest hier arbeite, gehe ich zu ihm. Er bestellt eine Cola light.

»Aber nur eine, wer weiß, was nach drei mit dir passiert«, scherze ich.

4

Gundel

»Nein! ...

Kein bisschen! ...

Wirklich nicht! ...

Fuck you! Du versuchst es jedes Jahr mit dem gleichen Aprilscherz. Nein, ich glaube dir nicht, dass Re'em Wetter einführt! ...

Weil es keinen Sinn macht! Wieso sollten wir hier Regen einführen und alles nass machen? ...

Natürlich funktioniert der Schmäh bei Puppi, aber ich bin nicht Puppi! Wenn du dich unbedingt an dieser unnötigen Tradition beteiligen willst, dann wenigstens auf originelle Art und Weise. Außerdem gelten Aprilscherze nur im April! ...

Heute ist der 8. Mai! ...

Weißt du was? Fuck it. Was, Re'em führt Wetter ein? ...

Haha, das ist wahnsinnig komisch, ich bin total darauf reingefallen. Und jetzt beteilige dich gefälligst am Frühjahrsputz, wie alle anderen auch! Du überlegst dir jedes Jahr eine Möglichkeit, aus der Sache rauszukommen, aber dieses Jahr hilfst du! Glaub nicht, dass nur wir Frauen das Scheißhaus sauber halten! Ihr Männer verbringt hier genauso viel Zeit. ...

Adam hat Depressionen, der ist entschuldigt! ...

Viktor kommt sicher jeden Moment. ...

Schau, schau! Wenn mensch vom Teufel spricht! Du tauchst genau dann auf, wenn ich von dir rede. Und bilde dir nicht ein, dass das sonderlich oft der Fall ist. So unwiderstehlich bist du auch nicht. ...

Wir dachten schon, dass du dich vor dem Frühjahrsputz drücken willst, so wie unser lieber Twinkle das hier gerade versucht! ...

Bitch und Puppi misten den Proberaum aus.«

Viktor

»Was ist los?«, fragt Gundel. »Und wehe du sagst, dass nichts ist.«

Ich packe wortlos herumliegendes Zeug in einen Müllsack. Woraus schließt sie, dass etwas los ist?

»Ist das Kunst oder kann das weg?«, frage ich.

»Ja, ja, lenk nur ab. Der Spruch ist geklaut! Steht sogar in einem Mickey-Maus-Heft!«

Tatsächlich? Ich habe ihn mal auf einer Postkarte gelesen und seitdem auf die perfekte Gelegenheit gewartet, ihn anzuwenden. Gerade ist es aber mehr als eine rhetorische Frage. Zur Sicherheit hebe ich das runde Plastikding mit dem raufgemalten Muster, das eine Abdeckung von etwas sein könnte, vom Boden auf und lege es auf Bitchs Schreibtisch.

»Ich habe das Gefühl, dass die Luft raus ist«, sage ich.

»Aus was?«

»Re'em.«

»When a man is tired of Re'em, he is tired of life; for there is in Re'em all that life can affort.«

»Der Spruch ist auch geklaut! Und geht eigentlich mit London!«

»Fuck, stimmt! Weißt du, was ich glaube?«

»Was?«

»Dir fehlt Adam! Hast du in letzter Zeit mit ihm geredet?«

»Nein.«

»Ich bin mir sicher, du fehlst ihm auch!«

Kann gut sein. Die Möglichkeiten, die ein Ort bietet, können noch so gut sein, wenn man sie nicht ergreift. Für mich ist dieser Ort auch eng mit den Menschen verbunden.

»Du hast recht, aber – «

Die Freundschaft zu Adam hat in Re'em ihre Heimat, da oben in dieser Stadt, die davon träumt, eine Metropole zu sein, aber trotzdem erschreckend dörflich anmutet, haben wir keinen gemeinsamen Platz, keine Wurzeln. Anders als mit Bitch. Ich kenne Adam, aber kenne ich auch Chris? Kennt er Jakob? Ist Viktor ein anderer Mensch als Jakob?

»Nichts aber!«

Sie hat Recht. Ich mache hier fertig, räume mein Büro auf und dann statte ich Chris einen Besuch ab!

Jakob

Ich trete aus dem stinkigen Gang ins Freie. Die Zeiger meiner Ur stehen auf 22:23 Ur, aber die Dunkelheit verrät, dass es bereits mitten in der Nacht ist. Laut Toni hat Chris momentan Schlafprobleme, ich sollte besser warten, bis es wieder Tag ist, um ihn nicht um wertvolle Stunden zu bringen. Andererseits schläft er sowieso nicht und in der Nacht ist Schlaflosigkeit am deprimierendsten. Mit dem Auto wäre ich in 20 Minuten bei ihm, aber das habe ich Ende letzten Jahres verkauft. Wie lange brauche ich mit der Nacht-U-Bahn und wann kommt die? Ich ziehe mein Handy aus der Hosentasche, um nachzusehen, und sehe zwei Nachrichten, die mich auf Grund des Telefonverbots und Störsenders erst jetzt erreichen. Beide von Tamino.

Die erste lautet: »Your a unicorn dancingin th flames. sry!!!«, gesendet 02:46 Uhr.

Die zweite ist noch kryptischer: »Think izo poaxikikr, iz%@m/l«, gesendet 03:02 Uhr.

Mein Herz klopft ein paar Schläge schneller. Er ist mit Sicherheit betrunken! Was will er mir damit sagen?

»Ist alles in Ordnung mit dir? Geht's dir gut???«, schreibe ich und weiß intuitiv, dass das Chaos in dem Moment die Regeln gebrochen hat, in dem er auf »senden« gedrückt hat.

Ich google nach dem Inhalt der Nachrichten, aber alles, was ich finde, ist der Song Salvation von einer Band namens Editors. Ist das ein Hilfeschrei? Hat er vor, sich vom Leben zu erlösen?

You're a unicorn dancing in the flames
Anger in your veins.
Son, you were made to suffer.

Du wurdest gemacht, um zu leiden? Verdammt! Ohne es aktiv beschlossen zu haben, bewegen sich meine Beine im Laufschritt vorwärts. Aber wohin? Und wie lange noch? Ich keuche bereits nach wenigen Schritten wie ein alter Mann. no-body hat recht: ich bin ein alter Mann! Verdammt, warum denke ich jetzt an sie? Wahrscheinlich, weil sie wüsste, was zu tun wäre. Aber es ist niemand da, der mir sagt, was ich tun soll. Ich wähle Taminos Nummer, aber er hebt nicht ab.

»Komm schon, komm schon!« Das Tuten in der Leitung kennt keine Gnade. Er hat gesagt, dass er in der Nähe vom Einhorn wohnt, exakt die Richtung, die ich einschlage. Aber wo genau? Welche Straße, welches Haus, welche Wohnung?

Ich google erfolglos nach seiner Nummer. Kein Mensch steht heutzutage noch im Telefonbuch, schon gar nicht, wenn man erst vor Kurzem in die Stadt gezogen ist.

Ich haste über den verlassenen Naschmarkt, suche online nach Tamino – so viele kann es doch in Österreich nicht geben! – , durchforste Facebook, Instagram, Twitter, aber werde erst auf LinkedIn fündig. Tamino Waddell. Auf dem Profilbild sieht er unglaublich seriös und männlich aus. Das harte Licht, das sein Gesicht beleuchtet, sorgt für Schatten, die markante Gesichtszüge simulieren, die er in Wirklichkeit gar nicht hat. Natürlich findet sich seine Adresse nicht auf LinkedIn!

Ich klingle einfach bei allen Wohnungen, in denen noch Licht brennt! Es wird dauern, aber früher oder später werde ich ihn finden, schließlich geht es um Leben und Tod. Einige Leute werden verärgert sein, die meisten mir wahrscheinlich gar nicht öffnen, aber ich werde Tamino finden! Ich muss ihn finden! Ich muss verhindern, dass – dass – dass –

Muss ich verhindern, dass er zum Exitus wird? Gehört er nicht längst zu uns? Immerhin hat er ein Einhorn über dem Hüftknochen tätowiert! Noch eindeutiger geht es kaum! Aber was, wenn er in eine andere Parallelwelt springt und in dieser Realität hier tot ist, so wie Tiger, und wenn –

Das *Haus des Meeres*!

Ich eile die Joanelligasse hoch am Einhorn vorbei, links in die Gumpendorfer Straße auf den Flakturm zu, in dem sich der *Aqua Terra Zoo* befindet. Von weitem sehe ich niemanden oben stehen und die paar Leute, die durch die Gegend torkeln, haben auch keinen Lebensmüden entdeckt. Was ist, wenn er oben sitzt?

Immer und immer wieder wähle ich seine Nummer, so routiniert, dass ich wahrscheinlich erschreckt auflegen würde, wenn er ranginge.

Trotz der Glasfront sieht das architektonische Ungetüm wie ein unzerstörbares Bollwerk aus. Hier vorne würde sich wohl kaum jemand in die Tiefe stürzen. Entweder würde man sich sein Rückgrat brechen oder die Scheibe und im Affengehege – dessen Funktion im *Haus des Meeres* ich nie verstanden habe – landen. Auf der Rückseite ist ein Absprung plausibler! Ich eile um den Flakturm, hin zur Leiter, die in der Luft hängt und die nach oben zu einer Metalltreppe führt. Er wäre groß genug, um sie zu erreichen, müsste allerdings seinen gesamten Körper nach oben ziehen, was mir gerade nicht gelingt. Ich rutsche ab und komme wieder auf dem Boden auf. Da entdecke ich jemanden im Gebüsch.

»Tamino?«, stürze ich zu dem Körper, der komplett intakt auf dem Boden liegt, zumindest, was die leuchtende Hülle betrifft. Ich ziehe ihn unter dem Strauch hervor, er ist warm, schwer und stinkt nach Bier. Ein Geruch, der überhaupt nicht zu ihm passt. Hat eventuell jemand Bier an der Stelle verschüttet und Tamino ist mit dem Gesicht reingefallen? Nein, das ist absurd!

»Jakob?«, fragt er verwundert.

»Was ist denn passiert? Wolltest du dich etwa hier runterstürzen?«

»Mina hat Höhenangst.«

»Wer ist Mina?«

Er rappelt sich auf und klopf den Dreck von seiner blauen Jeans und dem schwarzen weichen Seidenhemd.

»Was machst du hier?«, fragt er.

»Ich? Was um alles in der Welt machst du hier? Und was soll der Scheiß von wegen tanzenden Einhörnern und komischen Zeichen? Von wegen ‚Sorry'! Wenn du dich umbringen willst, dann mach's, aber zieh mich nicht in die Scheiße mit rein. Hast du verstanden?«

Tränen laufen aus meinen Augen und ich weiß nicht, warum. Dieser Typ kann mir doch so was von egal sein! Ich bin gleichzeitig erleichtert und enttäuscht. Er ist noch immer erleuchtet, er lebt!

»Fuck!«

Tamino sieht mich mit glasigem Blick an und versteht nicht, was gerade passiert.

»Ein Freund von mir hat sich letztes Jahr umgebracht. Mein Vorgänger im Einhorn. Wir waren gut befreundet und ich hab den Job übernommen, als er sich – «

Tamino legt seine dünnen langen Arme um mich. Mich hat noch nie jemand umarmt, der genauso groß ist wie ich. Es fühlt sich prinzipiell gut an, aber er ist einfach die falsche Person dafür – zumindest im Moment. Ich wische mir die Tränen von der Wange.

»Ich bring dich nach Hause! Du solltest echt die Finger vom Alkohol lassen.«

Tamino

»Tut mir leid, dass es hier so aussieht. Ich hab dir ja gesagt, dass ich erst seit zwei Wochen in Wien wohne. Ich hatte noch keine Zeit, Möbel zu besorgen, vorerst reichen die paar Stücke, die ich mitgenommen habe.«

Du hättest ihn nicht mit raufnehmen sollen! Du hast seine Wohnung gesehen, hier herrscht so ein Durcheinander! Du musst unbedingt Möbel besorgen! Du bist sowieso zu feige und ziehst es nicht durch! Oder du machst es endlich, dann sparst du dir Geld auszugeben. Wie lange willst du in dieser Unordnung leben?

»Wenn du magst, kannst du deine Jacke über die Bücherkiste da legen.«

Schwitzt er in der Lederjacke nicht?

»Was ist das? ...

Entschuldige, das geht mich nichts an. ...

Das, was du um dein Handgelenk gebunden hast. Ist das eine Kinderuhr?«

In rosa! Mit Einhörnern! Deswegen ist ihm mein Tattoo ins Auge gesprungen.

Na toll, jetzt hast du ihn in eine peinliche Situation gebracht! Sieh nur, wie er sich windet.

»Tut mir leid, du musst es mir nicht erklären, das ist deine private Angelegenheit.«

Hat er gerade lila Einhörner »cool« genannt? Also ist es ihm gar nicht peinlich?

»Setz dich ruhig. ...

Verzeih mir, dass es so ungemütlich ist und – Ich habe dich angelogen.«

Bist du verrückt? Was willst du ihm denn jetzt sagen?

»Mein Tattoo. Das war keine Jugendsünde, ich hab's erst vor Kurzem stechen lassen und mit 27 gehört man nicht mehr zur Jugend.«

Glaubst du ernsthaft, er verurteilt dich nicht? Er trägt eine Einhornuhr! Das ist was anderes als ein Tattoo! Wenn er es nicht versteht, dann niemand! Aber dich versteht niemand, das ist ja das Problem!

»Es soll mich stärken. Ich weiß, das klingt idiotisch, aber – «

Ja, tut es, aber jetzt ist es auch schon egal. Gratuliere, Mina, gleich stürmt er hier raus und will nichts mehr mit dir zu tun haben.

»Alle behandeln mich wie ein Einhorn. Als wäre ich ein jungfräulich, exotisch, unschuldiges Wesen, das schön anzusehen ist, aber nur in der Fantasie existiert. Die Menschen haben alle möglichen Vorstellungen von mir, aber wenn ich die nicht erfülle – Tut mir leid, das Bier macht mich gesprächiger, als ich eigentlich bin. Möchtest du einen Tee oder ein Glas Wasser?«

Du auch nicht! Aus der Nummer kommst du jetzt nicht mehr raus. Bitte, dann erzähl ihm gleich alles. Warum nicht? Breite dein ganzes Leben vor einem Fremden aus, Geheimhaltung hat in der Vergangenheit schließlich auch nie funktioniert.

»Ich hab dir ja erzählt, dass ich die letzten Jahre im Ausland gelebt habe. Zuletzt in Hamburg. Ich habe in einer Werbeagentur gearbeitet, es war nicht mein Traumjob, aber ganz okay. Bis dieses schreckliche Meme aufgetaucht ist. ...

Meme. ...

Sagt dir das Wort nichts? ...

So ein Foto im Internet, das die Leute mit Photoshop bearbeiten, lustige Sprüche dazuschreiben, weiterschicken. Kennst du sicher, wenn du es siehst. »Brace yourself, winter is coming?« von *Game of Thrones*? ...

Grumpy Cat? ...

Okay, das ist schon uralt. Nie gesehen? Egal. Tut mir leid, wenn die Geschichte langweilig ist.«

Ist sie!

»Das Foto war gar nicht von mir, ich war nur versehentlich drauf. Ein Mann hat seiner Freundin einen Heiratsantrag gemacht, ich stand nur im Hintergrund. Die Leute sind durchgedreht wegen diesem Bild und – Plötzlich riefen Zeitungen an, Fernsehsender, angebliche Freunde. Wie die alle an meine Nummer gekommen sind und woher die überhaupt wussten, dass ich das bin. Es war einfach zu viel und alle waren so gemein zu den beiden im Vordergrund.«

Gratuliere, Mina. Du triffst die einzige Person, die das Bild nicht kennt und was machst du? Aber bitte, auch egal. In der neuen Arbeit kennt es sowieso schon jeder. Verstecken funktioniert auch in Wien nicht, du kannst nur warten, bis der Sturm vorüber ist. Oder – Er sieht nicht so aus, als ob er das Problem versteht. Warum versteht er das Problem nicht? Was daran versteht er nicht? Du musst es ihm zeigen! Nein!

»Das Foto wurde im Disneyland aufgenommen, schon vor zwei Jahren oder so. Aber erst vor ein paar Wochen hat es sich auf einmal rasend schnell verbreitet. Es ist furchtbar. Im Vordergrund dieses Pärchen und ich mittig genau dahinter mit weit aufgerissenen Augen. Ich schau total schockiert aus und man glaubt, dass es wegen dem Paar ist, weil sie beide schwer übergewichtig sind und, nun ja, nicht gerade dem gängigen Schönheitsideal entsprechen. Aber so was würde ich nie tun! Ich verurteile Leute nicht wegen ihrem Aussehen. Mein Blick war nicht wegen ihnen so, ich schwöre! Ich habe gerade irgendwas gesehen und es war einfach das Disneyland. Es ist vielleicht kindisch, aber ich hab mich wie auf Wolken gefühlt und war total glücklich. Und dann kam so was. Die Kommentare, die die Leute hinzugefügt haben, waren so gemein und erniedrigend.«

Ein erwachsener Mann im Disneyland, du hast dich endgültig als Versager geoutet. Aber er trägt eine rosa Einhornuhr!

»Über mich haben sie nichts Gemeines geschrieben, im Gegenteil. Als wäre ich eine Disney-Figur und kein echter Mensch. Ich bin mal wieder das Einhorn, verstehst du? Ich habe so ein schlechtes Gewissen, dass mein Gesicht dafür missbraucht wird, sich über andere lustig zu machen. Ich kenne die Personen doch gar nicht, das sind vielleicht ganz liebe Menschen und – Niemand hat so was verdient.«

Und du trägst ein Prinzessinnenkleid und jeder Mensch weiß jetzt, dass du Crossdresser bist. Jeder!

»Ich rede nicht oft darüber.«

Nie!

»Entschuldige, das ist mir jetzt alles so rausgeplatzt.«

Gib zu, es tut gut, das loszuwerden! Vielleicht war es gar nicht so schlimm. Er ist selbst ein Grufti, der stolz seine rosa Kinderuhr trägt. Die noch dazu die falsche Zeit anzeigt.

Was? Woher weiß er von Mina?

»Wieso fragst du das? Wie kommst du auf den Namen? ...

Oh, hab ich?«

Die ganze Welt kennt Mina!

»Das bin ich. Also ein Teil von mir.«

Jetzt offenbarst du wirklich alles.

»Die meisten Leute verstehen das nicht, weil sie immer gleich hießen, ihr Leben lang. Maximal ein Spitznamen, aber prinzipiell haben Personen einen Namen, der eine unveränderliche Bezeichnung ihrer

Persönlichkeit darstellt. Aber es macht was mit einem, wenn man einen anderen Namen hat. Man verhält sich anders, spricht anders, zieht sich anders an.«

Wie eine Frau!

»Tatsächlich? Inwiefern verstehst du das? Hast du auch mehrere Namen?«

Er versteht dich tatsächlich! Ist das überhaupt möglich? Er tut bestimmt auch nur so, wie alle anderen. Tut freundlich und in Wirklichkeit –

»Du, Jakob? Kann ich dir was erzählen?«

Nein!

»Versprichst du, dass du nicht lachst?«

Was soll er denn jetzt anderes sagen?

»Die Menschen, die das Meme kennen, wissen das, aber ich sage immer, dass es nur Verkleidung war und eben weil es im Disneyland war, wo sowieso mehr möglich ist, aber – Mina trägt Frauenkleidung.«

Du hast es wirklich ausgesprochen! Du hast es wirklich laut gesagt! Und er sieht nicht mal überrascht aus. Warum sieht er nicht überrascht aus? Er hat nicht mal gezwinkert.

»Wie ‚und?'? Versteh mich nicht falsch, ich fühl mich nicht im falschen Körper geboren oder so. Ich finde es nicht schlimm, ein Mann zu sein, im Gegenteil. Tamino ist gerne ein Mann, nur ein Teil von mir trägt gerne Kleider und Röcke und – «

– streift sich gern Nylon über die Beine. Du klingst wie ein Perverser!

»Das hat nichts Sexuelles. Nicht, dass du glaubst, dass ich abnormal bin. Ich stehe nicht auf Männer – «

Oder Frauen! Du stehst auf weder – noch! Weil du abnormal bist! Wie kann ein Mensch so lustlos und sexuell uninteressiert sein und gleichzeitig ständig als Sexobjekt wahrgenommen werden?

Jakob

Am liebsten würde ich ihm alles über Re'em erzählen. Er würde es dort lieben, sich wohlfühlen und sicher zu mehr Selbstbewusstsein kommen! »Es gibt dort diesen Ort«, liegt mir auf der Zunge. So würde ich anfangen. Warum ist er nicht gesprungen? Es wäre so viel einfacher, wenn er ein Exitus wäre.

»Möchtest du Mina genannt werden?«

Er schaut verwundert. »Nein. Ja. Also, nein, nicht immer. Manchmal, glaube ich. Ich weiß nicht. Das hat mich noch nie jemand gefragt.«

»Warum nicht? Ist doch eine legitime Frage. Ich habe eine paar Freunde die Geschlechtergrenzen nicht so eng sehen und – « Zum zweiten Mal in dieser Nacht muss ich an no-body denken. Sie kann ich wohl kaum noch als Freundin bezeichnen. »Wenn du als Frau wahrgenommen und bezeichnet werden willst, musst du mir das nur sagen, das ist kein Problem.«

»Danke. Ich muss mir das überlegen. So nicht«, er sieht an sich runter. Die Aussage bezieht sich auf sein gegenwärtiges Aussehen. »So bin ich eindeutig Tamino. Wie gesagt, ich fühle mich generell nicht im falschen Körper. Seitdem das Foto die Runde macht, habe ich draußen keine Damenbekleidung mehr angezogen. Ich dachte, das Disneyland wäre eine sichere Umgebung, aber – «

»Aber was ist an Frauenkleidung schlimm? Das ist ein Teil deiner Persönlichkeit. Jeder kann sein und anziehen was er oder sie will!«

»Leider sahen das meine Arbeitskollegen anders – und meine Mutter. Die Gay Community hat mich für das Bild gefeiert, dabei – «

»Schwere Situation, was?«

Er nickt. Langsam beginne ich zu begreifen, warum es ihm nicht gut geht. Aber es ist nichts, das man nicht lösen kann und wegen dem er sein Leben abschreiben muss. Obwohl das ohnehin nicht ginge. Ich werde ihm helfen!

5

Patientin im Otto-Wagner-Spital

Dreizehn, vierzehn, fünfzehn, sechzehn. Okay und von da nach da sind's eins, zwei, drei, vier.

Nein! Ihr habt alles zerstört! Jetzt muss ich wieder von vorne beginnen. Alles umsonst, marschieren hier einfach durch, als wäre nichts. Sehen sie nicht, dass hier gerade jemand beschäftigt ist? Ich mache das nicht aus Spaß, das ist eine ernsthafte Angelegenheit, um den Einsturz des Gebäudes zu verhindern! Ohne meine Abmessungen liegt hier bald alles in Schutt und Asche!

Oh, Vorsicht! Nicht auf die Fliesenzwischenräume treten. Fast wäre ein Unglück passiert. Alles nur, weil diese Eindringlinge dazwischengekommen sind und ich mich so aufregen musste. Also von vorne:

Ein Armkreis, zwei Armkreise, drei, vier, fünf.

Dr. Pille

»Nun denn, treten wir ein!« Wenn es denn unbedingt sein muss! Wie unangenehm, ich muss erstmal meine Brille zücken.

»Junger Mann, wir haben einander länger nicht gesehen, zumindest nicht in meinem bescheidenen Büro. Und wir sind? ...

Ist das unser richtiger Name? ...

Tatsächlich? Tamino steht in unserem Pass? ...

Nun denn. Mein Assistent hat mich bereits darüber in Kenntnis gesetzt, dass wir uns diesmal in Begleitung einen Besuch abstatten. Ich ging davon aus, dass es sich um einen Notfall handelt, aber wie ich sehe, kann die Not in diesem Fall nicht von ungeheurer Größe sein.«

Warum lassen wir uns von einem Erleuchteten begleiten? Ausgerechnet zu mir! Für die Klinik gibt es ein ganz eindeutiges Aufnahmeprozedere. Es gibt Wartelisten, zahlreiche Kollegen, die sich darum kümmern könnten. Warum belästigen wir mich persönlich?

»Wenn wir hierhergekommen sind, um Hormone zu bekommen, muss ich uns leider gleich von Beginn an enttäuschen. ...

Wofür? Für die Geschlechtstransformation! Ist das nicht der Grund, warum wir hergekommen sind? ...

Was soll Jakob mir gesagt haben? Wenn ich uns so betrachte, sehe ich eine scheue, schüchterne, feminine Person in einem Körper, der männliche Geschlechtsmerkmale aufweist. Es würde naheliegen. ...

Nun denn, keine Hormone! Tami-Pardon, wie? ...

Tamino, selbstredend. Darf ich uns bitten, draußen Platz zu nehmen, damit ich mit Jakob unter vier Augen kommunizieren kann? Vielen Dank.«

Auf die Erklärung bin ich wirklich gespannt!

»Nun denn, junger Mann, erklären wir mir bitte den Grund für dieses lächerliche Schauspiel, an dem ich unfreiwillig teilnehme. ...

Einen Erleuchteten hier in mein Büro zu geleiten. Glauben wir, ich habe den ganzen Tag nicht genug mit denen zu tun? ...

Selbstredend wird ihnen hier geholfen, aber nicht exklusiv von mir! Wir können den normalen Eingang zwei Häuser weiter nehmen, wie alle anderen auch, es gibt keine Veranlassung einer Sonderbehandlung. ...

Die Androhung eines Freitodes führt nicht zwangsläufig zur Ausübung und wie ich sehe, strahlt er im schönsten Vauteriol! ...

Selbstredend habe ich das so gemeint. Ich habe gesagt ‚Wir können jederzeit bei mir vorbeikommen'. Betonung liegt auf ‚wir'! Verstehen wir? Chris könnte momentan unsere Hilfe gebrauchen, der benötigt Beistand in dieser für ihn überfordernden Zeit, aber stattdessen – Wie lange kennen wir diese Figur bereits? ...

Eben! Kein Vergleich zu einer dauerhaften freundschaftlichen Beziehung. ...

Aber uns ist die Empathiefähigkeit augenscheinlich abhandengekommen, da wir uns die Ausmaße einer ernsthaften Depression nicht vorstellen können. ...

Wir? ...

Eine Depression? ...

Selbstredend habe ich die bei uns diagnostiziert. Ich diagnostiziere grundsätzlich, was der Patient in dem Moment hören muss, aber wir glauben jawohl nicht, dass eine ernsthafte Depression mit Leer-Medikamenten heilbar ist. ...

Ja, Leer-Medikament. Wenn ich mich recht entsinne, habe ich uns bereits mit der Tatsache vertraut gemacht, dass ich privat ausschließlich Leer-Medikamente abgebe! ...

Wenn wir allein das Wort ‚Tryptizebo' betrachten, so findet sich in der Wortendung bereits ein Hinweis auf die Wirkung. Möglicherweise hatten wir eine Art Depression oder depressive Verstimmung, die uns dazu getrieben hat, unserem alten Leben ein Ende zu bereiten, das will ich keinesfalls abstreiten oder mindern. Aber als wir vor einem Jahr mit Antonia zu mir gekommen sind, litten wir an Schlafstörungen und Vauteriol-Schock, ausgelöst durch die neuen visuellen Eindrücke. Heilbar mit gutem Zureden und Tic Tacs, wenn wir so wollen. Nicht vergleichbar mit der ernsthaften psychischen Erkrankung!«

Habe ich eine Großpackung hier? Kleine Packung, klein, klein, groß. Sehr gut!

»Hier! Das ist alles, was ich für uns tun kann. Eine 30er-Packung Tryptizebo. Wenn wir unbedingt den Heilsbringer spielen wollen, sagen wir unserem erleuchteten Freund, dass es sich dabei um besonders starke Schlafmittel und Antidepressiva handelt, die für einen Monat zu nehmen sind und garantiert Erfolg versprechen. Entweder wirken sie und wir werden einsehen, dass wir meine Zeit grundlos vergeudet haben, oder sie zeigen keine Wirkung und wir bringen ihn als Exitus erneut zu mir. Ich empfehle mich!«

Jakob

»Nein!« Ein weiblicher Schrei, der Tamino und mich sofort in der Bewegung stoppen lässt. Eine große, schlanke Frau im schwarzen Hosenanzug kommt auf uns zu. Die Stöckel ihrer Schuhe rammt sie energisch in den Boden, jeden ihrer Schritte präzise gesetzt.

»Sie machen alles kaputt! Alles! Das zweite Mal. Beim ersten Mal war es schlimm, aber jetzt – Wissen Sie, wie viel Arbeit das macht, wenn ich jedes Mal von vorne beginne? Jetzt ist ein Wunder nötig, damit das Haus nicht einstürzt und ich muss meine Arbeit wieder von vorne beginnen!«

Tamino entschuldigt sich leise, obwohl wir uns keines Fehlers bewusst sind.

»Eine Unverfrorenheit! Frechheit! Sie sind Platzeinnehmer! Aber der Platz ist begrenzt! Es kann nicht jeder den Raum in Anspruch nehmen, den er will. Es muss darauf geachtet werden, wer wie viel braucht und ich benötige exakt 34 Armkreise, die Sie soeben zerstört haben. Jetzt muss ich wieder von vorne mit dem Zählen – «

»Lass uns gehen!« Ich ahne, dass sie dabei ist, sich in Rage zu reden und mit ihrer Standpauke nicht so schnell fertig wird. Wir haben nichts falsch gemacht! Ich gehe weiter den Gang entlang zur Treppe, Tamino folgt mir wie ein Schatten, während sie uns nachschimpft. Wir eilen am Empfang vorbei, der Assistent würdigt mich keines Blickes. Vor der Tür entladen sich die unangenehmen Gefühle, die Pille und die Gestörte verursacht haben, in Form eines lauten Lachens.

»Wenn das der Ort ist, an den du Freunde bringst, wo bringst du dann deine Feinde hin?«, fragt Tamino und lacht weiter.

Toni

»Es hat mich wirklich gefreut, dich kennenzulernen! Wir sehen uns nächste Woche. ...

Genau, in der Saftbar beim Schottentor, die du vorgeschlagen hast.« Würg! Hoffentlich haben die auch normale Säfte und nicht nur mit Spinat oder so 'nem Grünzeug.

»Perfekt! Dann komm gut nach Hause, Viktoria ...

Vicky.«

Noch schlimmer!

»Nee, ich häng noch'n bisschen an der Bar ab. Ich hab'n bisschen was zu bequatschen. ...

Jakob? Süß? Findest du? ...

Nee, nee, wir sind nur so befreundet, er ist echt nicht mein Typ.« Sie hätte vielleicht Chancen bei ihm. Wobei, nee, doch nicht, die wäre selbst Jakob zu tussig. Diese Fingernägel, unglaublich.

»Mach's gut. Tschüss!« Oh, Küsschenfraktion, verstehe. *Schmatz Schmatz.*

Ah, die Elfe sitzt auch noch immer bei Jakob. Die verstehen sich ja echt prächtig.

»Na, Mädels, wie läuft's? ...

Hi! Wie ist dein Name? Jakob redet so undeutlich ...

Tamino? ...

Ist das'n echter Name? ...

Tatsächlich? Krass! Manche Eltern, was? Machen sich auch kein Kopp, dass man damit sein Leben lang rumrennt. ...

Sorry, kannste ja nix für. Ich hab mich grad mit 'ner Vicky getroffen. Mehr muss man eigentlich gar nicht wissen, oder?«

Wobei, das könnte Jakob interessieren: »Sie ist Stewardess! Ich weiß, keine Pilotin, aber he, sie fliegt in Flugzeugen mit. Und sie kennt bestimmt 'n paar Piloten.«

Was macht Jakob da gerade? Kaffee mit –

»Seit wann gibt's denn im Einhorn Sojamilch? ...

Ernsthaft? Wegen dir?«

Wegen der Elfe?

»Lebste vegan?«

Jesus Fucking Christ! Wo hat Jakob die denn her?

»Schon vier Jahre, guck an.«

Als ob mich das interessiert. Warum erwähnen Veganer dauernd, seit wann sie den Scheiß schon durchziehen?

»Ich esse seit über 30 Jahren keine Rosinen. ...

Ja, wirklich!«

Den Blick kannste dir sparen, Jakob!

»Ich dachte, wir tauschen grad Ernährungsgewohnheiten aus.«

Was'n los? Ist er verknallt, oder was?

Ach, daher weht der Wind. 'n Erleuchteter mit Einhorntattoo. Ja, das ist mit Sicherheit 'n Zeichen! O Mann!

»Ich hab ja auch'n Einhorn tätowiert. Willste ma sehen? ...

Hier!«

O zu blöd, dass Erleuchtete kein Teriol sehen! Hoffentlich checkt Jakob das jetzt! Ja, ja, er braucht gar nicht zu sagen, dass ich die nicht verarschen will. Natürlich verarsche ich die Elfe gerade!

»Du kommst mir irgendwoher bekannt vor. Biste irgendwie berühmt oder so?«

Volltreffer, die wird ganz rot! Geil, so wie Jakob heut guckt, wird er mich hassen, wenn ich hier rausgeh. Aber wieso? Hat er seinen Sinn für Humor zu Hause gelassen?

»Jakob, du guckst, als sollte ich besser nicht nachbohren. Ist es so peinlich? Warste im Dschungelcamp? Deutschland sucht den Superstar? Starmania?«

Och, schade, jetzt geht die aufs Klo, wo's doch grad so lustig ist! Ich komm schon noch drauf.

Jakob

»Sag mal, spinnst du? Warum musst du ihn so vergraulen?«

»Wen? Die Elfe?«

»Komm schon, Toni, sei keine Bitch!«

»Sehr lustig, merkste selbst, ne?«

»Tamino ist wirklich in Ordnung. Er hat einen super Humor, steht auf Bücher, Filme und Musik. Ich bin mir sicher, ihr hättet viele Gesprächsthemen. Er liebt die Dresden Dolls, die magst du doch auch.«

»Jeder vernünftige Mensch tut das! Mann, Jakob, sie ist 'ne Erleuchtete.«

»Er!«

»Es heißt DIE Elfe.«

»Es reicht schon, wie Pille sich aufgeführt hat, da musst du nicht auch noch – «

»Nee, oder? Du warst mit ihr bei Pille? Sag mal, hast du sie noch alle?«

»Warum? ER braucht Hilfe. Letztes Wochenende hätte er sich fast umgebracht und – «

»Wir würden gerne zahlen!«, ruft ein Gast!

Ich nicke, was gleichzeitig »komme sofort« und »leck mich am Arsch« bedeutet.

»Die wird sich nie umbringen! Nie!«

»Woher willst du das wissen?«

»Veganer! Das sind alles Pussys. Die können nicht mal 'ne Fliege zerquetschen, geschweige denn sich selbst! Und selbst wenn, wäre das so'n Drama? Dann würde ich auch mit der reden und meinen Hut ziehen. Aber so – Komm, das ist lächerlich. Machst hier ein auf Mutter Theresa. Wovor willste sie beschützen? Du weißt ganz genau, was passiert, wenn man sich das Leben nimmt.«

»Eben! Deswegen ja!«

»Was soll das denn jetzt heißen? Lass sie 'nen Trip erleben, dann sehen wir weiter. Dann kannste sie auch mit zu Pille schleppen, aber doch nicht so! Junge, Junge, echt. Das sind die Basics.«

»Aber was, wenn er diese Realität verlässt und tot ist?«

»Ja, was dann? Dann ist die für uns tot. Und weiter? Wo ist das Problem?«

»Du hättest mal sehen sollen, wie viel Angst Chris zu Silvester um dich hatte! Wenn ich zu ihm gesagt hätte: ‚Dann ist sie für uns tot. Und weiter?', hätte selbst er mir eine reingehauen. Oder als Pete damals tot war, wie hat sich das angefühlt?«

»Das kannst du nicht vergleichen! Du kennst sie fünf Minuten und kriegst jetzt plötzlich den Moralischen, oder was? Wir sind alle in bestimmten Welten tot! In einer davon sitzen deine beiden Alten und haben nicht mal deine Sponsion erlebt, weil du dich vorher um die Ecke gebracht hast. Und? Glaubste nicht, für so'n Scheiß ist's jetzt bisschen zu spät? Du kannst ihr nicht helfen! Beziehungen mit Erleuchteten funktionieren auf Dauer nicht.«

»Ich will keine Beziehung mit ihm! Zumindest nicht so.«

»Warum regste dich dann so auf? Gib doch zu, dass du die scharf findest. Ist doch perfekt für dich als Bi-Mann, haste gleich beides auf einmal!«

»So funktioniert das nicht! Ich stehe auf Männer und Frauen. Auf weibliche Frauen und männliche Männer, nicht auf – Ja, okay, er ist scharf, aber da wird nie was laufen. Er steht nicht auf Männer und ich verliebe mich sicher nicht noch mal in das Potenzial von jemandem! Das ist keine Grundlage für eine aufrichtige Beziehung. Außerdem geht dich das gar nichts an!« Warum erkläre ich ihr das überhaupt?

»Und ständig zu lügen, wie man das Wochenende verbringt, ist auch keine Basis für 'ne Freundschaft! Vielleicht brauchste mal 'ne neue Brille, die nicht so rosarot malt!«

»Ich bin nicht in ihn verknallt, verdammt!« Natürlich steht genau in dem Moment Tamino wieder an der Bar. Hat er den letzten Satz gehört? Er grinst.

»Entschuldigung!«, tönt es vom Tisch in der Stimmlage, in der es »Trottel, komm her, wir wollen zahlen!« bedeutet.

Ich bin unschlüssig, ob ich Toni und Tamino allein lassen kann. Sicherheitshalber bedeute ich ihr, mit einem Blick den Mund zu halten. Sobald ich allerdings bei den Gästen stehend die Geldtasche zücke, höre ich auf einmal, wie Toni hinter mir sagt: »Jetzt weiß ich's! Du bist die Perfect Timing Disney Princess! O mein Gott! Genau! Das Meme, das vor Kurzem die Runde gemacht hat. Haha, geil, ich glaub's nicht.«

Kurz flehe ich, mich verhört zu haben, aber als ich mich umdrehe, stürmt Tamino bereits aus dem Lokal.

6

Twinkle

»No matter which method choseth, if the pistol or the knife.
Unicorns will help and guide you, keep away enlightened ones
As Exitus we remain thus time to play the loudest drums!
Wuhu! Fantastique! Si beau! Bravo!«

Ich liebe dieses Lied. Und endlich ist wieder die ganze Familie zusammen. Fast wie früher. Wie ich das vermisst habe. Alle sind da, schön gekleidet und gut drauf. Party!

»Donne-moi la bouteille! ...

Du sollst die Flasche weitergeben!«

Bitchs Frischfleisch: Miss Melody

»Dein Französisch ist ur gut! Wahnsinn. Wo genau kommst du her, Süßer? ...

Ich meine ursprünglich! ...

Philippinen? Wow, ich tät auch gern von den Philippinen kommen und so gut Französisch sprechen wie du. In der Schule hatten wir nur Englisch und Spanisch. Dann tät ich mir auch das Solarium sparen und hätte immer so ur schön braune Haut wie du!«

Adam

»Erinnere mich noch mal: why is she here? ...

Wozu braucht Re'em eine Stewardess? ...

Und weil wir keine Pilotin haben, nehmen wir jetzt eine Stewardess? In welcher Welt macht das bitte Sinn?«

Bitch und ihre seltsamen Ideen! Dass die es überhaupt hier reingeschafft hat. Na ja, we'll see. Rein schaffen und drin bleiben sind zum Glück zwei Paar Socken. Mitnaschen lasse ich sie aber sicher nicht! Wobei, wer weiß, ob sie überhaupt Drogen nimmt, schwer einzuschätzen. Ich glaube, am ehesten Koks.

»Was ist denn das für eine Frage? Of course we'll celebrate tonight! Big time! Ich hab mich lange nicht mehr so gut gefühlt. Gib her die Flasche!«

Wäh, that's disgusting!

»Übrigens haben wir heute allen Grund zu feiern. Nicht nur, dass ich wieder unter den Lebenden oder eigentlich unter euch Toten weile, nein. Vor einem Jahr war Viktors erstes Wochenende in Re'em! Damals noch Good Boy, wurde schnell Bad Boy aus ihm! Dein Einhorntag ist zwar erst in ein paar Monaten, aber trotzdem schon heute alles Gute!«

Kein Grund, sich zu zieren!

»I know! Deinen Einhorntag lässt du uns sowieso nicht feiern, dann wenigstens dein erstes Wochenende! ...

For me! And you! ...

So schnell ist das Jahr vergangen. Unbelievable. Der eigentliche Jahrestag ist zwar erst übermorgen, aber schau, wie Puppi sich darüber freut, mit dir zu feiern!«

Ihr kann er einfach nicht widerstehen.

»Es gibt auch Geschenke! Eigentlich nur eines und ich hoffe, du teilst mit uns.«

Wo hab ich denn das Ecstasy eingesteckt? Hier? Ah, nein, in der Tasche.

»Bitteschön, zur Feier des Tages! ...

Angeblich sind die gelben Kleeblätter besonders stark!«

Eins für Viktor, eins für mich.

»Bitch, magst du auch? ...

Dumme Frage. Twinkle? ...

Gundel? ...

Just kidding! Ich weiß, dass sich das nie ändern wird. Dabei würde dir das sicher gefallen, I'm sure of it!«

Zwei sind dann noch übrig, dann kann später noch jemand nachlegen oder wir teilen sie uns.

»Well then, auf eine gute Partynacht! Es tut gut, wieder hier zu sein! It's been too long! Prost!«

Bitch

»Prost! Es ist echt zu lange her! Wir haben dich so vermisst! Unser Bad Boy hat sich schon nach neuen Freunden umgeguckt. ...

Und ob das stimmt. Oder wie würdest du das mit der Elfe bezeichnen?«

Hat er Adam gar nichts davon erzählt?

»Ja, ja, von wegen ‚nur so'n erleuchteter Typ'. Sie heißt Tamino.

Genau dasselbe hab ich auch gesagt! Tamino klingt einfach nicht wie'n richtiger Name. Aber angeblich heißt sie tatsächlich so. Und halt dich fest: Sie ist die Perfect Timing Disney Princess! ...

Ja, echt. Ich hab mich krank gelacht, als mir das aufgefallen ist. Deswegen sag ich auch immer ‚sie'. Sie ist so 'ne krasse Elfe, das glaubste gar nicht. Und Veganerin noch dazu! ...

Kannste dich noch an die eine vor paar Jahren erinnern, von der ich dir erzählt hab? Die allen Ernstes wissen wollte, ob die Bücher im *Lichter des Lebens* vegan sind. ...

Ja, stimmt, die hatte diese Tasche mit den Tierquäl-Fotos drauf. Warum will man so was Ekeliges permanent mit sich rumschleppen? Die haben dermaßen einen an der Klatsche, echt! ...

Junge, Junge, jetzt tu nicht so. Sicher kannste was dafür, dass die Elfe ständig im Einhorn abhängt. ...

Ach so, gar nicht mehr so oft? Wirklich? Mir ist es ja egal, mit wem du die Woche verbringst, solange du uns da nicht mit reinziehst oder willst, dass wir mit 'ner Erleuchteten abhängen. Aber ich sag dir eins und am besten, du schreibst es dir auf und hängst es hinter die Bar: Sie ist die Antwort auf gar nichts! ...

Ja, ja, er. Dann eben: Er ist die Antwort auf gar nichts!«

Süß wie sich Viktor immer aufregt, wenn ich »sie« zu der sag.

Gundel

Fuck, wenn die wüssten, wie sie aussehen. Mag sein, dass sie die Zeit ihres Lebens haben, aber mit diesen riesigen Pupillen und verschwitzten Gesichtern, die sie zu unförmigen Fratzen verziehen, sehen sie fucking unheimlich aus. Und dieses ständige Kauen und auf den Lippen Rumbeißen. Dass Puppi das gar nicht stört. Die Neue ist schon zu besoffen, um irgendwas mitzukriegen. Wie nennt die sich noch mal? Melody irgendwas, oder? Nein, irgendwas Melody. Misty Melody? Nein. Ah, Miss Melody. Genau! Weil sie dummerweise geglaubt hat, dass mensch sich den Titel mitwählen muss, weil Madam Strawinksy das »Madam« führt. Fuck, solche Frauen stellen meinen Feminismus wirklich auf die Probe! Einatmen, ausatmen! Einatmen, ausatmen! Ich bin nett zu ihr, ich solidarisiere mich mit allen Frauen. Ich bin nett zu ihr, ich solidarisiere mich mit allen – Ich bin – Hoffentlich hält jemand anderer ihre Haare, wenn sie kotzen muss.

Adam sieht aber gerade auch nicht sonderlich gut aus. »Ist alles okay bei dir? ...

Bist du dir sicher?«

Er schwitzt so übertrieben. Sind das die Drogen? Sonst schwitzt er auch viel, aber nicht so. Klatschnass, am ganzen Körper.

»Hast du genug getrunken? ...

Ich glaube, du solltest dich kurz hinsetzen und Wasser trinken.«

Bitch

»Wo is'n Adam hin? Er war doch grad noch da. ...

Raus? Warum? Geht's ihm nicht gut? ...

Okay, ich geh mal gucken!«

Boah, das Zeug ist aber auch echt stark. Würd mich nicht wundern, wenn das zu viel ist. Mir ist auch'n bisschen flau im Magen. Und auf'm Klo fiel es mir vorher schwer zu pissen. Ich hasse, wenn das passiert. Wie toll, da ist Graue Fee! Sie feiert so selten mit uns im Ponyhof!

»Hey, es ist so schön, dass du hier bist! Lass dich knuddeln! ...

Ich hab dich so lieb!«

Viktor

Die Farben vermischen sich zu einem bunten Strudel, der mich umgibt. Nicht ich tanze, sondern das Licht, das mit mir verschmilzt. Mir ist ein wenig schwindelig. Die Kleeblätter sind so stark, puh, ich bin komplett drauf. Wo sind Bitch und Adam? Twinkle ist in seine eigene Welt abgespacet.

Ich sehe mal nach, wo die beiden sind, ich muss das Gefühl gerade einfach mit jemandem teilen. Vorausgesetzt ich komme durch den Barbereich. Eine Frau im Weltraumanzug glitzert von oben bis unten.

»Oops, sorry. Wow, dein Outfit sieht unglaublich schön aus!«

Ich darf nicht hängen bleiben. Geh weiter, Viktor!

»Habt ihr Adam gesehen?«, frage ich zwei bekannte Gesichter, die auf draußen verweisen. Ich zwänge mich weiter an unzähligen Menschen vorbei. *Papillon* von Editors ertönt aus dem anderen Dancefloor. Ich muss an Tamino denken, als er mir das erste Mal eine CD von ihnen vorgespielt hat. Wie ich diesen Song liebe! Adam, Bitch und ich müssen unbedingt dazu tanzen!

Endlich habe ich mich aus dem Ponyhof gekämpft. Die zwei sitzen auf dem Boden, Adam hat die Ellenbogen auf seine angewinkelten Knie gestützt und hält seinen Kopf, von dem aus seine Augen auf den Boden starren. Bitch hat ihren Arm um ihn gelegt und redet auf ihn ein.

»Na, ihr Party Pooper? Wir müssen unbedingt zu dem Lied tanzen, ich liebe das!«

Bitch sieht zu mir auf. Ihr Augen-Make-up klebt auf den Wangen, Schweißperlen sitzen auf der Stirn und ihre Miene verrät das Ende der guten Laune. Sie wendet sich wieder Adam zu:

»Du solltest dich auskotzen. Vielleicht bringt das was. 'ne Abkühlung wär auch nicht schlecht. Soll ich dir kalte Tücher bringen? Junge, Junge, wie kannste nur so dumm sein? Jedes Kind weiß, dass man Ecstasy nicht mit MAO-Hemmern kombinieren darf. Das ist scheiß gefährlich!«

Was geht hier gerade vor sich? Meine Augen und Gedanken flimmern, ich kann mich nicht fokussieren, das E ist einfach zu stark.

Bitchs Mund bewegt sich, als formt sie mit ihm Seifenblasen. Ich denke an den Pustefix-Bär und grinse. Die Bedeutung des Wortes, dass sie immer und immer wiederholt, dringt erst spät in mein Bewusstsein. Viktor, mein Name.

Von überall kommen Menschen gelaufen, Bitchs Augen speien Panik in den Gang, entstellte Grimassen wirbeln in Verzweiflung umher. Ich stützte mich an die Wand, taste mich weg von dem abscheulichen Schwarm, stolpere in die Halle. Ich reiße mir mein T-Shirt vom Leib, es engt mich ein, hindert mich am Atmen.

Alles verlangsamt sich um mich herum, ich werde tief nach unten gezogen – oder erhöht sich die Szenerie? Alle schönen fröhlichen Gefühle, die ich eben noch in mir hatte, werden abgesaugt, übrig bleibt Horror, mit dem ich das Geschehen betrachte. Das Licht ist ungewohnt blau, das ist nicht mehr derselbe Ort, an dem ich mich noch wenige Sekunden zuvor befand!

Das hier ist ein kalter, unmenschlicher Ort des Grauens, den niemand kennenlernen sollte! Ich fürchte, der Last des Schreckens nicht gewachsen zu sein. Ich muss hier raus, bevor ich zusammenbreche! Es kommt mir alles nur zu bekannt vor! Ich habe mir geschworen, hier nie wieder her zurückzukehren! Wie konnte das passieren? Aber diesmal bin ich wach! Ich bin hier und es gibt keine Aussicht auf Erlösung!

Ich falle, rapple mich wieder hoch, taumle weiter. Mit letzter Kraft öffne ich die schwere Flügeltür und stürze im dahinter liegenden Raum zu Boden. »Hilfe!«, keuche ich.

NO-BODY

Huh? Was ist los? Was war das für ein Geräusch? Bin ich eingeschlafen? Hab ich das geträumt? Das wäre der erste Traum seit Jahrzehnten. Liegt da jemand auf dem Boden?

»Hallo? ...

Bruder? Schwester?«

Bitte zwing mich nicht, meine müden Knochen hochzubewegen. Endlich rührt es sich.

»Viktor? Welch dramatischer Eintritt!«

Wenn er mit mir reden will, muss er zu mir kommen. Was keucht er? Hilfe? Wie pathetisch.

»Bruder, bist du körperlich versehrt? ...

Dann steh auf und setz dich zu mir. ...

Du siehst aus, als hättest du einen Geist gesehen! ...

Was? Nein, keinen echten, also wer weiß. Das ist nur eine Redensart, so wie: Hier ist der Teufel los. ...

Nein, ich habe den Teufel nicht – «

Er befindet sich in der wörtlichen Zone.

»Wo der Humor endet, beginnt der Horror! Hol den Sessel von dort, stell ihn gegenüber vor mir und setz dich drauf. ...

Tu es! Du wirst nicht bleiben, wo auch immer du dich gerade befindest. Aber du ziehst dich da selbst raus! Hast du verstanden?«

Viktor

Ich sitze gegenüber von no-body. Meine Beine wippen unkontrolliert auf und ab. Mir ist kalt, aber die Kälte kommt nicht von außen, sondern von innen.

»Sieh mich an, Bruder!«

Sie nimmt meine schweißnassen Hände und hält sie fest. Ich erwidere ihren Blick, was mir unangenehm ist. Ich brauche dringend Hilfe, ich habe keine Zeit für dumme Spielchen. Trotzdem wende ich meine Augen nicht von ihren ab und sehe deutlich in den Abgrund, auf den ich mich zubewege. Ich will weg, will schreien, aber falle immer tiefer. Das sind nicht die Augen eines Menschen! Ihr Gesicht nimmt die Form eines Habichts an, verwandelt sich in das eines Geparden und formt sich schließlich zu einem abscheulich schaurigen Wesen, das ich nie zuvor gesehen habe. Ich sehe hin, lasse meine Augen offen und halte stand.

Das war's! Ich werde wahnsinnig! So endet es!

Sie führt meine linke Hand zu meinem Herzen und presst sie fest an meine Brust. Langsam werden ihre Gesichtszüge weicher, ein Brummen in meinen Ohren erklingt und alles erhebt sich. Ihre männlichen Gesichtszüge und die liebevollen dunklen Augen, lassen sie ebenso wie die faltige Haut wieder zu no-body werden. Sie nimmt meine Hand von meiner Brust und hält sie wie zuvor. Wärme strahlt von meinem Herzen in den Rest des Körpers aus. Für wenige Sekunden kribbeln alle Gliedmaßen, als würde ein harmloser, elektrischer Stoß sie wieder zum Leben erwecken.

no-body lächelt und nickt leicht, was das Ende der Aktion markiert. Ich danke, ohne ein Wort zu sagen. Sie versteht, keine Erklärung notwendig.

Tränen und Schweiß haben eine salzige Hautschicht gebildet. Es geht mir gut! Meine Lider werden schwer und fallen zu. Ich bin unfähig, mich zu bewegen, aber es geht mir gut. Es geht mir gut!

7

Bürgerin von Re'em

»Wie sieht es denn mit Schriften pornographischen Inhalts aus? ...

Lolita? Nein, zu abgedroschen und alt. ...

Nein, auch nicht *Lady Chatterley's Lover*, das ist noch älter. ...

Nein, nein. Ich dachte an etwas Gegenwärtigeres. ...

Geschichte der O ist nichts Gegenwärtigeres. Wann wurde das Buch geschrieben? In den 50ern? Sehe ich aus wie etwas Gegenwärtiges? ...

Danke, mein Lieber – äh, meine Liebe. Tut mir leid, ich muss mich nach wie vor an diese Veränderung gewöhnen. Ich dachte eher an diese Bücher, die die Jungen heutzutage verschlingen. Daraus könnte ich eventuell etwas lernen. ...

Nicht im Sortiment? Wie schade. Und was ist mit ihm? Darf ich ihn für praktisches Lernen verwenden, wenn mir die Theorie versagt wird?«

No-Body

»Das musst du ihn selbst fragen, Schwester. Sollte er jemals wieder erwachen.«

Wäre gut, wenn jemand die unpopuläre Aufgabe des Weckens übernimmt. Aber auf diese Weise kriegt er sofort den nächsten Schock.

Was habe ich gesagt!

»Guten Morgen, Bruder!«

Was macht sie denn jetzt?

»Schwester, es wäre angebracht, erst um Einverständnis zu bitten und dich dann entblößt bei dem jungen Mann auf den Schoß zu setzen. Und zu warten, bis er richtig wach ist, gehört auch zum guten Ton. Ich dulde keinen sexuellen Missbrauch. Was sollen denn die Bücher denken?«

Sein Gesichtsausdruck verrät jedenfalls keine Zustimmung.

»Bruder, hättest du gerne Sex? ...

Dachte ich's mir, also runter von ihm! ...

Tut mir leid, dass dein Besuch diesmal so unbefriedigend gelaufen ist. Kann ich dich für ein gutes Buch begeistern? Wie wäre es mit *Macbeth*? Sex und Tod liegen bekanntlich nah beieinander. ...

Wie du willst, ich werde im Hinterkopf behalten, eine aktuelle pornographische Abteilung einzuführen. Würde dem Besucherzustrom sicher dienlich sein.«

Fraglich, ob das meinem wahren Willen entspricht.

»Mach's gut, Schwester.«

Viktor

Mein Körper fühlt sich an, als wäre ein Auto drübergefahren, ein großes, ein Lastwagen! Alle Knochen schmerzen, besonders jene, die für die Aufrechterhaltung des Kopfes verantwortlich sind. Sie haben über Nacht versagt. Der noch immer warme Fleck auf meinem Oberkörper zeugt davon. Ist das Sabber? Warum trage ich kein T-Shirt? Das Gefühl zu ersticken, genau.

»Wie spät ist es?«, frage ich no-body, sie sitzt gegenüber von mir, wie immer auf ihrem Platz auf dem Sofa, einen Joint in der Hand, ein aufgeschlagenes Buch auf dem Schoß. »Wie lange habe ich geschlafen?«

»Es ist 8 Ur morgens. Wie viele Stunden vergangen sind, kann ich nicht sagen. Du weißt, wie das mit der Urzeit läuft, man kann sich nie sicher sein.«

»Erst 8 Ur? Ich habe das Gefühl, ich habe ewig geschlafen.«

»Sonntag, 8 Ur.«

»Oh!«

»Deine Energiereserven waren aufgebraucht. Wahrscheinlich die endgültige Realisierung.«

»Von was?«

»Dem Ende! Dass es keine toten Verwandten gibt, die auf einen warten. Kein Licht, kein neues Universum, keine neue Chance, nur – «, sie nimmt einen Zug und bläst genüsslich den Rauch aus.

»Nur? Nur?«, will ich schreien, aber sie bleibt mir den Teilsatz schuldig.

»Wie hat sich der Ort angefühlt, an dem du warst?«

»Wie die Hölle!« Ich muss nicht überlegen. Wenn es sie gibt, dann ist es dort genauso!

»War es das, was du beim Neujahrsspringen erlebt hast?«

Ich nicke. »Woher weißt du das?«

»Seitdem bist du verändert, gebrochen! Du hast es nicht gesehen, aber ich. Deswegen bist du nicht mehr zu mir gekommen, Bruder. Du wolltest nicht, dass ich es sehe.«

»Ich war sauer wegen dem, was du über Bitch gesagt hast.«

»Das war nur vorgeschoben. Du hattest Angst und statt darüber zu reden, hast du sie überspielt. Ich habe dir schon mal gesagt, dass Suizid nichts anderes ist als eine Spielerei. Manchmal geht dieses Spiel schief. Die Auffassung, dass es sich immer um ein angenehmes Erlebnis handelt, ist nichts anderes als gut gelungene Propaganda.«

»Also bin ich nicht der Einzige, dem das passiert ist?«

Sie lacht. »Bruder, wenn man sich Aufzeichnungen durchliest, wird man bemerken, dass man kaum in der Lage ist, eine exklusive Empfindung zu haben. Es ist nur die Frage, wie gut man sie artikuliert und sich darüber verständigt. Viele Geschwister haben negative Erfahrungen gemacht, sie reden nur nicht darüber.«

»Warum nicht?«

»Aus demselben Grund wie du.«

Es ist an der Zeit, das Schweigen zu brechen, körperlich nackt ist nichts gegen seelische Nacktheit. Ich richte mich ein wenig auf, bewege den Kopf nach links und rechts, vorne und hinten in der Annahme, den ziehenden Schmerz zu lindern. Erfolglos. Ich atme tief ein und aus.

»Ich wollte nie wieder daran denken. Ich wollte es vergessen und so weitermachen wie zuvor. Ich erinnere mich nicht mehr ganz genau, was am Todestag passiert ist, aber ich weiß, dass es wunderschön war. Mein Herz hatte einen Orgasmus nach dem nächsten und ich fühlte die schönsten Gefühle, die es gibt. ‚Die schönsten Gefühle fühlen', wie das schon klingt. Man gerät an die sprachliche Grenze. Der Superlativ reicht nicht, um das vollkommene Glück zu beschreiben, das ich erlebt habe. Auch wenn ich es jetzt nicht mehr nachfühlen kann, aber ich weiß es noch immer. Ich dachte, das Neujahrsspringen wird auch so! Ich habe mich darauf gefreut, genauso wie die anderen. Natürlich war da trotzdem dieses kurze Zögern, der Teil, der nicht begreifen kann, dass man wieder zu sich kommt – Angst oder Überlebensinstinkt. Hätte ich nur auf ihn gehört.

‚Die Hölle sind immer die anderen' hat Sartre geschrieben. Er wusste einen Scheiß über die Hölle! Ich wusste einen Scheiß über die Hölle, bevor wir uns von diesem gottverdammten Turm geschmissen haben. Ich hielt Herkules' Tod für schlimm. Darüber habe ich mir im Vorhinein Sorgen gemacht, dass es einer oder eine von uns nicht schafft. Aber gegen das, was ich erlebt habe, ist ein Feld voller toter Freunde und Familienangehöriger ein Witz. Lieber hätte ich gesehen, wie alle, die mir im Leben mal etwas bedeutet haben, in Stücke gerissen werden, als diese Qualen zu erleiden. Verdammt, ich wäre lieber selbst in Stücke gerissen worden! Physisches Leid ist nichts gegen psychisches. Bei physischem schaltet der Geist irgendwann ab, er schützt einen, man ist wie in Trance. Aber so läuft das in der Hölle nicht, da bekommt der Geist alles mit. Sie ist der Geist! Allein dieses Wort: ‚Hölle'. Jeder Vollidiot nimmt es in den Mund und macht sich darüber lustig, jeder Emo-Teenager, jede miese Metalband. Warum ist die deutsche Sprache so unzulänglich und hat kein besseres Wort dafür? Aber was kann das Wort dafür, dass sich die Menschen nicht mehr anscheißen vor dem Zustand, in dem sie mit ihren tiefsten Ängsten konfrontiert werden, zu keinerlei positiven, hoffnungsvollen Gedanken und Gefühlen mehr fähig sind und man in den wahren Abgrund seiner Seele blickt? Bis man es erlebt.«

Tränen und Rotz laufen aus meinem Gesicht den Körper hinunter, nichts könnte mir egaler sein.

»Jeder Person würde das höhnische Lachen vergehen, wenn sie – Mir verging das Lachen für eine lange Zeit! Danach wusste ich nicht, wie ich weiterleben soll. Aber es gibt keine Alternative! Der Versuch, nicht weiterzuleben, würde mich womöglich wieder an diesen Ort bringen. Der Versuch, so viel wie möglich zu leben, allerdings auch, wie wir gesehen haben. Scheiße! Jetzt sieh mich nicht so an. Ich weiß, dass die meisten glauben, Drogen sind eine Flucht, aber das stimmt nur bedingt. Es ist meine Art, intensiver zu leben. Wer Angst vor Kontrollverlust hat, hat Angst vor dem Leben.«

Als Antwort zieht no-body wieder an ihrem Joint und bietet ihn mir an. »Und du hast keine Angst vor dem Leben, Bruder?«

Ich nehme ihn, ziehe dran und huste. Kein Wunder, dass sie dauernd – Moment – Warum habe ich das unbestimmte Gefühl, no-body ständig husten zu hören? Ich kann mich an keinen konkreten Moment erinnern und trotzdem – Das Zeug ist verdammt stark! Ich ziehe noch mal an und gebe ihn ihr zurück. »Nicht so sehr wie vor dem Tod.«

»Dabei sind beides Seiten derselben Medaille. Angst auf einer Seite führt zwangsläufig auch zu Angst auf der anderen. Solltest du dich damit auseinandersetzen wollen, empfehle ich eindringlich die Lektüre von *H.P. Lovecraft*. Er notierte bereits: *The oldest and strongest emotion of mankind is fear, and the oldest and strongest kind of fear is fear of the unknown.«* Es ist komisch, no-body Englisch sprechen zu hören. Ihr deutscher Akzent ist so stark, dass man kaum versteht, welche englischen Wörter sie meint.

»Die Angst vor dem Unbekannten«, murmle ich zu mir selbst. »Aber ich fürchte mich nicht vor dem Unbekannten. Ich kenne wovor ich mich fürchte.«

»Wirklich?«, fragt sie mit hoher Stimme, um in normaler Tonlage fortzuführen: »Lovecraft selbst litt ebenfalls unter der Angst vor dem Leben. Niemand beschreibt das Grauen so schön wie er. Niemand anderem würde man diesen Stil durchgehen lassen. Seine Geschichten quellen über vor Adjektiven und seine langen Ausführungen über das Unbeschreibbare wirken oft genug paradox. Aber obwohl man im ersten Moment dazu tendiert, diese veraltete Lektüre des beginnenden 20. Jahrhunderts beiseite zu wischen und zu verlachen, kriecht schon bald die Gewissheit hervor, dass er in ebensolche Abgründe geblickt hat, wie die, die du soeben beschrieben hast, Bruder.«

Lovecraft? Lovecraft? Der Name kommt mir bekannt vor. Wo habe ich ihn schon mal gehört?

»Kann es sein, dass Bitch mir schon mal von ihm erzählt hat?«

»Das ist gut möglich.«

Ich bin überrascht, ich habe nicht mitbekommen, dass ich die Frage laut gestellt habe.

»Lovecraft ist einer von Bitchs Lieblingsautoren. Zumindest war er das früher. Was ich nie verstanden habe, ist sie doch in der Regel den Autoren der amerikanischen Unterschicht der 50er bis 80er zugetan. Was ich ebenfalls nie verstanden habe, man würde nicht glauben, dass sie Literatur chauvenistischer Arschlöcher präferiert.«

»Woher weißt du all das?« Ich dachte immer, sie können einander nicht ausstehen.

»Von früher. Es gab eine Zeit, in der wir uns sehr nahe standen, Bruder. Aber das ist lange her.«

»Warum seid ihr das nicht mehr? Was ist passiert?«

»Ach!« Sie macht eine leichte Bewegung mit der rechten Hand, als ob sie die Geschichte für unwichtig hält. »Stelle besser keine Frage, auf die du die Antwort nicht kennen willst.«

»Ich habe dir auch von meinem Erlebnis erzählt.«

NO-BODY

»Ich hoffe du weißt, dass dieses Denken, dass ich dir eine Geschichte schulde, weil du mir eine erzählt hast, zutiefst christlich und mir damit fremd ist. Aber ich will es dir trotzdem erzählen, Bruder. Nicht, weil ich es dir schuldig bin, sondern, weil es dir verdeutlicht, wie die Menschen in deiner Umgebung von Angst gelenkt werden.«

Und er sich in dem passenden Zustand der Kapitulation befindet, in der er die Realität in Zweifel zieht.

»Hat dir Bitch jemals erzählt, wie sie zu ihrem Namen gekommen ist? ...

Aber sie hat dir mit Sicherheit von Pete berichtet. Ihrer ersten großen Liebe, wegen der sie nach Wien gekommen ist. ...

In ihrer romantisch verklärten Erzählung klingen die beiden wie ein Traumpaar. Ich bin unschlüssig, ob sie diese Version mittlerweile selbst für wahr hält, so oft wie sie sie erzählt. In Wirklichkeit waren die beiden nie partnerschaftlich verbunden. Der große Rockstar hatte nichts übrig für das kleine labile Selbstmordmädchen. Trotzdem ist sie ihm auf dieser Tour hinterhergereist und nach Wien gefolgt. Stalking würde man das heute nennen, was sie damals getan hat. Als er sie in der Arena sah, war das Erste, was er sagte: »Bitch, please. Leave me the fuck alone!« Daraufhin ist sie durchgedreht. Es gibt verschiedene Aussagen zu dem, was genau passiert ist. Die anwesenden Bandkollegen waren betrunken und anderweitig sediert. Später machten sie widersprüchliche Angaben. Bitch selbst hat es mir gegenüber mal anklingen lassen, aber nie richtig zugegeben. Als ich sie später direkt darauf angesprochen habe, wich sie erst aus und dann leugnete sie. Ich habe keine Beweise, aber ich gehe davon aus, dass Petes Tod alles andere als selbstverschuldet war. Er war zwar ein Junkie – ...

Selbstmordjunkie? Behauptet sie das? ...

Von wegen! Er war auf Heroin! Einer seiner Freunde meinte, die Menge, die aus dem Säckchen fehlte, hätte gereicht, um drei Personen das Licht auszuknipsen, und Pete hätte nie so viel gespritzt. Aber wer glaubt schon solch zerstörten Typen, nicht wahr? ...

Ich behaupte gar nichts. Für mich war das alles verdächtig und plausibel zugleich. Mit seinem Tod ergab sich die Möglichkeit, die zurückgelassene Freundin zu mimen, sie musste nicht mehr mit seiner Abweisung leben und sie war schon immer berechnend und unberechenbar. Die perfekte Re'em-Bürgerin.«

Leider!

»Ich liebe diese Stadt. Ich bin alt und fühle mich noch älter. Jahrelang habe ich mich vor Gesellschaft versteckt, nur in meinen Gedanken gelebt. Wusstest du, dass ich verheiratet war? ...

Ja, ja, ein vorbildlicher Ehemann – fast. Ich habe hart gearbeitet, meine Frau und Tochter ernährt und nur meine Fantasie gehabt. Bis ich hierher kam. Der einzige Ort der Welt, an dem ich sein kann, wie ich bin, ohne Erklärungen, ohne Verurteilungen. Dennoch gibt es Entwicklungen, die mir Kopfzerbrechen bereiten und weshalb ich mich aus der Verwaltung der Stadt zurück und in diese herrliche Bibliothek verzogen habe. Die Prozesse, die im Hintergrund laufen, sind wesentlich komplexer, als es den Anschein hat. Hast du dich nie gefragt, wer die Urzeit regelt, Bruder? ...

Du kennst den rechtlichen Aspekt, aber ich kenne den menschlichen und sozialen und der hat in den letzten Jahren gehörig gelitten. Das Grundrecht auf Leben wird von Exitus immer öfter mit Füßen getreten. Obwohl die Strukturen so erdacht wurden, dass das Streben nach Macht sinnlos ist, stehen diese Spiele mehr denn je auf dem Programm. Die Form und nicht der Inhalt stehen im Vordergrund. Ich beschwere mich nicht, dass es jetzt sauber ist und der schmuddelige Punkcharme vom Beginn zugunsten von funktionierenden unbeschädigten Möbeln und Geräten gewichen ist. Aber ich kritisiere den Preis, der nötig war, um das zu erreichen. Wörter wie ‚Freiheit' und ‚Individualität' sind auch hier unten nur noch schöne Kulissen, mit denen man sich schmückt, sodass niemand den zunehmenden Faschismus und Konformismus bemerkt.

Wo ist die Kritik geblieben? Wie viel ist ein kritikloser Ort wert, an dem sich permanent alle gegenseitig auf die Schulter klopfen? Früher gab es keine Notwendigkeit, für Re'em von Nutzen zu sein. Erinnerst du dich an den Gast, der nicht aufgenommen wurde, als du Bürger wurdest? ...

Genau, Schwarzer Kater war sein Name. Mein Namengedächtnis ist schlecht, wie du weißt. Früher hätte man jemanden einfach nicht mehr reingelassen, heute – Es ist nicht notwendig, alle unwillkommenen verschwinden zu lassen. So wie die Frau, die bei ihm war und der das Ganze in die Schuhe geschoben wurde. Kannte jemand von uns sie überhaupt? Eine einzelne Beschwerde reicht aus, damit man sich darum kümmert, dass sie in Zukunft nicht unangenehm wird – sicherheitshalber. Aber wenn die Verantwortlichen längst nicht mehr vor Mord zurückschrecken, wie weit sind sie bereit zu gehen, um unser Refugium zu schützen, und bleibt dabei die Menschlichkeit nicht auf der Strecke? ...

Ich deute nichts an, ich spreche es aus. Menschen sterben für diesen Ort, Bruder! Sie springen freiwillig, aber viele sterben unfreiwillig. Sogar, ohne jemals von ihm zu erfahren, so wie besagte Frau im Haushaltsrock. Ihr Aufputz erinnerte mich an meine Mutter. ...

Möglicherweise sind wir Exitus zu einflussreich geworden. Wir haben in der Gesellschaft so viel zu sagen, dass vor nichts mehr zurückgeschreckt wird. Seitdem Vauteriol erstmalig extrahiert wurde, sind wir immer einen Schritt voraus und seit wir diese Brillen haben und unbelästigt unter Erleuchteten wandeln – Ich frage mich, ob wir nicht einen Schritt zurück benötigen. Verstehe mich nicht falsch, früher war nicht alles besser. Die Infrastruktur war eine Katastrophe, Prügeleien standen an der Tagesordnung und dauernd lagen Selbstmörder tot herum. Es ist wichtig, dass die psychische Gesundheit zukünftiger Gäste untersucht wird. Es war ein harter Weg, Regeln festzulegen, die funktionieren und niemandem wie Regeln vorkommen. Die Forschung hat viel dazu beigetragen. Wir wollten etwas über unseren Zustand als Exitus erfahren, wissen, was uns von Erleuchteten unterscheidet, wie Vauteriol zu erklären ist. Doc hat unter dem Pseudonym Dr. April Lindeher etliche Bücher geschrieben. Der Name ist übrigens ein Anagramm seines gesamten Namens. Viele stehen noch immer ganz oben im zweiten Stock, im Regal bei der wissenschaftlichen Fachlektüre. Wir haben uns als mangelhaft, nicht als überlegen gesehen. Jetzt interessiert das Was,

Warum und Wieso niemanden mehr. Die Forschungsgruppe, die herausfinden wollte, ob wirklich keine Unterschiede in den Parallelwelten existieren, oder ob es möglicherweise winzige Abweichungen gibt, gibt es nicht mehr. Sie haben Umfragen gemacht, um herauszufinden, welche Methode welche Art von Todestrip auslöst! Das Archiv verstaubt und das Museum propagiert das Ideal des perfekten Todes. Dir war nicht mal bewusst, dass es negative Erlebnisse gibt! Vor Jahren wurde der Freitagabend dazu genutzt, um über solche Sachen zu sprechen. Wir sind als Gruppe mit Traumata umgegangen, statt eine Hymne zu brüllen und uns auf hirnlosen Spaß zu konzentrieren. Aber das ist nicht möglich, mit so vielen Tausenden Menschen, nicht wahr? Meine Antipathie Bitch gegenüber hängt wesentlich mit diesen Veränderungen zusammen, zu denen sie erheblich beigetragen hat. ...

Sie war jahrelang Bürgermeisterin und hat den Job gemacht, den jetzt Graue Fee inne hat. ...

Komisch, sie ist sehr stolz darauf und erzählt das meistens sofort. ...

Ich glaube, dass sie sich nach dieser Zeit verzehrt und daran arbeitet, wieder in diese Position zu kommen. Seitdem sie den rettenden Anwalt mitgebracht hat, steht sie wieder gut da. ...

Dich, Bruder! Du bist dir deiner Wichtigkeit noch immer nicht bewusst, oder? ...

Damals endete das Ganze nicht gut und es wird auch in Zukunft nicht gut enden. Kein Wunder, wenn man sich ansieht, was gegenwärtig oben in der Welt vonstattengeht. Wie oben, so unten! Wahrscheinlich war es naiv zu glauben, dass wir Menschen mit der Annahme eines neuen Namens auch eine neue Art der Menschlichkeit überstreifen und vor Extremismus und Elitarismus gefeit sind. Aber was will man erwarten von einer Meute, die ausgerechnet Nietzsche als Vorbild für ihre Hymne nimmt? ...

Unsere Hymne! Die ersten Zeilen stammen aus *Also sprach Zarathustra*, übersetzt auf Englisch und an die Melodie angepasst, versteht sich. Im Original ginge es schwer über die Lippen: ‚Frei zum Tode und frei im Tode, ein heiliger Neinsager, wenn es nicht Zeit mehr ist zum Ja: also versteht er sich auf Tod und Leben.‘ Über die Fragwürdigkeit seiner Person muss ich einem durchschnittlich Gebildeten kaum Auskunft geben.«

Bitch

Was'n das für'n Lärm? Adam? Ist was passiert?

»Hallo? ...

Boah, Viktor, du bist's. Hast mich ganz schön erschreckt! ...

Ich hab die Nacht hier gepennt. So halb zumindest, mit einem Ohr hab ich immer gelauscht, ob Adam oder Puppi reinkommen. Wo biste denn gewesen? Wir hätten dich gebraucht! Adam hätte dich gebraucht! ...

Wie, dir ging's scheiße? Biste gecrasht, oder was?« Warum weicht er der Frage so aus und sagt nicht, was los war?

»Hättest ja mal Bescheid geben können, statt einfach abzuhauen, Twinkle hat dich irgendwann gesucht, aber wir dachten, du bist raus. Wo warste denn?"

no-body? Was zur Hölle?

»Ich dachte, du verstehst dich mit der nicht mehr und ihr seht euch nicht mehr.«

no-body will ihn sicher auf ihre Seite ziehen, aber das kann sie vergessen.

»Wie auch immer! Adam schläft grad in 'nem Hotelzimmer. Puppi ist bei ihm. Es ging ihm gestern echt mies. Es war echt bescheuert, sich E reinzuhauen, obwohl er grad auf Antidepressiva ist. Er meinte zwar, die letzte Tablette war 48 Stunden her, aber trotzdem. Das ist ja noch im Hirn drin und – Was genau das Zeug macht, weiß ich nicht, aber es ist echt gefährlich! Zum Glück kannte sich der eine mit so was aus und hat Adam dann beruhigt und ihm 'ne Tablette gegeben. Leichte Valium oder so was. Nach'n paar Stunden ist er eingeschlafen. Ich war ja selbst total drüber, die Kleeblätter waren echt heftig. Du siehst aber auch komplett zerstört aus!«

Er könnte dringend 'ne Dusche gebrauchen. Ich hab noch nie erlebt, dass er so stinkt. Manchmal riecht er'n bisschen zu sehr nach frisch geduscht, aber dass er so müffelt, ist neu.

»Haste dein T-Shirt verloren?«

Was? Wie kommt er denn jetzt auf Schwarzer Kater?

»Wer sagt'n so was?«

Natürlich! Wer sonst! »Schauergeschichten von no-body. Bisschen früh für Halloween, findest nicht? ...

Sicher ist das zum Lachen! Mann Viktor, wieso kommste denn jetzt mit so 'nem Scheiß an? Weißte, wie früh es ist? Ich bin grad wach geworden, hab kaum gepennt, in 'ner Stunde Yogaklasse und überhaupt, selbst wenn's so wäre, glaubste ernsthaft, ich hab was mit 'nem Mord zu tun? Haste die Zeitung nicht gelesen? Seine Putzfrau hat ihn umgebracht und dann sich selbst. ...

Dann war's halt 'ne Stalkerin. Was weiß ich denn? Ich lese keine Klatschblätter, außerdem ist das über'n halbes Jahr her und er war kein Bürger. Also warum sollte mich der Tod von ihm interessieren? Ist doch gut, wenn es nicht mal die Möglichkeit gibt, dass er über Re'em redet. Macht den Ort sicherer. Und du musst schon zugeben, dass er 'ne ganz schöne Plaudertasche war. Ich mein, der hat mit dir am Telefon über Re'em geredet. Am Telefon! Geht's noch?«

Warum beschäftigt ihn das plötzlich? Wir haben Leute, die sich darum kümmern, kein Grund, Paranoia zu kriegen.

»Checkst du es nicht? no-body will dich auf ihre Seite ziehen, die wird dir alles Mögliche reindrücken, um dich von mir fernzuhalten. Keine Ahnung, was die Alte für'n Problem mit mir hat. Als ich sie kennengelernt hab, haben wir uns echt gut verstanden. Gut, damals war sie noch'n Kerl. Wir hingen echt oft miteinander ab. Vielleicht sind das die Hormone, die sie schluckt. ...

Ach, komm, jetzt tu du nicht so weltoffen! Wer hat denn am Anfang blöd geguckt, als er sie das erste Mal gesehen hat, hä? Du! Du weißt ganz genau, dass ich nichts gegen Transpersonen habe, aber ich weiß auch, was für Wirkungen Hormone haben, ich erleb den Scheiß jeden Monat und wenn da was durcheinanderkommt, ist das echt nicht lustig! ...

Junge, Junge, sie missbraucht dich für ihre eigenen Machtspiele. ...

Nee, ist klar. Diejenige zu sein, die Re'em jede Woche zu – und aufsperrt, die als Einzige mit Madam Strawinsky den Aufgang zu den Garderoben auch nach oben nehmen darf, weil die beiden in dem Haus wohnen, in dem man rauskommt, das sind natürlich gar keine Privilegien. Und ja, ich stell das in Frage! Nur weil was schon immer so war, heißt es nicht, dass es so bleiben muss! Das passt ihr natürlich nicht! ...

Nee, oder? Das ist nicht dein Ernst! Du fragst mich das jetzt nicht wirklich!« Na, warte, die kann was erleben!

»Jetzt mach mal'n Punkt! Hörst du nicht die Hühner lachen? Was zwischen mir und Pete war, kann niemand außer mir und ihm beurteilen!

Schon gar nicht diese – diese – Ich hab ihn über alles geliebt! Ich hätte alles für ihn getan! Alles! Ich bin ihm sogar nachgereist!«

Diesem Mistkerl! Wie er da Backstage saß, hell erleuchtet mit seinem H. Das scheiß Gift war seine einzige Liebe!

»Was für'n Sinn hätte es denn gemacht, wenn ich – Wir waren ein Paar! Ich kam zu spät! Wenn er gewusst hätte, dass ich komm, hätte er mit dem Springen auf mich gewartet! Ich dachte schon, no-body hätte sich vielleicht mal geändert, aber sie ist noch immer genauso durchtrieben und verlogen. Dass du auf so was reinfällst, hätte ich nicht von dir gedacht! Ich war immer für dich da und hab dir nur Gutes getan, und das ist der Dank. Ich glaub, du solltest jetzt besser gehen. Dass du Adam so im Stich lässt, war schon 'ne richtig beschissene Aktion, aber das jetzt auch noch. Ich sag Adam, dass du nach ihm gefragt hast. Junge, Junge, echt Viktor. Denk mal drüber nach, was du da gerade behauptet hast.«

Mina

»Es ist so nett von dir, dass du mich begleitest! In Hamburg ist die Auswahl an solchen Partys riesig, aber ich habe mich da nie hingetraut. Schon gar nicht allein! Aber meine Therapeutin sagt, es ist gut, die Komfortzone hin und wieder zu verlassen und etwas Neues auszuprobieren. Ich wollte schon immer mal auf eine 20er-Jahre-Party. Ich hatte nur Angst, wie andere Menschen auf mich reagieren. Aber meine Therapeutin sagt, ich soll mich lieber fragen, wie ich auf andere Menschen reagiere. Tut mir leid, dass ich so lange im Bad brauche! Aber der Lidstrich muss perfekt sitzen. Mir fehlt noch etwas die Übung. Aber ich bin gleich fertig. Wenn du noch was trinken magst, im Kühlschrank ist noch Bier und Wein, nimm es dir einfach raus. ...

Nein danke, ich lass erstmal die Finger davon. Alkohol ist momentan nichts für mich. Meine Therapeutin hält das auch für eine gute Idee. Sie tut mir so gut. Ich hätte schon viel früher Hilfe in Anspruch nehmen sollen. Und weißt du, was das Beste ist? Sie ist auch Veganerin! Deswegen war sie mir auch auf Anhieb sympathisch.«

So, das Make-up sitzt endlich. Jetzt den Träger zurechtrücken und et voila! Mina, du siehst toll aus! O Gott, kannst du dich wirklich so auf die Straße trauen? Warum denn nicht? Was, wenn jemand lacht? Na und? Sollen sie doch lachen. Aber wenn komische Kommentare kommen? Du hast Jakob dabei, genieß einfach den Abend. Erstmal musst du dich ihm zeigen. Du schaffst das! Das Kleid steht dir hervorragend!

»Okay, ich komme! Aber nicht lachen!«

Das Gehen auf den Schuhen musst du noch üben, bisschen wackelig! Er sieht begeistert aus. Spielt er das nur?

»Findest du wirklich? Ich weiß, dass das Kleid an sich toll ist, aber ist es nicht etwas zu gewagt mit dem ganzen Glitzer und den Fransen? ...

Ernsthaft? Ich will nicht wie eine Transe aussehen! Ich bin zwar ein Mann, aber es soll nicht so übertrieben Drag sein, weißt du, was ich meine? Eher stilvoll weiblich. ...

Findest du? Okay, danke.«

Deine Therapeutin hat gesagt, du musst Komplimente auch annehmen können und für wahr halten. Halte sein Kompliment für wahr!

»Macht es dir wirklich nichts aus mitzukommen? ...

Du hast sonst am Wochenende immer was vor und ich dachte, du hast vielleicht diesmal auch was Besseres vor. Ich will dich zu nichts zwingen! ...

Okay, das ist gut. Wir können auch jederzeit gehen, wenn du magst.«

Er wirkt betrübt.

»Ist irgendwas? Habe ich was Falsches gesagt? ...

Meinst du die mit den grünen Haaren?«

Schreckliche Person!

»Sie ist sauer auf dich? Warum? ...

Inwiefern bist du von ihr enttäuscht? ...

Ich kenn das, wenn man nicht mehr weiß, was man glauben soll, und jeder was anderes erzählt. Kennst du diese Zeichnung mit den zwei Menschen und der Zahl? ...

Links und rechts steht jeweils eine Person und zwischen ihnen auf dem Boden ist eine Zahl gemalt. Die einer Person sagt ‚neun', die andere ‚sechs'. Darauf bin ich mal auf pinterest gestoßen. Beide sagen die Wahrheit, es kommt nur auf den Blickwinkel an. ...

Leider ist das richtige Leben komplizierter als eine Zeichnung. Vor allem wenn man nicht das ganze Bild sieht. Meine Therapeutin sagt, wir sollten wieder lernen, auf unsere Intuition zu vertrauen. Das klingt vielleicht etwas kitschig, aber wir können wirklich nur auf unser Herz hören, oder? Unsere Gefühle täuschen uns selten. Der Abstand hilft dir bestimmt, dir darüber im Klaren zu werden. Hast du denn Gefühle für sie? ...

Ach so, nur gute Freundin. Ich hab in den letzten Monaten so viele Menschen verloren, die ich für Freunde gehalten habe. Man kann in niemanden reinschauen, manche entpuppen sich plötzlich als ganz anders, als man gedacht hat. Gehen wir los?«

Jakob

Unglaublich, wie schön hier alle sind. Und wie jung! Wann habe ich das letzte Mal mit so vielen jungen Menschen gefeiert? Der Großteil ist unter 40. In Re'em gehöre ich immer zu den Jüngsten. Was sie wohl gerade machen? Ob Chris sich wieder erholt hat und unten ist? Ob Puppi nach mir fragt? Hoffentlich hat Toni ihr nichts Gemeines über mich erzählt. Nein, das würde sie nicht tun. Warum sollte sie? Sie will nicht, dass Puppi traurig ist und wenn sie hört, dass ich was Böses gemacht habe, ist sie das sofort. Moment, warum was Böses gemacht? Toni hat was Böses gemacht! Ich sollte auf sie sauer sein statt umgekehrt. Vielleicht hat no-body aber auch wirklich gelogen. Wie heißt no-body eigentlich wirklich? Wie viel kann ich einer Person glauben, von der ich nicht mal den richtigen Namen kenne? Was, wenn es stimmt und sie hat wirklich ihre eigene Agenda? Dann hat Toni allen Grund, wütend zu sein. Aber warum sollte mich no-body anlügen? Ich nütze ihr gar nichts. Ich kümmere mich um das rechtliche Zeug, aber damit hat sie schließlich nichts zu schaffen, oder? Aber was ist mit dem Tod von Julius Horvath? Er ist definitiv tot – zumindest in dieser Welt! Und diese Verrückte auch. Toni hat nicht gerade abgestritten, dass sie ermordet wurden. Aber warum? Kannten die sich überhaupt? Das war doch wohl nicht, weil ich mich bei Toni aufgeregt habe, dass sie so energisch war, oder? Wurde Tiger dann auch umgebracht? Aber wie, er hat schließlich dieselben Tabletten wie wir alle genommen. Nein, nein, das ist Schwachsinn! Dieser komische Gedankenstrudel muss aufhören!

Ich sehe mir die Menschen in meiner Umgebung an. Die Frauen in schönen, meist schwarzen 20er-Jahre-Kleidern, mit Haarband und Federn auf dem Kopf, die Männer in Anzügen mit Hosenträgern. Ich hätte besser zum klassischen Schwarzen greifen sollen, statt zum Modell Lederaufsätze, das ich für die Sponsion gekauft habe.

Mina tanzt vorsichtig am Rande der Tanzfläche. Noch ein paar Monate und sie wird sich selbstbewusst in die Menge schmeißen. Hoffe ich für sie. Wenn sie jemand anspricht, blickt sie hilfesuchend in meine Richtung, woraufhin ich ihre Hand greife und so tue, als gehörten wir zusammen. Leider macht das meine Flirtversuche unmöglich. Die Anfang 20-Jährige mit dem schwarzen Bob gefällt mir optisch sehr, aber ich lasse Mina nicht allein. Jetzt nicht, heute will ich ein guter Freund für sie sein. In einem Monat ist Todestag, ab dann muss sie ohne mich leben. Zumindest die Mina in dieser Welt. Eigentlich ganz schön unfair, erst so vehement gegen ihren Suizid zu kämpfen und mich dann selbst – O Gott, was, wenn ich wieder dorthin komme, wo ich war? Aber ich kann mir mein Leben nicht von Angst diktieren lassen! Zweimal hintereinander wird es nicht auftreten! Wenn die Chance so groß wäre, wüsste ich davon, es sind sicher nur ein Bruchteil der Erfahrungen negativ. Und Mina wird es einfach nie erfahren. Ich schicke ihr eine Nachricht, dass ich wegziehe oder sie nie wiedersehen will. Aber die bekommt dann auch die Mina in der Parallelwelt, in die ich springe. Kann man beim E-Mail-Programm einstellen, dass eine Mail erst später versendet wird? Dann kriegt sie die Nachricht in dieser Welt, aber in der anderen fange ich sie ab. Oder ein Brief? Wie fängt man einen Brief ab?

Ah! Gedankenstrudel, Gedankenstrudel! Ich grüble jetzt nicht mehr, sondern hol mir noch was zu trinken. Jetzt lächelt die Süße schon wieder in meine Richtung. Okay, was soll's, ich frag sie einfach, ob sie was trinken will und erkläre ihr das mit Mina. Franziska hat früher beim Fortgehen auch oft so getan, als wäre sie mit Jana zusammen, wenn ich nicht dabei war und sie von Männern in Ruhe gelassen werden wollte. Frauen verstehen so was. Außer Toni und Nala vielleicht, die würden sie dafür womöglich in der Luft zerreißen. »Das verfestigt das Klischee, dass lesbische Frauen nur so tun und in Wirklichkeit auf Schwänze stehen,« würde Nala sagen. Aber wenn es ihnen hilft, einen ungestörten Abend zu verbringen? Andererseits, stehen Männer da nicht erst recht drauf? Moment, führe ich gerade eine feministische Diskussion mit mir selbst? Himmel! Es wird Zeit, mit jemand anderem zu reden. Ich gehe geradewegs auf die junge Frau mit dem schwarzen Bob zu.

»Hi, ich bin Jakob!«

9

Puppi

»Viktor, fährst du mit Puppi im Einhornzug? Bitte! Bitte! Der ist ganz toll! Der geht durch die ganze Kantine und wenn Adam und ich bei der Pizza vorbeifahren, nehmen wir uns immer eine. Einmal sind wir sogar zweimal gefahren und danach noch Einhorntorte! Die Pizza sieht auch aus wie ein Einhorn! Bitch sagt zwar immer, vor dem Springen sollen wir nichts essen, aber wir machen das jedes Jahr. ...

Adam geht auch mit Puppi und Viktor mit, oder? ...

Siehst du? Bitte Viktor! ...

Und danach gehen wir ins Schwimmbad, da sind heute Bälle drin! ...

Bälle! Kleine Plastikbälle, damit man nicht nass wird! Das Schwimmbecken ist fertig, aber bevor Wasser reinkommt, wird es mit Bällen gefüllt. Wasser kommt nächste Woche. Darf Puppi einen Einhornball behalten und mit ins Scheißhaus nehmen? Bitte! ...

Kommt sonst noch jemand mit? Twinkle? ...

Hurra! Gundel? Bitch? ...

Och, schade, nie kommt ihr mit am Todestag. Dabei ist alles toll! ...

Immer die blöde Ausstellung! Kann die nicht an einem anderen Tag sein? ...

Versprochen? ...

Na gut. Miss Melody darf nicht mit! ...

Puppi mag sie nicht! ...

Aber es stimmt doch! Puppi kann sie nicht leiden! Die Spinnenwimpern von Miss Melody machen Puppi Angst. Und sie hat Finger wie eine Hexe!«

Gundel

Fuck, ich würde jetzt auch lieber Pizza essen, statt mich um diesen Mist zu kümmern. Jedes Jahr das Gleiche. Jedes Jahr fange ich rechtzeitig an und am Ende wird's trotzdem knapp. Gut, dass mir Bitch hilft. Jetzt, wo die anderen weg sind und wir ungestört arbeiten, geht's auch schneller. Zum Glück ist diese Neue auch abgehauen. Wobei es gemein von Puppi war, ihr so klar zu sagen, dass sie sie nicht mag. Aber sie war nur ehrlich.

»Ich bin dir so dankbar, dass du mit anpackst! Sonst würde ich nie fertigwerden. Ein bisschen bereue ich die Idee fast. ...

Ich bin mir nicht sicher, ob die Leute die ironische Metaebene verstehen. Sie drücken sich jetzt schon die Nase platt und wollen unbedingt rein. Ich habe das Gefühl, dass wird meine meistbeachtete Arbeit, wie ein Golem, der sich gegen mich selbst richtet. ...

Sicher will ich, dass die Leute es sehen, aber verstehen ist mir wichtiger! Da arbeitet frau so viele Jahre an subversiver Kunst und kaum jemand interessiert sich dafür, aber sobald ich einen Haufen Spiegel anordne, drängen sie darauf, es zu sehen. Sich selbst zu sehen, das können sie nicht erwarten! Dabei unterscheidet es sich kaum vom Barbereich im Ponyhof. Die zugrunde liegende Kritik, dass sich die Leute ständig im Spiegel überprüfen und das eigene Ego wichtiger ist als die Kunst, wird womöglich nicht richtig verstanden. ...

Du hast recht. Natürlich lässt sich das vor der Eröffnung nicht mit Sicherheit sagen. Wären doch nur Kameras und Computer erlaubt. Der eigentliche Plan war, die Menschen zu filmen, wie sie sich im Spiegel betrachten. Erst würde ich sie durch ein Spiegellabyrinth leiten und am Ende in einem Raum das Video projizieren, wie sie sich selbst betrachtet haben. Dann könnten sie sehen, wie lächerlich sie sich gemacht haben. Außerdem würde die eigentlich Frage, nämlich: ‚Welchen Zweck hat Kunst für die breite Masse und geht es wirklich um die Kunst an sich oder nicht doch nur um das eigene Ego?' besser zur Geltung kommen. Fuck! ...

Egal. Auf jeden Fall danke noch mal. ...

Warum das? ...

Noch immer? Hat sich Viktor nicht entschuldigt? ...

Aber was genau hat er denn gesagt, das so schlimm war?«

So nachtragend kenne ich sie gar nicht!

Viktor

»Bruder! Gut, dass du kommst«, begrüßt mich no-body, als ich die Bibliothek betrete. Nach der Zugfahrt habe ich mich kurz von den anderen getrennt, um ihr vor dem Springen einen letzten Besuch abzustatten. Was ist das für ein seltsamer Aufzug, den sie trägt?

»Du hast dich heute aber fesch gemacht«, sage ich mit leicht sarkastischem Ton in der Stimme, den sie hoffentlich nicht merkt.

»Entspricht nicht deinem Geschmack?«

Verdammt!

Sie steht auf und dreht sich. Ihr kleiner kugeliger Körper steckt in einem kurzen grünen Kleid, das vorne wie eine Rüstung gepanzert ist und aussieht, als hätte sie auf ihren runden Bauch einen Sixpack geschnallt. Über den Genitalien prangt eine kleine gelbe Sonne, die automatisch die Frage aufwirft, was sich wohl dahinter verbirgt. Ihre dünnen Beine wirken in der farblich dazu passenden grünen Leggings muskulös wie die von Tarzan. Am besten sind aber die gelben Stoffstiefel, die vorne spitz zulaufen und sich nach oben biegen, sowie der dreieckige Helm mit den zwei Hörnern auf dem Kopf, einfach zum Schreien.

»Doch, doch! Es ist nur ungewohnt, dich so farbenfroh zu sehen.«

»Lüg nicht. Es muss dir nicht gefallen«, sie tut eingeschnappt, aber grinst. »Mein Narrengewand! Ich hole es zu jedem Todestag raus. Du muss wissen, der Narr ist immer die Null und ohne die Null gibt es keinen Neubeginn«, sie lacht kurz und geht zu dem Stock, der an dem Sofa lehnt und an dessen Ende sich ein oranges Stoffbündel befindet, das sie aufknüpft, um ein Buch hervorzuholen. »Ich habe es eingepackt, weil ich mir nicht sicher war, ob du vor dem Springen vorbeischaust, sonst hätte ich dich später in der Halle gesucht. Hier!«

»Für mich?«

Ich nehme das Buch aus ihrer Hand. Es ist das schönste, das ich je gesehen habe. Die Oberfläche ist aus Leder, fühlt sich kalt an und ist in Wellen gelegt. Die Vorderseite ziert ein kleiner Baum aus Metall und ein Lederriemen mit einem Gold glänzenden Verschluss verbindet Rück- und Vorderseite. Ich kann nicht glauben, dass sie mir das wirklich schenken will.

»Willst du nicht wissen, was drin steht?«, fragt sie.

Vorsichtig öffne ich den Haken und schlage es auf. Es ist leer! Ich blättere zur ersten Seite, darauf bedacht, nichts schmutzig zu machen.

Ganz oben in schwungvoller Handschrift mit Tinte geschrieben stehen zwei Wörter: »Regeln von«.

»Ich war mir nicht sicher, welcher Name dir lieber ist. Dein normaler oder dein bürgerlicher.«

»Ja, ja, du wusstest einfach meinen Namen nicht«, scherze ich.

»Falsch, Viktor!«

»Das kann ich unmöglich annehmen.«

»Ist es dir lieber, ich schreibe deinen Namen hinein, damit du glaubst, dass es dir gehört?«

»Ich muss selbst erst darüber nachdenken, welcher mir lieber ist. Danke!« Jakob oder Viktor? Gelten für beide dieselben Regeln? Brauche ich unterschiedliche? Was sind meine Regeln?

»Lass dir solange Zeit, wie du willst. Möglicherweise ist dein Ergebnis, dass es keine Regeln gibt. Das liegt in deiner eigenen Verantwortung. Apropos Verantwortung, ich muss los. Wolltest du etwas Bestimmtes?«

Ja, Klarheit! Zuspruch! Die Sicherheit, ob das, was sie mir erzählt hat, wirklich stimmt. Oder ob sie Hinweise darauf zeigt, dass sie mich für ihre Zwecke einspannt, wie Bitch behauptet.

»Ach so, nein, nein. Wollte dir nur einen schönen Todestag wünschen.«

»Das ist lieb! Ich würde mich freuen, wenn du mich noch in Richtung Kommandozentrum begleitest, Bruder.«

»Kommandozentrum?«

no-body schultert den Stock mit dem orangen Bündel dran. Ich frage mich, was sich darin noch befindet. Wir verlassen gemeinsam die Bibliothek.

»Die befindet sich gleich neben dem Eingang. Dort sitzen die Leute, die prüfen, wer in Re'em reingelassen wird und wer nicht.«

»Das mit der Spezialkamera?«

»Genau!«

»Warum gibt es eigentlich nur eine einzige Kamera, auf der Vauteriol sichtbar ist?«

»Weil wir nur eine gebaut haben! Stell dir vor, die Erleuchteten würden so eine in die Finger kriegen, dann würden sie auch sehen, dass sie leuchten und wir nicht. Nicht auszudenken dieses Durcheinander.«

»Und was machst du in dem Kommandozentrum?«

»Nur ich nenne das so, der offizielle Name ist ‚Abstellkammerl', aber ‚Kommandozentrum' klingt wesentlich angemessener, findest du nicht auch?«

»Kommt drauf an, wofür. Hast du dort Dienst?«

»Ich bin dabei, wenn der Sicherheitsmechanismus aktiviert wird.«

»Welcher Sicherheitsmechanismus?« »Für den Todestag. In der Realität, in der niemand den Todestag überlebt, wird eine Reaktionskette ausgelöst, die dafür sorgt, das Re'em auch in Zukunft geheim bleibt. Türbarrikaden, und solche Spielereien.«

»Und wenn es jemand überlebt?«

»Schlecht. Dann wäre es gut, rechtzeitig den Code rauszufinden. Sonst steckt man hier unten fest. Mit Tausenden von Leichen. Keine angenehme Vorstellung.«

»Und wie ist der Code?«

Sie bleibt stehen und sieht mich mit hochgezogener Augenbraue an. »Hast du Angst, Bruder?«

»Nein! Nicht richtig. Vielleicht ein kleines ungutes Gefühl. Aber Angst – Das ist so ein negatives Wort, ich würde sagen Bedenken.«

Wir gehen weiter.

»Du machst dir Sorgen.«

Ich nicke. »Wie groß ist die Wahrscheinlichkeit, dass ich wieder in der Hölle lande?«

»Ich weiß es nicht. Die Forschungsgruppe hat es damals nicht geschafft, ein plausibles Muster im Auftreten von negativen Erfahrungen ausfindig zu machen. Man dachte, es hängt eventuell mit der Zufriedenheit über das eigene Sexualleben zusammen, kurz ging man davon aus, dass es darauf ankommt, wie viele Ananas pro Jahr man verspeist, weshalb sich alle bemüht haben, exakt drei zu essen. Bis auch das widerlegt wurde. Die Chance ist 50:50, aber wenn's dich beruhigt, sage ich dir gerne, sie wäre 10:90. Versprichst du mir, dich nicht von der Angst leiten zu lassen?«

»Mhm.«

Bilde ich mir das nur ein oder sehen die Menschen no-body ehrfürchtig an? Alle kennen und grüßen sie im Vorbeigehen, zumindest mit einem Nicken. Liegt es an ihrem lächerlichen Outfit? Die meisten tragen bereits ihr Festtagseinhornkostüm oder zumindest Teile davon.

»Der Code ist eins, zwei, drei, vier, fünf. Er ist kein Geheimnis. Er steht sogar neben dem Kontrollschalter. Samt Anleitung, wie man den Mechanismus neu programmiert. Wobei das Wort darüber hinwegtäuscht, dass es sich um analoge Vorgänge handelt und nicht um digitale Programmierungen.«

»Ich werde ihn nicht brauchen.« Die Vorstellung, dass Re'em aufhört zu existieren, ist –

»Gut! Das freut mich zu hören, Bruder!«

Wir betreten die Halle, die gut gefüllt ist. Von den großen, jugendstilgrünen Metallstreben an der Decke hängen zahlreiche Seile, so wie an jedem Todestag. Ob sie dieses Jahr Verwendung finden, wird erst kurz vor dem Springen verkündet. Puppi hofft darauf, Bitch wünscht sich auch dieses Jahr Heroin, während mir die Tabletten von letztem Jahr am liebsten wären. Vielleicht würde sich das komische Gefühl in meinem Magen bessern, wenn es eine Methode ist, mit der ich in der Vergangenheit gute Erfahrungen gemacht habe.

»Ich gehe dann mal zu Puppi und den anderen.«

»Ist alles in Ordnung zwischen euch?«

»Ja.«

Sie grinst. »Du bist ein furchtbarer Lügner!« Sie reicht mir die Hand zum Gruß und als ich sie ergreife, drückt sie mich an sich. Ihre harten Dreads pressen sich an meine Brust.

»Mach's gut, Bruder.« Es klingt nach Abschied.

»Danke für das Buch und – « Sie löst die Umarmung und nickt, es bedarf keiner weiteren Worte.

Graue Fee

» – As Exitus we remain thus time to play the loudest drums!«

Bäng!

Au! Wer hatte die Idee, diesen Gong hier aufzubauen? Hallo Knalltrauma.

»Liebe Bürgerinnen und Bürger, liebe Gästinnen und Gäste. Der Todestag ist in Re'em ein Tag der Freude, ein Tag der Freiheit und der Individualität, die hier an diesem Ort zelebriert. Álso ‚zelebriert', regelrecht forciert wird. Die Gründe, warum wir hier sind, sind so unterschiedlich, aber an diesem besonderen Tag im Jahr kommen wir vollzählig zusammen und demonstrieren unseren freien Willen. Einige erwarten ihn mit Ungeduld und zählen die Türchen ihres Todeskalenders, andere werden Mut brauchen. Also ‚Mut', ihr animalischer Überlebensinstinkt ist noch stärker ausgeprägt. Das betrifft in erster Linie unsere Gästinnen und Gäste, also bitte helft ihnen, drückt ihnen die Hand. Also ‚Hand drücken', natürlich nur mit ihrem Einverständnis. Mit unserer Einhornkleidung gedenken wir den Einhorngöttinnen und – göttern, denen wir die Unsterblichkeit zu verdanken haben. Ich muss sagen, ihr seht alle fabelhaft aus. Also ‚fabelhaft', das seht ihr immer, aber am Todestag ist es ein besonderes Vergnügen, euch so schön angezogen zu sehen.

Wie ihr wisst, bin ich keine Frau der langen Reden. Also ‚lang', ein wenig gehört es zu besonderen Anlässen natürlich dazu. Nun also zur Verkündung der Methode. Ich darf verraten, ich persönlich bin kein Fan davon, aber ich habe das bekanntlich nicht in der Hand. Also ‚in der Hand', die Entscheidung liegt nicht allein bei –

Ja, ja, schon gut! Erhängen! Die diesjährige Methode ist Erhängen.«

Miss Melody

»Wie macht man das? Ich glaube, ich hab das Seil verdreht. ...

Danke, Süßer, das ist ur lieb von dir. Muss ich sonst noch was machen? ...

Nur umhängen, sonst nichts? ...

Und beim Countdown werden alle gleichzeitig nach oben gezogen, richtig? ...

Tut das nicht weh? Springt man nicht normalerweise wo runter, um sich zu erhängen? ...

Verstehe. Aber könnte nicht einfach jeder einen Sessel mitnehmen, oder so? ...

Ich will nur nicht, dass es weh tut. Wird's weh tun? Oh, es geht schon los. So schnell? Halt, ich muss mich da erst drauf einstellen. ...

Fünf!

Vier!

Drei!

Zwei!

Eins!

Ahhhh!«

Ende

Epilog

Regeln von Jakob

- Selbstmord ist egoistisch und scheiße.
- ALLE Menschen sind gleich.
- Hör auf dein Herz, praktiziere Empathie.
- Wahrheit ist eine Frage des Blickwinkels.
- Jede/r ist selbst verantwortlich.
- Jede/r darf seine/ihre Zweifel behalten.
- Er/sie ist die Antwort auf gar nichts.
- Wo der Humor endet, beginnt der Horror.
- Veränderungen sind willkommen, auch wenn sie die Regeln betreffen.

Jakob

Warum muss ich solche Diskussionen noch immer führen?

»Ich lasse meine Gäste nicht beleidigen!«

»Dass hier nur noch Gesindel rumlungert, wird man ja wohl noch sagen dürfen. Frag mal deinen Boss, was die – «

»Ich bin hier der Chef, verstanden? Und ich glaube kaum, dass Elfriede Diskriminierungen akzeptiert hätte.«

»Tiger war ein viel besserer Kellner als du!«

»Das unterschreibe ich sofort, aber wenn es Ihnen nicht passt, dass hier Menschen aller Herkunft, sexuellen Orientierung, Religion und Geschlechter zusammenkommen, schlage ich vor, Sie suchen sich auf der Stelle ein anderes Lokal. Ich dulde hier kein Stammtischgeschwätz! Mir egal, für wie salonfähig manche das halten!«

»Von wegen, nur weil ich gesagt habe, dass – «

»Raus!« Ich will nicht, dass er die Scheußlichkeiten erneut wiederholt.

»Ich werde mich bei Elfriede beschweren, nur damit du es weißt!«

»Gerne! Sie hat mir das Lokal überschrieben und ist ausgewandert, viel Erfolg damit, sie ausfindig zu machen.«

Ich sehe Elfriede vor mir, wie ich sie das letzte Mal gesehen habe. Blau angelaufenes Gesicht, einen dicken Strick fest um den Hals gebunden, der ihr die Luft zum Atmen nimmt. Mit ihr wird niemand mehr reden! Genauso wenig wie mit den anderen Tausenden baumelnden Körper, die erst noch reflexartig zuckten und dann leblos von der Decke hingen. Puppi, Chris und alle anderen, die mir einst lieb waren, so zu sehen, war das Schlimmste. Das Bild kriege ich selbst jetzt, Wochen später, nicht aus meinem Kopf.

Ich schüttle mich, um es zu verjagen. Endlich steht der Ungustl auf und macht Anstalten, das Einhorn zu verlassen! Er drückt mir einen Zehn-Euro-Schein für die zwei Bier in die Hand und steuert Richtung Ausgang, während ich mich erleichtert daran mache, den Tisch abzuwischen.

»Heast Depperter! Pass auf, wo's hinrennst!«, höre ich ihn hinter mir schimpfen. »G'schissener Homo!«

Ich drehe mich um und sehe eine verschreckte, große, dünne Gestalt am Eingang stehen. Ein Exitus! Erst auf den zweiten Blick erkenne ich ihn. Tamino?

Mit zusammengekniffenen Augen stürmt er auf mich zu.

»Jakob, warum leuchtest du nicht?«

Autorin

Edie Calie, Jahrgang 1987, wuchs in Deutschland und Österreich auf, lebt und arbeitet seit 2006 in ihrer Wahlheimat Wien. Die Publizistik- und Kommunikationswissenschaftlerin ist als freie Autorin und Videokünstlerin tätig. Ihr Erstlingswerk 3 a.m. war für den Literaturpreis Seraph 2014 in der Kategorie Bestes Debüt nominiert. Auf ihrer Website **www.ediecalie.at** testet sie regelmäßig verschiedene Schokoladensorten.

TRAUMSCHROTT

Träume, mein Lieber, sind niemals Schrott.

Ein Gremium aus Politik und Gesellschaft tritt zusammen um die beste Kuzgeschichte zum Thema Traumschrott zu wählen. Mitten im Gremium sitzt Du, der Leser dieses Buches.

Nach dem ersten Treffen werden die elf Kurzgeschichten vorgestellt, die abwechslungsreicher kaum sein können.

Im Anschluss trifft sich das Gremium mit Dir wieder. Die vorangegangenen Geschichten werden analysiert, und dann kommt er, der ganz große Knall, der Dich aus der Bahn werfen wird.

„Diese Kurzgeschichten sind skurril, bizarr und schizophren. Die Wortwahl, die verschlungenen Begebenheiten, die üppige Phantasie der Traumschrottkurzgeschichten ist faszinierend. Doch sollte man beim Lesen immer darauf gefasst sein, dass sich hinter diesen leicht lesbaren Texten ziemlich deftige Gesellschaftskritik verbirgt oder die menschlichen Unvollkommenheiten aufzeigt wird. So harmlos man sich einliest, desto mehr wird man vom Ende, vom Fazit überrascht. Zwölf kleine anspruchsvolle Kunstwerke. Komplexe Themen, die auf ein paar Seiten verdichtet umso gewaltiger und aussagekräftiger sind.“

– Edith Oxenbauer, http://t-arts.com –

Christian Krumm
Traumschrott
180 Seiten, 12 x 18 cm, Broschur
ISBN 978-3-946425-02-1
9.95 EUR

GLASSEELEN

Der Sandmann ist zurück gekehrt!

Vor Camilla und Theresa stürzt sich ein Mann vom Dach des Pergamonmuseums zu Tode. Seine Augen lösen sich in Staub auf, und aus seiner Hand rollen blutige Augäpfel sowie ein antikes Fernrohr. War es Selbstmord?

Theresa schwört, dass sie kurz zuvor auf dem Dach einen ungeheuren, missgestalteten Mann wahrgenommen hatte, der den vermeintlichen Selbstmörder gestoßen hat. Dabei gibt es eine unheimliche Parallele zwischen dem Selbstmörder und den Opfern eines Serienkillers, der in Berlin sein Unwesen treibt: herausgeschnittene Augen.

Obwohl sich Camilla und Theresa unter der Betreuung der Polizei in Sicherheit wähnen, nimmt der Serienkiller sie ins Visier, und wenig später verschwindet Theresa spurlos. Ist sie geflohen, weil sie sich von Andreas Grimm, dem ermittelnden Oberkommissar, bedrängt fühlte, oder wurde sie Opfer des Serienmörders? Camilla versucht, ihre Freundin auf eigene Faust zu finden und dem Geheimnis auf die Spur zu kommen. Mit dem Namen „Sandmann" bekommt sie einen entscheidenden Hinweis, doch der Killer ist nicht leicht zu überlisten. Von Panik getrieben, gerät Camilla in die Unterwelt der Hauptstadt und stößt dort auf rätselhafte Menschen.

Tief unter der Stadt wird währenddessen wieder die ausgeweidete, augenlose Leiche einer Frau entdeckt ...

Tanja Meurer
Glasseelen
424 Seiten, 14,8 x 21 cm, Broschur
ISBN 978-3-946425-31-1
16.95 EUR